趣编中国古诗词

花令

祝景成 刘小立——编

科学普及出版社

·北京·

图书在版编目（CIP）数据

飞花令：趣编中国古诗词 / 祝景成 刘小立 编 . — 北京：科学普及出版社，2018.1（2019.5 重印）

ISBN 978-7-110-09099-2

Ⅰ . ①飞… Ⅱ . ①祝… ②刘… Ⅲ . ①古典诗歌 – 诗集 – 中国 Ⅳ . ① I222.72

中国版本图书馆 CIP 数据核字 (2017) 第 083303 号

策划编辑：杨虚杰
责任编辑：鞠　强
装帧设计：马术明
插图提供：马思远
责任印制：马宇晨

出　　版：科学普及出版社
发　　行：中国科学技术出版社发行部
地　　址：北京市海淀区中关村南大街 16 号
邮　　编：100081
发行电话：010–62173865
传　　真：010–63581271
网　　址：http://cspbooks.com.cn

开　　本：889mm×1230mm 1 / 32
字　　数：300 千字
印　　张：13. 375
版　　次：2018 年 1 月第 1 版
印　　次：2019 年 5 月第 3 次印刷
印　　刷：北京华联印刷有限公司

书　　号：ISBN 978-7-110-09099-2 / Ⅰ · 486
定　　价：38. 00 元

诗起于民间，成于历史的淘洗与积淀，它不但是汉语言文字的典范和精华，而且蕴含着中华民族的精神和品格。本书依飞花令中的高频字甄选了中国古诗词史上最富美感、最具代表性的诗词作品，让读者重温古典诗词精髓，同时再次体验"诗在民间"的陶醉、盛意与狂欢。

—— 中央民族大学 中国古典文献学教研室主任 朱崇先 教授

本书给了你一个玩味古诗词的契机，这些脍炙人口、流传久远、极富欣赏价值的古诗词，即是我国文学艺术殿堂中一朵最美的花，可观、可品、可娱。

—— 中国科普研究所 姚利芬 古典文献学博士

如果问我，中国古典诗词是什么？我会告诉你，它是精巧的瓷器——只有审美的慧眼才懂得它的好；它又是陈酿的美酒——只有丰富的内心才能消受它的醇厚；它还是清香四溢的好茶——唯有沉静淡泊的胸怀才容得下它的雅趣。找一个小小的机缘，如酒令游戏，走近中国古典诗词，让那平仄婉转的音节在口角舌端往复，给自己一个宁心静气、悠闲舒缓的人生片段，好吗？

—— 北京市第 109 中学语文教研组组长 权 晔 高级教师

目录

壹·春夏秋冬

春夏秋冬之春字

八十四首

¹清平调·其一

唐／李白

云想衣裳花想容，春风拂槛露华浓。 若非群玉山头见，会向瑶台月下逢。

²春夜洛城闻笛

唐／李白

谁家玉笛暗飞声，散入春风满洛城。 此夜曲中闻折柳，何人不起故园情。

³春怨

唐／李白

白马金羁辽海东，罗帷绣被卧春风。 落月低轩窥烛尽，飞花入户笑床空。

⁴春思

唐／李白

燕草如碧丝，秦桑低绿枝。当君怀归日，是妾断肠时。
春风不相识，何事入罗帏。

⁵塞下曲六首·其一

唐／李白

五月天山雪，无花只有寒。笛中闻折柳，春色未曾看。
晓战随金鼓，宵眠抱玉鞍。愿将腰下剑，直为斩楼兰。

⁶春望

唐／杜甫

国破山河在，城春草木深。感时花溅泪，恨别鸟惊心。
烽火连三月，家书抵万金。白头搔更短，浑欲不胜簪。

⁷春夜喜雨

唐／杜甫

好雨知时节，当春乃发生。随风潜入夜，润物细无声。
野径云俱黑，江船火独明。晓看红湿处，花重锦官城。

⁸春日忆李白

唐／杜甫

白也诗无敌，飘然思不群。清新庾开府，俊逸鲍参军。
渭北春天树，江东日暮云。何时一樽酒，重与细论文。

⁹江上值水如海势聊短述

唐／杜甫

为人性僻耽佳句，语不惊人死不休。老去诗篇浑漫与，春来花鸟莫深愁。
新添水槛供垂钓，故着浮槎替入舟。焉得思如陶谢手，令渠述作与同游。

¹⁰游子

唐／杜甫

巴蜀愁谁语，吴门兴杳然。九江春草外，三峡暮帆前。
厌就成都卜，休为吏部眠。蓬莱如可到，衰白问群仙。

¹¹江畔独步寻花·其五

唐／杜甫

黄师塔前江水东，春光懒困倚微风。桃花一簇开无主，可爱深红爱浅红？

¹²忆江南·江南好

唐／白居易

江南好，风景旧曾谙。日出江花红胜火，春来江水绿如蓝，能不忆江南？

13 南湖春早

唐／白居易

风回云断雨初晴，返照湖边暖复明。乱点碎红山杏发，平铺新绿水苹生。
翅低白雁飞仍重，舌涩黄鹂语未成。不道江南春不好，年年衰病减心情。

14 春词

唐／白居易

低花树映小妆楼，春入眉心两点愁。斜倚栏干背鹦鹉，思量何事不回头。

15 春题湖上

唐／白居易

湖上春来似画图，乱峰围绕水平铺。松排山面千重翠，月点波心一颗珠。
碧毯线头抽早稻，青罗裙带展新蒲。未能抛得杭州去，一半勾留是此湖。

16 春老

唐／白居易

欲随年少强游春，自觉风光不属身。歌舞屏风花障上，几时曾画白头人。

17 春眠

唐／白居易

枕低被暖身安稳，日照房门帐未开。还有少年春气味，时时暂到梦中来。

18 闺怨

唐／王昌龄

闺中少妇不知愁，春日凝妆上翠楼。忽见陌头杨柳色，悔教夫婿觅封侯。

19 相思

唐／王维

红豆生南国，春来发几枝。愿君多采撷，此物最相思。

20 鸟鸣涧

唐／王维

人闲桂花落，夜静春山空。月出惊山鸟，时鸣春涧中。

21 洛阳女儿行

唐／王维

洛阳女儿对门居，才可颜容十五余。良人玉勒乘骢马，侍女金盘脍鲤鱼。
画阁朱楼尽相望，红桃绿柳垂檐向。罗帷送上七香车，宝扇迎归九华帐。
狂夫富贵在青春，意气骄奢剧季伦。自怜碧玉亲教舞，不惜珊瑚持与人。
春窗曙灭九微火，九微片片飞花琐。戏罢曾无理曲时，妆成祗是熏香坐。
城中相识尽繁华，日夜经过赵李家。谁怜越女颜如玉，贫贱江头自浣纱。

22 桃源行

唐／王维

渔舟逐水爱山春，两岸桃花夹古津。坐看红树不知远，行尽青溪忽值人。
山口潜行始隈隩，山开旷望旋平陆。遥看一处攒云树，近入千家散花竹。
樵客初传汉姓名，居人未改秦衣服。居人共住武陵源，还从物外起田园。
月明松下房栊静，日出云中鸡犬喧。惊闻俗客争来集，竞引还家问都邑。
平明闾巷扫花开，薄暮渔樵乘水入。初因避地去人间，及至成仙遂不还。
峡里谁知有人事，世中遥望空云山。不疑灵境难闻见，尘心未尽思乡县。
出洞无论隔山水，辞家终拟长游衍。自谓经过旧不迷，安知峰壑今来变。
当时只记入山深，青溪几度到云林。春来遍是桃花水，不辨仙源何处寻。

23 凉州词二首·其一

唐／王之涣

黄河远上白云间，一片孤城万仞山。羌笛何须怨杨柳，春风不度玉门关。

24 宴词

唐／王之涣

长堤春水绿悠悠，畎入漳河一道流。莫听声声催去棹，桃溪浅处不胜舟。

25 咏柳

唐／贺知章

碧玉妆成一树高，万条垂下绿丝绦。不知细叶谁裁出，二月春风似剪刀。

26 无题 · 相见时难别亦难

唐 / 李商隐

相见时难别亦难，东风无力百花残。春蚕到死丝方尽，蜡炬成灰泪始干。
晓镜但愁云鬓改，夜吟应觉月光寒。蓬山此去无多路，青鸟殷勤为探看。

27 春雨

唐 / 李商隐

怅卧新春白袷衣，白门寥落意多违。红楼隔雨相望冷，珠箔飘灯独自归。
远路应悲春晼晚，残霄犹得梦依稀。玉珰缄札何由达，万里云罗一雁飞。

28 燕台四首 · 春

唐 / 李商隐

风光冉冉东西陌，几日娇魂寻不得。蜜房羽客类芳心，冶叶倡条遍相识。
暖霭辉迟桃树西，高鬟立共桃鬟齐。雄龙雌凤杳何许，絮乱丝繁天亦迷。
醉起微阳若初曙，映帘梦断闻残语。愁将铁网罥珊瑚，海阔天翻迷处所。
衣带无情有宽窄，春烟自碧秋霜白。研丹擘石天不知，愿得天牢锁冤魄。
夹罗委箧单绡起，香肌冷衬琤琤珮。今日东风自不胜，化作幽光入西海。

29 春晓

唐 / 陆龟蒙

春庭晓景别，清露花迤逦。黄蜂一过慵，夜夜栖香蕊。

30 山中留客

唐 / 张旭

山光物态弄春晖，莫为轻阴便拟归。纵使晴明无雨色，入云深处亦沾衣。

31 和乐天《春词》

唐 / 刘禹锡

新妆宜面下朱楼，深锁春光一院愁。行到中庭数花朵，蜻蜓飞上玉搔头。

³²忆江南·春去也

唐／刘禹锡

春去也，多谢洛城人。弱柳从风疑举袂，丛兰裛露似沾巾。独坐亦含嚬。

春去也，共惜艳阳年。犹有桃花流水上，无辞竹叶醉尊前。惟待见青天。

³³杨枝词二首

唐／刘禹锡

迎得春光先到来，浅黄轻绿映楼台。 只缘裊娜多情思，更被春风长倩猜。

巫峡巫山杨柳多，朝云暮雨远相和。 因想阳台无限事，来君回唱竹枝歌。

³⁴春有情篇

唐／刘禹锡

为问游春侣，春情何处寻。花含欲语意，草有斗生心。

雨频催发色，云轻不作阴。纵令无月夜，芳兴暗中深。

³⁵路傍曲

唐／刘禹锡

南山宿雨晴，春入凤凰城。处处闻弦管，无非送酒声。

³⁶早春呈水部张十八员外二首

唐／韩愈

天街小雨润如酥，草色遥看近却无。最是一年春好处，绝胜烟柳满皇都。

莫道官忙身老大，即无年少逐春心。凭君先到江头看，柳色如今深未深。

³⁷晚春二首·其一

唐／韩愈

草木知春不久归，百般红紫斗芳菲。杨花榆荚无才思，惟解漫天作雪飞。

³⁸春雪

唐／韩愈

新年都未有芳华，二月初惊见草芽。白雪却嫌春色晚，故穿庭树作飞花。

³⁹ 春雪间早梅

唐／韩愈

梅将雪共春，彩艳不相因。逐吹能争密，排枝巧妒新。
谁令香满座，独使净无尘。芳意饶呈瑞，寒光助照人。
玲珑开已遍，点缀坐来频。那是俱疑似，须知两逼真。
荧煌初乱眼，浩荡忽迷神。未许琼华比，从将玉树亲。
先期迎献岁，更伴占兹晨。愿得长辉映，轻微敢自珍。

⁴⁰ 登科后

唐／孟郊

昔日龌龊不足夸，今朝放荡思无涯。 春风得意马蹄疾，一日看尽长安花。

⁴¹ 春集越州皇甫秀才山亭

唐／孟郊

嘉宾在何处，置亭春山巅。顾余寂寞者，谬厕芳菲筵。
视听日澄澈，声光坐连绵。晴湖泻峰嶂，翠浪多萍藓。
何以逞高志，为君吟秋天。

⁴² 赠别二首

唐／杜牧

娉娉袅袅十三余，豆蔻梢头二月初。春风十里扬州路，卷上珠帘总不如。
多情却似总无情，唯觉樽前笑不成。蜡烛有心还惜别，替人垂泪到天明。

⁴³ 赤壁

唐／杜牧

折戟沉沙铁未销，自将磨洗认前朝。东风不与周郎便，铜雀春深锁二乔。

⁴⁴ 春别曲

唐／张籍

长江春水绿堪染，莲叶出水大如钱。江头橘树君自种，那不长系木兰船。

45 相和歌辞·堂堂

唐/温庭筠

钱塘岸上春如织，淼淼寒潮带晴色。淮南游客马连嘶， 碧草迷人归不得。
风飘客意如吹烟，纤指殷勤伤雁弦。 一曲堂堂红烛筵，金鲸泻酒如飞泉。

46 菩萨蛮选三首

唐/温庭筠

翠钗金作股，钗上蝶双舞。心事竟谁知，月明花满枝。
翠翘金缕双鸂鶒，水文细起春池碧。池上海棠梨， 雨晴红满枝。
玉钩褰翠幕，妆浅旧眉薄。春梦正关情，镜中蝉鬓轻。
玉楼明月长相忆，柳丝袅娜春无力。门外草萋萋， 送君闻马嘶。
翠钿金压脸，寂寞香闺掩。人远泪阑干，燕飞春又残。
满宫明月梨花白，故人万里关山隔。金雁一双飞， 泪痕沾绣衣。

47 独望

唐/司空图

绿树连村暗，黄花出陌稀。远陂春草绿，犹有水禽飞。

48 春夕旅怀

唐/崔涂

水流花谢两无情，送尽东风过楚城。胡蝶梦中家万里，子规枝上月三更。
故园书动经年绝，华发春唯满镜生。自是不归归便得，五湖烟景有谁争。

49 生查子·春山烟欲收

唐/牛希济

春山烟欲收，天澹星稀小。残月脸边明，别泪临清晓。
语已多，情未了，回首犹重道：记得绿罗裙，处处怜芳草

50 月夜

唐/刘方平

更深月色半人家，北斗阑干南斗斜。今夜偏知春气暖，虫声新透绿窗纱。

51 虞美人·春花秋月何时了

五代 / 李煜

春花秋月何时了？往事知多少。小楼昨夜又东风，故国不堪回首月明中。
雕栏玉砌应犹在，只是朱颜改。问君能有几多愁？恰似一江春水向东流。

52 浪淘沙令·帘外雨潺潺

五代 / 李煜

帘外雨潺潺，春意阑珊。罗衾不耐五更寒。梦里不知身是客，一晌贪欢。
独自莫凭栏，无限江山，别时容易见时难。流水落花春去也，天上人间。

53 清平乐·别来春半

五代 / 李煜

别来春半，触目柔肠断。砌下落梅如雪乱，拂了一身还满。
雁来音信无凭，路遥归梦难成。离恨恰如春草，更行更远还生。

54 玉楼春·拂水双飞来去燕

五代 / 顾夐

拂水双飞来去燕，曲槛小屏山六扇。春愁凝思结眉心，绿绮懒调红锦荐。
话别情多声欲战，玉箸痕留红粉面。镇长独立到黄昏，却怕良宵频梦见。

55 元日

宋 / 王安石

爆竹声中一岁除，春风送暖入屠苏。千门万户曈曈日，总把新桃换旧符。

56 春夜

宋 / 王安石

金炉香烬漏声残，剪剪轻风阵阵寒。春色恼人眠不得，月移花影上栏杆。

57 春日

宋 / 王安石

冉冉春行暮，菲菲物竞华。莺犹求旧友，雁不背贫家。

室有贤人酒，门无长者车。醉眠聊自适，归梦到天涯。

58 泊船瓜洲
宋／王安石

京口瓜洲一水间，钟山只隔数重山。春风又绿江南岸，明月何时照我还？

59 春日
宋／朱熹

胜日寻芳泗水滨，无边光景一时新。等闲识得东风面，万紫千红总是春。

60 郊行即事
宋／程颢

芳原绿野恣行时，春入遥山碧四围。兴逐乱红穿柳巷，困临流水坐苔矶。
莫辞盏酒十分劝，只恐风花一片飞。况是清明好天气，不妨游衍莫忘归。

61 春宵
宋／苏轼

春宵一刻值千金，花有清香月有阴。歌管楼台声细细，秋千院落夜沉沉。

62 惠崇春江晓景二首
宋／苏轼

竹外桃花三两枝，春江水暖鸭先知。蒌蒿满地芦芽短，正是河豚欲上时。
两两归鸿欲破群，依依还似北归人。遥知朔漠多风雪，更待江南半月春。

63 望江南 · 超然台作
宋／苏轼

春未老，风细柳斜斜。试上超然台上看，半壕春水一城花。烟雨暗千家。
寒食后，酒醒却咨嗟。休对故人思故国，且将新火试新茶。诗酒趁年华。

64 减字木兰花 · 莺初解语
宋／苏轼

莺初解语。最是一年春好处。微雨如酥。草色遥看近却无。

休辞醉倒，花不看开人易老。莫待春回。颠倒红英间绿苔。

⁶⁵ 一丛花 · 初春病起
宋／苏轼

今年春浅腊侵年，冰雪破春妍。东风有信无人见，露微意、柳际花边。
寒夜纵长，孤衾易暖，钟鼓渐清圆。

朝来初日半衔山，楼阁淡疏烟。游人便作寻芳计，小桃杏、应已争先。
衰病少惊，疏慵自放，惟爱日高眠。

⁶⁶ 游园不值
宋／叶绍翁

应怜屐齿印苍苔，小扣柴扉久不开。春色满园关不住，一枝红杏出墙来。

⁶⁷ 春日西湖寄谢法曹歌
宋／欧阳修

西湖春色归，春水绿于染。群芳烂不收，东风落如糁。
参军春思乱如云，白发题诗愁送春；遥知湖上一樽酒，能忆天涯万里人。
万里思春尚有情，忽逢春至客心惊；雪消门外千山绿，花发江边二月晴。
少年把酒逢春色，今日逢春头已白。异乡物态与人殊，惟有东风旧相识。

⁶⁸ 蝶恋花 · 面旋落花风荡漾
宋／欧阳修

面旋落花风荡漾。柳重烟深，雪絮飞来往。雨后轻寒犹未放。春愁酒病成惆怅。
枕畔屏山围碧浪。翠被华灯，夜夜空相向。寂寞起来褰绣幌。月明正在梨花上。

⁶⁹ 立春偶成
宋／张轼

律回岁晚冰霜少，春到人间草木知。便觉眼前生意满，东风吹水绿参差。

⁷⁰ 菩萨蛮 · 半烟半雨溪桥畔
宋／黄庭坚

半烟半雨溪桥畔，渔翁醉着无人唤。疏懒意何长，春风花草香。

江山如有待，此意陶潜解。问我去何之，君行到自知。

71 次元明韵寄子由
宋 / 黄庭坚

半世交亲随逝水，几人图画入凌烟？春风春雨花经眼，江北江南水拍天。
欲解铜章行问道，安知石友许忘年。脊令各有思归恨，日月相催雪满颠。

72 御街行 · 街南绿树春饶絮
宋 / 晏几道

街南绿树春饶絮。雪满游春路。树头花艳杂娇云，树底人家朱户。
北楼闲上，疏帘高卷，直见街南树。
阑干倚尽犹慵去。几度黄昏雨。晚春盘马踏青苔，曾傍绿阴深驻。
落花犹在，香屏空掩，人面知何处。

73 江城子 · 斜风细雨作春寒
宋 / 朱淑真

斜风细雨作春寒。对尊前，忆前欢，曾把梨花，寂寞泪阑干。
芳草断烟南浦路，和别泪，看青山。昨宵结得梦夤缘。
水云间，悄无言，争奈醒来，愁恨又依然。
展转衾裯空懊恼，天易见，见伊难。

74 卜算子 · 咏梅
宋 / 陆游

驿外断桥边，寂寞开无主。已是黄昏独自愁，更著风和雨。
无意苦争春，一任群芳妒。零落成泥碾作尘，只有香如故。

75 临安春雨初霁
宋 / 陆游

世味年来薄似纱，谁令骑马客京华。小楼一夜听春雨，深巷明朝卖杏花。
矮纸斜行闲作草，晴窗细乳戏分茶。素衣莫起风尘叹，犹及清明可到家。

⁷⁶春行即兴

宋 / 李华

宜阳城下草萋萋，涧水东流复向西。芳树无人花自落，春山一路鸟空啼。

⁷⁷三月晦日偶题

宋 / 秦观

节物相催各自新，痴心儿女挽留春。芳菲歇去何须恨，夏木阴阴正可人。

⁷⁸菊

宋 / 刘克庄

羞与春花艳冶同，殷勤培溉待西风。不须牵引渊明此，随分篱边要几丛。

⁷⁹天净沙·春

元 / 白朴

春山暖日和风，阑干楼阁帘栊，杨柳秋千院中。啼莺舞燕，小桥流水飞红。

⁸⁰浣溪沙·初夏

明 / 叶小鸾

香到酴醿送晚凉，荇风轻约薄罗裳。曲阑凭遍思偏长。
自是幽情慵卷幌，不关春色恼人肠。误他双燕未归梁。

⁸¹新雷

清 / 张维屏

造物无言却有情，每于寒尽觉春生。千红万紫安排著，只待新雷第一声。

⁸²春愁

清 / 丘逢甲

春愁难遣强看山，往事惊心泪欲潸。四百万人同一哭，去年今日割台湾。

⁸³赤枣子·风淅淅

清 / 纳兰性德

风淅淅，雨纤纤。难怪春愁细细添。记不分明疑是梦，梦来还隔一重帘。

⁸⁴浣溪沙·杨柳千条送马蹄

清／纳兰性德

杨柳千条送马蹄，北来征雁旧南飞。客中谁与换春衣。

终古闲情归落照，一春幽梦逐游丝。信回刚道别多时

春夏秋冬之夏字

六十六首

1 江夏寄汉阳辅录事

唐／李白

谁道此水广，狭如一匹练。江夏黄鹤楼，青山汉阳县。

大语犹可闻，故人难可见。君草陈琳檄，我书鲁连箭。

报国有壮心，龙颜不回眷。西飞精卫鸟，东海何由填。

鼓角徒悲鸣，楼船习征战。抽剑步霜月，夜行空庭遍。

长呼结浮云，埋没顾荣扇。他日观军容，投壶接高宴。

2 早秋单父南楼酬窦公衡

唐／李白

白露见日灭，红颜随霜凋。别君若俯仰，春芳辞秋条。

泰山嵯峨夏云在，疑是白波涨东海。散为飞雨川上来，遥帷却卷清浮埃。

知君独坐青轩下，此时结念同所怀。我闭南楼看道书，幽帘清寂在仙居。

曾无好事来相访，赖尔高文一起予。

3 江村

唐／杜甫

清江一曲抱村流，长夏江村事事幽。自去自来堂上燕，相亲相近水中鸥。

老妻画纸为棋局，稚子敲针作钓钩。但有故人供禄米，微躯此外更何求。

4 夏日叹

唐／杜甫

夏日出东北，陵天经中街。朱光彻厚地，郁蒸何由开。

上苍久无雷，无乃号令乖。雨降不濡物，良田起黄埃。
飞鸟苦热死，池鱼涸其泥。万人尚流冗，举目唯蒿莱。
至今大河北，化作虎与豺。浩荡想幽蓟，王师安在哉。
对食不能餐，我心殊未谐。眇然贞观初，难与数子偕。

5 夏夜叹

唐／杜甫

永日不可暮，炎蒸毒我肠。安得万里风，飘飘吹我裳。
昊天出华月，茂林延疏光。仲夏苦夜短，开轩纳微凉。
虚明见纤毫，羽虫亦飞扬。物情无巨细，自适固其常。
念彼荷戈士，穷年守边疆。何由一洗濯，执热互相望。
竟夕击刁斗，喧声连万方。青紫虽被体，不如早还乡。
北城悲笳发，鹳鹤号且翔。况复烦促倦，激烈思时康。

6 绝句漫兴九首·其八

唐／杜甫

舍西柔桑叶可拈，江畔细麦复纤纤。人生几何春已夏，不放香醪如蜜甜。

7 上韦左相二十韵（见素）

唐／杜甫

凤历轩辕纪，龙飞四十春。八荒开寿域，一气转洪钧。
霖雨思贤佐，丹青忆老臣。应图求骏马，惊代得麒麟。
沙汰江河浊，调和鼎鼐新。韦贤初相汉，范叔已归秦。
盛业今如此，传经固绝伦。豫樟深出地，沧海阔无津。
北斗司喉舌，东方领搢绅。持衡留藻鉴，听履上星辰。
独步才超古，馀波德照邻。聪明过管辂，尺牍倒陈遵。
岂是池中物，由来席上珍。庙堂知至理，风俗尽还淳。
才杰俱登用，愚蒙但隐沦。长卿多病久，子夏索居频。
回首驱流俗，生涯似众人。巫咸不可问，邹鲁莫容身。
感激时将晚，苍茫兴有神。为公歌此曲，涕泪在衣巾。

8 池上早夏

唐 / 白居易

水积春塘晚，阴交夏木繁。舟船如野渡，篱落似江村。
静拂琴床席，香开酒库门。慵闲无一事，时弄小娇孙。

9 首夏

唐 / 白居易

孟夏百物滋，动植一时好。麋鹿乐深林，虫蛇喜丰草。
翔禽爱密叶，游鳞悦新藻。天和遗漏处，而我独枯槁。
一身在天末，骨肉皆远道。旧国无来人，寇戎尘浩浩。
沉忧竟何益，只自劳怀抱。不如放身心，冥然任天造。
浔阳多美酒，可使杯不燥。湓鱼贱如泥，烹炙无昏早。
朝饭山下寺，暮醉湖中岛。何必归故乡，兹焉可终老。

10 江楼夕望招客

唐 / 白居易

海天东望夕茫茫，山势川形阔复长。灯火万家城四畔，星河一道水中央。
风吹古木晴天雨，月照平沙夏夜霜。能就江楼消暑否？比君茅舍较清凉。

11 首夏南池独酌

唐 / 白居易

春尽杂英歇，夏初芳草深。薰风自南至，吹我池上林。
绿蘋散还合，赪鲤跳复沈。新叶有佳色，残莺犹好音。
依然谢家物，池酌对风琴。惭无康乐作，秉笔思沈吟。
境胜才思劣，诗成不称心。

12 观刈麦

唐 / 白居易

田家少闲月，五月人倍忙。夜来南风起，小麦覆陇黄。
妇姑荷箪食，童稚携壶浆，相随饷田去，丁壮在南冈。

足蒸暑土气，背灼炎天光，力尽不知热，但惜夏日长。
复有贫妇人，抱子在其旁，右手秉遗穗，左臂悬敝筐。
听其相顾言，闻者为悲伤。家田输税尽，拾此充饥肠。
今我何功德？曾不事农桑。吏禄三百石，岁晏有余粮，
念此私自愧，尽日不能忘。

13 和梦得夏至忆苏州呈卢宾客

唐／白居易

忆在苏州日，常谙夏至筵。粽香筒竹嫩，炙脆子鹅鲜。
水国多台榭，吴风尚管弦。每家皆有酒，无处不过船。
交印君相次，褰帷我在前。此乡俱老矣，东望共依然。
洛下麦秋月，江南梅雨天。齐云楼上事，已上十三年。

14 思归（时初为校书郎）

唐／白居易

养无晨昏膳，隐无伏腊资。遂求及亲禄，黾勉来京师。
薄俸未及亲，别家已经时。冬积温席恋，春违采兰期。
夏至一阴生，稍稍夕漏迟。块然抱愁者，长夜独先知。
悠悠乡关路，梦去身不随。坐惜时节变，蝉鸣槐花枝。

15 戊申岁六月中遇火

魏晋／陶渊明

草庐寄穷巷，甘以辞华轩。正夏长风急，林室顿烧燔。
一宅无遗宇，舫舟荫门前。迢迢新秋夕，亭亭月将圆。
果菜始复生，惊鸟尚未还。中宵伫遥念，一盼周九天。
总发抱孤介，奄出四十年。形迹凭化往，灵府长独闲。
贞刚自有质，玉石乃非坚。仰想东户时，余粮宿中田。
鼓腹无所思；朝起暮归眠。既已不遇兹，且遂灌我园。

¹⁶登庐山绝顶望诸峤

南北朝 / 谢灵运

山行非有期，弥远不能辍。但欲掩昏旦，遂复经圆缺。
扪壁窥龙池，攀枝瞰乳穴。积峡忽复启，平途俄已绝。
峦垅有合沓，往来无踪辙。昼夜蔽日月，冬夏共霜雪。

¹⁷芳树

南北朝 / 李爽

芳树千株发，摇荡三阳时。气软来风易，枝繁度鸟迟。
春至花如锦，夏近叶成帷。欲寄边城客，路远谁能持？

¹⁸初夏

唐 / 李世民

一朝春夏改，隔夜鸟花迁。阴阳深浅叶，晓夕重轻烟。
哢莺犹响殿，横丝正网天。珮高兰影接，绶细草纹连。
碧鳞惊棹侧，玄燕舞檐前。何必汾阳处，始复有山泉。

¹⁹积雨辋川庄作

唐 / 王维

积雨空林烟火迟，蒸藜炊黍饷东菑。漠漠水田飞白鹭，阴阴夏木啭黄鹂。
山中习静观朝槿，松下清斋折露葵。野老与人争席罢，海鸥何事更相疑。

²⁰田园乐七首·其四

唐 / 王维

萋萋春草秋绿，落落长松夏寒。牛羊自归村巷，童稚不识衣冠。

²¹感遇诗三十八首

唐 / 陈子昂

微月生西海，幽阳始代升。圆光正东满，阴魄已朝凝。
太极生天地，三元更废兴。至精谅斯在，三五谁能征。
兰若生春夏，芊蔚何青青。幽独空林色，朱蕤冒紫茎。

迟迟白日晚，袅袅秋风生。岁华尽摇落，芳意竟何成。
苍苍丁零塞，今古缅荒途。亭堠何摧兀，暴骨无全躯。
黄沙幕南起，白日隐西隅。汉甲三十万，曾以事匈奴。
但见沙场死，谁怜塞上孤。

22 酬乐天早夏见怀

唐 / 元稹

庭柚有垂实，燕巢无宿雏。我亦辞社燕，茫茫焉所如。
君诗夏方早，我叹秋已徂。食物风土异，衾裯时节殊。
荒草满田地，近移江上居。八日复切九，月明侵半除。

23 表夏十首 · 其一

唐 / 元稹

夏风多暖暖，树木有繁阴。新笋紫长短，早樱红浅深。
烟花云幕重，榴艳朝景侵。华实各自好，讵云芳意沉。

24 山亭夏日

唐 / 高骈

绿树阴浓夏日长，楼台倒影入池塘。水晶帘动微风起，满架蔷薇一院香。

25 同卢明府早秋宴张郎中海亭

唐 / 孟浩然

侧听弦歌宰，文书游夏徒。故园欣赏竹，为邑幸来苏。
华省曾联事，仙舟复与俱。欲知临泛久，荷露渐成珠。

26 晚晴

唐 / 李商隐

深居俯夹城，春去夏犹清。天意怜幽草，人间重晚晴。
并添高阁迥，微注小窗明。越鸟巢干后，归飞体更轻。

27 送僧入蜀过夏

唐 / 曹松

师言结夏入巴峰，云水回头几万重。 五月峨眉须近火，木皮领重只如冬。

28 夏花明

唐代 / 韦应物

夏条绿已密，朱萼缀明鲜。炎炎日正午，灼灼火俱燃。
翻风适自乱，照水复成妍。归视窗间字，荧煌满眼前。

29 立夏日忆京师诸弟

唐 / 韦应物

改序念芳辰，烦襟倦日永。夏木已成阴，公门昼恒静。
长风始飘阁，叠云才吐岭。坐想离居人，还当惜徂景。

30 同德寺雨后，寄元侍御、李博士

唐 / 韦应物

川上风雨来，须臾满城阙。岧峣青莲界，萧条孤兴发。
前山遽已净，阴霭夜来歇。乔木生夏凉，流云吐华月。
严城自有限，一水非难越。相望曙河远，高斋坐超忽。

31 齐安郡后池绝句

唐 / 杜牧

菱透浮萍绿锦池，夏莺千啭弄蔷薇。尽日无人看微雨，鸳鸯相对浴红衣。

32 夏州崔常侍自少常亚列出领麾幢十韵

唐 / 杜牧

帝命诗书将，登坛礼乐卿。三边要高枕，万里得长城。
对客犹褒博，填门已旆旌。腰间五绶贵，天下一家荣。
野水差新燕，芳郊啭夏莺。别风嘶玉勒，残日望金茎。
榆塞孤烟媚，银川绿草明。戈矛虓虎士，弓箭落雕兵。
魏绛言堪采，陈汤事偶成。若须垂竹帛，静胜是功名。

33 夏日对雨

唐／裴度

登楼逃盛夏，万象正埃尘。对面雷嗔树，当街雨趁人。
檐疏蛛网重，地湿燕泥新。吟罢清风起，荷香满四邻。

34 首夏花萼楼观群臣宴宁王山亭回楼下又申之以赏乐赋诗

唐／李隆基

今年通闰月，入夏展春辉。楼下风光晚，城隅宴赏归。
九歌扬政要，六舞散朝衣。天喜时相合，人和事不违。
礼中推意厚，乐处感心微。别赏阳台乐，前旬暮雨飞。

35 酬乐天晚夏闲居欲相访先以诗见贻

唐／刘禹锡

池榭堪临泛，翛然散郁陶。步因驱鹤缓，吟为听蝉高。
林密添新竹，枝低缒晚桃。酒醅晴易熟，药圃夏频薅。
老是班行旧，闲为乡里豪。经过更何处，风景属吾曹。

36 夏日谒智远禅师

唐／孟郊

吾师当几祖，说法云无空。禅心三界外，宴坐天地中。
院静鬼神去，身与草木同。因知护王国，满钵盛毒龙。
抖擞尘埃衣，谒师见真宗。何必千万劫，瞬息去樊笼。
盛夏火为日，一堂十月风。不得为弟子，名姓挂儒宫。

37 平阴夏日作

唐／张祜

西来渐觉细尘红，扰扰舟车路向东。可惜夏天明月夜，土山前面障南风。

38 赋得首夏犹清和（一作黎逢诗）

唐／张聿

早夏宜春景，和光起禁城。祝融将御节，炎帝启朱明。

日送残花晚，风过御苑清。郊原浮麦气，池沼发荷英。
树影临山动，禽飞入汉轻。幸逢尧禹化，全胜谷中情。

39 状江南·孟夏
唐／贾弇

江南孟夏天，慈竹笋如编。蜃气为楼阁，蛙声作管弦。

40 结客少年场行
唐／虞世南

韩魏多奇节，倜傥遗声利。共矜然诺心，各负纵横志。
结交一言重，相期千里至。绿沉明月弦，金络浮云辔。
吹箫入吴市，击筑游燕肆。寻源博望侯，结客远相求。
少年怀一顾，长驱背陇头。焰焰戈霜动，耿耿剑虹浮。
天山冬夏雪，交河南北流。云起龙沙暗，木落雁门秋。
轻生殉知己，非是为身谋。

41 夏日闲居
唐／张籍

无事门多闭，偏知夏日长。早蝉声寂寞，新竹气清凉。
闲对临书案，看移晒药床。自怜归未得，犹寄在班行。

42 中夏昼卧
唐／刘兼

寂寂无聊九夏中，傍檐依壁待清风。壮图奇策无人问，不及南阳一卧龙。

43 奉和夏日游山应制
唐／蔡文恭

首夏林壑清，薄暮烟霞上。连岩耸百仞，绝壑临千丈。
照灼晚花鲜，潺湲夕流响。悠然动睿思，息驾寻真赏。
挼彼涡川作，怀兹洛滨想。窃吹等齐竽，何用承恩奖。

44 夏夜闻蚯蚓吟

唐／卢仝

夏夜雨欲作，傍砌蚯蚓吟。念尔无筋骨，也应天地心。
汝无亲朋累，汝无名利侵。孤韵似有说，哀怨何其深。
泛泛轻薄子，且夕还讴吟。肝胆异汝辈，热血徒相侵。

45 六月三十日水亭送华阴王少府还县（得潭字）

唐／岑参

亭晚人将别，池凉酒未酣。关门劳夕梦，仙掌引归骖。
荷叶藏鱼艇，藤花胃客簪。残云收夏暑，新雨带秋岚。
失路情无适，离怀思不堪。赖兹庭户里，别有小江潭。

46 石鱼湖上醉歌

唐／元结

石鱼湖，似洞庭，夏水欲满君山青。山为樽，水为沼，酒徒历历坐洲岛。
长风连日作大浪，不能废人运酒舫。我持长瓢坐巴丘，酌饮四坐以散愁。

47 竹

唐／郑谷

宜烟宜雨又宜风，拂水藏村复间松。移得萧骚从远寺，洗来疏净见前峰。
侵阶藓拆春芽进，绕径莎微夏荫浓。无赖杏花多意绪，数枝穿翠好相容。

48 庐山

唐／李中碧

控压浔阳景，崔嵬古及今。势雄超地表，翠盛接天心。
溢浦春烟列，星湾晚景沈。图经宜细览，题咏卒难任。
靖节门遥对，庾公楼俯临。参差含积雪，隐映见归禽。
峭拔推双剑，清虚数二林。白莲池宛在，翠辇事难寻。
天近星河冷，龙归洞穴深。谷春攒锦绣，石润叠琼琳。
玄鹤传仙拜，青猿伴客吟。泉通九江远，云出几州阴。

冬有灵汤溢，夏无炎暑侵。他年如遂隐，五老是知音。

49 状江南·季夏
唐 / 范灯

江南季夏天，身热汗如泉。蚊蚋成雷泽，袈裟作水田。

50 状江南·仲夏
唐 / 樊珣

江南仲夏天，时雨下如川。卢橘垂金弹，甘蕉吐白莲。

51 早夏月夜问王开
唐 / 刘商

清风首夏夜犹寒，嫩笋侵阶竹数竿。君向苏台长见月，不知何事此中看。

52 奉和夏日游山应制
唐 / 蔡文恭

首夏林壑清，薄暮烟霞上。连岩耸百仞，绝壑临千丈。
照灼晚花鲜，潺湲夕流响。悠然动睿思，息驾寻真赏。
挾彼涡川作，怀兹洛滨想。窃吹等齐竽，何用承恩奖。

53 夏日酬祥松二公见访
唐 / 李建勋

多谢空门客，时时出草堂。从容非有约，淡薄不相忘。
池映春篁老，檐垂夏果香。西峰正清霁，自与拂吟床。

54 夏夜宴明月湖
唐 / 薛逢

夏夜宴南湖，琴觞兴不孤。月摇天上桂，星泛浦中珠。
助照萤随舫，添盘笋进厨。圣朝思静默，堪守谷中愚。

55 三月晦日偶题
宋 / 秦观

节物相催各自新，痴心儿女挽留春。芳菲歇去何须恨，夏木阴阴正可人。

⁵⁶初夏绝句

宋／陆游

纷纷红紫已成尘，布谷声中夏令新。夹路桑麻行不尽，始知身是太平人。

⁵⁷夏日三首·其一

宋／张耒

长夏村墟风日清，檐牙燕雀已生成。蝶衣晒粉花枝舞，蛛网添丝屋角晴。

落落疏帘邀月影，嘈嘈虚枕纳溪声。久斑两鬓如霜雪，直欲渔樵过此生。

⁵⁸夏日山居好十首选一

宋／张耒

夏日山居好，清风报断梅。林深蚊却退，山合鸟飞回。

一霎过云雨，数声深水雷。绕园寻蠹笋，聊以荐山杯。

⁵⁹丑奴儿·博山道中效李易安体

宋／辛弃疾

千峰云起，骤雨一霎时价。更远树斜阳，风景怎生图画。

青旗卖酒，山那畔、别有人间，只消山水光中，无事过这一夏。

午醉醒时，松窗竹户，万千潇洒。野鸟飞来，又是一般闲暇。

却怪白鸥，觑着人、欲下未下。旧盟都在，新来莫是，别有说话。

⁶⁰喜晴

宋／范成大

窗间梅熟落蒂，墙下笋成出林。连雨不知春去，一晴方觉夏深。

⁶¹南歌子·疏雨池塘见

宋／贺铸

疏雨池塘见，微风襟袖知。阴阴夏木啭黄鹂，何处飞来白鹭立移时。

易醉扶头酒，难逢敌手棋。日长偏与睡相宜，睡起芭蕉叶上自题诗。

⁶² 如梦令

宋 / 赵长卿

居士年来懒散。凡事只从宽简。身外更无求，只要夏凉冬暖。
美满。美满。得过何须积趱。

⁶³ 点绛唇（五月二日，和昌甫所寄，并简叔通）

宋 / 韩淲

竹隐高深，夏凉日有清风度。苎衣绳屦。鹤发空相顾。
翠扑流烟，又向溪翁去。青山路。要当同住。长古无尘处。

⁶⁴ 夏意

宋 / 苏舜钦

别院深深夏席清，石榴开遍透帘明。树阴满地日当午，梦觉流莺时一声。

⁶⁵ 苏幕遮

宋 / 方千里

扇留风，冰却暑。夏木阴阴，相对黄鹂语。薄晚轻阴还阁雨。
远岸烟深，仿佛菱歌举。
燕归来，花落去。几度逢迎，几度伤羁旅。油壁西陵人识否。
好约追凉，小舣兼葭浦。

⁶⁶ 清平乐 · 池上纳凉

清 / 项鸿祚

水天清话，院静人销夏。蜡炬风摇帘不下，竹影半墙如画。
醉来扶上桃笙，熟罗扇子凉轻。一霎荷塘过雨，明朝便是秋声。

春夏秋冬之秋字

八十三首

¹长歌行

唐 / 李白

桃李待日开，荣华照当年。东风动百物，草木尽欲言。
枯枝无丑叶，涸水吐清泉。大力运天地，羲和无停鞭。
功名不早著，竹帛将何宣。桃李务青春，谁能贯白日。
富贵与神仙，蹉跎成两失。金石犹销铄，风霜无久质。
畏落日月后，强欢歌与酒。秋霜不惜人，倏忽侵蒲柳。

²子夜吴歌·秋歌

唐 / 李白

长安一片月，万户捣衣声。秋风吹不尽，总是玉关情。
何日平胡虏，良人罢远征。

³秋思

唐 / 李白

燕支黄叶落，妾望自登台。海上碧云断，单于秋色来。
胡兵沙塞合，汉使玉关回。征客无归日，空悲蕙草摧。

⁴秋思

唐 / 李白

春阳如昨日，碧树鸣黄鹂。芜然蕙草暮，飒尔凉风吹。
天秋木叶下，月冷莎鸡悲。坐愁群芳歇，白露凋华滋。

5 秋风词

唐 / 李白

秋风清，秋月明，落叶聚还散，寒鸦栖复惊。

相思相见知何日？此时此夜难为情！入我相思门，知我相思苦。

长相思兮长相忆，短相思兮无穷极。早知如此绊人心，何如当初莫相识。

6 峨眉山月歌

唐 / 李白

峨眉山月半轮秋，影入平羌江水流。 夜发清溪向三峡，思君不见下渝州。

7 白马篇

唐 / 李白

龙马花雪毛，金鞍五陵豪。秋霜切玉剑，落日明珠袍。

斗鸡事万乘，轩盖一何高。弓摧南山虎，手接太行猱。

酒后竞风采，三杯弄宝刀。杀人如剪草，剧孟同游遨。

发愤去函谷，从军向临洮。叱咤经百战，匈奴尽奔逃。

归来使酒气，未肯拜萧曹。羞入原宪室，荒淫隐蓬蒿。

8 秋登宣城谢脁北楼

唐 / 李白

江城如画里，山晚望晴空。两水夹明镜，双桥落彩虹。

人烟寒橘柚，秋色老梧桐。谁念北楼上，临风怀谢公。

9 秋登巴陵望洞庭

唐 / 李白

清晨登巴陵，周览无不极。明湖映天光，彻底见秋色。

秋色何苍然，际海俱澄鲜。山青灭远树，水绿无寒烟。

来帆出江中，去鸟向日边。风清长沙浦，山空云梦田。

瞻光惜颓发，阅水悲徂年。北渚既荡漾，东流自潺湲。

郢人唱白雪，越女歌采莲。听此更肠断，凭崖泪如泉。

¹⁰秋下荆门

唐／李白

霜落荆门江树空，布帆无恙挂秋风。此行不为鲈鱼鲙，自爱名山入剡中。

¹¹太原早秋

唐／李白

岁落众芳歇，时当大火流。霜威出塞早，云色渡河秋。
梦绕边城月，心飞故国楼。思归若汾水，无日不悠悠。

¹²秋雨叹三首

唐／杜甫

雨中百草秋烂死，阶下决明颜色鲜。著叶满枝翠羽盖，开花无数黄金钱。
凉风萧萧吹汝急，恐汝后时难独立。堂上书生空白头，临风三嗅馨香泣。
阑风长雨秋纷纷，四海八荒同一云。去马来牛不复辨，浊泾清渭何当分？
禾头生耳黍穗黑，农夫田妇无消息。城中斗米换衾裯，相许宁论两相值？
长安布衣谁比数？反锁衡门守环堵。老夫不出长蓬蒿，稚子无忧走风雨。
雨声飕飕催早寒，胡雁翅湿高飞难。秋来未曾见白日，泥污后土何时干？

¹³宿府

唐／杜甫

清秋幕府井梧寒，独宿江城蜡炬残。永夜角声悲自语，中天月色好谁看。
风尘荏苒音书绝，关塞萧条行路难。已忍伶俜十年事，强移栖息一枝安。

¹⁴客夜

唐／杜甫

客睡何曾著，秋天不肯明。卷帘残月影，高枕远江声。
计拙无衣食，途穷仗友生。老妻书数纸，应悉未归情。

¹⁵登高

唐／杜甫

风急天高猿啸哀，渚清沙白鸟飞回。无边落木萧萧下，不尽长江滚滚来。

万里悲秋常作客，百年多病独登台。艰难苦恨繁霜鬓，潦倒新停浊酒杯。

16 茅屋为秋风所破歌
唐／杜甫

八月秋高风怒号，卷我屋上三重茅。茅飞渡江洒江郊，高者挂罥长林梢，

下者飘转沉塘坳。南村群童欺我老无力，忍能对面为盗贼，公然抱茅入竹去。

唇焦口燥呼不得，归来倚杖自叹息。俄顷风定云墨色，秋天漠漠向昏黑。

布衾多年冷似铁，娇儿恶卧踏里裂。床头屋漏无干处，雨脚如麻未断绝。

自经丧乱少睡眠，长夜沾湿何由彻？安得广厦千万间，大庇天下寒士俱欢颜，

风雨不动安如山！呜呼！何时眼前突兀见此屋，吾庐独破受冻死亦足！

17 秋兴八首选四
唐／杜甫

千家山郭静朝晖，日日江楼坐翠微。信宿渔人还泛泛，清秋燕子故飞飞。

匡衡抗疏功名薄，刘向传经心事违。同学少年多不贱，五陵衣马自轻肥。

闻道长安似弈棋，百年世事不胜悲。王侯第宅皆新主，文武衣冠异昔时。

直北关山金鼓振，征西车马羽书驰。鱼龙寂寞秋江冷，故国平居有所思。

瞿塘峡口曲江头，万里风烟接素秋。花萼夹城通御气，芙蓉小苑入边愁。

珠帘绣柱围黄鹄，锦缆牙樯起白鸥。回首可怜歌舞地，秦中自古帝王州。

昆明池水汉时功，武帝旌旗在眼中。织女机丝虚夜月，石鲸鳞甲动秋风。

波漂菰米沉云黑，露冷莲房坠粉红。关塞极天惟鸟道，江湖满地一渔翁。

18 秋思
唐／白居易

病眠夜少梦，闲立秋多思。寂寞馀雨晴，萧条早寒至。

鸟栖红叶树，月照青苔地。何况镜中年，又过三十二。

19 秋虫
唐／白居易

切切暗窗下，喓喓深草里。秋天思妇心，雨夜愁人耳。

20 夜雨
唐 / 白居易

我有所念人，隔在远远乡。我有所感事，结在深深肠。
乡远去不得，无日不瞻望。肠深解不得，无夕不思量。
况此残灯夜，独宿在空堂。秋天殊未晓，风雨正苍苍。
不学头陀法，前心安可忘。

21 寒闺怨
唐 / 白居易

寒月沉沉洞房静，真珠帘外梧桐影。秋霜欲下手先知，灯底裁缝剪刀冷。

22 秋雨夜眠
唐 / 白居易

凉冷三秋夜，安闲一老翁。卧迟灯灭后，睡美雨声中。
灰宿温瓶火，香添暖被笼。晓晴寒未起，霜叶满阶红。

23 寄题馀杭郡楼 兼呈裴使君
唐 / 白居易

官历二十政，宦游三十秋。江山与风月，最忆是杭州。
北郭沙堤尾，西湖石岸头。绿筋春送客，红烛夜回舟。
不敢言遗爱，空知念旧游。凭君吟此句，题向望涛楼。

24 别元九后咏所怀
唐 / 白居易

零落桐叶雨，萧条槿花风。悠悠早秋意，生此幽闲中。
况与故人别，中怀正无悰。勿云不相送，心到青门东。
相知岂在多，但问同不同。同心一人去，坐觉长安空。

25 秋江送别二首 · 其一
唐 / 王勃

早是他乡值早秋，江亭明月带江流。已觉逝川伤别念，复看津树隐离舟。

²⁶秋夜曲

唐 / 王维

桂魄初生秋露微，轻罗已薄未更衣。银筝夜久殷勤弄，心怯空房不忍归。

²⁷山居秋暝

唐 / 王维

空山新雨后，天气晚来秋。明月松间照，清泉石上流。

竹喧归浣女，莲动下渔舟。随意春芳歇，王孙自可留。

²⁸辋川闲居赠裴秀才迪

唐 / 王维

寒山转苍翠，秋水日潺湲。倚杖柴门外，临风听暮蝉。

渡头馀落日，墟里上孤烟。复值接舆醉，狂歌五柳前。

²⁹长信怨

唐 / 王昌龄

金井梧桐秋叶黄，珠帘不卷夜来霜。熏笼玉枕无颜色，卧听南宫清漏长。

高殿秋砧响夜阑，霜深犹忆御衣寒。银灯青琐裁缝歇，还向金城明主看。

奉帚平明金殿开，暂将团扇共徘徊。玉颜不及寒鸦色，犹带昭阳日影来。

真成薄命久寻思，梦见君王觉后疑。火照西宫知夜饮，分明复道奉恩时。

长信宫中秋月明，昭阳殿下捣衣声。白露堂中细草迹，红罗帐里不胜情。

³⁰秋登兰山寄张五

唐 / 孟浩然

北山白云里，隐者自怡悦。相望试登高，心随雁飞灭。

愁因薄暮起，兴是清秋发。时见归村人，沙行渡头歇。

天边树若荠，江畔洲如月。何当载酒来，共醉重阳节。

³¹秋宵月下有怀

唐 / 孟浩然

秋空明月悬，光彩露沾湿。惊鹊栖未定，飞萤卷帘入。

庭槐寒影疏，邻杵夜声急。佳期旷何许，望望空伫立。

32 初秋
唐／孟浩然

不觉初秋夜渐长，清风习习重凄凉。炎炎暑退茅斋静，阶下丛莎有露光。

33 秋思
唐／张籍

洛阳城里见秋风，欲作家书意万重。复恐匆匆说不尽，行人临发又开封。

34 秋词
唐／刘禹锡

自古逢秋悲寂寥，我言秋日胜春朝。晴空一鹤排云上，便引诗情到碧霄。

35 秋风引
唐／刘禹锡

何处秋风至？萧萧送雁群。朝来入庭树，孤客最先闻。

36 秋夕
唐／杜牧

银烛秋光冷画屏，轻罗小扇扑流萤。天阶夜色凉如水，卧看牵牛织女星。

37 长安秋望
唐／杜牧

楼倚霜树外，镜天无一毫。南山与秋色，气势两相高。

38 登乐游原
唐／杜牧

长空澹澹孤鸟没，万古销沉向此中。看取汉家何事业，五陵无树起秋风。

39 夜雨寄北
唐／李商隐

君问归期未有期，巴山夜雨涨秋池。何当共剪西窗烛，却话巴山夜雨时。

⁴⁰暮秋独游曲江

唐 / 李商隐

荷叶生时春恨生，荷叶枯时秋恨成。 深知身在情长在，怅望江头江水声。

⁴¹宿骆氏亭寄怀崔雍崔衮

唐 / 李商隐

竹坞无尘水槛清，相思迢递隔重城。 秋阴不散霜飞晚，留得枯荷听雨声。

⁴²更漏子 · 玉炉香

唐 / 温庭筠

玉炉香，红蜡泪，偏照画堂秋思。眉翠薄，鬓云残，夜长衾枕寒。
梧桐树，三更雨，不道离情正苦。一叶叶，一声声，空阶滴到明。

⁴³秋夜寄邱员外

唐 / 韦应物

怀君属秋夜，散步咏凉天。空山松子落，幽人应未眠。

⁴⁴闻雁

唐 / 韦应物

故园渺何处，归思方悠哉。淮南秋雨夜，高斋闻雁来。

⁴⁵秋夜曲

唐 / 张仲素

丁丁漏水夜何长，漫漫轻云露月光。秋逼暗虫通夕响，征衣未寄莫飞霜。

⁴⁶中秋

唐 / 司空图

闲吟秋景外，万事觉悠悠。此夜若无月，一年虚过秋。

⁴⁷野望

唐 / 王绩

东皋薄暮望，徙倚欲何依。树树皆秋色，山山唯落晖。

牧人驱犊返，猎马带禽归。相顾无相识，长歌怀采薇。

48 十五夜望月寄杜郎中
唐／王建

中庭地白树栖鸦，冷露无声湿桂花。今夜月明人尽望，不知秋思落谁家。

49 古怨别
唐／孟郊

飒飒秋风生，愁人怨离别。含情两相向，欲语气先咽。
心曲千万端，悲来却难说。别后唯所思，天涯共明月。

50 采莲子·船动湖光滟滟秋
唐／皇甫松

船动湖光滟滟秋，贪看年少信船流。无端隔水抛莲子，遥被人知半日羞。

51 望秦川
唐／李颀

秦川朝望迥，日出正东峰。远近山河净，逶迤城阙重。
秋声万户竹，寒色五陵松。客有归欤叹，凄其霜露浓。

52 相见欢·无言独上西楼
五代／李煜

无言独上西楼，月如钩。寂寞梧桐深院锁清秋。
剪不断，理还乱，是离愁。别是一番滋味在心头。

53 虞美人·春花秋月何时了
五代／李煜

春花秋月何时了？往事知多少。小楼昨夜又东风，故国不堪回首月明中。
雕栏玉砌应犹在，只是朱颜改。问君能有几多愁？恰似一江春水向东流。

54 谢新恩·冉冉秋光留不住
五代／李煜

冉冉秋光留不住，满阶红叶暮。又是过重阳，台榭登临处，茱萸香坠。

紫菊气，飘庭户，晚烟笼细雨。雍雍新雁咽寒声，愁恨年年长相似。

⁵⁵偶成
宋／朱熹

少年易学老难成，一寸光阴不可轻。未觉池塘春草梦，阶前梧叶已秋声。

⁵⁶苏幕遮 · 怀旧
宋／范仲淹

碧云天，黄叶地。秋色连波，波上寒烟翠。山映斜阳天接水。

芳草无情，更在斜阳外。

黯乡魂，追旅思。夜夜除非，好梦留人睡。明月楼高休独倚。

酒入愁肠，化作相思泪。

⁵⁷念奴娇 · 中秋
宋／苏轼

凭高眺远，见长空万里，云无留迹。桂魄飞来，光射处，冷浸一天秋碧。

玉宇琼楼，乘鸾来去，人在清凉国。江山如画，望中烟树历历。

我醉拍手狂歌，举杯邀月，对影成三客。起舞徘徊风露下，今夕不知何夕？

便欲乘风，翻然归去，何用骑鹏翼。水晶宫里，一声吹断横笛。

⁵⁸蝶恋花 · 昨夜秋风来万里
宋／苏轼

昨夜秋风来万里。月上屏帏，冷透人衣袂。有客抱衾愁不寐。那堪玉漏长如岁。

羁舍留连归计未。梦断魂销，一枕相思泪。衣带渐宽无别意。新书报我添憔悴。

⁵⁹南乡子 · 重九涵辉楼呈徐君猷
宋／苏轼

霜降水痕收。浅碧鳞鳞露远洲。酒力渐消风力软，飕飕。破帽多情却恋头。

佳节若为酬。但把清尊断送秋。万事到头都是梦，休休。明日黄花蝶也愁。

60 满庭芳 · 碧水惊秋

宋 / 秦观

碧水惊秋，黄云凝暮，败叶零乱空阶。洞房人静，斜月照徘徊。
又是重阳近也，几处处、砧杵声催。西窗下，风摇翠竹，疑是故人来。
伤怀。增怅望，新欢易失，往事难猜。问篱边黄菊，知为谁开。
谩道愁须殢酒，酒未醒、愁已先回。凭阑久，金波渐转，白露点苍苔。

61 秋波媚 · 七月十六日晚登高兴亭望长安南山

宋 / 陆游

秋到边城角声哀，烽火照高台。悲歌击筑，凭高酹酒，此兴悠哉。
多情谁似南山月，特地暮云开。灞桥烟柳，曲江池馆，应待人来。

62 秋思

宋 / 陆游

利欲驱人万火牛，江湖浪迹一沙鸥。日长似岁闲方觉，事大如天醉亦休。
砧杵敲残深巷月，井梧摇落故园秋。欲舒老眼无高处，安得元龙百尺楼。

63 一剪梅 · 中秋元月

宋 / 辛弃疾

忆对中秋丹桂丛，花也杯中，月也杯中。今宵楼上一尊同，云湿纱窗，雨湿
纱窗。
浑欲乘风问化工，路也难通，信也难通。满堂唯有烛花红，歌且从容，杯且
从容。

64 踏莎行 · 庚戌中秋后二夕带湖篆冈小酌

宋 / 辛弃疾

夜月楼台，秋香院宇。笑吟吟地人来去。是谁秋到便凄凉？当年宋玉悲如许。
随分杯盘，等闲歌舞。问他有甚堪悲处？思量却也有悲时，重阳节近多风雨。

65 秋凉晚步

宋 / 杨万里

秋气堪悲未必然，轻寒正是可人天。绿池落尽红蕖却，荷叶犹开最小钱。

⁶⁶一剪梅·红藕香残玉簟秋
宋／李清照

红藕香残玉簟秋。轻解罗裳，独上兰舟。云中谁寄锦书来，雁字回时，月满西楼。

花自飘零水自流。一种相思，两处闲愁。此情无计可消除，才下眉头，却上心头。

⁶⁷点绛唇·蹴罢秋千
宋／李清照

蹴罢秋千，起来慵整纤纤手。露浓花瘦，薄汗轻衣透。

见客入来，袜刬金钗溜。和羞走，倚门回首，却把青梅嗅。

⁶⁸行香子·天与秋光
宋／李清照

天与秋光，转转情伤，探金英知近重阳。薄衣初试，绿蚁新尝，渐一番风，一番雨，一番凉。

黄昏院落，凄凄惶惶，酒醒时往事愁肠。那堪永夜，明月空床。闻砧声捣，蛩声细，漏声长。

⁶⁹鹧鸪天·寒日萧萧上琐窗
宋／李清照

寒日萧萧上琐窗，梧桐应恨夜来霜。酒阑更喜团茶苦，梦断偏宜瑞脑香。

秋已尽，日犹长，仲宣怀远更凄凉。不如随分尊前醉，莫负东篱菊蕊黄。

⁷⁰如梦令·昨夜雨疏风骤
宋／李清照

昨夜雨疏风骤，浓睡不消残酒。试问卷帘人，却道海棠依旧。知否，知否？应是绿肥红瘦。

⁷¹雨霖铃·寒蝉凄切
宋／柳永

寒蝉凄切，对长亭晚，骤雨初歇。都门帐饮无绪，留恋处，兰舟催发。

执手相看泪眼，竟无语凝噎。念去去，千里烟波，暮霭沉沉楚天阔。
多情自古伤离别，更那堪，冷落清秋节！今宵酒醒何处？杨柳岸，晓风残月。
此去经年，应是良辰美景虚设。便纵有千种风情，更与何人说？

72 少年游 · 长安古道马迟迟
宋／柳永

长安古道马迟迟，高柳乱蝉嘶。夕阳岛外，秋风原上，目断四天垂。
归云一去无踪迹，何处是前期？狎兴生疏，酒徒萧索，不似少年时。

73 思远人 · 红叶黄花秋意晚
宋／晏几道

红叶黄花秋意晚，千里念行客。飞云过尽，归鸿无信，何处寄书得。
泪弹不尽临窗滴。就砚旋研墨。渐写到别来，此情深处，红笺为无色。

74 秋怀
宋／欧阳修

节物岂不好，秋怀何黯然！西风酒旗市，细雨菊花天。
感事悲双鬓，包羞食万钱。鹿车何日驾，归去颍东田。

75 蝶恋花 · 越女采莲秋水畔
宋／欧阳修

越女采莲秋水畔。窄袖轻罗，暗露双金钏。照影摘花花似面。芳心只共丝争乱。
鸂鶒滩头风浪晚。雾重烟轻，不见来时伴。隐隐歌声归棹远。离愁引著江南岸。

76 玉楼春 · 别后不知君远近
宋／欧阳修

别后不知君远近。触目凄凉多少闷。渐行渐远渐无书，水阔鱼沉何处问。
夜深风竹敲秋韵。万叶千声皆是恨。故欹单枕梦中寻，梦又不成灯又烬。

77 水调歌头 · 秋色渐将晚
宋／叶梦得

秋色渐将晚，霜信报黄花。小窗低户深映，微路绕欹斜。为问山翁何事，坐看流年轻度，抃却鬓双华。徒倚望沧海，天净水明霞。

念平昔，空飘荡，遍天涯。归来三径重扫，松竹本吾家。却恨悲风时起，

冉冉云间新雁，边马怨胡笳。谁似东山老，谈笑静胡沙。

78 塞鸿秋 · 春情

元 / 张可久

疏星淡月秋千院，愁云恨雨芙蓉面。伤情燕足留红线，恼人鸾影闲团扇。

兽炉沉水烟，翠沼残花片。一行写入相思传。

79 临江仙 · 滚滚长江东逝水

明 / 杨慎

滚滚长江东逝水，浪花淘尽英雄。是非成败转头空。

青山依旧在，几度夕阳红。白发渔樵江渚上，惯看秋月春风。

一壶浊酒喜相逢。古今多少事，都付笑谈中。

80 卜算子 · 秋色到空闺

明 / 夏完淳

秋色到空闺，夜扫梧桐叶。谁料同心结不成，翻就相思结。

十二玉阑干，风动灯明灭。立尽黄昏泪几行，一片鸦啼月。

81 中秋月 · 中秋月

明 / 徐有贞

中秋月。月到中秋偏皎洁。偏皎洁，知他多少，阴晴圆缺。

阴晴圆缺都休说，且喜人间好时节。好时节，愿得年年，常见中秋月。

82 蝶恋花 · 出塞

清 / 纳兰性德

今古河山无定据。画角声中，牧马频来去。满目荒凉谁可语？西风吹老丹枫树。

从前幽怨应无数。铁马金戈，青冢黄昏路。一往情深深几许？深山夕照深秋雨。

⁸³杂感

清／黄景仁

仙佛茫茫两未成，只知独夜不平鸣。风蓬飘尽悲歌气，泥絮沾来薄幸名。
十有九人堪白眼，百无一用是书生。莫因诗卷愁成谶，春鸟秋虫自作声。

春夏秋冬之冬字
五十七首

¹夜坐吟
唐／李白

冬夜夜寒觉夜长，沉吟久坐坐北堂。冰合井泉月入闺，金缸青凝照悲啼。
金缸灭，啼转多。掩妾泪，听君歌。歌有声，妾有情。情声合，两无违。
一语不入意，从君万曲梁尘飞。

²拟古十二首选一
唐／李白

青天何历历，明星如白石。黄姑与织女，相去不盈尺。
银河无鹊桥，非时将安适。闺人理纨素，游子悲行役。
瓶冰知冬寒，霜露欺远客。客似秋叶飞，飘飘不言归。
别后罗带长，愁宽去时衣。乘月托宵梦，因之寄金徽。

³观放白鹰二首
唐／李白

八月边风高，胡鹰白锦毛。孤飞一片雪，百里见秋毫。
寒冬十二月，苍鹰八九毛。寄言燕雀莫相啅，自有云霄万里高。

⁴小至
唐／杜甫

天时人事日相催，冬至阳生春又来。刺绣五纹添弱线，吹葭六琯动浮灰。
岸容待腊将舒柳，山意冲寒欲放梅。云物不殊乡国异，教儿且覆掌中杯。

5 孟冬

唐／杜甫

殊俗还多事，方冬变所为。破甘霜落爪，尝稻雪翻匙。

巫峡寒都薄，乌蛮瘴远随。终然减滩濑，暂喜息蛟螭。

6 柏学士茅屋

唐／杜甫

碧山学士焚银鱼，白马却走深岩居。古人已用三冬足，年少今开万卷余。

晴云满户团倾盖，秋水浮阶溜决渠。富贵必从勤苦得，男儿须读五车书。

7 悲陈陶

唐／杜甫

孟冬十郡良家子，血作陈陶泽中水。野旷天清无战声，四万义军同日死。

群胡归来血洗箭，仍唱胡歌饮都市。都人回面向北啼，日夜更望官军至。

8 兵车行

唐／杜甫

车辚辚，马萧萧，行人弓箭各在腰。爷娘妻子走相送，尘埃不见咸阳桥。

牵衣顿足拦道哭，哭声直上干云霄。道旁过者问行人，行人但云点行频。

或从十五北防河，便至四十西营田。去时里正与裹头，归来头白还戍边。

边庭流血成海水，武皇开边意未已。君不闻，汉家山东二百州，千村万落生荆杞。

纵有健妇把锄犁，禾生陇亩无东西。况复秦兵耐苦战，被驱不异犬与鸡。

长者虽有问，役夫敢申恨？且如今年冬，未休关西卒。

县官急索租，租税从何出？信知生男恶，反是生女好。

生女犹得嫁比邻，生男埋没随百草。君不见，青海头，古来白骨无人收。

新鬼烦冤旧鬼哭，天阴雨湿声啾啾！

⁹邯郸冬至夜思家

唐／白居易

邯郸驿里逢冬至，抱膝灯前影伴身。 想得家中夜深坐，还应说着远行人。

¹⁰早冬

唐／白居易

十月江南天气好，可怜冬景似春华。霜轻未杀萋萋草，日暖初干漠漠沙。
老柘叶黄如嫩树，寒樱枝白是狂花。此时却羡闲人醉，五马无由入酒家。

¹¹盆浦早冬

唐／白居易

浔阳孟冬月，草木未全衰。祇抵长安陌，凉风八月时。
日西盆水曲，独行吟旧诗。蓼花始零落，蒲叶稍离披。
但作城中想，何异曲江池。

¹²咏兴五首·解印出公府

唐／白居易

解印出公府，斗薮尘土衣。百吏放尔散，双鹤随我归。
归来履道宅，下马入柴扉。马嘶返旧枥，鹤舞还故池。
鸡犬何忻忻，邻里亦依依。年颜老去日，生计胜前时。
有帛御冬寒，有谷防岁饥。饱于东方朔，乐于荣启期。
人生且如此，此外吾不知。

¹³寓意诗五首·其一

唐／白居易

豫樟生深山，七年而后知。挺高二百尺，本末皆十围。
天子建明堂，此材独中规。匠人执斤墨，采度将有期。
孟冬草木枯，烈火燎山陂。疾风吹猛焰，从根烧到枝。
养材三十年，方成栋梁姿。一朝为灰烬，柯叶无子遗。
地虽生尔材，天不与尔时。不如粪土英，犹有人掇之。

已矣勿重陈，重陈令人悲。不悲焚烧苦，但悲采用迟。

14 江南遇天宝乐叟

唐／白居易

白头病叟泣且言，禄山未乱入梨园。能弹琵琶和法曲，　多在华清随至尊。
是时天下太平久，年年十月坐朝元。千官起居环珮合，　万国会同车马奔。
金钿照耀石瓮寺，　兰麝熏煮温汤源。贵妃宛转侍君侧，　体弱不胜珠翠繁。
冬雪飘飖锦袍暖，春风荡漾霓裳翻。欢娱未足燕寇至，　弓劲马肥胡语喧。
圜土人迁避夷狄，鼎湖龙去哭轩辕。从此漂沦落南土，　万人死尽一身存。
秋风江上浪无限，　暮雨舟中酒一尊。涸鱼久失风波势，　枯草曾沾雨露恩。
我自秦来君莫问，骊山渭水如荒村。新丰树老笼明月，　长生殿暗锁春云。
红叶纷纷盖欹瓦，绿苔重重封坏垣。唯有中官作宫使，　每年寒食一开门。

15 冬夜书怀

唐／王维

冬宵寒且永，夜漏宫中发。草白霭繁霜，木衰澄清月。
丽服映颓颜，朱灯照华发。汉家方尚少，顾影惭朝谒。

16 感遇·江南有丹橘

唐／张九龄

江南有丹橘，经冬犹绿林。岂伊地气暖？自有岁寒心。
可以荐嘉客，奈何阻重深。运命惟所遇，循环不可寻。
徒言树桃李，此木岂无阴？

17 感遇诗三十八首其二十九

唐／陈子昂

丁亥岁云暮，西山事甲兵。赢粮匝邛道，荷戟争羌城。
严冬阴风劲，穷岫泄云生。昏曀无昼夜，羽檄复相惊。
拳跼竞万仞，崩危走九冥。籍籍峰壑里，哀哀冰雪行。
圣人御宇宙，闻道泰阶平。肉食谋何失，藜藿缅纵横。

¹⁸渡汉江

唐／宋之问

岭外音书断，经冬复历春。近乡情更怯，不敢问来人。

¹⁹早梅

唐／张谓

一树寒梅白玉条，迥临村路傍溪桥。不知近水花先发，疑是经冬雪未销。

²⁰远望

唐／元稹

满眼伤心冬景和，一山红树寺边多。仲宣无限思乡泪，漳水东流碧玉波。

²¹玉泉道中作

唐／元稹

楚俗物候晚，孟冬才有霜。早农半华实，夕水含风凉。
遐想云外寺，峰峦渺相望。松门接官路，泉脉连僧房。
微露上弦月，暗焚初夜香。谷深烟壒净，山虚钟磬长。
念此清境远，复忧尘事妨。行行即前路，勿滞分寸光。

²²杏花

唐／韩愈

居邻北郭古寺空，杏花两株能白红。曲江满园不可到，看此宁避雨与风。
二年流窜出岭外，所见草木多异同。冬寒不严地恒泄，阳气发乱无全功。
浮花浪蕊镇长有，才开还落瘴雾中。山榴踯躅少意思，照耀黄紫徒为丛。
鹧鸪钩辀猿叫歇，杳杳深谷攒青枫。岂如此树一来玩，若在京国情何穷。
今旦胡为忽惆怅，万片飘泊随西东。明年更发应更好，道人莫忘邻家翁。

²³天星送杨凝郎中贺正

唐／韩愈

天星牢落鸡喔咿，仆夫起餐车载脂。正当穷冬寒未已，借问君子行安之。
会朝元正无不至，受命上宰须及期。侍从近臣有虚位，公今此去归何时。

²⁴寄卢庾

唐 / 韦应物

悠悠远离别，分此欢会难。如何两相近，反使心不安。
乱发思一栉，垢衣思一浣。岂如望友生，对酒起长叹。
时节异京洛，孟冬天未寒。广陵多车马，日夕自游盘。
独我何耿耿，非君谁为欢。

²⁵子夜冬歌

唐 / 崔国辅

寂寥抱冬心，裁罗又裂裂。夜久频挑灯，霜寒剪刀冷。

²⁶冬夜题旅馆

唐 / 钱起

退飞忆林薮，乐业羡黎庶。四海尽穷途，一枝无宿处。
严冬北风急，中夜哀鸿去。孤烛思何深，寒窗坐难曙。
劳歌待明发，惆怅盈百虑。

²⁷首冬寄河东昭德里书事贻郑损仓曹

唐 / 卢纶

清冬和暖天，老钝昼多眠。日爱闾巷静，每闻官吏贤。
寒菹供家食，腐叶宿厨烟。且复执杯酒，无烦轻议边。

²⁸冬日暮国清寺留题

唐 / 刘昭禹

天台山下寺，冬暮景如屏。树密风长在，年深像有灵。
高钟疑到月，远烧欲连星。因共真僧话，心中万虑宁。

²⁹苏氏别业

唐 / 祖咏

别业居幽处，到来生隐心。南山当户牖，沣水映园林。
屋覆经冬雪，庭昏未夕阴。寥寥人境外，闲坐听春禽。

30 枯木诗辞召命作

唐 / 翁洮

枯木傍溪崖，由来岁月赊。有根盘水石，无叶接烟霞。
二月苔为色，三冬雪作花。不因星使至，谁识是灵槎。

31 冬日送僧归吴中旧居

唐 / 薛能

去扫冬林下，闲持未遍经。为山低凿牖，容月广开庭。
旧业云千里，生涯水一瓶。还应觅新句，看雪倚禅扃。

32 冬至酬刘使君

唐 / 殷尧藩

异乡冬至又今朝，回首家山入梦遥。渐喜一阳从地复，却怜群涉逐冰消。
梅含露蕊知迎腊，柳拂宫袍忆候朝。多少故人承宴赏，五云堆里听箫韶。

33 状江南 · 季冬

唐 / 丘丹

江南季冬月，红蟹大如斛。湖水龙为镜，炉峰气作烟。

34 状江南 · 仲冬

唐 / 吕渭

江南仲冬天，紫蔗节如鞭。海将盐作雪，出用火耕田。

35 早觉有感

唐 / 吕温

东方殊未明，暗室虫正飞。先觉忽先起，衣裳颠倒时。
严冬寒漏长，此夜如何其。不用思秉烛，扶桑有清晖。

36 孟冬蒲津关河亭作

唐 / 吕温

息驾非穷途，未济岂迷津。独立大河上，北风来吹人。

雪霜自兹始，草木当更新。严冬不肃杀，何以见阳春。

37 状江南 · 孟冬

唐 / 谢良辅

江南孟冬天，荻穗软如绵。绿绢芭蕉裂，黄金橘柚悬。

38 题赵生壁

唐 / 李贺

大妇然竹根，中妇春玉屑。冬暖拾松枝，日烟坐蒙灭。
木藓青桐老，石井水声发。曝背卧东亭，桃花满肌骨。

39 河南府试十二月乐词 · 十二月

唐 / 李贺

日脚淡光红洒洒，薄霜不销桂枝下。依稀和气排冬严，已就长日辞长夜。

40 洛阳城外别皇甫湜

唐 / 李贺

洛阳吹别风，龙门起断烟。冬树束生涩，晚紫凝华天。
单身野霜上，疲马飞蓬间。凭轩一双泪，奉坠绿衣前。

41 神弦

唐 / 李贺

女巫浇酒云满空，玉炉炭火香冬冬。海神山鬼来座中，
纸钱窸窣鸣旋风。相思木帖金舞鸾，攒蛾一啑重一弹。
呼星召鬼歆杯盘，山魅食时人森寒。终南日色低平湾，
神兮长在有无间。神嗔神喜师更颜，送神万骑还青山。

42 冬至夜郡斋宴别前华阴卢主簿

唐 / 张登

虎宿方冬至，鸡人积夜筹。相逢一尊酒，共结两乡愁。
王俭花为府，卢谌幄内瑶。明朝更临水，怅望岭南流。

⁴³即目

唐／李郢

自笑腾腾者，非憨又不狂。何为跧似鼠，而复怯于獐。
落拓无生计，伶俜恋酒乡。冥搜得诗窟，偶战出文场。
爱雪愁冬尽，怀人觉夜长。石楼多爽气，榰案有馀香。
运去非关拙，时来不在忙。平生两闲暇，孤趣满沧浪。

⁴⁴逢贾岛

唐／张籍

僧房逢着款冬花，出寺行吟日已斜。十二街中春雪遍，马蹄今去入谁家。

⁴⁵洛阳行

唐／张籍

洛阳宫阙当中州，城上峨峨十二楼。翠华西去几时返，枭巢乳鸟藏蛰燕。
御门空锁五十年，税彼农夫修玉殿。六街朝暮鼓冬冬，禁兵持戟守空宫。
百官月月拜章表，驿使相续长安道。上阳宫树黄复绿，野豺入苑食麋鹿。
陌上老翁双泪垂，共说武皇巡幸时。

⁴⁶献从兄

唐／张籍

悠悠旱天云，不远如飞尘。贤达失其所，沉飘同众人。
擢秀登王畿，出为良使宾。名高满朝野，幼贱谁不闻。
一朝遇谗邪，流窜八九春。诏书近迁移，组绶未及身。
冬井无寒冰，玉润难为焚。虚怀日迢遥，荣辱常保纯。
我念出游时，勿吟康乐文。愿言灵溪期，聊欲相依因。

⁴⁷送侯判官赴广州从军

唐／张籍

年少才高求自展，将身万里赴军门。辟书远到开呈客，公服新成著谢恩。
驿舫过江分白堠，戍亭当岭见红幡。海花蛮草连冬有，行处无家不满园。

⁴⁸冬日作

唐 / 裴说

粝食拥败絮，苦吟吟过冬。稍寒人却健，太饱事多慵。
树老生烟薄，墙阴贮雪重。安能只如此，公道会相容。

⁴⁹十月二十八日风雨大作

宋 / 陆游

风怒欲拔木，雨暴欲掀屋。风声翻海涛，雨点堕车轴。
拄门那敢开，吹火不得烛。岂惟涨沟溪，势已卷平陆。
辛勤薙宿麦，所望明年熟；一饱正自艰，五穷故相逐。
南邻更可念，布被冬未赎；明朝甑复空，母子相持哭。

⁵⁰观村童戏溪上

宋 / 陆游

雨余溪水掠堤平，闲看村童谢晚晴。竹马踉蹡冲淖去，纸鸢跋扈挟风鸣。
三冬暂就儒生学，千耦还从父老耕。识字粗堪供赋役，不须辛苦慕公卿。

⁵¹西湖曲

宋 / 朱敦儒

今冬寒早风光好。休怪拥先欹絮帽。蟹肥一个可称斤，酒美三杯真合道。
年年闲梦垂垂了。且喜风松吹不倒。平分两月是新春，却共梅花依旧笑。

⁵²勤学

宋 / 汪洙

学向勤中得，萤窗万卷书。三冬今足用，谁笑腹空虚。

⁵³如梦令

宋 / 赵长卿

居士年来懒散。凡事只从宽简。身外更无求，只要夏凉冬暖。
美满。美满。得过何须积趱。

⁵⁴菩萨蛮·冬

宋 / 鉴堂

浦南回桨归庭户。户庭归桨回南浦。帘卷欲晴天。天晴欲卷帘。

月光交映雪。雪映交光月。残漏怯宵寒。寒宵怯漏残。

⁵⁵临江山

宋 / 韩世忠

冬看山林萧疏净，春来地润花浓。少年衰老与山同。世间争名利，富贵与贫穷。

荣贵非干长生药，清闲是不死门风。劝君识取主人公。单方只一味，尽在不言中。

⁵⁶菩萨蛮·白日惊飚冬已半

清 / 纳兰性德

白日惊飚冬已半，解鞍正值昏鸦乱。冰合大河流，茫茫一片愁。

烧痕空极望，鼓角高城上。明日近长安，客心愁未阑。

⁵⁷山居杂咏

清 / 黄宗羲

锋镝牢囚取次过，依然不废我弦歌。死犹未肯输心去，贫亦岂能奈我何！

廿两棉花装破被，三根松木煮空锅。一冬也是堂堂地，岂信人间胜著多。

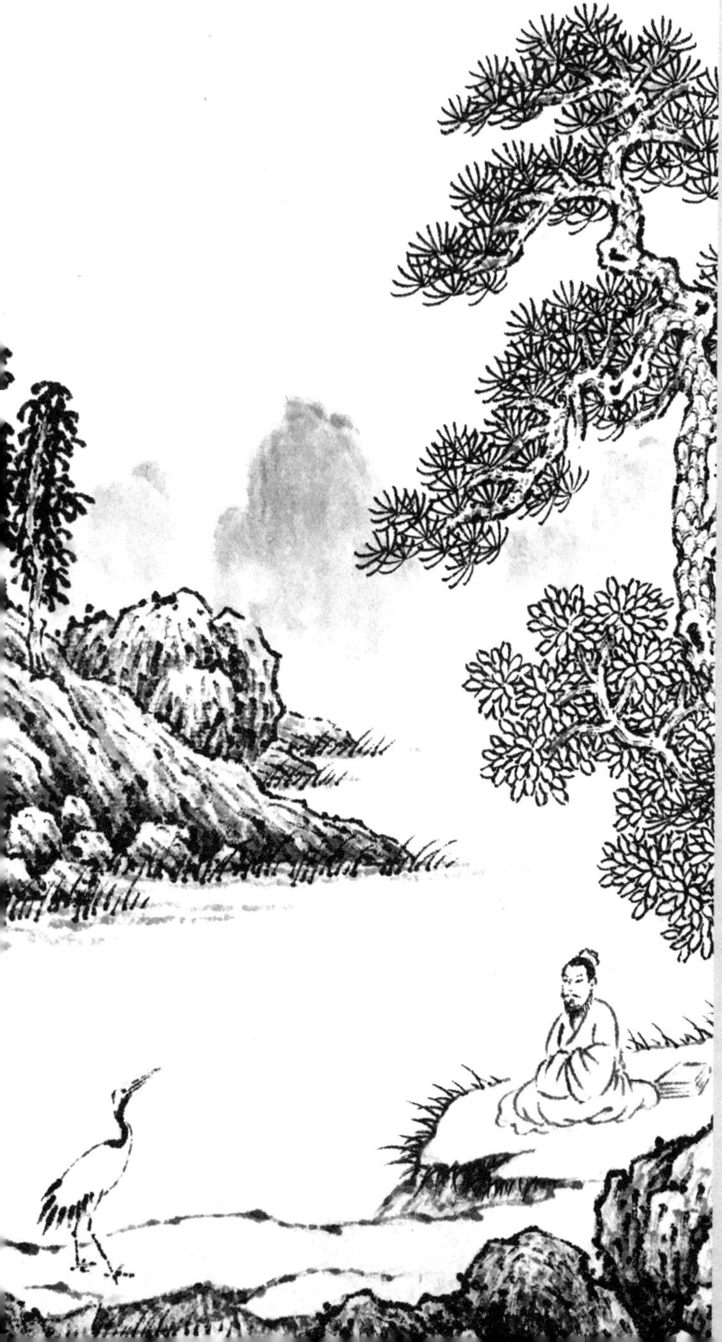

贰·风花雪月

风花雪月之风字

¹三五七言

唐/李白

秋风清，秋月明，落叶聚还散，寒鸦栖复惊。

相思相见知何日？此时此夜难为情！入我相思门，知我相思苦。

长相思兮长相忆，短相思兮无穷极。早知如此绊人心，何如当初莫相识。

²子夜吴歌·秋歌

唐/李白

长安一片月，万户捣衣声。秋风吹不尽，总是玉关情。

何日平胡虏，良人罢远征。

³金陵酒肆留别

唐/李白

风吹柳花满店香，吴姬压酒唤客尝。金陵子弟来相送，欲行不行各尽觞。

请君试问东流水，别意与之谁短长。（一作：劝客）

⁴行路难三首选二

唐/李白

金樽清酒斗十千，玉盘珍羞直万钱。停杯投箸不能食，拔剑四顾心茫然。

欲渡黄河冰塞川，将登太行雪满山。闲来垂钓碧溪上，忽复乘舟梦日边。

行路难！行路难！多歧路，今安在？长风破浪会有时，直挂云帆济沧海。

有耳莫洗颍川水，有口莫食首阳蕨。含光混世贵无名，何用孤高比云月？

吾观自古贤达人，功成不退皆殒身。子胥既弃吴江上，屈原终投湘水滨。

陆机雄才岂自保？李斯税驾苦不早。华亭鹤唳讵可闻？上蔡苍鹰何足道？

君不见吴中张翰称达生，秋风忽忆江东行。

且乐生前一杯酒，何须身后千载名？

⁵酬裴侍御对雨感时见赠

唐／李白

雨色秋来寒，风严清江爽。孤高绣衣人，潇洒青霞赏。

平生多感激，忠义非外奖。祸连积怨生，事及徂川往。

楚邦有壮士，鄢郢翻扫荡。申包哭秦庭，泣血将安仰。

鞭尸辱已及，堂上罗宿莽。颇似今之人，蟊贼陷忠谠。

渺然一水隔，何由税归鞅。日夕听猿怨，怀贤盈楚想。

⁶落日忆山中

唐／李白

雨后烟景绿，晴天散馀霞。东风随春归，发我枝上花。

花落时欲暮，见此令人嗟。愿游名山去，学道飞丹砂。

⁷秋下荆门

唐／李白

霜落荆门江树空，布帆无恙挂秋风。此行不为鲈鱼鲙，自爱名山入剡中。

⁸秋风二首

唐／杜甫

秋风淅淅吹巫山，上牢下牢修水关。吴樯楚柁牵百丈，暖向神都寒未还。

要路何日罢长戟，战自青羌连百蛮。中巴不曾消息好，暝传戍鼓长云间。

秋风淅淅吹我衣，东流之外西日微。天清小城捣练急，石古细路行人稀。

不知明月为谁好，早晚孤帆他夜归。会将白发倚庭树，故园池台今是非。

9 秋兴八首选三

唐／杜甫

玉露凋伤枫树林，巫山巫峡气萧森。江间波浪兼天涌，塞上风云接地阴。
丛菊两开他日泪，孤舟一系故园心。寒衣处处催刀尺，白帝城高急暮砧。
瞿塘峡口曲江头，万里风烟接素秋。花萼夹城通御气，芙蓉小苑入边愁。
珠帘绣柱围黄鹄，锦缆牙墙起白鸥。回首可怜歌舞地，秦中自古帝王州。
昆明池水汉时功，武帝旌旗在眼中。织女机丝虚夜月，石鲸鳞甲动秋风。
波漂菰米沉云黑，露冷莲房坠粉红。关塞极天惟鸟道，江湖满地一渔翁。

10 江汉

唐／杜甫

江汉思归客，乾坤一腐儒。片云天共远，永夜月同孤。
落日心犹壮，秋风病欲疏。古来存老马，不必取长途。

11 春夜喜雨

唐／杜甫

好雨知时节，当春乃发生。随风潜入夜，润物细无声。
野径云俱黑，江船火独明。晓看红湿处，花重锦官城。

12 蒹葭

唐／杜甫

摧折不自守，秋风吹若何。暂时花戴雪，几处叶沉波。
体弱春风早，丛长夜露多。江湖后摇落，亦恐岁蹉跎。

13 赠花卿

唐／杜甫

锦城丝管日纷纷，半入江风半入云。此曲只应天上有，人间能得几回闻。

14 茅屋为秋风所破歌

唐／杜甫

八月秋高风怒号，卷我屋上三重茅。茅飞渡江洒江郊，高者挂罥长林梢，下者飘转沉塘坳。南村群童欺我老无力，忍能对面为盗贼，公然抱茅入竹去。

唇焦口燥呼不得，归来倚杖自叹息。俄顷风定云墨色，秋天漠漠向昏黑。

布衾多年冷似铁，娇儿恶卧踏里裂。床头屋漏无干处，雨脚如麻未断绝。

自经丧乱少睡眠，长夜沾湿何由彻？

安得广厦千万间，大庇天下寒士俱欢颜，风雨不动安如山！

呜呼！何时眼前突兀见此屋，吾庐独破受冻死亦足！

15 登高
唐 / 杜甫

风急天高猿啸哀，渚清沙白鸟飞回。无边落木萧萧下，不尽长江滚滚来。

万里悲秋常作客，百年多病独登台。艰难苦恨繁霜鬓，潦倒新停浊酒杯。

16 天末怀李白
唐 / 杜甫

凉风起天末，君子意如何。鸿雁几时到，江湖秋水多。

文章憎命达，魑魅喜人过。应共冤魂语，投诗赠汨罗。

17 春风
唐 / 白居易

春风先发苑中梅，樱杏桃梨次第开。荠花榆荚深村里，亦道春风为我来。

18 荆轲歌 / 渡易水歌
先秦 / 佚名

风萧萧兮易水寒，壮士一去兮不复还。

探虎穴兮入蛟宫，仰天呼气兮成白虹。

19 大风歌
汉 / 刘邦

大风起兮云飞扬，威加海内兮归故乡。安得猛士兮守四方！

²⁰秋风辞

汉 / 刘彻

秋风起兮白云飞，草木黄落兮雁南归。兰有秀兮菊有芳，怀佳人兮不能忘。
泛楼船兮济汾河，横中流兮扬素波。箫鼓鸣兮发棹歌，欢乐极兮哀情多。
少壮几时兮奈老何！

²¹敕勒歌

南北朝 / 乐府诗集

敕勒川，阴山下。天似穹庐，笼盖四野。
天苍苍，野茫茫。风吹草低见牛羊。

²²咏风

唐 / 王勃

肃肃凉风生，加我林壑清。驱烟寻涧户，卷雾出山楹。
去来固无迹，动息如有情。日落山水静，为君起松声。

²³凉州词二首·其一

唐 / 王之涣

黄河远上白云间，一片孤城万仞山。羌笛何须怨杨柳，春风不度玉门关。

²⁴塞下曲·秋风夜渡河

唐 / 王昌龄

秋风夜渡河，吹却雁门桑。遥见胡地猎，鞴马宿严霜。
五道分兵去，孤军百战场。功多翻下狱，士卒但心伤。

²⁵春晓

唐 / 孟浩然

春眠不觉晓，处处闻啼鸟。夜来风雨声，花落知多少。

²⁶洞庭湖阻风赠张十一署

唐 / 韩愈

十月阴气盛，北风无时休。苍茫洞庭岸，与子维双舟。

雾雨晦争泄，波涛怒相投。犬鸡断四听，粮绝谁与谋。

相去不容步，险如碍山丘。清谈可以饱，梦想接无由。

男女喧左右，饥啼但啾啾。非怀北归兴，何用胜羁愁。

云外有白日，寒光自悠悠。能令暂开雾，过是吾无求。

27 咏柳

唐 / 贺知章

碧玉妆成一树高，万条垂下绿丝绦。不知细叶谁裁出，二月春风似剪刀。

28 赠别二首

唐 / 杜牧

娉娉袅袅十三余，豆蔻梢头二月初。春风十里扬州路，卷上珠帘总不如。

多情却似总无情，唯觉樽前笑不成。蜡烛有心还惜别，替人垂泪到天明。

29 题都城南庄

唐 / 崔护

去年今日此门中，人面桃花相映红。人面不知何处去，桃花依旧笑春风。

30 无题 · 相见时难别亦难

唐 / 李商隐

相见时难别亦难，东风无力百花残。春蚕到死丝方尽，蜡炬成灰泪始干。

晓镜但愁云鬓改，夜吟应觉月光寒。蓬山此去无多路，青鸟殷勤为探看。

31 少年行四首 · 其三

唐 / 令狐楚

弓背霞明剑照霜，秋风走马出咸阳。未收天子河湟地，不拟回头望故乡。

32 夜书所见

宋 / 叶绍翁

萧萧梧叶送寒声，江上秋风动客情。知有儿童挑促织，夜深篱落一灯明。

33 蝉

唐／虞世南

垂緌饮清露，流响出疏桐。居高声自远，非是藉秋风。

34 曲池荷

唐／卢照邻

浮香绕曲岸，圆影覆华池。常恐秋风早，飘零君不知。

35 秋风引

唐／刘禹锡

何处秋风至？萧萧送雁群。朝来入庭树，孤客最先闻。

36 始闻秋风

唐／刘禹锡

昔看黄菊与君别，今听玄蝉我却回。五夜飕飗枕前觉，一夜颜妆镜中来。
马思边草拳毛动，雕眄青云睡眼开。天地肃清堪开望，为君扶病上高台。

37 军城早秋

唐／严武

昨夜秋风入汉关，朔云边月满西山。更催飞将追骄虏，莫遣沙场匹马还。

38 嘲春风

唐／温庭筠

春风何处好，别殿饶芳草。苒袅转鸾旗，萎蕤吹雉葆。
扬芳历九门，澹荡入兰荪。争奈白团扇，时时偷主恩。

39 别董大二首

唐／高适

千里黄云白日曛，北风吹雁雪纷纷。莫愁前路无知己，天下谁人不识君。
六翮飘飖私自怜，一离京洛十余年。丈夫贫贱应未足，今日相逢无酒钱。

⁴⁰秋思

唐／张籍

洛阳城里见秋风，欲作家书意万重。复恐匆匆说不尽，行人临发又开封。

⁴¹走马川行奉送封大夫出师西征

唐／岑参

君不见走马川行雪海边，平沙莽莽黄入天。

轮台九月风夜吼，一川碎石大如斗，随风满地石乱走。

匈奴草黄马正肥，金山西见烟尘飞，汉家大将西出师。

将军金甲夜不脱，半夜军行戈相拨，风头如刀面如割。

马毛带雪汗气蒸，五花连钱旋作冰，幕中草檄砚水凝。

虏骑闻之应胆慑，料知短兵不敢接，车师西门伫献捷。

⁴²白雪歌送武判官归京

唐／岑参

北风卷地白草折，胡天八月即飞雪。忽如一夜春风来，千树万树梨花开。

散入珠帘湿罗幕，狐裘不暖锦衾薄。将军角弓不得控，都护铁衣冷难着。

瀚海阑干百丈冰，愁云惨淡万里凝。中军置酒饮归客，胡琴琵琶与羌笛。

纷纷暮雪下辕门，风掣红旗冻不翻。轮台东门送君去，去时雪满天山路。

山回路转不见君，雪上空留马行处。

⁴³金铜仙人辞汉歌

唐／李贺

茂陵刘郎秋风客，夜闻马嘶晓无迹。画栏桂树悬秋香，三十六宫土花碧。

魏官牵车指千里，东关酸风射眸子。空将汉月出宫门，忆君清泪如铅水。

衰兰送客咸阳道，天若有情天亦老。携盘独出月荒凉，渭城已远波声小。

⁴⁴竹窗闻风寄苗发司空曙

唐／李益

微风惊暮坐，临牖思悠哉。开门复动竹，疑是故人来。

时滴枝上露，稍沾阶下苔。何当一入幌，为拂绿琴埃。

⁴⁵ 逢雪宿芙蓉山

唐 / 刘长卿

日暮苍山远，天寒白屋贫。柴门闻犬吠，风雪夜归人。

⁴⁶ 登科后

唐 / 孟郊

昔日龌龊不足夸，今朝放荡思无涯。 春风得意马蹄疾，一日看尽长安花。

⁴⁷ 古怨别

唐 / 孟郊

飒飒秋风生，愁人怨离别。含情两相向，欲语气先咽。
心曲千万端，悲来却难说。别后唯所思，天涯共明月。

⁴⁸ 乌夜啼 · 昨夜风兼雨

五代 / 李煜

昨夜风兼雨，帘帏飒飒秋声。烛残漏滴频欹枕，起坐不能平。
世事漫随流水，算来一梦浮生。醉乡路稳宜频到，此外不堪行。

⁴⁹ 谒金门 · 风乍起

五代 / 冯延巳

风乍起，吹皱一池春水。闲引鸳鸯香径里，手挼红杏蕊。
斗鸭阑干独倚，碧玉搔头斜坠。终日望君君不至，举头闻鹊喜。

⁵⁰ 泊船瓜洲

宋 / 王安石

京口瓜洲一水间，钟山只隔数重山。春风又绿江南岸，明月何时照我还？

⁵¹ 绝句 · 古木阴中系短篷

宋 / 志南

古木阴中系短篷，杖藜扶我过桥东。沾衣欲湿杏花雨，吹面不寒杨柳风。

⁵²玉楼春·别后不知君远近

宋／欧阳修

别后不知君远近。触目凄凉多少闷。渐行渐远渐无书，水阔鱼沉何处问。

夜深风竹敲秋韵。万叶千声皆是恨。故欹单枕梦中寻，梦又不成灯又烬。

⁵³新晴

宋／刘攽

青苔满地初晴后，绿树无人昼梦余。唯有南风旧相识，偷开门户又翻书。

⁵⁴春思

宋／方岳

春风多可太忙生，长共花边柳外行。与燕作泥蜂酿蜜，才吹小雨又须晴。

⁵⁵少年游·长安古道马迟迟

宋／柳永

长安古道马迟迟，高柳乱蝉嘶。夕阳岛外，秋风原上，目断四天垂。归云一去无踪迹，何处是前期？狎兴生疏，酒徒萧索，不似少年时。

⁵⁶雨霖铃·寒蝉凄切

宋／柳永

寒蝉凄切，对长亭晚，骤雨初歇。都门帐饮无绪，留恋处，兰舟催发。

执手相看泪眼，竟无语凝噎。念去去，千里烟波，暮霭沉沉楚天阔。

多情自古伤离别，更那堪，冷落清秋节！今宵酒醒何处？杨柳岸，晓风残月。

此去经年，应是良辰好景虚设。便纵有千种风情，更与何人说？

⁵⁷钗头凤·红酥手

宋／陆游

红酥手，黄滕酒，满城春色宫墙柳。东风恶，欢情薄。

一怀愁绪，几年离索。错、错、错。

春如旧，人空瘦，泪痕红浥鲛绡透。桃花落，闲池阁。

山盟虽在，锦书难托。莫、莫、莫！

⁵⁸ 十月二十八日夜风雨大作

宋 / 陆游

风怒欲拔木，雨暴欲掀屋。风声翻海涛，雨点堕车轴。

拄门那敢开，吹火不得烛。岂惟涨沟溪，势已卷平陆。

辛勤藝宿麦，所望明年熟；一饱正自艰，五穷故相逐。

南邻更可念，布被冬未赎；明朝甑复空，母子相持哭。

⁵⁹ 书愤五首 · 其一

宋 / 陆游

早岁那知世事艰，中原北望气如山。楼船夜雪瓜洲渡，铁马秋风大散关。

塞上长城空自许，镜中衰鬓已先斑。出师一表真名世，千载谁堪伯仲间！

⁶⁰ 清平乐 · 金风细细

宋 / 晏殊

金风细细，叶叶梧桐坠。绿酒初尝人易醉，一枕小窗浓睡。

紫薇朱槿花残，斜阳却照阑干。双燕欲归时节，银屏昨夜微寒。

⁶¹ 蝶恋花 · 槛菊愁烟兰泣露

宋 / 晏殊

槛菊愁烟兰泣露，罗幕轻寒，燕子双飞去。明月不谙离恨苦，斜光到晓穿朱户。

昨夜西风凋碧树，独上高楼，望尽天涯路。欲寄彩笺兼尺素，山长水阔知何处？

⁶² 汉宫春 · 会稽秋风亭观雨

宋 / 辛弃疾

亭上秋风，记去年袅袅，曾到吾庐。山河举目虽异，风景非殊。

功成者去，觉团扇、便与人疏。吹不断，斜阳依旧，茫茫禹迹都无。

千古茂陵词在，甚风流章句，解拟相如。只今木落江冷，眇眇愁余。

故人书报，莫因循、忘却莼鲈。谁念我，新凉灯火，一编太史公书。

⁶³卜算子 · 风雨送人来

宋 / 游次公

风雨送人来，风雨留人住。草草杯盘话别离，风雨催人去。

泪眼不曾晴，眉黛愁还聚。明日相思莫上楼，楼上多风雨。

⁶⁴木兰花 · 风帘向晓寒成阵

宋 / 晏几道

风帘向晓寒成阵。来报东风消息近。试从梅蒂紫边寻，更绕柳枝柔处问。

来迟不是春无信。开晚却疑花有恨。又应添得几分愁，二十五弦弹未尽。

⁶⁵天净沙 · 秋思

元 / 马致远

枯藤老树昏鸦，小桥流水人家，

古道西风瘦马。夕阳西下，断肠人在天涯。

⁶⁶横秋风吹笛

明 / 朱元璋

西风落木绽黄花，牛背村童笛正佳。曾识倚楼人听处，每闻吹月鹤升遐。

苍江一色浑秋意，红叶初光衬晚华。冷露下天星斗润，烟波声到是谁家。

⁶⁷菊花

明 / 唐寅

故园三径吐幽丛，一夜玄霜坠碧空。多少天涯未归客，尽借篱落看秋风。

⁶⁸代父送人之新安

明 / 陆娟

津亭杨柳碧毵毵，人立东风酒半酣。万点落花舟一叶，载将春色过江南。

⁶⁹临江仙 · 白云堂前春解舞

清 / 曹雪芹

白云堂前春解舞，东风卷得均匀。蜂围蝶阵乱纷纷。几曾随逝水？岂必委芳尘？

万缕千丝终不改，任他随聚随分。韶华休笑本无根：好风凭借力，送我上青云。

70 野步

清／赵翼

峭寒催换木棉袭，倚杖郊原作近游。最是秋风管闲事，红他枫叶白人头。

71 相见欢·秋风吹到江村

清／顾彩

秋风吹到江村，正黄昏，寂寞梧桐夜雨不开门。

一叶落，数声角，断羁魂，明日试看衣袂有啼痕。

72 春风

清／袁枚

春风如贵客，一到便繁华。来扫千山雪，归留万国花。

73 村居

清／高鼎

草长莺飞二月天，拂堤杨柳醉春烟。儿童散学归来早，忙趁东风放纸鸢。

风花雪月之花字

九十七首

¹ 寒食日即事

唐／韩翃

春城无处不飞花，寒食东风御柳斜。日暮汉宫传蜡烛，轻烟散入五侯家。

² 赠汪伦

唐／李白

李白乘舟将欲行，忽闻岸上踏歌声。桃花潭水深千尺，不及汪伦送我情。

³ 清平调词三首

唐／李白

云想衣裳花相容，春风拂槛露华浓。若非群玉山头见，会向瑶台月下逢。

一枝秾艳露凝香，云雨巫山枉断肠。借问汉宫谁得似，可怜飞燕倚新妆。

名花倾国两相欢，长得君王带笑看。解释春风无限恨，沉香亭北倚阑干。

⁴ 宫中行乐词八首

唐／李白

小小生金屋，盈盈在紫微。山花插宝髻，石竹绣罗衣。
每出深宫里，常随步辇归。只愁歌舞散，化作彩云飞。

柳色黄金嫩，梨花白雪香。玉楼巢翡翠，金殿锁鸳鸯。

选妓随雕辇，征歌出洞房。宫中谁第一，飞燕在昭阳。

卢橘为秦树，蒲桃出汉宫。烟花宜落日，丝管醉春风。
笛奏龙吟水，箫鸣凤下空。君王多乐事，还与万方同。

玉树春归日，金宫乐事多。后庭朝未入，轻辇夜相过。
笑出花间语，娇来竹下歌。莫教明月去，留著醉嫦娥。

绣户香风暖，纱窗曙色新。宫花争笑日，池草暗生春。
绿树闻歌鸟，青楼见舞人。昭阳桃李月，罗绮自相亲。

今日明光里，还须结伴游。春风开紫殿，天乐下朱楼。
艳舞全知巧，娇歌半欲羞。更怜花月夜，宫女笑藏钩。

寒雪梅中尽，春风柳上归。宫莺娇欲醉，檐燕语还飞。
迟日明歌席，新花艳舞衣。晚来移彩仗，行乐泥光辉。

水绿南薰殿，花红北阙楼。莺歌闻太液，凤吹绕瀛洲。
素女鸣珠佩，天人弄彩球。今朝风日好，宜入未央游。

5 月下独酌四首·其一

唐 / 李白

花间一壶酒，独酌无相亲。举杯邀明月，对影成三人。
月既不解饮，影徒随我身。暂伴月将影，行乐须及春。
我歌月徘徊，我舞影零乱。醒时同交欢，醉后各分散。
永结无情游，相期邈云汉。

6 别储邕之剡中

唐 / 李白

借问剡中道，东南指越乡。舟从广陵去，水入会稽长。
竹色溪下绿，荷花镜里香。辞君向天姥，拂石卧秋霜。

7 九月十日即事

唐 / 李白

昨日登高罢，今朝更举觞。菊花何太苦，遭此两重阳？

8 春夜喜雨

唐 / 杜甫

好雨知时节，当春乃发生。随风潜入夜，润物细无声。
野径云俱黑，江船火独明。晓看红湿处，花重锦官城。

9 春望

唐 / 杜甫

国破山河在，城春草木深。感时花溅泪，恨别鸟惊心。
烽火连三月，家书抵万金。白头搔更短，浑欲不胜簪。

10 江畔独步寻花七绝句

唐 / 杜甫

江上被花恼不彻，无处告诉只颠狂。走觅南邻爱酒伴，经旬出饮独空床。
稠花乱蕊畏江滨，行步欹危实怕春。诗酒尚堪驱使在，未须料理白头人。
江深竹静两三家，多事红花映白花。报答春光知有处，应须美酒送生涯。
东望少城花满烟，百花高楼更可怜。谁能载酒开金盏，唤取佳人舞绣筵。
黄师塔前江水东，春光懒困倚微风。桃花一簇开无主，可爱深红爱浅红。
黄四娘家花满蹊，千朵万朵压枝低。留连戏蝶时时舞，自在娇莺恰恰啼。
不是爱花即肯死，只恐花尽老相催。繁枝容易纷纷落，嫩叶商量细细开。

¹¹十二月一日三首选一

唐／杜甫

寒轻市上山烟碧，日满楼前江雾黄。负盐出井此溪女，打鼓发船何郡郎。
新亭举目风景切，茂陵著书消渴长。春花不愁不烂漫，楚客唯听棹相将。

¹²绝句漫兴九首·其五

唐／杜甫

肠断春江欲尽头，杖藜徐步立芳洲。颠狂柳絮随风去，轻薄桃花逐水流。

¹³桃花溪

唐／张旭

隐隐飞桥隔野烟，石矶西畔问渔船。桃花尽日随流水，洞在清溪何处边。

¹⁴花非花

唐／白居易

花非花，雾非雾。夜半来，天明去。来如春梦几多时？去似朝云无觅处。

¹⁵钱塘湖春行

唐／白居易

孤山寺北贾亭西，水面初平云脚低。几处早莺争暖树，谁家新燕啄春泥。
乱花渐欲迷人眼，浅草才能没马蹄。最爱湖东行不足，绿杨阴里白沙堤。

¹⁶忆江南·江南好

唐／白居易

江南好，风景旧曾谙。日出江花红胜火，春来江水绿如蓝。能不忆江南？

¹⁷大林寺桃花

唐／白居易

人间四月芳菲尽，山寺桃花始盛开。长恨春归无觅处，不知转入此中来。

¹⁸遗爱寺

唐 / 白居易

弄石临溪坐，寻花绕寺行。时时闻鸟语，处处是泉声。

¹⁹奉和令公绿野堂种花

唐 / 白居易

绿野堂开占物华，路人指道令公家。令公桃李满天下，何用堂前更种花。

²⁰宴桃源 · 前度小花静院

唐 / 白居易

前度小花静院，不比寻常时见。见了又还休，愁却等闲分散。肠断，肠断，记取钗横鬓乱。

²¹画

唐 / 王维

远看山有色，近听水无声。春去花还在，人来鸟不惊。

²²鸟鸣涧

唐 / 王维

人闲桂花落，夜静春山空。月出惊山鸟，时鸣春涧中。

²³辋川别业

唐 / 王维

不到东山向一年，归来才及种春田。雨中草色绿堪染，水上桃花红欲然。优娄比丘经论学，伛偻丈人乡里贤。披衣倒屣且相见，相欢语笑衡门前。

²⁴题张十一旅舍三咏榴花

唐 / 韩愈

五月榴花照眼明，枝间时见子初成。可怜此地无车马，颠倒青苔落绛英。

²⁵题都城南庄

唐 / 崔护

去年今日此门中，人面桃花相映红。人面不知何处去，桃花依旧笑春风。

²⁶过故人庄

唐／孟浩然

故人具鸡黍，邀我至田家。绿树村边合，青山郭外斜。

开轩面场圃，把酒话桑麻。待到重阳日，还来就菊花。

²⁷春晓

唐／孟浩然

春眠不觉晓，处处闻啼鸟。夜来风雨声，花落知多少。

²⁸春中喜王九相寻

唐／孟浩然

二月湖水清，家家春鸟鸣。林花扫更落，径草踏还生。

酒伴来相命，开尊共解酲。当杯已入手，歌妓莫停声。

²⁹菊花

唐／元稹

秋丛绕舍似陶家，遍绕篱边日渐斜。 不是花中偏爱菊，此花开尽更无花。

³⁰清明

唐／杜牧

清明时节雨纷纷，路上行人欲断魂。借问酒家何处有？牧童遥指杏花村。

³¹山行

唐／杜牧

远上寒山石径斜，白云深处有人家。停车坐爱枫林晚，霜叶红于二月花。

³²紫薇花

唐／杜牧

晓迎秋露一枝新，不占园中最上春。桃李无言又何在，向风偏笑艳阳人。

³³泊秦淮

唐／杜牧

烟笼寒水月笼沙，夜泊秦淮近酒家。商女不知亡国恨，隔江犹唱后庭花。

³⁴九日齐山登高

唐 / 杜牧

江涵秋影雁初飞，与客携壶上翠微。尘世难逢开口笑，菊花须插满头归。
但将酩酊酬佳节，不用登临恨落晖。古往今来只如此，牛山何必独沾衣。

³⁵乌衣巷

唐 / 刘禹锡

朱雀桥边野草花，乌衣巷口夕阳斜。旧时王谢堂前燕，飞入寻常百姓家。

³⁶柳花词三首

唐 / 刘禹锡

开从绿条上，散逐香风远。故取花落时，悠扬占春晚。
轻飞不假风，轻落不委地。撩乱舞晴空，发人无限思。
晴天闇闇雪，来送青春暮。无意似多情，千家万家去。

³⁷忆梅

唐 / 李商隐

定定住天涯，依依向物华。寒梅最堪恨，常作去年花。

³⁸落花

唐 / 李商隐

高阁客竟去，小园花乱飞。参差连曲陌，迢递送斜晖。
肠断未忍扫，眼穿仍欲归。芳心向春尽，所得是沾衣。

³⁹花下醉

唐 / 李商隐

寻芳不觉醉流霞，倚树沉眠日已斜。客散酒醒深夜后，更持红烛赏残花。

⁴⁰赠荷花

唐 / 李商隐

世间花叶不相伦，花入金盆叶作尘。惟有绿荷红菡萏，卷舒开合任天真。
此花此叶常相映，翠减红衰愁杀人。

⁴¹商山早行

唐 / 温庭筠

晨起动征铎，客行悲故乡。鸡声茅店月，人迹板桥霜。
槲叶落山路，枳花明驿墙。因思杜陵梦，凫雁满回塘。

⁴²玄都观桃花

唐 / 刘禹锡

紫陌红尘拂面来，无人不道看花回。玄都观里桃千树，尽是刘郎去后栽。

⁴³春行即兴

唐 / 李华

宜阳城下草萋萋，涧水东流复向西。 芳树无人花自落，春山一路鸟空啼。

⁴⁴白雪歌送武判官归京

唐 / 岑参

北风卷地白草折，胡天八月即飞雪。忽如一夜春风来，千树万树梨花开。
散入珠帘湿罗幕，狐裘不暖锦衾薄。将军角弓不得控，都护铁衣冷难着。
瀚海阑干百丈冰，愁云惨淡万里凝。中军置酒饮归客，胡琴琵琶与羌笛。
纷纷暮雪下辕门，风掣红旗冻不翻。轮台东门送君去，去时雪满天山路。
山回路转不见君，雪上空留马行处。

⁴⁵苏溪亭

唐 / 戴叔伦

苏溪亭上草漫漫，谁倚东风十二阑。 燕子不归春事晚，一汀烟雨杏花寒。

⁴⁶风

唐 / 李峤

解落三秋叶，能开二月花。过江千尺浪，入竹万竿斜。

⁴⁷题破山寺后禅院

唐 / 常建

清晨入古寺，初日照高林。竹径通幽处，禅房花木深。

山光悦鸟性，潭影空人心。万籁此都寂，但余钟磬音。

48 蜂

唐 / 罗隐

不论平地与山尖，无限风光尽被占。采得百花成蜜后，为谁辛苦为谁甜。

49 渔歌子 · 西塞山前白鹭飞

唐 / 张志和

西塞山前白鹭飞，桃花流水鳜鱼肥。青箬笠，绿蓑衣，斜风细雨不须归。

50 春思二首 · 其一

唐 / 贾至

草色青青柳色黄，桃花历乱李花香。东风不为吹愁去，春日偏能惹恨长。

51 桃花

唐 / 周朴

桃花春色暖先开，明媚谁人不看来。可惜狂风吹落后，殷红片片点莓苔。

52 代悲白头翁

唐 / 刘希夷

洛阳城东桃李花，飞来飞去落谁家？洛阳女儿惜颜色，坐见落花长叹息。
今年花落颜色改，明年花开复谁在？已见松柏摧为薪，更闻桑田变成海。
古人无复洛城东，今人还对落花风。年年岁岁花相似，岁岁年年人不同。
寄言全盛红颜子，应怜半死白头翁。此翁白头真可怜，伊昔红颜美少年。
公子王孙芳树下，清歌妙舞落花前。光禄池台文锦绣，将军楼阁画神仙。
一朝卧病无相识，三春行乐在谁边？宛转蛾眉能几时？须臾鹤发乱如丝。
但看古来歌舞地，唯有黄昏鸟雀悲。

53 和舍弟惜花绝句（时蕃中使回）

唐 / 吕温

去年无花看，今年未看花。更闻飘落尽，走马向谁家。

⁵⁴垂花坞醉后戏题（赋得俱字韵）

唐 / 独孤及

紫蔓青条拂酒壶，落花时与竹风俱。 归时自负花前醉，笑向鲦鱼问乐无。

⁵⁵途中见杏花

唐 / 吴融

一枝红艳出墙头，墙外行人正独愁。 长得看来犹有恨，可堪逢处更难留。

林空色暝莺先到，春浅香寒蝶未游。 更忆帝乡千万树，澹烟笼日暗神州。

⁵⁶芦花

唐 / 雍裕之

夹岸复连沙，枝枝摇浪花。 月明浑似雪，无处认渔家。

⁵⁷题菊花

唐 / 黄巢

飒飒西风满院栽，蕊寒香冷蝶难来。 他年我若为青帝，报与桃花一处开。

⁵⁸虞美人 · 春花秋月何时了

五代 / 李煜

春花秋月何时了？往事知多少。小楼昨夜又东风，故国不堪回首月明中。

雕栏玉砌应犹在，只是朱颜改。问君能有几多愁？恰似一江春水向东流。

⁵⁹相见欢 · 林花谢了春红

五代 / 李煜

林花谢了春红，太匆匆。无奈朝来寒雨晚来风。

胭脂泪，相留醉，几时重。自是人生长恨水长东。

⁶⁰红梅

宋 / 王安石

春半花才发，多应不奈寒。北人初未识，浑作杏花看。

⁶¹ 惠崇春江晚景二首

宋 / 苏轼

竹外桃花三两枝，春江水暖鸭先知。蒌蒿满地芦芽短，正是河豚欲上时。

两两归鸿欲破群，依依还似北归人。遥知朔漠多风雪，更待江南半月春。

⁶² 水龙吟 · 次韵章质夫杨花词

宋 / 苏轼

似花还似非花，也无人惜从教坠。抛家傍路，思量却是，无情有思。
萦损柔肠，困酣娇眼，欲开还闭。梦随风万里，寻郎去处，又还被、莺呼起。
不恨此花飞尽，恨西园、落红难缀。晓来雨过，遗踪何在？一池萍碎。
春色三分，二分尘土，一分流水。细看来，不是杨花，点点是离人泪。

⁶³ 蝶恋花 · 春景

宋 / 苏轼

花褪残红青杏小。燕子飞时，绿水人家绕。枝上柳绵吹又少。天涯何处无芳草！
墙里秋千墙外道。墙外行人，墙里佳人笑。笑渐不闻声渐悄。多情却被无情恼。

⁶⁴ 东栏梨花

宋 / 苏轼

梨花淡白柳深青，柳絮飞时花满城。惆怅东栏一株雪，人生看得几清明。

⁶⁵ 王充道送水仙花五十支

宋 / 黄庭坚

凌波仙子生尘袜，水上轻盈步微月。是谁招此断肠魂，种作寒花寄愁绝。
含香体素欲倾城，山矾是弟梅是兄。坐对真成被花恼，出门一笑大江横。

⁶⁶ 浣溪沙 · 漠漠轻寒上小楼

宋 / 秦观

漠漠轻寒上小楼，晓阴无赖似穷秋。淡烟流水画屏幽。
自在飞花轻似梦，无边丝雨细如愁。宝帘闲挂小银钩。

67 游山西村

宋 / 陆游

莫笑农家腊酒浑，丰年留客足鸡豚。山重水复疑无路，柳暗花明又一村。
箫鼓追随春社近，衣冠简朴古风存。从今若许闲乘月，拄杖无时夜叩门。

68 临安春雨初霁

宋 / 陆游

世味年来薄似纱，谁令骑马客京华。小楼一夜听春雨，深巷明朝卖杏花。
矮纸斜行闲作草，晴窗细乳戏分茶。素衣莫起风尘叹，犹及清明可到家。

69 梅花绝句二首

宋 / 陆游

闻道梅花坼晓风，雪堆遍满四山中。何方可化身千亿，一树梅花一放翁。

幽谷那堪更北枝，年年自分着花迟。高标逸韵君知否，正是层冰积雪时。

70 山村咏怀

宋 / 邵雍

一去二三里，烟村四五家。亭台六七座，八九十枝花。

71 襄邑道中

宋 / 陈与义

飞花两岸照船红，百里榆堤半日风。卧看满天云不动，不知云与我俱东。

72 晓出净慈寺送林子方

宋 / 杨万里

毕竟西湖六月中，风光不与四时同。接天莲叶无穷碧，映日荷花别样红。

73 宿新市徐公店

宋 / 杨万里

篱落疏疏一径深，树头花落未成阴。儿童急走追黄蝶，飞入菜花无处寻。

⁷⁴客中初夏

宋／司马光

四月清和雨乍晴，南山当户转分明。更无柳絮因风起，惟有葵花向日倾。

⁷⁵醉花阴·薄雾浓云愁永昼

宋／李清照

薄雾浓云愁永昼，瑞脑销金兽。佳节又重阳，玉枕纱橱，半夜凉初透。

东篱把酒黄昏后，有暗香盈袖。莫道不消魂，帘卷西风，人比黄花瘦。

⁷⁶一剪梅·红藕香残玉簟秋

宋／李清照

红藕香残玉簟秋。轻解罗裳，独上兰舟。云中谁寄锦书来，雁字回时，月满西楼。

花自飘零水自流。一种相思，两处闲愁。此情无计可消除，才下眉头，却上心头。

⁷⁷落花

宋／朱淑真

连理枝头花正开，妒花风雨便相催。愿教青帝常为主，莫遣纷纷点翠苔。

⁷⁸更漏子·出墙花

宋／晏几道

出墙花，当路柳。借问芳心谁有。红解笑，绿能颦。千般恼乱春。

北来人，南去客。朝暮等闲攀折。怜晚芳，惜残阳。情知枉断肠。

⁷⁹思远人·红叶黄花秋意晚

宋／晏几道

红叶黄花秋意晚，千里念行客。飞云过尽，归鸿无信，何处寄书得。

泪弹不尽临窗滴。就砚旋研墨。渐写到别来，此情深处，红笺为无色。

⁸⁰浣溪沙 · 一曲新词酒一杯

宋 / 晏殊

一曲新词酒一杯，去年天气旧亭台。夕阳西下几时回？

无可奈何花落去，似曾相识燕归来。小园香径独徘徊。

⁸¹无题 · 油壁香车不再逢

宋 / 晏殊

油壁香车不再逢，峡云无迹任西东。梨花院落溶溶月，柳絮池塘淡淡风。

几日寂寥伤酒后，一番萧瑟禁烟中。鱼书欲寄何由达，水远山长处处同。

⁸²采桑子 · 荷花开后西湖好

宋 / 欧阳修

荷花开后西湖好，载酒来时。不用旌旗，前后红幢绿盖随。

画船撑入花深处，香泛金卮。烟雨微微，一片笙歌醉里归。

⁸³玉楼春 · 去时梅萼初凝粉

宋 / 欧阳修

去时梅萼初凝粉。不觉小桃风力损。梨花最晚又凋零，何事归期无定准。

阑干倚遍重来凭。泪粉偷将红袖印。蜘蛛喜鹊误人多，似此无凭安足信。

⁸⁴西江月 · 夜行黄沙道中

宋 / 辛弃疾

明月别枝惊鹊，清风半夜鸣蝉。稻花香里说丰年，听取蛙声一片。

七八个星天外，两三点雨山前。旧时茅店社林边，路转溪头忽见。

⁸⁵醉花阴 · 黄花谩说年年好

宋 / 辛弃疾

黄花谩说年年好。也趁秋光老。绿鬓不惊秋，若斗尊前，人好花堪笑。

蟠桃结子知多少。家住三山岛。何日跨归鸾，沧海飞尘，人世因缘了。

86 四时田园杂兴 · 其二
宋 / 范成大

梅子金黄杏子肥，麦花雪白菜花稀。日长篱落无人过，惟有蜻蜓蛱蝶飞。

87 苏堤清明即事
宋 / 吴惟信

梨花风起正清明，游子寻春半出城。日暮笙歌收拾去，万株杨柳属流莺。

88 江神子 · 杏花村馆酒旗风
宋 / 谢逸

杏花村馆酒旗风。水溶溶。扬残红。野渡舟横，杨柳绿阴浓。
望断江南山色远，人不见，草连空。
夕阳楼外晚烟笼。粉香融。淡眉峰。记得年时，相见画屏中。
只有关山今夜月，千里外，素光同。

89 谒金门 · 花满院
宋 / 陈克

花满院。飞去飞来双燕。红雨入帘寒不卷。晓屏山六扇。
翠袖玉笙凄断。脉脉两蛾愁浅。消息不知郎近远。一春长梦见。

90 绝句 · 古木阴中系短篷
宋 / 志南

古木阴中系短篷，杖藜扶我过桥东。沾衣欲湿杏花雨，吹面不寒杨柳风。

91 除夜自石湖归苕溪 · 其一
宋 / 姜夔

细草穿沙雪半销，吴宫烟冷水迢迢。梅花竹里无人见，一夜吹香过石桥。

92 城南二首选一
宋 / 曾巩

雨过横塘水满堤，乱山高下路东西。一番桃李花开尽，惟有青青草色齐。

93 墨梅

元 / 王冕

吾家洗砚池头树，个个花开淡墨痕。不要人夸颜色好，只流清气满乾坤。

94 同儿辈赋未开海棠

元 / 元好问

枝间新绿一重重，小蕾深藏数点红。爱惜芳心莫轻吐，且教桃李闹春风。

95 桃花庵歌

明 / 唐寅

桃花坞里桃花庵，桃花庵下桃花仙。桃花仙人种桃树，又折花枝当酒钱。
酒醒只在花前坐，酒醉还须花下眠。花前花后日复日，酒醉酒醒年复年。
不愿鞠躬车马前，但愿老死花酒间。车尘马足贵者趣，酒盏花枝贫者缘。
若将富贵比贫贱，一在平地一在天。若将贫贱比车马，他得驱驰我得闲。
世人笑我忒疯癫，我笑世人看不穿。记得五陵豪杰墓，无酒无花锄作田。

96 题画兰

清 / 郑燮

兰草已成行，山中意味长。坚贞还自抱，何事斗群芳。

97 葬花吟

清 / 曹雪芹

花谢花飞花满天，红消香断有谁怜？游丝软系飘春榭，落絮轻沾扑绣帘？
闺中女儿惜春暮，愁绪满怀无释处；手把花锄出绣闺，忍踏落花来复去？
柳丝榆荚自芳菲，不管桃飘与李飞；桃李明年能再发，明年闺中知有谁？
三月香巢已垒成，梁间燕子太无情！
明年花发虽可啄，却不道人去梁空巢也倾。
一年三百六十日，风刀霜剑严相逼；明媚鲜妍能几时，一朝飘泊难寻觅。
花开易见落难寻，阶前闷杀葬花人；独倚花锄泪暗洒，洒上空枝见血痕。
杜鹃无语正黄昏，荷锄归去掩重门；青灯照壁人初睡，冷雨敲窗被未温。

为奴底事倍伤神，半为怜春半恼春：怜春忽至恼忽去，至又无言去不闻。

昨宵庭外悲歌发，知是花魂与鸟魂？花魂鸟魂总难留，鸟自无言花自羞；

愿奴胁下生双翼，随花飞到天尽头。天尽头，何处有香丘？

未若锦囊收艳骨，一抔净土掩风流；质本洁来还洁去，强于污淖陷渠沟。

尔今死去侬收葬，未卜侬身何日丧？侬今葬花人笑痴，他年葬侬知是谁？

试看春残花渐落，便是红颜老死时；一朝春尽红颜老，花落人亡两不知！

风花雪月之雪字

八十六首

¹北风行

唐／李白

烛龙栖寒门，光曜犹旦开。日月照之何不及此？惟有北风号怒天上来。
燕山雪花大如席，片片吹落轩辕台。幽州思妇十二月，停歌罢笑双蛾摧。
倚门望行人，念君长城苦寒良可哀。别时提剑救边去，遗此虎文金鞞靫。
中有一双白羽箭，蜘蛛结网生尘埃。箭空在，人今战死不复回。
不忍见此物，焚之已成灰。黄河捧土尚可塞，北风雨雪恨难裁。

²塞下曲六首之一

唐／李白

五月天山雪，无花只有寒。笛中闻折柳，春色未曾看。
晓战随金鼓，宵眠抱玉鞍。愿将腰下剑，直为斩楼兰。

³行路难·其一

唐／李白

金樽清酒斗十千，玉盘珍羞直万钱。停杯投箸不能食，拔剑四顾心茫然。
欲渡黄河冰塞川，将登太行雪满山。闲来垂钓碧溪上，忽复乘舟梦日边。
行路难！行路难！多歧路，今安在？长风破浪会有时，直挂云帆济沧海。

⁴淮海对雪赠傅霭

唐／李白

朔雪落吴天，从风渡溟渤。海树成阳春，江沙浩明月。
兴从剡溪起，思绕梁园发。寄君郢中歌，曲罢心断绝。

5 嘲王历阳不肯饮酒

唐／李白

地白风色寒，雪花大如手。笑杀陶渊明，不饮杯中酒。
浪抚一张琴，虚栽五株柳。空负头上巾，吾于尔何有。

6 绝句

唐／杜甫

两个黄鹂鸣翠柳，一行白鹭上青天。窗含西岭千秋雪，门泊东吴万里船。

7 阙题

唐／杜甫

三月雪连夜，未应伤物华。只缘春欲尽，留著伴梨花。

8 又雪

唐／杜甫

南雪不到地，青崖沾未消。微微向日薄，脉脉去人遥。
冬热鸳鸯病，峡深豺虎骄。愁边有江水，焉得北之朝。

9 阁夜

唐／杜甫

岁暮阴阳催短景，天涯霜雪霁寒宵。五更鼓角声悲壮，三峡星河影动摇。
野哭几家闻战伐，夷歌数处起渔樵。卧龙跃马终黄土，人事依依漫寂寥。

10 腊日

唐／杜甫

腊日常年暖尚遥，今年腊日冻全消。侵陵雪色还萱草，漏泄春光有柳条。
纵酒欲谋良夜醉，还家初散紫宸朝。口脂面药随恩泽，翠管银罂下九霄。

11 送远

唐／杜甫

带甲满天地，胡为君远行！亲朋尽一哭，鞍马去孤城。
草木岁月晚，关河霜雪清。别离已昨日，因见古人情。

¹²赤谷

唐／杜甫

天寒霜雪繁，游子有所之。岂但岁月暮，重来未有期。
晨发赤谷亭，险艰方自兹。乱石无改辙，我车已载脂。
山深苦多风，落日童稚饥。悄然村墟迥，烟火何由追。
贫病转零落，故乡不可思。常恐死道路，永为高人嗤。

¹³北风

唐／杜甫

北风破南极，朱凤日威垂。洞庭秋欲雪，鸿雁将安归。
十年杀气盛，六合人烟稀。吾慕汉初老，时清犹茹芝。

¹⁴冬至

唐／杜甫

年年至日长为客，忽忽穷愁泥杀人。江上形容吾独老，天边风俗自相亲。
杖藜雪后临丹壑，鸣玉朝来散紫宸。心折此时无一寸，路迷何处见三秦。

¹⁵舟中夜雪，有怀卢十四侍御弟

唐／杜甫

朔风吹桂水，朔雪夜纷纷。暗度南楼月，寒深北渚云。
烛斜初近见，舟重竟无闻。不识山阴道，听鸡更忆君。

¹⁶前苦寒行二首

唐／杜甫

汉时长安雪一丈，牛马毛寒缩如猬。楚江巫峡冰入怀，虎豹哀号又堪记。
秦城老翁荆扬客，惯习炎蒸岁絺绤。玄冥祝融气或交，手持白羽未敢释。
去年白帝雪在山，今年白帝雪在地。冻埋蛟龙南浦缩，寒刮肌肤北风利。
楚人四时皆麻衣，楚天万里无晶辉。三足之乌足恐断，羲和送将何所归。

¹⁷相和歌辞 · 后苦寒行二首选一

唐 / 杜甫

南纪巫庐瘴不绝，太古以来无尺雪。蛮夷长老怨苦寒， 昆仑天关冻应折。

玄猿口噤不能啸，白鹄翅垂眼流血。 安得春泥补地裂。

¹⁸晚晴

唐 / 杜甫

高唐暮冬雪壮哉，旧瘴无复似尘埃。崖沉谷没白皑皑， 江石缺裂青枫摧。

南天三旬苦雾开，赤日照耀从西来， 六龙寒急光裴回。

照我衰颜忽落地，口虽吟咏心中哀。 未怪及时少年子，扬眉结义黄金台。

泊乎吾生何飘零， 支离委绝同死灰。

¹⁹对雪

唐 / 杜甫

北雪犯长沙，胡云冷万家。随风且间叶，带雨不成花。

金错囊从罄，银壶酒易赊。无人竭浮蚁，有待至昏鸦。

²⁰对雪

唐 / 杜甫

战哭多新鬼，愁吟独老翁。乱云低薄暮，急雪舞回风。

瓢弃尊无绿，炉存火似红。数州消息断，愁坐正书空。

²¹夜雪

唐 / 白居易

已讶衾枕冷，复见窗户明。夜深知雪重，时闻折竹声。

²²雪夜小饮赠梦得

唐 / 白居易

同为懒慢园林客，共对萧条雨雪天。小酌酒巡销永夜，大开口笑送残年。

久将时背成遗老，多被人呼作散仙。呼作散仙应有以，曾看东海变桑田。

23 春雪

唐 / 白居易

元和岁在卯，六年春二月。月晦寒食天，天阴夜飞雪。

连宵复竟日，浩浩殊未歇。大似落鹅毛，密如飘玉屑。

寒销春茫苍，气变风凛冽。上林草尽没，曲江水复结。

红乾杏花死，绿冻杨枝折。所怜物性伤，非惜年芳绝。

上天有时令，四序平分别。寒燠苟反常，物生皆夭阏。

我观圣人意，鲁史有其说。或记水不冰，或书霜不杀。

上将儆政教，下以防灾孽。兹雪今如何，信美非时节。

24 吟元郎中白须诗，兼饮雪水茶，因题壁上

唐 / 白居易

吟咏霜毛句，闲尝雪水茶。城中展眉处，只是有元家。

25 早朝贺雪寄陈山人

唐 / 白居易

长安盈尺雪，早朝贺君喜。将赴银台门，始出新昌里。

上堤马蹄滑，中路蜡烛死。十里向北行，寒风吹破耳。

待漏午门外，候对三殿里。须鬓冻生冰，衣裳冷如水。

忽思仙游谷，暗谢陈居士。暖覆褐裘眠，日高应未起。

26 登郢州白雪楼

唐 / 白居易

白雪楼中一望乡，青山蔟蔟水茫茫。朝来渡口逢京使，说道烟尘近洛阳。

27 望雪

唐 / 李世民

冻云宵遍岭，素雪晓凝华。入牖千重碎，迎风一半斜。

不妆空散粉，无树独飘花。萦空惭夕照，破彩谢晨霞。

²⁸温汤对雪

唐 / 李隆基

北风吹同云，同云飞白雪。白雪乍回散，同云何惨烈。
未见温泉冰，宁知火井灭。表瑞良在兹，庶几可怡悦。

²⁹冬晚对雪忆胡居士家

唐 / 王维

寒更传晓箭，清镜览衰颜。隔牖风惊竹，开门雪满山。
洒空深巷静，积素广庭闲。借问袁安舍，翛然尚闭关。

³⁰观猎

唐 / 王维

风劲角弓鸣，将军猎渭城。草枯鹰眼疾，雪尽马蹄轻。
忽过新丰市，还归细柳营。回看射雕处，千里暮云平。

³¹咏雪

唐 / 骆宾王

龙云玉叶上，鹤雪瑞花新。影乱铜乌吹，光销玉马津。
含辉明素篆，隐迹表祥轮。幽兰不可俪，徒自绕阳春。

³²从军行七首 · 其四

唐 / 王昌龄

青海长云暗雪山，孤城遥望玉门关。黄沙百战穿金甲，不破楼兰终不还。

³³和张仆射塞下曲 · 其三

唐 / 卢纶

月黑雁飞高，单于夜遁逃。欲将轻骑逐，大雪满弓刀。

³⁴雨雪曲

唐 / 卢照邻

虏骑三秋入，关云万里平。雪似胡沙暗，冰如汉月明。

高阙银为阙，长城玉作城。节旄零落尽，天子不知名。

35 雪

唐／卢延让

瑞雪落纷华，随风一向斜。地平铺作月，天迥撒成花。

客满烧烟舍，牛牵卖炭车。吾皇忧挟纩，犹自问君家。

36 南归阻雪

唐／孟浩然

我行滞宛许，日夕望京豫。旷野莽茫茫，乡山在何处。

孤烟村际起，归雁天边去。积雪覆平皋，饥鹰捉寒兔。

少年弄文墨，属意在章句。十上耻还家，裴回守归路。

37 春雪

唐／韩愈

新年都未有芳华，二月初惊见草芽。白雪却嫌春色晚，故穿庭树作飞花。

38 辛卯年雪

唐／韩愈

元和六年春，寒气不肯归。河南二月末，雪花一尺围。

崩腾相排拶，龙凤交横飞。波涛何飘扬，天风吹幡旆。

白帝盛羽卫，鬖髿振裳衣。白霓先启途，从以万玉妃。

翕翕陵厚载，哗哗弄阴机。生平未曾见，何暇议是非。

或云丰年祥，饱食可庶几。善祷吾所慕，谁言寸诚微。

39 江雪

唐／柳宗元

千山鸟飞绝，万径人踪灭。孤舟蓑笠翁，独钓寒江雪。

40 雪晴晚望

唐／贾岛

倚杖望晴雪，溪云几万重。樵人归白屋，寒日下危峰。
野火烧冈草，断烟生石松。却回山寺路，闻打暮天钟。

41 雪天

唐／元稹

故乡千里梦，往事万重悲。小雪沉阴夜，闲窗老病时。
独闻归去雁，偏咏别来诗。惭愧红妆女，频惊两鬓丝。

42 咏雪

唐／董思恭

天山飞雪度，言是落花朝。惜哉不我与，萧索从风飘。
鲜洁凌纨素，纷糅下枝条。良时竟何在，坐见容华销。

43 早春咏雪

唐／王初

句芒宫树已先开，珠蕊琼花斗剪裁。 散作上林今夜雪，送教春色一时来。

44 别董大二首选一

唐／高适

千里黄云白日曛，北风吹雁雪纷纷。莫愁前路无知己，天下谁人不识君。

45 悼伤后赴东蜀辟至散关遇雪

唐／李商隐

剑外从军远，无家与寄衣。散关三尺雪，回梦旧鸳机。

46 嘲三月十八日雪

唐／温庭筠

三月雪连夜，未应伤物华。只缘春欲尽，留著伴梨花。

⁴⁷雪二首

唐 / 司空曙

乐游春苑望鹅毛，宫殿如星树似毫。 漫漫一川横渭水，太阳初出五陵高。

王屋南崖见洛城，石龛松寺上方平。 半山槲叶当窗下，一夜曾闻雪打声。

⁴⁸早玩雪梅有怀亲属

唐 / 韩偓

北陆候才变，南枝花已开。无人同怅望，把酒独裴回。
冻白雪为伴，寒香风是媒。何因逢越使，肠断谪仙才。

⁴⁹奉和圣制喜雪应制

唐 / 宗楚客

飘飘瑞雪下山川，散漫轻飞集九埏。似絮还飞垂柳陌， 如花更绕落梅前。
影随明月团纨扇，声将流水杂鸣弦。 共荷神功万庾积，终朝圣寿百千年。

⁵⁰韦润州后亭海榴

唐 / 李嘉祐

江上年年小雪迟，年光独报海榴知。 寂寂山城风日暖，谢公含笑向南枝。

⁵¹天山雪歌 送萧治归京

唐 / 岑参

天山有雪常不开，千峰万岭雪崔嵬。北风夜卷赤亭口，一夜天山雪更厚。
能兼汉月照银山，复逐胡风过铁关。交河城边飞鸟绝，轮台路上马蹄滑。
晻霭寒氛万里凝，阑干阴崖千丈冰。将军狐裘卧不暖，都护宝刀冻欲断。
正是天山雪下时，送君走马归京师。雪中何以赠君别，惟有青青松树枝。

⁵²白雪歌送武判官归京

唐 / 岑参

北风卷地白草折，胡天八月即飞雪。忽如一夜春风来，千树万树梨花开。
散入珠帘湿罗幕，狐裘不暖锦衾薄。将军角弓不得控，都护铁衣冷犹著。

瀚海阑干百丈冰，愁云惨淡万里凝。中军置酒饮归客，胡琴琵琶与羌笛。
纷纷暮雪下辕门，风掣红旗冻不翻。轮台东门送君去，去时雪满天山路。
山回路转不见君，雪上空留马行处。

53 逢雪宿芙蓉山主人
唐／刘长卿

日暮苍山远，天寒白屋贫。柴门闻犬吠，风雪夜归人。

54 奉酬辛大夫喜湖南腊月连日降雪见示之作
唐／刘长卿

长沙耆旧拜旌麾，喜见江潭积雪时。柳絮三冬先北地，梅花一夜遍南枝。
初开窗阁寒光满，欲掩军城暮色迟。闾里何人不相庆，万家同唱郢中词。

55 雪
唐／孟郊

忽然太行雪，昨夜飞入来。峻嶒堕庭中，严白何皑皑。
奴婢晓开户，四肢冻徘徊。咽言词不成，告诉情状摧。
官给未入门，家人尽以灰。意劝莫笑雪，笑雪贫为灾。
将暖此残疾，典卖争致杯。教令再举手，夸曜馀生才。
强起吐巧词，委曲多新裁。为尔作非夫，忍耻轰喝雷。
书之与君子，庶免生嫌猜。

56 春雪
唐／刘方平

飞雪带春风，裴回乱绕空。君看似花处，偏在洛阳东。

57 独酌
唐／杜牧

窗外正风雪，拥炉开酒缸。何如钓船雨，篷底睡秋江。

58 霁雪
唐／戎昱

风卷寒云暮雪晴，江烟洗尽柳条轻。檐前数片无人扫，又得书窗一夜明。

59 八拍蛮·云锁嫩黄烟柳细
五代／阎选

云锁嫩黄烟柳细，风吹红蒂雪梅残。光景不胜闺阁恨，行行坐坐黛眉攒。

60 雪梅二首
宋／卢梅坡

梅雪争春未肯降，骚人搁笔费评章。梅须逊雪三分白，雪却输梅一段香。
有梅无雪不精神，有雪无诗俗了人。日暮诗成天又雪，与梅并作十分春。

61 梅花
宋／王安石

墙角数枝梅，凌寒独自开。遥知不是雪，为有暗香来。

62 次韵雪后书事二首
宋／朱熹

惆怅江头几树梅，杖藜行绕去还来。前时雪压无寻处，昨夜月明依旧开。
折寄遥怜人似玉，相思应恨劫成灰。沉吟日落寒鸦起，却望柴荆独自回。
满山残雪对虚堂，想似当年辋口庄。门掩不须垂铁锁，客来聊复共藜床。
故人闻道歌围暖，妙语空传醉墨香。莫为姬姜厌憔悴，把酒论文话偏长。

63 仆领贡举未出钱穆父雪中作诗见及三月二十日
宋／苏轼

雪知我出已全消，花待君来未敢飘。行避门生时小饮，忽逢骑吏有嘉招。
鱼龙绝技来千里，斑白遗民数四朝。知有黄公酒垆在，苍颜华发自相遥。

64 十二月十四日夜微雪明日早往南溪小酌至晚
宋／苏轼

南溪得雪真无价，走马来看及未消。独自披榛寻履迹，最先犯晓过朱桥。

谁怜破屋眠无处，坐觉村饥语不嚣。惟有暮鸦知客意，惊飞千片落寒条。

65 癸丑春分后雪
宋／苏轼

雪人春分省见稀，半开桃李不胜威。应惭落地梅花识，却作漫天柳絮飞。
不分东君专节物，故将新巧发阴机。从今造物尤难料，更暖须留御腊衣。

66 除夜雪
宋／陆游

北风吹雪四更初，嘉瑞天教及岁除。半盏屠苏犹未举，灯前小草写桃符。

67 落梅
宋／陆游

雪虐风饕愈凛然，花中气节最高坚。过时自合飘零去，耻向东君更乞怜。
醉折残梅一两枝，不妨桃李自逢时。向来冰雪凝严地，力斡春回竟是谁？

68 书愤五首·其一
宋／陆游

早岁那知世事艰，中原北望气如山。楼船夜雪瓜洲渡，铁马秋风大散关。
塞上长城空自许，镜中衰鬓已先斑。出师一表真名世，千载谁堪伯仲间！

69 雪中闻墙外鬻鱼菜者求售之声甚苦有感
宋／范成大

携箩驱出敢偷闲，雪胫冰须惯忍寒。岂是不能扃户坐，忍寒犹可忍饥难。
啼号升斗抵千金，冻雀饥鸦共一音。劳汝以生令至此，悠悠大块果何心。

70 踏莎行·雪似梅花
宋／吕本中

雪似梅花，梅花似雪。似和不似都奇绝。恼人风味阿谁知？请君问取南楼月。
记得去年，探梅时节。老来旧事无人说。为谁醉倒为谁醒？到今犹恨轻离别。

71 清平乐·年年雪里

宋／李清照

年年雪里，常插梅花醉。挼尽梅花无好意，赢得满衣清泪。

今年海角天涯，萧萧两鬓生华。看取晚来风势，故应难看梅花。

72 渔家傲·雪里已知春信至

宋／李清照

雪里已知春信至，寒梅点缀琼枝腻。香脸半开娇旖旎，当庭际，玉人浴出新妆洗。

造化可能偏有意，故教明月玲珑地。共赏金尊沈绿蚁，莫辞醉，此花不与群花比。

73 鹧鸪天（和传先之提举赋雪）

宋／辛弃疾

泉上长吟我独清。喜君来共雪争明。已惊并水鸥无色，更怪行沙蟹有声。

添爽气，动雄情。奇因六出忆陈平。却嫌鸟雀投林去，触破当楼云母屏。

74 春日西湖寄谢法曹歌

宋／欧阳修

西湖春色归，春水绿于染。群芳烂不收，东风落如糁。

参军春思乱如云，白发题诗愁送春。遥知湖上一樽酒，能忆天涯万里人。

万里思春尚有情，忽逢春至客心惊。雪消门外千山绿，花发江边二月晴。

少年把酒逢春色，今日逢春头已白。异乡物态与人殊，惟有东风旧相识。

75 菩萨蛮·银河宛转三千曲

宋／周邦彦

银河宛转三千曲。浴凫飞鹭澄波绿。何处是归舟。夕阳江上楼。

天憎梅浪发。故下封枝雪。深院卷帘看。应怜江上寒。

76 卜算子 · 雪月最相宜

宋 / 张孝祥

雪月最相宜,梅雪都清绝。去岁江南见雪时,月底梅花发。

今岁早梅开,依旧年时月。冷艳孤光照眼明,只欠些儿雪。

77 钓雪亭

宋 / 姜夔

阑干风冷雪漫漫,惆怅无人把钓竿。时有官船桥畔过,白鸥飞去落前滩。

78 浣溪沙 · 往年宏辞御题有西山晴雪诗

金 / 元好问

日射云间五色芝,鸳鸯宫瓦碧参差。西山晴雪入新诗。

焦土已经三月火,残花犹发万年枝。他年江令独来时。

79 大德歌 · 冬

元 / 关汉卿

雪纷纷,掩重门,不由人不断魂,瘦损江梅韵。

那里是清江江上村,香闺里冷落谁瞅问?好一个憔悴的凭栏人。

80 寿阳曲 · 江天暮雪

元 / 马致远

天将暮,雪乱舞,半梅花半飘柳絮。江上晚来堪画处,钓鱼人一蓑归去。

81 踏莎行 · 雪中看梅花

元 / 王旭

两种风流,一家制作。雪花全似梅花萼。细看不是雪无香,天风吹得香零落。

虽是一般,惟高一着。雪花不似梅花薄。梅花散彩向空山,雪花随意穿帘幕。

82 北风行

明 / 刘基

城外萧萧北风起,城上健儿吹落耳。将军玉帐貂鼠衣,手持酒杯看雪飞。

83 菩萨蛮·朔风吹散三更雪

清／纳兰性德

朔风吹散三更雪，倩魂犹恋桃花月。梦好莫催醒，由他好处行。

无端听画角，枕畔红冰薄。塞马一声嘶，残星拂大旗。

84 十二月十五夜

清／袁枚

沉沉更鼓急，渐渐人声绝。吹灯窗更明，月照一天雪。

85 山中雪后

清／郑燮

晨起开门雪满山，雪晴云淡日光寒。檐流未滴梅花冻，一种清孤不等闲。

86 残菊

清／曹雪芹

露凝霜重渐倾欹，宴赏才过小雪时。蒂有余香金淡泊，枝无全叶翠离披。
半床落月蛩声病，万里寒云雁阵迟。明岁秋风知再会，暂时分手莫相思。

风花雪月之月字
七十八首

¹明月上高楼
魏晋／曹植

明月照高楼，流光正徘徊。上有愁思妇，悲叹有余哀。
借问叹者谁，言是客子妻。君行逾十年，孤妾常独栖。
君若清路尘，妾若浊水泥；浮沉各异势，会合何时谐。
愿为西南风，长逝入君怀。君怀良不开，贱妾当何依。

²将进酒
唐／李白

君不见黄河之水天上来，奔流到海不复回。
君不见高堂明镜悲白发，朝如青丝暮成雪。
人生得意须尽欢，莫使金樽空对月。天生我材必有用，千金散尽还复来。
烹羊宰牛且为乐，会须一饮三百杯。岑夫子，丹丘生，将进酒，杯莫停。
与君歌一曲，请君为我侧耳听。钟鼓馔玉不足贵，但愿长醉不复醒。
古来圣贤皆寂寞，惟有饮者留其名。陈王昔时宴平乐，斗酒十千恣欢谑。
主人何为言少钱，径须沽取对君酌。五花马，千金裘，
呼儿将出换美酒，与尔同销万古愁。

³月下独酌四首·其一
唐／李白

花间一壶酒，独酌无相亲。举杯邀明月，对影成三人。

月既不解饮，影徒随我身。暂伴月将影，行乐须及春。
我歌月徘徊，我舞影零乱。醒时同交欢，醉后各分散。
永结无情游，相期邈云汉。

4 古朗月行
唐／李白

小时不识月，呼作白玉盘。又疑瑶台镜，飞在青云端。
仙人垂两足，桂树何团团。白兔捣药成，问言与谁餐？
蟾蜍蚀圆影，大明夜已残。羿昔落九乌，天人清且安。
阴精此沦惑，去去不足观。忧来其如何？凄怆摧心肝。

5 峨眉山月歌
唐／李白

峨眉山月半轮秋，影入平羌江水流。 夜发清溪向三峡，思君不见下渝州。

6 关山月
唐／李白

明月出天山，苍茫云海间。长风几万里，吹度玉门关。
汉下白登道，胡窥青海湾。由来征战地，不见有人还。
戍客望边邑，思归多苦颜。高楼当此夜，叹息未应闲。

7 把酒问月·故人贾淳令予问之
唐／李白

青天有月来几时？我今停杯一问之。人攀明月不可得，月行却与人相随。
皎如飞镜临丹阙，绿烟灭尽清辉发。但见宵从海上来，宁知晓向云间没。
白兔捣药秋复春，嫦娥孤栖与谁邻？今人不见古时月，今月曾经照古人。
古人今人若流水，共看明月皆如此。唯愿当歌对酒时，月光长照金樽里。

8 金陵城西楼月下吟
唐／李白

金陵夜寂凉风发，独上高楼望吴越。白云映水摇空城，白露垂珠滴秋月。

月下沉吟久不归，古来相接眼中稀。解道澄江净如练，令人长忆谢玄晖。

⁹峨眉山月歌送蜀僧晏入中京
唐／李白

我在巴东三峡时，西看明月忆峨眉。月出峨眉照沧海，与人万里长相随。
黄鹤楼前月华白，此中忽见峨眉客。峨眉山月还送君，风吹西到长安陌。
长安大道横九天，峨眉山月照秦川。黄金狮子乘高座，白玉麈尾谈重玄。
我似浮云殢吴越，君逢圣主游丹阙。一振高名满帝都，归时还弄峨眉月。

¹⁰寄弄月溪吴山人
唐／李白

尝闻庞德公，家住洞湖水。终身栖鹿门，不入襄阳市。
夫君弄明月，灭景清淮里。高踪邈难追，可与古人比。
清扬杳莫睹，白云空望美。待我辞人间，携手访松子。

¹¹自金陵溯流过白壁山玩月达天门寄句容王主簿
唐／李白

沧江溯流归，白壁见秋月。秋月照白壁，皓如山阴雪。
幽人停宵征，贾客忘早发。进帆天门山，回首牛渚没。
川长信风来，日出宿雾歇。故人在咫尺，新赏成胡越。
寄君青兰花，惠好庶不绝。

¹²送族弟单父主簿凝摄宋城主簿至郭南月桥却回栖霞山留饮赠之
唐／李白

吾家青萍剑，操割有馀闲。往来纠二邑，此去何时还。
鞍马月桥南，光辉歧路间。贤豪相追饯，却到栖霞山。
群花散芳园，斗酒开离颜。乐酣相顾起，征马无由攀。

¹³答裴侍御先行至石头驿以书见招，期月满泛洞庭
唐／李白

君至石头驿，寄书黄鹤楼。开缄识远意，速此南行舟。

风水无定准，湍波或滞留。忆昨新月生，西檐若琼钩。
今来何所似，破镜悬清秋。恨不三五明，平湖泛澄流。
此欢竟莫遂，狂杀王子猷。巴陵定遥远，持赠解人忧。

14 挂席江上待月有怀
唐 / 李白

待月月未出，望江江自流。倏忽城西郭，青天悬玉钩。
素华虽可揽，清景不可游。耿耿金波里，空瞻鳷鹊楼。

15 玩月金陵城西孙楚酒楼，达曙歌吹，日晚乘醉著紫绮裘乌纱巾，与酒客数人棹歌秦淮，往石头访崔四侍御
唐 / 李白

昨玩西城月，青天垂玉钩。朝沽金陵酒，歌吹孙楚楼。
忽忆绣衣人，乘船往石头。草裹乌纱巾，倒被紫绮裘。
两岸拍手笑，疑是王子猷。酒客十数公，崩腾醉中流。
谑浪棹海客，喧呼傲阳侯。半道逢吴姬，卷帘出揶揄。
我忆君到此，不知狂与羞。一月一见君，三杯便回桡。
舍舟共连袂，行上南渡桥。兴发歌绿水，秦客为之摇。
鸡鸣复相招，清宴逸云霄。赠我数百字，字字凌风飙。
系之衣裘上，相忆每长谣。

16 月
唐 / 杜甫

天上秋期近，人间月影清。入河蟾不没，捣药兔长生。
只益丹心苦，能添白发明。干戈知满地，休照国西营。

17 月夜忆舍弟
唐 / 杜甫

戍鼓断人行，边秋一雁声。露从今夜白，月是故乡明。
有弟皆分散，无家问死生。寄书长不达，况乃未休兵。

¹⁸一百五日夜对月

唐／杜甫

无家对寒食，有泪如金波。斫却月中桂，清光应更多。

仳离放红蕊，想像嚬青蛾。牛女漫愁思，秋期犹渡河。

¹⁹玩月呈汉中王

唐／杜甫

夜深露气清，江月满江城。浮客转危坐，归舟应独行。

关山同一照，乌鹊自多惊。欲得淮王术，风吹晕已生。

²⁰江月

唐／杜甫

江月光于水，高楼思杀人。天边长作客，老去一沾巾。

玉露团清影，银河没半轮。谁家挑锦字，灭烛翠眉颦。

²¹月圆

唐／杜甫

孤月当楼满，寒江动夜扉。委波金不定，照席绮逾依。

未缺空山静，高悬列宿稀。故园松桂发，万里共清辉。

²²月三首

唐／杜甫

断续巫山雨，天河此夜新。若无青嶂月，愁杀白头人。

魍魎移深树，虾蟆动半轮。故园当北斗，直指照西秦。

并照巫山出，新窥楚水清。羁栖愁里见，二十四回明。

必验升沉体，如知进退情。不违银汉落，亦伴玉绳横。

万里瞿塘峡，春来六上弦。时时开暗室，故故满青天。

爽合风襟静，高当泪脸悬。南飞有乌鹊，夜久落江边。

23 十七夜对月

唐／杜甫

秋月仍圆夜，江村独老身。卷帘还照客，倚杖更随人。
光射潜虬动，明翻宿鸟频。茅斋依橘柚，清切露华新。

24 月

唐／杜甫

四更山吐月，残夜水明楼。尘匣元开镜，风帘自上钩。
兔应疑鹤发，蟾亦恋貂裘。斟酌姮娥寡，天寒耐九秋。

25 舟月对驿近寺

唐／杜甫

更深不假烛，月朗自明船。金刹青枫外，朱楼白水边。
城乌啼眇眇，野鹭宿娟娟。皓首江湖客，钩帘独未眠。

26 八月十五日夜湓亭望月

唐／白居易

昔年八月十五夜，曲江池畔杏园边。今年八月十五夜，湓浦沙头水馆前。

27 宿蓝桥对月

唐／白居易

昨夜凤池头，今夜蓝溪口。明月本无心，行人自回首。
新秋松影下，半夜钟声后。清影不宜昏，聊将茶代酒。

28 客中月

唐／白居易

客从江南来，来时月上弦。悠悠行旅中，三见清光圆。
晓随残月行，夕与新月宿。谁谓月无情，千里远相逐。
朝发渭水桥，暮入长安陌。不知今夜月，又作谁家客？

²⁹仲夏斋戒月

唐／白居易

仲夏斋戒月，三旬断腥膻。　自觉心骨爽，行起身翩翩。
始知绝粒人，四体更轻便。　初能脱病患，久必成神仙。
御寇驭泠风，赤松游紫烟。　常疑此说谬，今乃知其然。
我今过半百，气衰神不全。　已垂两鬓丝，难补三丹田。
但减荤血味，稍结清净缘。　脱巾且修养，聊以终天年。

³⁰感月悲逝者

唐／白居易

存亡感月一潸然，月色今宵似往年。
何处曾经同望月？樱桃树下后堂前。

³¹对琴待月

唐／白居易

竹院新晴夜，松窗未卧时。　共琴为老伴，与月有秋期。
玉轸临风久，金波出雾迟。　幽音待清景，唯是我心知。

³²小庭亦有月

唐／白居易

小庭亦有月，小院亦有花。　可怜好风景，不解嫌贫家。
菱角执笙簧，谷儿抹琵琶。　红绡信手舞，紫绡随意歌。
村歌与社舞，客哂主人夸。　但问乐不乐，岂在钟鼓多。
客告暮将归，主称日未斜。　请客稍深酌，愿见朱颜酡。
客知主意厚，分数随口加。　堂上烛未秉，座中冠已峨。
左顾短红袖，右命小青娥。　长跪谢贵客，蓬门劳见过。
客散有馀兴，醉卧独吟哦。　幕天而席地，谁奈刘伶何。

³³初入香山院对月 · 大和六年秋作

唐／白居易

老住香山初到夜，秋逢白月正圆时。从今便是家山月，试问清光知不知？

³⁴禁中月

唐／白居易

海水明月出，禁中清夜长。东南楼殿白，稍稍上宫墙。
净落金塘水，明浮玉砌霜。不比人间见，尘土污清光。

³⁵城上对月期友人不至

唐／白居易

古人惜昼短，劝令秉烛游。况此迢迢夜，明月满西楼。
复有盈尊酒，置在城上头。期君君不至，人月两悠悠。
照水烟波白，照人肌发秋。清光正如此，不醉即须愁。

³⁶首夏同诸校正游开元观，因宿玩月

唐／白居易

我与二三子，策名在京师。官小无职事，闲于为客时。
沉沉道观中，心赏期在兹。到门车马回，入院巾杖随。
清和四月初，树木正华滋。风清新叶影，鸟恋残花枝。
向夕天又晴，东南余霞披。置酒西廊下，待月杯行迟。
须臾金魄生，若与吾徒期。光华一照耀，殿角相参差。
终夜清景前，笑歌不知疲。长安名利地，此兴几人知。

³⁷八月十五日夜禁中独直，对月忆元九

唐／白居易

银台金阙夕沉沉，独宿相思在翰林。三五夜中新月色，二千里外故人心。
渚宫东面烟波冷，浴殿西头钟漏深。犹恐清光不同见，江陵卑湿足秋阴。

³⁸江楼月

唐／白居易

嘉陵江曲曲江池，明月虽同人别离。一宵光景潜相忆，两地阴晴远不知。
谁料江边怀我夜，正当池畔望君时。今朝共语方同悔，不解多情先寄诗。

³⁹望月怀远
唐／张九龄

海上生明月，天涯共此时。情人怨遥夜，竟夕起相思。
灭烛怜光满，披衣觉露滋。不堪盈手赠，还寝梦佳期。

⁴⁰秋宵月下有怀
唐／孟浩然

秋空明月悬，光彩露沾湿。惊鹊栖未定，飞萤卷帘入。
庭槐寒影疏，邻杵夜声急。佳期旷何许，望望空伫立。

⁴¹霜月
唐／李商隐

初闻征雁已无蝉，百尺楼高水接天。青女素娥俱耐冷，月中霜里斗婵娟。

⁴²中秋待月
唐／陆龟蒙

转缺霜轮上转迟，好风偏似送佳期。帘斜树隔情无限，烛暗香残坐不辞。
最爱笙调闻北里，渐看星澹失南箕。何人为校清凉力，未似初圆欲午时。

⁴³月夜
唐／刘方平

更深月色半人家，北斗阑干南斗斜。今夜偏知春气暖，虫声新透绿窗纱。

⁴⁴春江花月夜
唐／张若虚

春江潮水连海平，海上明月共潮生。滟滟随波千万里，何处春江无月明！
江流宛转绕芳甸，月照花林皆似霰；空里流霜不觉飞，汀上白沙看不见。
江天一色无纤尘，皎皎空中孤月轮。江畔何人初见月？江月何年初照人？
人生代代无穷已，江月年年望相似。不知江月待何人，但见长江送流水。
白云一片去悠悠，青枫浦上不胜愁。谁家今夜扁舟子？何处相思明月楼？

可怜楼上月徘徊，应照离人妆镜台。玉户帘中卷不去，捣衣砧上拂还来。
此时相望不相闻，愿逐月华流照君。鸿雁长飞光不度，鱼龙潜跃水成文。
昨夜闲潭梦落花，可怜春半不还家。江水流春去欲尽，江潭落月复西斜。
斜月沉沉藏海雾，碣石潇湘无限路。不知乘月几人归，落月摇情满江树。

⁴⁵十五夜望月寄杜郎中
唐/王建

中庭地白树栖鸦，冷露无声湿桂花。今夜月明人尽望，不知秋思落谁家。

⁴⁶正月十五夜
唐/苏味道

火树银花合，星桥铁锁开。暗尘随马去，明月逐人来。
游伎皆秾李，行歌尽落梅。金吾不禁夜，玉漏莫相催。

⁴⁷虞美人·春花秋月何时了
五代/李煜

春花秋月何时了？往事知多少。小楼昨夜又东风，故国不堪回首月明中。
雕栏玉砌应犹在，只是朱颜改。问君能有几多愁？恰似一江春水向东流。

⁴⁸念奴娇 赤壁怀古
宋/苏轼

大江东去，浪淘尽，千古风流人物。故垒西边，人道是，三国周郎赤壁。
乱石穿空，惊涛拍岸，卷起千堆雪。江山如画，一时多少豪杰。
遥想公瑾当年，小乔初嫁了，雄姿英发。羽扇纶巾，谈笑间，樯橹灰飞烟灭。
故国神游，多情应笑我，早生华发。人生如梦，一尊还酹江月。

⁴⁹阳关曲·中秋月
宋/苏轼

中秋作本名小秦王，入腔即阳关曲。暮云收尽溢清寒。银汉无声转玉盘。
此生此夜不长好，明月明年何处看。

⁵⁰江城子·乙卯正月二十日夜记梦
宋／苏轼

十年生死两茫茫，不思量，自难忘。

千里孤坟，无处话凄凉。纵使相逢应不识，尘满面，鬓如霜。

夜来幽梦忽还乡，小轩窗，正梳妆。相顾无言，惟有泪千行。

料得年年肠断处，明月夜，短松冈。

⁵¹西江月·世事一场大梦
宋／苏轼

世事一场大梦，人生几度秋凉？夜来风叶已鸣廊。看取眉头鬓上。

酒贱常愁客少，月明多被云妨。中秋谁与共孤光。把盏凄然北望。

⁵²定风波·月满苕溪照夜堂
宋／苏轼

月满苕溪照夜堂。五星一老斗光芒。十五年间真梦里。何事。长庚对月独凄凉。

绿鬓苍颜同一醉。还是。六人吟笑水云乡。宾主谈锋谁得似。看取。曹刘今对两苏张。

⁵³菩萨蛮·画檐初挂弯弯月
宋／苏轼

画檐初挂弯弯月。孤光未满先忧缺。遥认玉帘钩。天孙梳洗楼。

佳人言语好。不愿求新巧。此恨固应知。愿人无别离。

⁵⁴点绛唇·月转乌啼
宋／苏轼

月转乌啼，画堂宫徵生离恨。美人愁闷。不管罗衣褪。

清泪斑斑，挥断柔肠寸。嗔人问。背灯偷揾拭尽残妆粉。

⁵⁵三部乐·美人如月
宋／苏轼

美人如月。乍见掩暮云，更增妍绝。算应无恨，安用阴晴圆缺。

娇甚空只成愁，待下床又懒，未语先咽。数日不来，落尽一庭红叶。

今朝置酒强起，问为谁减动，一分香雪。何事散花却病，维摩无疾。

却低眉、惨然不答。唱金缕、一声怨切。堪折便折。且惜取、少年花发。

56 虞美人·持杯遥劝天边月

宋／苏轼

持杯摇劝天边月。愿月圆无缺。持杯复更劝花枝。且愿花枝长在、莫离披。

持杯月下花前醉。休问荣枯事。此欢能有几人知。对酒逢花不饮、待何时。

57 赵德麟饯饮湖上舟中对月

宋／苏轼

老守惜春意，主人留客情。官馀闲日月，湖上好清明。

新火发茶乳，温风散粥饧。酒阑红杏暗，日落大堤平。

清夜除灯坐，孤舟擘岸撑。逮君幨未堕，对此月犹横。

58 水月寺

宋／苏轼

千尺长松挂薜萝，梯云岭上一声歌。湖山深秀有何处，水月池中桂影多。

59 中秋月寄子由三首·其二

宋／苏轼

六年逢此月，五年照离别。歌君别时曲，满座为凄咽。

留都信繁丽，此会岂轻掷。熔银百顷湖，挂镜千寻阙。

三更歌吹罢，人影乱清樾。归来北堂下，寒光翻露叶。

唤酒与妇饮，念我向儿说。岂知衰病後，空盏对梨栗。

但见古河东，荞麦花铺雪。欲和去年曲，复恐心断绝。

60 对月

宋／陆游

远客厌征路，流年逢素秋。不知今夜月，还照几人愁？

61 对月

宋／陆游

草草治杯盘，三更月露寒。茆檐虽隐翳，终胜客中看。

62 观月

宋／陆游

清风发疏林，皦月上素壁。悠然倚庭楯，爱此风月夕。
人间好时节，俯仰成宿昔。少年不痛饮，老大空叹息。

63 江月歌

宋／陆游

放翁平生一钓船，秋水未落江渺然。露洗玉宇清无烟，月轮徐行万里天。
人间声利何足捐，浩歌看月冷不眠。孤鹤掠水来翩翩，似欲驾我从此仙。
我寓红尘今几年？俛首缰锁常自怜。乐哉挥手过月边，西风未凋玉井莲。

64 秋月曲

宋／陆游

旧时家住长安城，万户千门秋月明，紫陌朱楼歌吹海，酣宴不觉银河倾。
受降城头更奇绝，莽莽平沙千里月，选兵夜出打番营，铁马蹴冰冰欲裂。
塞月未落成功回，腰鼓横笛如春雷。长安高楼岂不乐，与此相去何辽哉！
丈夫志在垂不朽，漆胡骷髅持饮酒，举头云表飞金盘，痛饮不用思长安。

65 月下小酌

宋／陆游

昨日雨遶檐，孤灯对搔首；今夜月满庭，长歌倚衰柳。
世变浩无穷，成败翻覆手。人生最乐事，卧听压新酒。
我归自梁益，零落怆亲友，纷纷堕鬼录，何人得长久？
后生多不识，讵肯顾衰朽？一杯无与同，敲门唤邻叟。

⁶⁶中夜对月小酌客愁

宋／陆游

今夕复何夕，素月流清辉，徘徊入我堂，化作白玉墀。
栖鸟满高树，空庭结烟霏。可怜如许景，早眠人不知。
我幸与周旋，一醉那得辞。整我接篱巾，斸我翡翠卮。
清愁不可耐，三嗅梅花枝。

⁶⁷醉中步月湖上

宋／陆游

闰余时节早，天气已凄冷。悠哉曳杖行，乐此清夜永。
霜风镂病骨，林月写孤影。新诗得复忘，薄酒吹易醒。
浮生役声利，百岁常鼎鼎。清游倘可继，终老谢人境。

⁶⁸月下自三桥泛湖归三山

宋／陆游

素璧初升禹庙东，天风为我送孤篷。山横玉海苍茫外，人在水壶缥缈中。
茅舍灯青闻吠犬，蓣汀烟淡见惊鸿。白头尚耐清寒在，安得终年伸钓翁。

⁶⁹一剪梅·中秋元月

宋／辛弃疾

忆对中秋丹桂丛。花在杯中。月在杯中。今宵楼上一尊同。云湿纱窗。雨湿纱窗。

浑欲乘风问化工。路也难通。信也难通。满堂惟有烛花红。杯且从容。歌且从容。

⁷⁰西江月·夜行黄沙道中

宋／辛弃疾

明月别枝惊鹊，清风半夜鸣蝉。稻花香里说丰年，听取蛙声一片。
七八个星天外，两三点雨山前。旧时茅店社林边，路转溪头忽见。

71 满江红 · 怒发冲冠

宋 / 岳飞

怒发冲冠,凭栏处潇潇雨歇。抬望眼,仰天长啸,壮怀激烈。

三十功名尘与土,八千里路云和月。莫等闲白了少年头,空悲切。

靖康耻,犹未雪;臣子恨,何时灭! 驾长车踏破贺兰山缺。

壮志饥餐胡虏肉,笑谈渴饮匈奴血。待从头收拾旧山河,朝天阙。

72 中秋月

宋 / 晏殊

十轮霜影转庭梧,此夕羁人独向隅。未必素娥无怅恨,玉蟾清冷桂花孤。

73 采桑子 · 恨君不似江楼月

宋 / 吕本中

恨君不似江楼月,南北东西,南北东西,只有相随无别离。

恨君却似江楼月,暂满还亏,暂满还亏,待得团圆是几时?

74 中秋无月,既望,月甚佳二首选一

宋 / 杨万里

中秋无月莫尤天,月入秋来夜夜妍。且道今霄明月色,何曾减却半分圆?

75 西江月 · 世事短如春梦

宋 / 朱敦儒

世事短如春梦,人情薄似秋云。不须计较苦劳心。万事原来有命。

幸遇三杯酒好,况逢一朵花新。片时欢笑且相亲。明日阴晴未定。

76 西江月 · 宝髻松松挽就

宋 / 司马光

宝髻松松挽就,铅华淡淡妆成。青烟翠雾罩轻盈,飞絮游丝无定。

相见争如不见,多情何似无情。笙歌散后酒初醒,深院月斜人静。

⁷⁷把酒对月歌

明／唐寅

李白前时原有月，惟有李白诗能说。李白如今已仙去，月在青天几圆缺？
今人犹歌李白诗，明月还如李白时。我学李白对明月，白与明月安能知！
李白能诗复能酒，我今百杯复千首。我愧虽无李白才，料应月不嫌我丑。
我也不登天子船，我也不上长安眠。姑苏城外一茅屋，万树梅花月满天。

⁷⁸十二月十五夜

清／袁枚

沉沉更鼓急，渐渐人声绝。吹灯窗更明，月照一天雪。

叁·雾雨雷电

雾雨雷电之雾字

六十九首

¹塞下曲六首选一

唐／李白

骏马似风飙，鸣鞭出渭桥。弯弓辞汉月，插羽破天骄。
阵解星芒尽，营空海雾消。功成画麟阁，独有霍嫖姚。

²荆州贼平临洞庭言怀作

唐／李白

修蛇横洞庭，吞象临江岛。积骨成巴陵，遗言闻楚老。
水穷三苗国，地窄三湘道。岁晏天峥嵘，时危人枯槁。
思归阴丧乱，去国伤怀抱。郢路方丘墟，章华亦倾倒。
风悲猿啸苦，木落鸿飞早。日隐西赤沙，月明东城草。
关河望已绝，氛雾行当扫。长叫天可闻，吾将问苍昊。

³早过漆林渡寄万巨

唐／李白

西经大蓝山，南来漆林渡。水色倒空青，林烟横积素。
漏流昔吞翕，沓浪竞奔注。潭落天上星，龙开水中雾。
峣岩注公栅，突兀陈焦墓。岭峭纷上干，川明屡回顾。
因思万夫子，解渴同琼树。何日睹清光，相欢咏佳句。

4 自金陵溯流过白壁山玩月达天门寄句容王主簿

唐 / 李白

沧江溯流归，白壁见秋月。秋月照白壁，皓如山阴雪。
幽人停宵征，贾客忘早发。进帆天门山，回首牛渚没。
川长信风来，日出宿雾歇。故人在咫尺，新赏成胡越。
寄君青兰花，惠好庶不绝。

5 草堂即事

唐 / 杜甫

荒村建子月，独树老夫家。雾里江船渡，风前径竹斜。
寒鱼依密藻，宿鹭起圆沙。蜀酒禁愁得，无钱何处赊。

6 野望

唐 / 杜甫

清秋望不极，迢递起曾阴。远水兼天净，孤城隐雾深。
叶稀风更落，山迥日初沈。独鹤归何晚，昏鸦已满林。

7 小寒食舟中作

唐 / 杜甫

佳辰强饭食犹寒，隐几萧条带鹖冠。春水船如天上坐，老年花似雾中看。
娟娟戏蝶过闲幔，片片轻鸥下急湍。云白山青万馀里，愁看直北是长安。

8 雨

唐 / 杜甫

山雨不作泥，江云薄为雾。晴飞半岭鹤，风乱平沙树。
明灭洲景微，隐见岩姿露。拘闷出门游，旷绝经目趣。
消中日伏枕，卧久尘及屦。岂无平肩舆，莫辨望乡路。
兵戈浩未息，蛇虺反相顾。悠悠边月破，郁郁流年度。
针灸阻朋曹，糠籺对童孺。一命须屈色，新知渐成故。
穷荒益自卑，飘泊欲谁诉。尪羸愁应接，俄顷恐违迕。

浮俗何万端，幽人有独步。庞公竟独往，尚子终罕遇。
宿留洞庭秋，天寒潇湘素。杖策可入舟，送此齿发暮。

9 客亭

唐／杜甫

秋窗犹曙色，落木更天风。日出寒山外，江流宿雾中。
圣朝无弃物，老病已成翁。多少残生事，飘零任转蓬。

10 西阁夜

唐／杜甫

恍惚寒山暮，逶迤白雾昏。山虚风落石，楼静月侵门。
击柝可怜子，无衣何处村。时危关百虑，盗贼尔犹存。

11 晚登瀼上堂

唐／杜甫

故跻瀼岸高，颇免崖石拥。开襟野堂豁，系马林花动。
雉堞粉如云，山田麦无垄。春气晚更生，江流静犹涌。
四序婴我怀，群盗久相踵。黎民困逆节，天子渴垂拱。
所思注东北，深峡转修耸。衰老自成病，郎官未为冗。
凄其望吕葛，不复梦周孔。济世数向时，斯人各枯冢。
楚星南天黑，蜀月西雾重。安得随鸟翎，迫此惧将恐。

12 花非花

唐／白居易

花非花，雾非雾。夜半来，天明去。来如春梦几多时？去似朝云无觅处。

13 龟虽寿

魏晋／曹操

神龟虽寿，犹有竟时。腾蛇乘雾，终为土灰。
老骥伏枥，志在千里。烈士暮年，壮心不已。
盈缩之期，不但在天；养怡之福，可得永年。

幸甚至哉，歌以咏志。

¹⁴赋得花庭雾

唐／李世民

兰气已熏宫，新蕊半妆丛。色含轻重雾，香引去来风。
拂树浓舒碧，萦花薄蔽红。还当杂行雨，仿佛隐遥空。

¹⁵远山澄碧雾

唐／李世民

残云收翠岭，夕雾结长空。带岫凝全碧，障霞隐半红。
仿佛分初月，飘飖度晓风。还因三里处，冠盖远相通。

¹⁶早登太行山中言志

唐／李隆基

清跸度河阳，凝笳上太行。火龙明鸟道，铁骑绕羊肠。
白雾埋阴壑，丹霞助晓光。涧泉含宿冻，山木带馀霜。
野老茅为屋，樵人薜作裳。宣风问耆艾，敦俗劝耕桑。
凉德惭先哲，徽猷慕昔皇。不因今展义，何以冒垂堂。

¹⁷咏风

唐／王勃

肃肃凉风生，加我林壑清。驱烟寻涧户，卷雾出山楹。
去来固无迹，动息如有情。日落山水静，为君起松声。

¹⁸秋日仙游观赠道士

唐／王勃

石图分帝宇，银牒洞灵宫。回丹萦岫室，复翠上岩栊。
雾浓金灶静，云暗玉坛空。野花常捧露，山叶自吟风。
林泉明月在，诗酒故人同。待余逢石髓，从尔命飞鸿。

¹⁹从军行二首选一

唐／王昌龄

向夕临大荒，朔风轸归虑。平沙万里馀，飞鸟宿何处。
虏骑猎长原，翩翩傍河去。边声摇白草，海气生黄雾。
百战苦风尘，十年履霜露。虽投定远笔，未坐将军树。
早知行路难，悔不理章句。

²⁰白帝城怀古

唐／陈子昂

日落沧江晚，停桡问土风。城临巴子国，台没汉王宫。
荒服仍周甸，深山尚禹功。岩悬青壁断，地险碧流通。
古木生云际，归帆出雾中。川途去无限，客思坐何穷。

²¹送崔五太守

唐／王维

长安厩吏来到门，朱文露网动行轩。黄花县西九折坂，玉树宫南五丈原。
褒斜谷中不容幰，唯有白云当露冕。子午山里杜鹃啼，嘉陵水头行客饭。
剑门忽断蜀川开，万井双流满眼来。雾中远树刀州出，天际澄江巴字回。
使君年纪三十馀，少年白皙专城居。欲持画省郎官笔，回与临邛父老书。

²²遣春十首选一

唐／元稹

晓月笼云影，莺声馀雾中。暗芳飘露气，轻寒生柳风。
冉冉一趋府，未为劳我躬。因兹得晨起，但觉情兴隆。

²³杏花

唐／韩愈

居邻北郭古寺空，杏花两株能白红。曲江满园不可到，看此宁避雨与风。
二年流窜出岭外，所见草木多异同。冬寒不严地恒泄，阳气发乱无全功。

浮花浪蕊镇长有，才开还落瘴雾中。山榴踯躅少意思，照耀黄紫徒为丛。鹧鸪钩辀猿叫歇，杳杳深谷攒青枫。岂如此树一来玩，若在京国情何穷。今旦胡为忽惆怅，万片飘泊随西东。明年更发应更好，道人莫忘邻家翁。

[24] 宿石瓮寺

唐／卢纶

殿有寒灯草有萤，千林万壑寂无声。烟凝积水龙蛇蛰，露湿空山星汉明。昏霭雾中悲世界，曙霞光里见王城。回瞻相好因垂泪，苦海波涛何日平。

[25] 采莲曲

唐／贺知章

稽山罢雾郁嵯峨，镜水无风也自波。莫言春度芳菲尽，别有中流采芰荷。

[26] 舞曲歌辞·拂舞辞

唐／李贺

吴娥声绝天，空云闲裴回。门外满车马，亦须生绿苔。尊有乌程酒，劝君千万寿。全胜汉武锦楼上，晓望晴寒饮花露。东方日不破，天光无老时。丹成作蛇乘白雾，千年重化玉井龟。从蛇作龟二千载。吴堤绿草年年在。背有八卦称神仙，邪鳞顽甲滑腥涎。

[27] 秦宫诗

唐／李贺

越罗衫袂迎春风，玉刻麒麟腰带红。楼头曲宴仙人语，帐底吹笙香雾浓。人间酒暖春茫茫，花枝入帘白日长。飞窗复道传筹饮，十夜铜盘腻烛黄。秃衿小袖调鹦鹉，紫绣麻鞋踏哮虎。斫桂烧金待晓筵，白鹿青苏夜半煮。桐英永巷骑新马，内屋深屏生色画。开门烂用水衡钱，卷起黄河向身泻。皇天厄运犹曾裂，秦宫一生花底活。鸾篦夺得不还人，醉睡氍毹满堂月。

[28] 同张明府清镜叹

唐／孟浩然

妾有盘龙镜，清光常昼发。自从生尘埃，有若雾中月。

愁来试取照，坐叹生白发。寄语边塞人，如何久离别。

29 雾

唐／李峤

曹公迷楚泽，汉帝出平城。涿鹿妖氛静，丹山雾色明。
类烟飞稍重，方雨散还轻。倘入非熊兆，宁思玄豹情。

30 咏雾

唐／苏味道

氤氲起洞壑，遥裔匝平畴。乍似含龙剑，还疑映蜃楼。
拂林随雨密，度径带烟浮。方谢公超步，终从彦辅游。

31 浪淘沙九首选二

唐／刘禹锡

九曲黄河万里沙，浪淘风簸自天涯。如今直上银河去，同到牵牛织女家。
日照澄洲江雾开，淘金女伴满江隈。美人首饰侯王印，尽是沙中浪底来。

32 病鹤篇

唐／钱起

独鹤声哀羽摧折，沙头一点留残雪。三山侣伴能远翔，五里裴回忍为别。
惊群各畏野人机，谁肯相将霞水飞。不及川凫长比翼，随波双泛复双归。
碧海沧江深且广，目尽天倪安得住。云山隔路不隔心，宛颈和鸣长在想。
何时白雾卷青天，接影追飞太液前。

33 秋末寄张侍郎

唐／贯休

静坐黔城北，离仁半岁强。雾中红黍熟，烧后白云香。
多病如何好，无心去始长。寂寥还得句，溪上寄三张。

34 九月九日

唐／崔善为

九日重阳节，三秋季月残。菊花催晚气，萸房辟早寒。

霜浓鹰击远，雾重雁飞难。谁忆龙山外，萧条边兴阑。

³⁵ 题寺壁

唐／牟融

僧家胜景瞰平川，雾重岚深马不前。宛转数声花外鸟，往来几叶渡头船。
青山远隔红尘路，碧殿深笼绿树烟。闻道此中堪遁迹，肯容一榻学逃禅。

³⁶ 元次山居武昌之樊山，新春大雪，以诗问之

唐／孟彦深

江山十日雪，雪深江雾浓。起来望樊山，但见群玉峰。
林莺却不语，野兽翻有踪。山中应大寒，短褐何以完。
皓气凝书帐，清著钓鱼竿。怀君欲进谒，谿滑渡舟难。

³⁷ 春日

唐／方干

春去春来似有期，日高添睡是归时。虽将细雨催芦笋，却用东风染柳丝。
重雾已应吞海色，轻霜犹自剉花枝。此时野客因花醉，醉卧花间应不知。

³⁸ 二十四诗品·绮丽

唐／司空图

神存富贵，始轻黄金，浓尽必枯，淡者屡深。
雾余水畔，红杏在林，月明华屋，画桥碧阴。
金樽酒满，伴客弹琴，取之自足，良殚美襟。

³⁹ 凌雾行

唐／韦应物

秋城海雾重，职事凌晨出。浩浩合元天，溶溶迷朗日。
才看含鬓白，稍视沾衣密。道骑全不分，郊树都如失。
霏微误嘘吸，肤腠生寒栗。归当饮一杯，庶用蠲斯疾。

40 相和歌辞 · 从军行

唐 / 杜頎

秋草马蹄轻，角弓持弦急。去为龙城候，正值胡兵袭。
军气横大荒，战酣日将入。长风金鼓动，白雾铁衣湿。
四起愁边声，南辕时伫立。断蓬孤自转，寒雁飞相及。
万里云沙涨，路平冰霰涩。夜闻汉使归，独向刀环泣。

41 汴河阻风

唐 / 孟云卿

清晨自梁宋，挂席之楚荆。出浦风渐恶，傍滩舟欲横。
大河喷东注，群动皆窅冥。白雾鱼龙气，黑云牛马形。
苍茫迷所适，危安惧暂宁。信此天地内，孰为身命轻。
丈夫苟未达，所向须存诚。前路舍舟去，东南仍晓晴。

42 咏春色

唐 / 杨衡

霭霭复濛濛，非雾满晴空。密添宫柳翠，暗泄路桃红。
萦丝光乍失，缘隙影才通。夕迷鸳枕上，朝漫绮弦中。
促驷驰香陌，劳莺转艳丛。可怜肠断望，并在洛城东。

43 贺李昌时禁苑新命

唐 / 唐彦谦

玉简金文直上清，禁垣丹地闭严扃。黄扉议政参元化，紫殿称觞拂寿星。
万户千门迷步武，非烟非雾隔仪形。尘中旧侣无音信，知道辽东鹤姓丁。

44 鸡鸣曲

唐 / 李咸用

海树相扶乌影翘，戴红拍翠声胶胶。鸳瓦冻危金距趫，夸雄斗气争相高。
漏残雨急风萧萧，患乱忠臣欺宝刀。霜浓月薄星昭昭，太平才子能歌谣。
山翁梦断出衡茅，谷口雾中饥虎号，离人枕上心忉忉。

45 奉陪张燕公登南楼

唐 / 尹懋

君子每垂眷，江山共流眄。水远林外明，岩近雾中见。
终日西北望，何处是京县。屡登高春台，徒使泪如霰。

46 陇头水

唐 / 杨师道

陇头秋月明，陇水带关城。笳添离别曲，风送断肠声。
映雪峰犹暗，乘冰马屡惊。雾中寒雁至，沙上转蓬轻。
天山传羽檄，汉地急征兵。阵开都护道，剑聚伏波营。
于兹觉无渡，方共濯胡缨。

47 题隐雾亭

唐 / 鱼玄机

春花秋月入诗篇，白日清宵是散仙。 空卷珠帘不曾下，长移一榻对山眠。

48 菩萨蛮 · 花明月暗笼轻雾

五代 / 李煜

花明月暗笼轻雾，今宵好向郎边去。刬袜步香阶，手提金缕鞋。
画堂南畔见，一向偎人颤。奴为出来难，教君恣意怜。

49 海棠

宋 / 苏轼

东风袅袅泛崇光，香雾空蒙月转廊。只恐夜深花睡去，故烧高烛照红妆。

50 西江月 · 别梦已随流水

宋 / 苏轼

别梦已随流水，泪巾犹裛香泉。相如依旧是臞仙。人在瑶台阆苑。
花雾萦风缥缈，歌珠滴水清圆。蛾眉新作十分妍。走马归来便面。

51 浣溪沙
宋／苏轼

风卷珠帘自上钩。萧萧乱叶报新秋。独携纤手上高楼。

缺月向人舒窈窕，三星当户照绸缪。香生雾縠见纤柔。

52 浣溪沙
宋／苏轼

学画鸦儿正妙年。阳城下蔡困嫣然。凭君莫唱短因缘。

雾帐吹笙香袅袅，霜庭按舞月娟娟。曲终红袖落双缠。

53 西江月·碧雾轻笼两凤
宋／苏轼

碧雾轻笼两凤，寒烟淡拂双鸦。为谁流睇不归家。错认门前过马。

有意偷回笑眼，无言强整衣纱。刘郎一见武陵花。从此春心荡也。

54 九日试雾中僧所赠茶
宋／陆游

少逢重九事豪华，南陌雕鞍拥钿车。今日蜀州生白发，瓦炉独试雾中茶。

55 竹马子·登孤垒荒凉
宋／柳永

登孤垒荒凉，危亭旷望，静临烟渚。对雌霓挂雨，雄风拂槛，微收烦暑。
渐觉一叶惊秋，残蝉噪晚，素商时序。览景想前欢，指神京，非雾非烟深处。
向此成追感，新愁易积，故人难聚。凭高尽日凝伫。赢得消魂无语。
极目霁霭霏微，暝鸦零乱，萧索江城暮。南楼画角，又送残阳去。

56 踏莎行·雾失楼台
宋／秦观

雾失楼台，月迷津渡，桃源望断无寻处。可堪孤馆闭春寒，杜鹃声里斜阳暮。
驿寄梅花，鱼传尺素，砌成此恨无重数。郴江幸自绕郴山，为谁流下潇湘去？

⁵⁷御街行 · 般涉调

宋 / 张先

天非花艳轻非雾。来夜半、天明去。来如春梦不多时，去似朝云何处。

远鸡栖燕，落星沈月，绽绽城头鼓。

参差渐辨西池树。珠阁斜开户。绿苔深径少人行，苔上屐痕无数。

余香遗粉，剩衾闲枕，天把多情付。

⁵⁸蝶恋花 · 越女采莲秋水畔

宋 / 欧阳修

越女采莲秋水畔。窄袖轻罗，暗露双金钏。照影摘花花似面。芳心只共丝争乱。

鸂鶒滩头风浪晚。雾重烟轻，不见来时伴。隐隐歌声归棹远。离愁引著江南岸。

⁵⁹临江仙 · 庭院深深深几许

宋 / 李清照

庭院深深深几许？云窗雾阁常扃。柳梢梅萼渐分明。春归秣陵树，人老建康城。

感月吟风多少事，如今老去无成。谁怜憔悴更凋零。试灯无意思，踏雪没心情。

⁶⁰醉花阴 · 薄雾浓云愁永昼

宋 / 李清照

薄雾浓云愁永昼，瑞脑销金兽。佳节又重阳，玉枕纱厨，半夜凉初透。

东篱把酒黄昏后，有暗香盈袖。莫道不销魂，帘卷西风，人比黄花瘦。

⁶¹渔家傲 · 天接云涛连晓雾

宋 / 李清照

天接云涛连晓雾，星河欲转千帆舞。仿佛梦魂归帝所。闻天语，殷勤问我归何处。

我报路长嗟日暮，学诗谩有惊人句。九万里风鹏正举。风休住，蓬舟吹取三山去！

62 踏莎行 · 碧海无波

宋 / 晏殊

碧海无波，瑶台有路。思量便合双飞去。当时轻别意中人，山长水远知何处。

绮席凝尘，香闺掩雾。红笺小字凭谁附。高楼目尽欲黄昏，梧桐叶上萧萧雨。

63 采桑子

宋 / 晏几道

非花非雾前时见，满眼娇春。浅笑微颦。恨隔垂帘看未真。

殷勤借问家何处，不在红尘。若是朝云。宜作今宵梦里人。

64 东风第一枝 · 倾国倾城

宋 / 吴文英

倾国倾城，非花非雾，春风十里独步。胜如西子妖绕，更比太真澹泞。
铅华不御。漫道有、巫山洛浦。似恁地、标格无双，镇锁画楼深处。
曾被风、容易送去。曾被月、等闲留住。似花翻使花羞，似柳任从柳妒。
不教歌舞。恐化作、彩云轻举。信下蔡、阳城俱迷，看取宋玉词赋。

65 三台 · 清明应制

宋 / 万俟咏

见梨花初带夜月，海棠半含朝雨。内苑春、不禁过青门，御沟涨、潜通南浦。
东风静、细柳垂金缕。望凤阙、非烟非雾。好时代、朝野多欢，遍九陌、太平箫鼓。

乍莺儿百啭断续，燕子飞来飞去。近绿水、台榭映秋千，斗草聚、双双游女。
饧香更、酒冷踏青路。会暗识、夭桃朱户。向晚骤、宝马雕鞍，醉襟惹、乱花飞絮。

正轻寒轻暖漏永，半阴半晴云暮。禁火天、已是试新妆，岁华到、三分佳处。
清明看、汉宫传蜡炬。散翠烟、飞入槐府。敛兵卫、阊阖门开，住传宣、又还休务。

66 柳梢青 · 杨花

宋／周晋

似雾中花，似风前雪，似雨馀云。本自无情，点萍成缘，却又多情。

西湖南陌东城。甚管定、年年送春。薄幸东风，薄情游子，薄命佳人。

67 菩萨蛮 · 雾窗寒对遥天暮

清／纳兰性德

雾窗寒对遥天暮，暮天遥对寒窗雾。花落正啼鸦，鸦啼正落花。

袖罗垂影瘦，瘦影垂罗袖。风翦一丝红，红丝一翦风。

68 江城子 · 咏史

清／纳兰性德

湿云全压数峰低。影凄迷，望中疑。非雾非烟，

神女欲来时，若问生涯原是梦，除梦里，没人知。

69 青玉案 · 丝丝香篆浓于雾

清／高鹗

丝丝香篆浓于雾，织就绿阴红雨。乳燕飞来傍莲幕，杨花欲雪，梨云如梦，
又是清明暮。

屏山遮断相思路，子规啼到无声处。鳞瞑羽迷谁与诉。好段东风，好轮明月，
尽教封侯误。

雾雨雷电之雨字

七十六首

¹酬裴侍御对雨感时见赠

唐 作者：李白

雨色秋来寒，风严清江爽。孤高绣衣人，潇洒青霞赏。
平生多感激，忠义非外奖。祸连积怨生，事及徂川往。
楚邦有壮士，鄢郢翻扫荡。申包哭秦庭，泣血将安仰。
鞭尸辱已及，堂上罗宿莽。颇似今之人，蟊贼陷忠谠。
渺然一水隔，何由税归鞅。日夕听猿怨，怀贤盈楚想。

²玉真公主别馆苦雨赠卫尉张卿二首

唐／李白

秋坐金张馆，繁阴昼不开。空烟迷雨色，萧飒望中来。
翳翳昏垫苦，沉沉忧恨催。清秋何以慰，白酒盈吾杯。
吟咏思管乐，此人已成灰。独酌聊自勉，谁贵经纶才。
弹剑谢公子，无鱼良可哀。

苦雨思白日，浮云何由卷。稷契和天人，阴阳乃骄蹇。
秋霖剧倒井，昏雾横绝巘。欲往咫尺途，遂成山川限。
潈潈奔溜闻，浩浩惊波转。泥沙塞中途，牛马不可辨。
饥从漂母食，闲缀羽陵简。园家逢秋蔬，藜藿不满眼。
蟏蛸结思幽，蟋蟀伤褊浅。厨灶无青烟，刀机生绿藓。
投箸解鹔鹴，换酒醉北堂。丹徒布衣者，慷慨未可量。

何时黄金盘，一斛荐槟榔。功成拂衣去，摇曳沧洲傍。

³水槛遣心二首
唐／杜甫

去郭轩楹敞，无村眺望赊。澄江平少岸，幽树晚多花。
细雨鱼儿出，微风燕子斜。城中十万户，此地两三家。
蜀天常夜雨，江槛已朝晴。叶润林塘密，衣干枕席清。
不堪祇老病，何得尚浮名。浅把涓涓酒，深凭送此生。

⁴赠卫八处士
唐／杜甫

人生不相见，动如参与商。今夕复何夕，共此灯烛光！
少壮能几时？鬓发各已苍！访旧半为鬼，惊呼热中肠。
焉知二十载，重上君子堂。昔别君未婚，儿女忽成行。
怡然敬父执，问我来何方？问答未及已，驱儿罗酒浆。
夜雨剪春韭，新炊间黄粱。主称会面难，一举累十觞。
十觞亦不醉，感子故意长。明日隔山岳，世事两茫茫。

⁵春夜喜雨
唐／杜甫

好雨知时节，当春乃发生。随风潜入夜，润物细无声。
野径云俱黑，江船火独明。晓看红湿处，花重锦官城。

⁶秋雨叹三首
唐／杜甫

雨中百草秋烂死，阶下决明颜色鲜。著叶满枝翠羽盖，开花无数黄金钱。
凉风萧萧吹汝急，恐汝后时难独立。堂上书生空白头，临风三嗅馨香泣。
阑风长雨秋纷纷，四海八荒同一云。去马来牛不复辨，浊泾清渭何当分？
禾头生耳黍穗黑，农夫田妇无消息。城中斗米换衾裯，相许宁论两相值？
长安布衣谁比数？反锁衡门守环堵。老夫不出长蓬蒿，稚子无忧走风雨。

雨声飕飕催早寒，胡雁翅湿高飞难。秋来未曾见白日，泥污后土何时干？

7 梅雨

唐／杜甫

南京犀浦道，四月熟黄梅。湛湛长江去，冥冥细雨来。

茅茨疏易湿，云雾密难开。竟日蛟龙喜，盘涡与岸回。

8 雨不绝

唐／杜甫

鸣雨既过渐细微，映空摇飏如丝飞。阶前短草泥不乱，院里长条风乍稀。

舞石旋应将乳子，行云莫自湿仙衣。眼边江舸何匆促，未待安流逆浪归。

9 微雨夜行

唐／白居易

漠漠秋云起，稍稍夜寒生。但觉衣裳湿，无点亦无声。

10 芙蓉楼送辛渐

唐／王昌龄

寒雨连江夜入吴，平明送客楚山孤。洛阳亲友如相问，一片冰心在玉壶。

11 渭城曲

唐／王维

渭城朝雨浥轻尘，客舍青青柳色新。劝君更尽一杯酒，西出阳关无故人。

12 山居秋暝

唐／王维

空山新雨后，天气晚来秋。明月松间照，清泉石上流。

竹喧归浣女，莲动下渔舟。随意春芳歇，王孙自可留。

13 山中

唐／王维

荆溪白石出，天寒红叶稀。山路元无雨，空翠湿人衣。

¹⁴春晓

唐／孟浩然

春眠不觉晓，处处闻啼鸟。夜来风雨声，花落知多少。

¹⁵早春呈水部张十八员外

唐／韩愈

天街小雨润如酥，草色遥看近却无。最是一年春好处，绝胜烟柳满皇都。

¹⁶梅雨

唐／柳宗元

梅实迎时雨，苍茫值晚春。愁深楚猿夜，梦断越鸡晨。
海雾连南极，江云暗北津。素衣今尽化，非为帝京尘。

¹⁷清明

唐／杜牧

清明时节雨纷纷，路上行人欲断魂。借问酒家何处有，牧童遥指杏花村。

¹⁸江南春

唐／杜牧

千里莺啼绿映红，水村山郭酒旗风。南朝四百八十寺，多少楼台烟雨中。

¹⁹齐安郡晚秋

唐／杜牧

柳岸风来影渐疏，使君家似野人居。云容水态还堪赏，啸志歌怀亦自如。
雨暗残灯棋散后，酒醒孤枕雁来初。可怜赤壁争雄渡，唯有蓑翁坐钓鱼。

²⁰夜雨寄北

唐／李商隐

君问归期未有期，巴山夜雨涨秋池。何当共剪西窗烛，却话巴山夜雨时。

²¹春雨

唐／李商隐

怅卧新春白袷衣，白门寥落意多违。红楼隔雨相望冷，珠箔飘灯独自归。

远路应悲春晼晚，残霄犹得梦依稀。玉铛缄札何由达，万里云罗一雁飞。

22 重过圣女祠

唐 / 李商隐

白石岩扉碧藓滋，上清沦谪得归迟。一春梦雨常飘瓦，尽日灵风不满旗。
萼绿华来无定所，杜兰香去未移时。玉郎会此通仙籍，忆向天阶问紫芝。

23 无题 · 飒飒东风细雨来

唐 / 李商隐

飒飒东风细雨来，芙蓉塘外有轻雷。金蟾啮锁烧香入，玉虎牵丝汲井回。
贾氏窥帘韩掾少，宓妃留枕魏王才。春心莫共花争发，一寸相思一寸灰！

24 宿骆氏亭寄怀崔雍崔衮

唐 / 李商隐

竹坞无尘水槛清，相思迢递隔重城。 秋阴不散霜飞晚，留得枯荷听雨声。

25 赋得暮雨送李曹

唐 / 韦应物

楚江微雨里，建业暮钟时。漠漠帆来重，冥冥鸟去迟。
海门深不见，浦树远含滋。相送情无限，沾襟比散丝。

26 滁州西涧

唐 / 韦应物

独怜幽草涧边生，上有黄鹂深树鸣。 春潮带雨晚来急，野渡无人舟自横。

27 咸阳城东楼 / 咸阳城西楼晚眺 / 西门

唐 / 许浑

一上高城万里愁，蒹葭杨柳似汀洲。溪云初起日沉阁，山雨欲来风满楼。
鸟下绿芜秦苑夕，蝉鸣黄叶汉宫秋。行人莫问当年事，故国东来渭水流。

28 竹枝词二首 · 其一

唐 / 刘禹锡

杨柳青青江水平，闻郎江上踏歌声。东边日出西边雨，道是无晴却有晴。

²⁹苏溪亭

唐／戴叔伦

苏溪亭上草漫漫，谁倚东风十二阑。燕子不归春事晚，一汀烟雨杏花寒。

³⁰望山

唐／贾岛

南山三十里，不见逾一旬。冒雨时立望，望之如朋亲。
虬龙一掬波，洗荡千万春。日日雨不断，愁杀望山人。
天事不可长，劲风来如奔。阴霾一以扫，浩翠写国门。
长安百万家，家家张屏新。谁家最好山，我愿为其邻。

³¹别严士元

唐／刘长卿

春风倚棹阖闾城，水国春寒阴复晴。细雨湿衣看不见，闲花落地听无声。
日斜江上孤帆影，草绿湖南万里情。东道若逢相识问，青袍今日误儒生。

³²雨过山村

唐／王建

雨里鸡鸣一两家，竹溪村路板桥斜。妇姑相唤浴蚕去，闲看中庭栀子花。

³³雨晴

唐／王驾

雨前初见花间蕊，雨后兼无叶里花。蛱蝶飞来过墙去，却疑春色在邻家。

³⁴长安夜雨

唐／薛逢

滞雨通宵又彻明，百忧如草雨中生。心关桂玉天难晓，运落风波梦亦惊。
压树早鸦飞不散，到窗寒鼓湿无声。当年志气俱消尽，白发新添四五茎。

³⁵咸阳值雨

唐／温庭筠

咸阳桥上雨如悬，万点空濛隔钓船。还似洞庭春水色，晓云将入岳阳天。

36 更漏子 · 玉炉香

唐 / 温庭筠

玉炉香，红蜡泪，偏照画堂秋思。眉翠薄，鬓云残，夜长衾枕寒。

梧桐树，三更雨，不道离情正苦。一叶叶，一声声，空阶滴到明。

37 登咸阳县楼望雨

唐 / 韦庄

乱云如兽出山前，细雨和风满渭川。尽日空濛无所见，雁行斜去字联联。

38 菩萨蛮 · 人人尽说江南好

唐 / 韦庄

人人尽说江南好，游人只合江南老。春水碧于天，画船听雨眠。

垆边人似月，皓腕凝霜雪。未老莫还乡，还乡须断肠。

39 李凭箜篌引

唐 / 李贺

吴丝蜀桐张高秋，空山凝云颓不流。江娥啼竹素女愁，李凭中国弹箜篌。

昆山玉碎凤凰叫，芙蓉泣露香兰笑。十二门前融冷光，二十三丝动紫皇。

女娲炼石补天处，石破天惊逗秋雨。梦入神山教神妪，老鱼跳波瘦蛟舞。

吴质不眠倚桂树，露脚斜飞湿寒兔。

40 溪上遇雨二首

唐 / 崔道融

回塘雨脚如缫丝，野禽不起沈鱼飞。耕蓑钓笠取未暇，秋田有望从淋漓。

坐看黑云衔猛雨，喷洒前山此独晴。忽惊云雨在头上，却是山前晚照明。

41 抛球乐 · 逐胜归来雨未晴

唐 / 冯延巳

逐胜归来雨未晴，楼前风重草烟轻。谷莺语软花边过，水调声长醉里听。

款举金觥劝，谁是当筵最有情。

⁴²浣溪沙

唐 / 薛昭蕴

红蓼渡头秋正雨，印沙鸥迹自成行。整鬟飘袖野风香。

不语含嚬深浦里，几回愁煞棹船郎。燕归帆尽水茫茫。

⁴³乌夜啼 · 昨夜风兼雨

五代 / 李煜

昨夜风兼雨，帘帏飒飒秋声。烛残漏滴频欹枕，起坐不能平。

世事漫随流水，算来一梦浮生。醉乡路稳宜频到，此外不堪行。

⁴⁴相见欢 · 林花谢了春红

五代 / 李煜

林花谢了春红，太匆匆。无奈朝来寒雨晚来风。

胭脂泪，相留醉，几时重。自是人生长恨水长东。

⁴⁵送和甫至龙安微雨因寄吴氏女子

宋 / 王安石

荒烟凉雨助人悲，泪染衣襟不自知。除却春风沙际绿，一如看汝过江时。

⁴⁶六月二十七日望湖楼醉书

宋 / 苏轼

黑云翻墨未遮山，白雨跳珠乱入船。卷地风来忽吹散，望湖楼下水如天。

⁴⁷鹧鸪天 · 林断山明竹隐墙

宋 / 苏轼

林断山明竹隐墙。乱蝉衰草小池塘。翻空白鸟时时见，照水红蕖细细香。

村舍外，古城旁。杖藜徐步转斜阳。殷勤昨夜三更雨，又得浮生一日凉。

⁴⁸望海楼晚景五绝

宋 / 苏轼

横风吹雨入楼斜，壮观应须好句夸。雨过潮平江海碧，电光时掣紫金蛇。

⁴⁹饮湖上初晴后雨二首

宋／苏轼

朝曦迎客艳重冈，晚雨留人入醉乡。此意自佳君不会，一杯当属水仙王。

水光潋滟晴方好，山色空濛雨亦奇。欲把西湖比西子，淡妆浓抹总相宜。

⁵⁰有美堂暴雨

宋／苏轼

游人脚底一声雷，满座顽云拨不开。天外黑风吹海立，浙东飞雨过江来。
十分潋滟金樽凸，千杖敲铿羯鼓催。唤起谪仙泉洒面，倒倾鲛室泻琼瑰。

⁵¹好事近·梦中作

宋／秦观

春路雨添花，花动一山春色。行到小溪深处，有黄鹂千百。
飞云当面化龙蛇，夭矫转空碧。醉卧古藤阴下，了不知南北。

⁵²浣溪沙·漠漠轻寒上小楼

宋／秦观

漠漠轻寒上小楼，晓阴无赖似穷秋。淡烟流水画屏幽。
自在飞花轻似梦，无边丝雨细如愁。宝帘闲挂小银钩。

⁵³春日五首·其一

宋／秦观

一夕轻雷落万丝，霁光浮瓦碧参差。有情芍药含春泪，无力蔷薇卧晓枝。

⁵⁴念奴娇·断虹霁雨

宋／黄庭坚

断虹霁雨，净秋空，山染修眉新绿。桂影扶疏，谁便道，今夕清辉不足。
万里青天，姮娥何处，驾此一轮玉。寒光零乱，为谁偏照醽醁。
年少从我追游，晚凉幽径，绕张园森木。共倒金荷家万里，欢得尊前相属。
老子平生，江南江北，最爱临风曲。孙郎微笑，坐来声喷霜竹。

⁵⁵绝句 · 古木阴中系短篷

宋／志南

古木阴中系短篷，杖藜扶我过桥东。沾衣欲湿杏花雨，吹面不寒杨柳风。

⁵⁶十一月四日风雨大作二首

宋／陆游

风卷江湖雨暗村，四山声作海涛翻。溪柴火软蛮毡暖，我与狸奴不出门。

僵卧孤村不自哀，尚思为国戍轮台。夜阑卧听风吹雨，铁马冰河入梦来。

⁵⁷剑门道中遇微雨

宋／陆游

衣上征尘杂酒痕，远游无处不消魂。此身合是诗人未？细雨骑驴入剑门。

⁵⁸临安春雨初霁

宋／陆游

世味年来薄似纱，谁令骑马客京华。小楼一夜听春雨，深巷明朝卖杏花。

矮纸斜行闲作草，晴窗细乳戏分茶。素衣莫起风尘叹，犹及清明可到家。

⁵⁹十月二十八日夜风雨大作

宋／陆游

风怒欲拔木，雨暴欲掀屋。风声翻海涛，雨点堕车轴。

拄门那敢开，吹火不得烛。岂惟涨沟溪，势已卷平陆。

辛勤艺宿麦，所望明年熟；一饱正自艰，五穷故相逐。

南邻更可念，布被冬未赎；明朝甑复空，母子相持哭。

⁶⁰西江月 · 夜行黄沙道中

宋／辛弃疾

明月别枝惊鹊，清风半夜鸣蝉。稻花香里说丰年，听取蛙声一片。

七八个星天外，两三点雨山前。旧时茅店社林边，路转溪头忽见。

⁶¹钗头凤 · 世情薄

宋 / 唐婉

世情薄，人情恶，雨送黄昏花易落。晓风干，泪痕残。

欲笺心事，独语斜阑。难，难，难！

人成各，今非昨，病魂常似秋千索。角声寒，夜阑珊。

怕人寻问，咽泪装欢。瞒，瞒，瞒！

⁶²满江红 · 写怀

宋 / 岳飞

怒发冲冠，凭栏处、潇潇雨歇。抬望眼，仰天长啸，壮怀激烈。

三十功名尘与土，八千里路云和月。莫等闲，白了少年头，空悲切！

靖康耻，犹未雪。臣子恨，何时灭！驾长车，踏破贺兰山缺。

壮志饥餐胡虏肉，笑谈渴饮匈奴血。待从头、收拾旧山河，朝天阙。

⁶³摊破浣溪沙 · 病起萧萧两鬓华

宋 / 李清照

病起萧萧两鬓华，卧看残月上窗纱。豆蔻连梢煎熟水，莫分茶。

枕上诗书闲处好，门前风景雨来佳。终日向人多酝藉，木犀花。

⁶⁴踏莎行 · 碧海无波

宋 / 晏殊

碧海无波，瑶台有路。思量便合双飞去。当时轻别意中人，山长水远知何处。

绮席凝尘，香闺掩雾。红笺小字凭谁附。高楼目尽欲黄昏，梧桐叶上萧萧雨。

⁶⁵踏莎行 · 柳絮风轻

宋 / 谢逸

柳絮风轻，梨花雨细。春阴院落帘垂地。碧溪影里小桥横，青帘市上孤烟起。

镜约关情，琴心破睡。轻寒漠漠侵鸳被。酒醒霞散脸边红，梦回山蹙眉间翠。

66 春游湖

宋／徐俯

双飞燕子几时回？夹岸桃花蘸水开。春雨断桥人不度，小舟撑出柳阴来。

67 苏秀道中大雨

宋／曾几

梅雨又时雨，苏州仍秀州。客行无六月，农事有三秋。
云气深鸿雁，烟波没白鸥。衰年惭愧汝，物役几时休。

68 癸未八月十四日至十六夜月色皆佳

宋／曾几

年年岁岁望中秋，岁岁年年雾雨愁。凉月风光三夜好，老夫怀抱一生休。
明时谅费银河洗，缺处应须玉斧修。京洛胡尘满人眼，不知能似浙江不。

69 绝句

宋／僧志南

古木阴中系短篷，杖藜扶我过桥东。沾衣欲湿杏花雨，吹面不寒杨柳风。

70 约客

宋／赵师秀

黄梅时节家家雨，青草池塘处处蛙。有约不来过夜半，闲敲棋子落灯花。

71 临江仙·柳外轻雷池上雨

宋／欧阳修

柳外轻雷池上雨，雨声滴碎荷声。小楼西角断虹明。阑干倚处，待得月华生。
燕子飞来窥画栋，玉钩垂下帘旌。凉波不动簟纹平。水精双枕，畔有堕钗横。

72 昭君怨·咏荷上雨

宋／杨万里

午梦扁舟花底。香满两湖烟水。急雨打篷声。梦初惊。
却是池荷跳雨。散了真珠还聚。聚作水银窝。泻清波。

73 卜算子 · 风雨送人来

宋 / 游次公

风雨送人来，风雨留人住。草草杯盘话别离，风雨催人去。

泪眼不曾晴，眉黛愁还聚。明日相思莫上楼，楼上多风雨。

74 虞美人 · 梳楼

宋 / 蒋捷

丝丝杨柳丝丝雨。春在溟濛处。楼儿忒小不藏愁。

几度和云飞去、觅归舟。天怜客子乡关远。

借与花消遣。海棠红近绿阑干。才卷朱帘却又、晚风寒。

75 朝中措 · 清明时节雨声哗

宋 / 张炎

清明时节雨声哗。潮拥渡头沙。翻被梨花冷看，人生苦恋天涯。

燕帘莺户，云窗雾阁，酒醒啼鸦。折得一枝杨柳，归来插向谁家。

76 五月十九日大雨

明 / 刘基

风驱急雨洒高城，云压轻雷殷地声。雨过不知龙去处，一池草色万蛙鸣。

雾雨雷电之雷字

七十八首

¹蜀道难

唐／李白

噫吁嚱，危乎高哉！蜀道之难，难于上青天！

蚕丛及鱼凫，开国何茫然！尔来四万八千岁，不与秦塞通人烟。

西当太白有鸟道，可以横绝峨眉巅。地崩山摧壮士死，然后天梯石栈相钩连。

上有六龙回日之高标，下有冲波逆折之回川。

黄鹤之飞尚不得过，猿猱欲度愁攀援。青泥何盘盘，百步九折萦岩峦。

扪参历井仰胁息，以手抚膺坐长叹。问君西游何时还？畏途巉岩不可攀。

但见悲鸟号古木，雄飞雌从绕林间。又闻子规啼夜月，愁空山。

蜀道之难，难于上青天，使人听此凋朱颜！连峰去天不盈尺，枯松倒挂倚绝壁。

飞湍瀑流争喧豗，砯崖转石万壑雷。其险也如此，嗟尔远道之人胡为乎来哉！

剑阁峥嵘而崔嵬，一夫当关，万夫莫开。所守或匪亲，化为狼与豺。

朝避猛虎，夕避长蛇；磨牙吮血，杀人如麻。锦城虽云乐，不如早还家。

蜀道之难，难于上青天，侧身西望长咨嗟！

²永王东巡歌十一首选一

唐／李白

雷鼓嘈嘈喧武昌，云旗猎猎过寻阳。秋毫不犯三吴悦，春日遥看五色光。

³游泰山六首选一

唐／李白

天宝元年四月从故御道上泰山

四月上泰山，石平御道开。六龙过万壑，涧谷随萦回。

马迹绕碧峰，于今满青苔。飞流洒绝巘，水急松声哀。

北眺崿嶂奇，倾崖向东摧。洞门闭石扇，地底兴云雷。

登高望蓬流，想象金银台。天门一长啸，万里清风来。

玉女四五人，飘飖下九垓。含笑引素手，遗我流霞杯。

稽首再拜之，自愧非仙才。旷然小宇宙，弃世何悠哉。

⁴司马将军歌

唐／李白

狂风吹古月，窃弄章华台。北落明星动光彩，南征猛将如云雷。

手中电击倚天剑，直斩长鲸海水开。我见楼船壮心目，颇似龙骧下三蜀。

扬兵习战张虎旗，江中白浪如银屋。身居玉帐临河魁，紫髯若戟冠崔嵬，

细柳开营揖天子，始知灞上为婴孩。羌笛横吹阿亸回，向月楼中吹落梅。

将军自起舞长剑，壮士呼声动九垓。功成献凯见明主，丹青画像麒麟台。

⁵雷

唐／杜甫

巫峡中宵动，沧江十月雷。龙蛇不成蛰，天地划争回。

却碾空山过，深蟠绝壁来。何须妒云雨，霹雳楚王台。

⁶雷

唐／杜甫

大旱山岳燋，密云复无雨。南方瘴疠地，罹此农事苦。

封内必舞雩，峡中喧击鼓。真龙竟寂寞，土梗空俯偻。

吁嗟公私病，税敛缺不补。故老仰面啼，疮痍向谁数。

暴尪或前闻，鞭巫非稽古。请先偃甲兵，处分听人主。

万邦但各业，一物休尽取。水旱其数然，尧汤免亲睹。

上天铄金石，群盗乱豺虎。二者存一端，愆阳不犹愈。
昨宵殷其雷，风过齐万弩。复吹霾翳散，虚觉神灵聚。
气暍肠胃融，汗滋衣裳污。吾衰尤拙计，失望筑场圃。

7 夏日叹

唐／杜甫

夏日出东北，陵天经中街。朱光彻厚地，郁蒸何由开。
上苍久无雷，无乃号令乖。雨降不濡物，良田起黄埃。
飞鸟苦热死，池鱼涸其泥。万人尚流冗，举目唯蒿莱。
至今大河北，化作虎与豺。浩荡想幽蓟，王师安在哉。
对食不能餐，我心殊未谐。眇然贞观初，难与数子偕。

8 石研诗

唐／杜甫

平公今诗伯，秀发吾所羡。奉使三峡中，长啸得石研。
巨璞禹凿馀，异状君独见。其滑乃波涛，其光或雷电。
联坳各尽墨，多水递隐现。挥洒容数人，十手可对面。
比公头上冠，贞质未为贱。当公赋佳句，况得终清宴。
公含起草姿，不远明光殿。致于丹青地，知汝随顾眄。

9 闻雷

唐／白居易

瘴地风霜早，温天气候催。穷冬不见雪，正月已闻雷。
震蛰虫蛇出，惊枯草木开。空馀客方寸，依旧似寒灰。

10 和春深二十首选一

唐／白居易

何处春深好，春深潮户家。涛翻三月雪，浪喷四时花。
曳练驰千马，惊雷走万车。馀波落何处，江转富阳斜。

¹¹自江州司马授忠州刺史，仰荷圣泽，聊书鄙诚
唐 / 白居易

炎瘴抛身远，泥涂索脚难。网初鳞拨刺，笼久翅摧残。
雷电颁时令，阳和变岁寒。遗簪承旧念，剖竹授新官。
乡觉前程近，心随外事宽。生还应有分，西笑问长安。

¹²和答诗十首 · 和古社
唐 / 白居易

废村多年树，生在古社隈。为作妖狐窟，心空身未摧。
妖狐变美女，社树成楼台。黄昏行人过，见者心裴回。
饥雕竟不捉，老犬反为媒。岁媚少年客，十去九不回。
昨夜云雨合，烈风驱迅雷。风拔树根出，雷劈社坛开。
飞电化为火，妖狐烧作灰。天明至其所，清旷无氛埃。
旧地葺村落，新田辟荒莱。始知天降火，不必常为灾。
勿谓神默默，勿谓天恢恢。勿喜犬不捕，勿夸雕不猜。
寄言狐媚者，天火有时来。

¹³旅寓安南
唐 / 杜审言

交趾殊风候，寒迟暖复催。仲冬山果熟，正月野花开。
积雨生昏雾，轻霜下震雷。故乡逾万里，客思倍从来。

¹⁴江上遇疾风
唐 / 张九龄

疾风江上起，鼓怒扬烟埃。白昼晦如夕，洪涛声若雷。
投林鸟铩羽，入浦鱼曝鳃。瓦飞屋且发，帆快樯已摧。
不知天地气，何为此喧豗。

¹⁵春雨早雷
唐 / 张说

东北春风至，飘飘带雨来。拂黄先变柳，点素早惊梅。

树蔼悬书阁，烟含作赋台。河鱼未上冻，江蛰已闻雷。
美人宵梦著，金屏曙不开。无缘一启齿，空酌万年杯。

¹⁶送丹师归闽中

唐／贾岛

波涛路杳然，衰柳落阳蝉。行李经雷电，禅前漱岛泉。
归林久别寺，过越未离船。自说从今去，身应老海边。

¹⁷龙移

唐／韩愈

天昏地黑蛟龙移，雷惊电激雄雌随。　清泉百丈化为土，鱼鳖枯死吁可悲。

¹⁸调张籍

唐／韩愈

李杜文章在，光焰万丈长。不知群儿愚，那用故谤伤。
蚍蜉撼大树，可笑不自量！伊我生其后，举颈遥相望。
夜梦多见之，昼思反微茫。徒观斧凿痕，不瞩治水航。
想当施手时，巨刃磨天扬。垠崖划崩豁，乾坤摆雷硠。
唯此两夫子，家居率荒凉。帝欲长吟哦，故遣起且僵。
翦翎送笼中，使看百鸟翔。平生千万篇，金薤垂琳琅。
仙官敕六丁，雷电下取将。流落人间者，太山一毫芒。
我愿生两翅，捕逐出八荒。精诚忽交通，百怪入我肠。
刺手拔鲸牙，举瓢酌天浆。腾身跨汗漫，不著织女襄。
顾语地上友，经营无太忙。乞君飞霞佩，与我高颉颃。

¹⁹再至界围岩水帘遂宿岩下（是年出刺柳州五月复经此）

唐／柳宗元

发春念长违，中夏欣再睹。是时植物秀，杳若临悬圃。
歊阳讶垂冰，白日惊雷雨。笙簧潭际起，鹳鹤云间舞。
古苔凝青枝，阴草湿翠羽。蔽空素彩列，激浪寒光聚。

的皪沉珠渊，锵鸣捐佩浦。幽岩画屏倚，新月玉钩吐。
夜凉星满川，忽疑眠洞府。

20 猛虎行
唐 / 李贺

长戈莫舂，长弩莫抨。乳孙哺子，教得生狞。
举头为城，掉尾为旌。东海黄公，愁见夜行。
道逢驺虞，牛哀不平。何用尺刀？壁上雷鸣。
泰山之下，妇人哭声。官家有程，吏不敢听。

21 卦名诗
唐 / 权德舆

节变忽惊春，临风骋望频。支颐倦书幌，步履整山巾。
时鸟渐成曲，杂芳随意新。曙霞连观阙，绮陌丽咸秦。
天地今交泰，云雷背遘屯。中孚谅可乐，书此示家人。

22 江行至沙浦
唐 / 张乔

烟霞接杳冥，旅泊寄回汀。夜雨雷电歇，春江蛟蜃腥。
城侵潮影白，峤截鸟行青。遍欲探泉石，南须过洞庭。

23 古松
唐 / 齐己

雷电不敢伐，鳞皴势万端。蠹依枯节死，蛇入朽根盘。
影浸僧禅湿，声吹鹤梦寒。寻常风雨夜，应有鬼神看。

24 送相里秀才赴举
唐 / 齐己

两上东堂不见春，文明重去有谁亲。曾逢少海尊前客，旧是神仙会里人。
已遂风云催化羽，却将雷电助烧鳞。明年自此登龙后，回首荆门一路尘。

²⁵夏云曲

唐／齐己

红嵯峨，烁晚波，乖龙慵卧旱鬼多。爁爁万里压天垠，飐雷电光空闪闪。
好雨不雨风不风，徒倚穹苍作岩险。 男巫女觋更走魂，焚香祝天天不闻。
天若闻， 必能使尔为润泽，洗埃氛。
而又变之成五色，捧日轮， 将以表唐尧虞舜之明君。

²⁶乞彩笺歌

唐／韦庄

浣花溪上如花客，绿闇红藏人不识。留得溪头瑟瑟波， 泼成纸上猩猩色。
手把金刀擘彩云， 有时剪破秋天碧。 不使红霓段段飞， 一时驱上丹霞壁。
蜀客才多染不供， 卓文醉后开无力。孔雀衔来向日飞， 翩翩压折黄金翼。
我有歌诗一千首， 磨砻山岳罗星斗。开卷长疑雷电惊， 挥毫只怕龙蛇走。
班班布在时人口， 满袖松花都未有。 人间无处买烟霞， 须知得自神仙手。
也知价重连城璧， 一纸万金犹不惜。薛涛昨夜梦中来， 殷勤劝向君边觅。

²⁷陪窦侍御灵云南亭宴，诗得雷字

唐／高适

人幽宜眺听，目极喜亭台。风景知愁在， 关山忆梦回。
只言殊语默，何意忝游陪。连唱波澜动，冥搜物象开。
新秋归远树，残雨拥轻雷。檐外长天尽，尊前独鸟来。
常吟塞下曲，多谢幕中才。河汉徒相望，嘉期安在哉。

²⁸无题 · 飒飒东风细雨来

唐／李商隐

飒飒东风细雨来，芙蓉塘外有轻雷。金蟾啮锁烧香入，玉虎牵丝汲井回。
贾氏窥帘韩掾少，宓妃留枕魏王才。春心莫共花争发，一寸相思一寸灰！

²⁹隋宫守岁

唐／李商隐

消息东郊木帝回，宫中行乐有新梅。沈香甲煎为庭燎， 玉液琼苏作寿杯。

遥望露盘疑是月，远闻鼍鼓欲惊雷。昭阳第一倾城客，不踏金莲不肯来。

30 登东海龙兴寺高顶望海，简演公
唐／刘长卿

朐山压海口，永望开禅宫。元气远相合，太阳生其中。
豁然万里馀，独为百川雄。白波走雷电，黑雾藏鱼龙。
变化非一状，晴明分众容。烟开秦帝桥，隐隐横残虹。
蓬岛如在眼，羽人那可逢。偶闻真僧言，甚与静者同。
幽意颇相惬，赏心殊未穷。花间午时梵，云外春山钟。
谁念遽成别，自怜归所从。他时相忆处，惆怅西南峰。

31 拂舞词
唐／温庭筠

黄河怒浪连天来，大响谾谾如殷雷。龙伯驱风不敢上，百川喷雪高崔嵬。
二十三弦何太哀，请公勿渡立徘徊。下有狂蛟锯为尾，裂帆截棹磨霜齿。
神椎凿石塞神潭，白马参覃赤尘起。公乎跃马扬玉鞭，灭没高蹄日千里。

32 观田家
唐／韦应物

微雨众卉新，一雷惊蛰始。田家几日闲，耕种从此起。
丁壮俱在野，场圃亦就理。归来景常晏，饮犊西涧水。
饥劬不自苦，膏泽且为喜。仓廪无宿储，徭役犹未已。
方惭不耕者，禄食出闾里。

33 听嘉陵江水声寄深上人
唐／韦应物

凿崖泄奔湍，古称神禹迹。夜喧山门店，独宿不安席。
水性自云静，石中本无声；如何两相激，雷转空山惊？
贻之道门归，了此物我情。

³⁴庐山瀑布

唐／徐凝

虚空落泉千仞直，雷奔入江不暂息。今古长如白练飞，一条界破青山色。

³⁵赠裴将军

唐／颜真卿

大君制六合，猛将清九垓。战马若龙虎，腾凌何壮哉。
将军临八荒，烜赫耀英材。剑舞若游电，随风萦且回。
登高望天山，白云正崔巍。入阵破骄虏，威名雄震雷。
一射百马倒，再射万夫开。匈奴不敢敌，相呼归去来。
功成报天子，可以画麟台。

³⁶瀑布

唐／章孝标

秋河溢长空，天洒万丈布。深雷隐云壑，孤电挂岩树。
沧溟晓喷寒，碧落晴荡素。非趋下流急，热使不得住。

³⁷登南神光寺塔院

唐／韩偓

无奈离肠日九回，强揾离抱立高台。中华地向城边尽，外国云从岛上来。
四序有花长见雨，一冬无雪却闻雷。日宫紫气生冠冕，试望扶桑病眼开。

³⁸奉和春日游苑喜雨应制

唐／李峤

仙跸九成台，香筵万寿杯。一旬初降雨，二月早闻雷。
叶向朝隋密，花含宿润开。幸承天泽豫，无使日光催。

³⁹丁亥岁作（中元甲子）

唐／罗隐

病想医门渴望梅，十年心地仅成灰。早知世事长如此，自是孤寒不合来。
谷畔气浓高蔽日，蛰边声暖乍闻雷。满城桃李君看取，一一还从旧处开。

⁴⁰寄卢式

唐／项斯

到处久南望，未知何日回。寄书频到海，得梦忽闻雷。
岭日当秋暗，蛮花近腊开。白身居瘴疠，谁不惜君才。

⁴¹瀑布

唐／褚载

泻雾倾烟撼撼雷，满山风雨助喧豗。争知不是青天阙，扑下银河一半来。

⁴²雨

唐／张蠙

半夜西亭雨，离人独启关。桑麻荒旧国，雷电照前山。
细滴高槐底，繁声叠漏间。唯应孤镜里，明月长愁颜。

⁴³华山

唐／李洞

碧山长冻地长秋，日夕泉源聒华州。万户烟侵关令宅，四时云在使君楼。
风驱雷电临河震，鹤引神仙出月游。峰顶高眠灵药熟，自无霜雪上人头。

⁴⁴忆江南

唐／许棠

南楚西秦远，名迟别岁深。欲归难遂去，闲忆自成吟。
雷电闲倾雨，猿猱斗堕林。眠云机尚在，未忍负初心。

⁴⁵代孔明哭先主

唐／李山甫

忆昔南阳顾草庐，便乘雷电捧乘舆。酌量诸夏须平取，期刻群雄待遍锄。
南面未能成帝业，西陵那忍送宫车。九疑山下频惆怅，曾许微臣水共鱼。

⁴⁶大水

唐／薛逢

暴雨逐惊雷，从风忽骤来。浪驱三岛至，江拆二仪开。

势恐圆枢折，声疑厚轴摧。冥心问元化，天眼几时回。

⁴⁷灵台家兄古镜歌
唐／薛逢

一尺圆潭深深黑色，篆文如丝人不识。耕夫云住赫连城，赫连城下亲耕得。
镜上磨莹一月馀，日中渐见菱花舒。　金膏洗拭铦涩尽，黑云吐出新蟾蜍。
人言此是千年物，　百鬼闻之形暗栗，玉匣曾经龙照来，岂宜更鉴农夫质。
有时霹雳半夜惊，窗中飞电如晦明。盘龙鳞胀玉匣溢，牙爪触风时有声。
耕夫不解珍灵异，翻惧赫连神作祟。十千卖与灵台兄，百丈灵湫坐中至。
溢匣水色如玉倾，　儿童不敢窥泓澄。寒光照人近不得，坐愁雷电湫中生。
吾兄吾兄须爱惜，将来慎勿虚抛掷。兴云致雨会有时，莫遣红妆秽灵迹。

⁴⁸上吏部崔相公
唐／薛逢

龙门曾共战惊澜，雷电浮云出浚湍。紫府有名同羽化，碧霄无路却泥蟠。
公车未结王生袜，客路虚弹贡禹冠。今日垆锤任真宰，暂回风水不应难。

⁴⁹大驾西幸秋日闻雷
唐／贯休

军书日日催，处处起尘埃。黎庶何由泰，銮舆早晚回。
夏租方减食，秋日更闻雷。莫道苍苍意，苍苍眼甚开。

⁵⁰送僧归日本
唐／贯休

焚香祝海灵，开眼梦中行。得达即便是，无生可作轻。
流黄山火著，碇石索雷鸣。想到夷王礼，还为上寺迎。

⁵¹寿春进祝圣七首·山呼万岁
唐／贯休

声教无为日，山呼万岁声。隆隆如谷响，合合似雷鸣。
翠拔为天柱，根盘倚凤城。恭唯千万岁，岁岁致升平。

⁵²庐山瀑布

唐 / 孙鲂

有山来便有，万丈落云端。雾喷千岩湿，雷倾九夏寒。
图中僧写去，湖上客回看。却羡为猿鹤，飞鸣近碧湍。

⁵³咏蟹 / 咏螃蟹呈浙西从事

唐 / 皮日休

未游沧海早知名，有骨还从肉上生。莫道无心畏雷电，海龙王处也横行。

⁵⁴夏景无事因怀章来二上人二首

唐 / 皮日休

澹景微阴正送梅，幽人逃暑癭楠杯。水花移得和鱼子，山蕨收时带竹胎。
啸馆大都偏见月，醉乡终竟不闻雷。更无一事唯留客，却被高僧怕不来。
佳树盘珊枕草堂，此中随分亦闲忙。平铺风簟寻琴谱，静扫烟窗著药方。
幽鸟见贫留好语，白莲知卧送清香。从今有计消闲日，更为支公置一床。

⁵⁵狼山观海

宋 / 王安石

万里昆仑谁凿破，无边波浪拍天来。晓寒云雾连穷屿，春暖鱼龙化蛰雷。
阆苑仙人何处觅？灵槎使者几时回？遨游半在江湖里，始觉今朝眼界开。

⁵⁶九日黄楼作

宋 / 苏轼

去年重阳不可说，南城夜半千沤发。水穿城下作雷鸣，泥满城头飞雨滑。
黄花白酒无人问，日暮归来洗靴袜。岂知还复有今年，把盏对花容一呷。
莫嫌酒薄红粉陋，终胜泥中事锹锸。黄楼新成壁未干，清河已落霜初杀。
朝来白露如细雨，南山不见千寻刹。楼前便作海茫茫，楼下空闻橹鸦轧。
薄寒中人老可畏，热酒浇肠气先压。烟消日出见渔村，远水鳞鳞山齾齾。

诗人猛士杂龙虎，楚舞吴歌乱鹅鸭。一杯相属君勿辞，此境何殊泛清雪。

⁵⁷有美堂暴雨

宋／苏轼

游人脚底一声雷，满座顽云拨不开。天外黑风吹海立，浙东飞雨过江来。
十分潋滟金樽凸，千杖敲铿羯鼓催。唤起谪仙泉洒面，倒倾鲛室泻琼瑰。

⁵⁸雷岩诗

宋／苏轼

空岩发灵籁，彷佛如风雷。只疑函宝剑，天遣六丁开。

⁵⁹临江仙·夜饮东坡醒复醉

宋／苏轼

夜饮东坡醒复醉，归来仿佛三更。家童鼻息已雷鸣。敲门都不应，倚杖听江声。
长恨此身非我有，何时忘却营营。夜阑风静縠纹平。小舟从此逝，江海寄余生。

⁶⁰临江仙·西湖春泛

宋／赵滂

堤曲朱墙近远，山明碧瓦高低。好风二十四花期。骄总穿柳去，文艦挟春飞。
箫鼓晴雷殷殷，笑歌香雾霏霏，间情不受酒禁持。断肠无立处，斜日欲归时。

⁶¹戏答元珍

宋／欧阳修

春风疑不到天涯，二月山城未见花。残雪压枝犹有桔，冻雷惊笋欲抽芽。
夜闻归雁生乡思，病入新年感物华。曾是洛阳花下客，野芳虽晚不须嗟。

⁶²临江仙·柳外轻雷池上雨

宋／欧阳修

柳外轻雷池上雨，雨声滴碎荷声。小楼西角断虹明。阑干倚处，待得月华生。
燕子飞来窥画栋，玉钩垂下帘旌。凉波不动簟纹平。水精双枕，傍有堕钗横。

⁶³玉楼春·题上林后亭

宋／欧阳修

风迟日媚烟光好。绿树依依芳意早。年华容易即凋零，春色只宜长恨少。

池塘隐隐惊雷晓。柳眼未开梅萼小。尊前贪爱物华新，不道物新人渐老。

⁶⁴行路难·缚虎手

宋／贺铸

缚虎手。悬河口。车如鸡栖马如狗。白纶巾。扑黄尘。不知我辈，可是蓬蒿人。衰兰送客咸阳道。天若有情天亦老。作雷颠。不论钱。谁问旗亭，美酒斗十千。

酌大斗。更为寿。青鬓常青古无有。笑嫣然。舞翩然。当垆秦女，十五语如弦。遗音能记秋风曲，事去千年犹恨促。揽流光，系扶桑，争奈愁来，一日却为长。

⁶⁵沁园春·梦孚若

宋／刘克庄

何处相逢，登宝钗楼，访铜雀台。唤厨人斫就，东溟鲸脍，圉人呈罢，西极龙媒。

天下英雄，使君与操，余子谁堪共酒杯。车千乘，载燕南赵北，剑客奇才。

饮酣画鼓如雷。谁信被晨鸡轻唤回。叹年光过尽，功名未立，书生老去，机会方来。

使李将军，遇高皇帝，万户侯何足道哉。披衣起，但凄凉感旧，慷慨生哀。

⁶⁶满江红·汉水东流

宋／辛弃疾

汉水东流，都洗尽、髭胡膏血。人尽说、君家飞将，旧时英烈。

破敌金城雷过耳，谈兵玉帐冰生颊。想王郎、结发赋从戎，传遗业。

腰间剑，聊弹铗。尊中酒，堪为别。况故人新拥，汉坛旌节。

马革里尸当自誓，蛾眉伐性休重说。但从今、记取楚楼风，裴台月。

⁶⁷水调歌头 · 和赵景明知县韵

宋 / 辛弃疾

官事未易了，且向酒边来。君如无我，问君怀抱向谁开。

但放平生丘壑，莫管旁人嘲骂，深蛰要惊雷。白发还自笑，何地置衰颓。

五车书，千石饮，百遍才。新词未到，琼瑰先梦满吾怀。

已过西风重九，且要黄花入手，诗兴未关梅。君要花满县，桃李趁时栽。

⁶⁸秦楼月 · 浮云集

宋 / 范成大

浮云集。轻雷隐隐初惊蛰。初惊蛰。鹁鸠鸣怒，绿杨风急。

玉炉烟重香罗浥。拂墙浓杏燕支湿。燕支湿。花梢缺处，画楼人立。

⁶⁹新荷叶

宋 / 赵彦端

欲暑还凉，如春有意重归。春若归来，任他莺老花飞。

轻雷淡雨，似晚风、欺得单衣。檐声惊醉，起来新绿成围。

回首分携。光风冉冉菲菲。曾几何时，故山疑梦还非。

鸣琴再抚，将清恨、都入金徽。永怀桥下，系船溪柳依依。

⁷⁰春日

宋 / 秦观

一夕轻雷落万丝，霁光浮瓦碧参差。有情芍药含春泪，无力蔷薇卧晓枝。

⁷¹宴琼林 · 东湖春日

宋 / 黄裳

遽暖间俄寒，妙用向园林，难问春意。万般声与色，自闻雷、便作浮华人世。

红娇翠软，谁顿悟、天机此理。似韶容、可驻无人会，且忘言闲醉。

当度仙家长日，向人间、闲看佳丽。念远处有东风在，梦悠悠往事。

桃溪近、幽香远远，谩凝望、落花流水。桂华中、珠佩随轩去，还从卖花市。

⁷²西江月

宋 / 徐俯夫

曲折迷春院宇，参差近水楼台。吹箫人去燕归来。空有落梅香在。
花底三更过雨，酒阑一枕惊雷。明朝飞梦隔天涯。肠断流莺声碎。

⁷³临江仙 · 雨中观瀑泉于白鹤僧舍

宋 / 姚述尧

云度岩扉风振谷，迅雷惊起蛟龙。天威汹汹变晴空。搅翻银汉水，倾入宝莲宫。
雪浪奔冲凌翠麓。陇头低挂双虹。人间热恼尽消融。此流长不断，万折竟朝东。

⁷⁴水龙吟 · 过黄河

元 / 许有壬

浊波浩浩东倾，今来古往无终极。经天亘地，滔滔流出，昆仑东北。
神浪狂飙，奔腾触裂，轰雷沃日。看中原形胜，千年王气。雄壮势、隆今昔。
鼓茫茫万里，棹歌声、响凝空碧。壮游汗漫，山川绵邈，飘飘吟迹。
我欲乘槎，直穷银汉，问津深入。唤君平一笑，谁夸汉客，取支机石。

⁷⁵五月十九日大雨

明 / 刘基

风驱急雨洒高城，云压轻雷殷地声。雨过不知龙去处，一池草色万蛙鸣。

⁷⁶新雷

清 / 张维屏

造物无言却有情，每于寒尽觉春生。千红万紫安排著，只待新雷第一声。

⁷⁷蝶恋花 · 百尺朱楼临大道

清 / 王国维

百尺朱楼临大道。楼外轻雷，不间昏和晓。独倚阑干人窈窕。闲中数尽行人小。
一霎车尘生树杪。陌上楼头，都向尘中老。薄晚西风吹雨到。明朝又是伤流潦。

⁷⁸沁园春 · 试望阴山

清／纳兰性德

试望阴山，黯然销魂，无言排徊。见青峰几簇，去天才尺；黄沙一片，匝地无埃。

碎叶城荒，拂云堆远，雕外寒烟惨不开。踟蹰久，忽砑崖转石，万壑惊雷。

穷边自足秋怀。又何必、平生多恨哉。只凄凉绝塞，峨眉遗冢；梢沉腐草，骏骨空台。

北转河流，南横斗柄，略点微霜鬓早衰。君不信，向西风回首，百事堪哀。

雾雨雷电之电字

六十一首

¹拟行路难十八首选一

南北朝 / 鲍照

君不见枯箨走阶庭，何时复青著故茎。君不见亡灵蒙享祀，何时倾杯竭壶罂。
君当见此起忧思，宁及得与时人争。人生倏忽如绝电，华年盛德几时见。
但令纵意存高尚，旨酒嘉肴相胥讌。持此从朝竟夕暮，差得亡忧消愁怖。
胡为惆怅不得已，难尽此曲令君忤。

²古意赠今人

南北朝 / 鲍令晖

寒乡无异服，毡褐代文练。日月望君归，年年不解綎。
荆扬春早和，幽冀犹霜霰。北寒妾已知，南心君不见。
谁为道辛苦？寄情双飞燕。形迫杼煎丝，颜落风催电。
容华一朝尽，惟馀心不变。

³咏兴国寺佛殿前幡

唐 / 李世民

拂霞疑电落，腾虚状写虹。屈伸烟雾里，低举白云中。

纷披乍依迥，掣曳或随风。念兹轻薄质，无翅强摇空。

⁴还陕述怀

唐／李世民

慨然抚长剑，济世岂邀名。星旂纷电举，日羽肃天行。
遍野屯万骑，临原驻五营。登山麾武节，背水纵神兵。
在昔戎戈动，今来宇宙平。

⁵经破薛举战地

唐／李世民

昔年怀壮气，提戈初仗节。心随朗日高，志与秋霜洁。
移锋惊电起，转战长河决。营碎落星沉，阵卷横云裂。
一挥氛沴静，再举鲸鲵灭。于兹俯旧原，属目驻华轩。
沉沙无故迹，减灶有残痕。浪霞穿水净，峰雾抱莲昏。
世途亟流易，人事殊今昔。长想眺前踪，抚躬聊自适。

⁶忽梦游仙

唐／王勃

仆本江上客，牵迹在方内。寤寐霄汉间，居然有灵对。
翕尔登霞首，依然蹑云背。电策驱龙光，烟途俨鸾态。
乘月披金帔，连星解琼珮。浮识俄易归，真游邈难再。
寥廓沉遐想，周遑奉遗诲。流俗非我乡，何当释尘昧。

⁷相和歌辞·对酒二首

唐／李白

松子栖金华，安期入蓬海。此人古之仙，羽化竟何在。
浮生速流电，倏忽变光彩。天地无凋换，容颜有迁改。

对酒不肯饮，含情欲谁待。

劝君莫拒杯，春风笑人来。桃李如旧识，倾花向我开。

流莺啼碧树，明月窥金罍。昨来朱颜子，今日白发催。

棘生石虎殿，鹿走姑苏台。自古帝王宅，城阙闭黄埃。

君若不饮酒，昔人安在哉。

8 玉真仙人词

唐 / 李白

玉真之仙人，时往太华峰。清晨鸣天鼓，飙欻腾双龙。

弄电不辍手，行云本无踪。几时入少室，王母应相逢。

9 草书歌行

唐 / 李白

少年上人号怀素，草书天下称独步。墨池飞出北溟鱼，笔锋杀尽中山兔。

八月九月天气凉，酒徒词客满高堂。笺麻素绢排数箱，宣州石砚墨色光。

吾师醉后倚绳床，须臾扫尽数千张。飘风骤雨惊飒飒，落花飞雪何茫茫！

起来向壁不停手，一行数字大如斗。怳怳如闻神鬼惊，时时只见龙蛇走。

左盘右蹙如惊电，状同楚汉相攻战。湖南七郡凡几家，家家屏障书题遍。

王逸少，张伯英，古来几许浪得名。张颠老死不足数，我师此义不师古。

古来万事贵天生，何必要公孙大娘浑脱舞。

10 望庐山瀑布水二首选一

唐 / 李白

西登香炉峰，南见瀑布水。挂流三百丈，喷壑数十里。

欻如飞电来，隐若白虹起。初惊河汉落，半洒云天里。

仰观势转雄，壮哉造化功。海风吹不断，江月照还空。

空中乱潈射，左右洗青壁。飞珠散轻霞，流沫沸穹石。

而我乐名山，对之心益闲。无论漱琼液，还得洗尘颜。

且谐宿所好，永愿辞人间。

11 天马歌
唐 / 李白

天马来出月支窟，背为虎文龙翼骨。嘶青云，振绿发，兰筋权奇走灭没。

腾昆仑，历西极，四足无一蹶。鸡鸣刷燕晡秣越，神行电迈蹑慌惚。

天马呼，飞龙趋，目明长庚臆双凫。尾如流星首渴乌，口喷红光汗沟朱。

曾陪时龙蹑天衢，羁金络月照皇都。逸气棱棱凌九区，白璧如山谁敢沽。

回头笑紫燕，但觉尔辈愚。天马奔，恋君轩，騤跃惊矫浮云翻。

万里足踯躅，遥瞻阊阖门。不逢寒风子，谁采逸景孙。

白云在青天，丘陵远崔嵬。盐车上峻坂，倒行逆施畏日晚。

伯乐翦拂中道遗，少尽其力老弃之。愿逢田子方，恻然为我悲。

虽有玉山禾，不能疗苦饥。严霜五月凋桂枝，伏枥衔冤摧两眉。

请君赎献穆天子，犹堪弄影舞瑶池。

12 在水军宴赠幕府诸侍御
唐 / 李白

月化五白龙，翻飞凌九天。胡沙惊北海，电扫洛阳川。

虏箭雨宫阙，皇舆成播迁。英王受庙略，秉钺清南边。

云旗卷海雪，金戟罗江烟。聚散百万人，弛张在一贤。

霜台降群彦，水国奉戎旃。绣服开宴语，天人借楼船。

如登黄金台，遥谒紫霞仙。卷身编蓬下，冥机四十年。

宁知草间人，腰下有龙泉。浮云在一决，誓欲清幽燕。

愿与四座公，静谈金匮篇。齐心戴朝恩，不惜微躯捐。

所冀旄头灭，功成追鲁连。

¹³古风五十九首选一

唐 / 李白

容颜若飞电。时景如飘风。草绿霜已白。日西月复东。

华鬓不耐秋。飒然成衰蓬。古来贤圣人。一一谁成功。

君子变猿鹤。小人为沙虫。不及广成子。乘云驾轻鸿。

¹⁴对酒行

唐 / 李白

松子栖金华，安期入蓬海。此人古之仙，羽化竟何在。

浮生速流电，倏忽变光彩。天地无凋换，容颜有迁改。

对酒不肯饮，含情欲谁待。

¹⁵出自蓟北门行

唐 / 李白

虏阵横北荒，胡星曜精芒。羽书速惊电，烽火昼连光。

虎竹救边急，戎车森已行。明主不安席，按剑心飞扬。

推毂出猛将，连旗登战场。兵威冲绝漠，杀气凌穹苍。

列卒赤山下，开营紫塞傍。途冬沙风紧，旌旗飒凋伤。

画角悲海月，征衣卷天霜。挥刃斩楼兰，弯弓射贤王。

单于一平荡，种落自奔亡。收功报天子，行歌归咸阳。

¹⁶司马将军歌

唐 / 李白

狂风吹古月，窃弄章华台。北落明星动光彩，南征猛将如云雷。

手中电击倚天剑，直斩长鲸海水开。我见楼船壮心目，颇似龙骧下三蜀。

扬兵习战张虎旗，江中白浪如银屋。身居玉帐临河魁，紫髯若戟冠崔嵬，

细柳开营揖天子，始知灞上为婴孩。羌笛横吹阿𬟽回，向月楼中吹落梅。

将军自起舞长剑，壮士呼声动九垓。功成献凯见明主，丹青画像麒麟台。

¹⁷登广武古战场怀古

唐／李白

秦鹿奔野草，逐之若飞蓬。项王气盖世，紫电明双瞳。

呼吸八千人，横行起江东。赤精斩白帝，叱咤入关中。

两龙不并跃，五纬与天同。楚灭无英图，汉兴有成功。

按剑清八极，归酣歌大风。伊昔临广武，连兵决雌雄。

分我一杯羹，太皇乃汝翁。战争有古迹，壁垒颓层穹。

猛虎啸洞壑，饥鹰鸣秋空。翔云列晓阵，杀气赫长虹。

拨乱属豪圣，俗儒安可通。沉湎呼竖子，狂言非至公。

抚掌黄河曲，嗤嗤阮嗣宗。

¹⁸遣怀

唐／白居易

羲和走驭趁年光，不许人间日月长。遂使四时都似电，争教两鬓不成霜。

荣销枯去无非命，壮尽衰来亦是常。已共身心要约定，穷通生死不惊忙。

¹⁹和答诗十首·和古社

唐／白居易

废村多年树，生在古社隈。为作妖狐窟，心空身未摧。

妖狐变美女，社树成楼台。黄昏行人过，见者心裴回。

饥雕竟不捉，老犬反为媒。岁媚少年客，十去九不回。

昨夜云雨合，烈风驱迅雷。风拔树根出，雷劈社坛开。

飞电化为火，妖狐烧作灰。天明至其所，清旷无氛埃。

旧地葺村落，新田辟荒莱。始知天降火，不必常为灾。

勿谓神默默，勿谓天恢恢。勿喜犬不捕，勿夸雕不猜。

寄言狐媚者，天火有时来。

20 腊日观咸宁王部曲娑勒擒豹歌

唐／卢纶

山头曈曈日将出，山下猎围照初日。前林有兽未识名，将军促骑无人声，
潜形跧伏草不动，双雕旋转群鸦鸣。阴方质子才三十，译语受词蕃语揖。
舍鞍解甲疾如风，人忽虎蹲兽人立。欻然扼颡批其颐，爪牙委地涎淋漓。
既苏复吼拗仍怒，果协英谋生致之。拖自深丛目如电，万夫失容千马战。
传呼贺拜声相连，杀气腾凌阴满川。始知缚虎如缚鼠，败虏降羌生眼前。
祝尔嘉词尔无苦，献尔将随犀象舞。苑中流水禁中山，期尔攫搏开天颜。
非熊之兆庆无极，愿纪雄名传百蛮。

21 宿龙宫滩

唐／韩愈

浩浩复汤汤，滩声抑更扬。奔流疑激电，惊浪似浮霜。
梦觉灯生晕，宵残雨送凉。如何连晓语，一半是思乡。

22 龙移

唐／韩愈

天昏地黑蛟龙移，雷惊电激雄雌随。清泉百丈化为土，鱼鳖枯死吁可悲。

23 和虞部卢四酬翰林钱七赤藤杖歌（元和四年作）

唐／韩愈

赤藤为杖世未窥，台郎始携自滇池。滇王扫宫避使者，跪进再拜语嗢咿。
绳桥拄过免倾堕，性命造次蒙扶持。途经百国皆莫识，君臣聚观逐旃麾。
共传滇神出水献，赤龙拔须血淋漓。又云羲和操火鞭，瞑到西极睡所遗。
几重包裹自题署，不以珍怪夸荒夷。归来捧赠同舍子，浮光照手欲把疑。

空堂昼眠倚牖户，飞电著壁搜蛟螭。 南宫清深禁闱密，唱和有类吹埙篪。
妍辞丽句不可继， 见寄聊且慰分司。

24 七夕二首
唐／刘禹锡

河鼓灵旗动，嫦娥破镜斜。满空天是幕，徐转斗为车。
机罢犹安石，桥成不碍槎。谁知观津女，竟夕望云涯。
天衢启云帐，神驭上星桥。初喜渡河汉，频惊转斗杓。
馀霞张锦幛，轻电闪红绡。非是人间世，还悲后会遥。

25 重至衡阳伤柳仪曹
唐／刘禹锡

忆昨与故人，湘江岸头别。我马映林嘶，君帆转山灭。
马嘶循古道，帆灭如流电。千里江蓠春，故人今不见。

26 弹棋歌
唐／李顾

崔侯善弹棋，巧妙尽于此。蓝田美玉清如砥，白黑相分十二子。
联翩百中皆造微，魏文手巾不足比。缘边度陇未可嘉，鸟跂星悬危复斜。
回飙转指速飞电，拂四取五旋风花。坐中齐声称绝艺，仙人六博何能继。
一别常山道路遥，为余更作三五势。

27 登秦岭半岩遇雨
唐／钱起

屏翳忽腾气，浮阳惨无晖。千峰挂飞雨，百尺摇翠微。
震电闪云径，奔流翻石矶。倚岩假松盖，临水羡荷衣。
不得采苓去，空思乘月归。且怜东皋上，水色侵荆扉。

²⁸春雨

唐 / 齐己

欲布如膏势，先闻动地雷。云龙相得起，风电一时来。
霢霂农桑野，冥濛杨柳台。何人待晴暖，庭有牡丹开。

²⁹荆渚感怀寄僧达禅弟三首选一

唐 / 齐己

电击流年七十三，齿衰气沮竟何堪。谁云有句传天下，自愧无心寄岭南。
晓漱气嫌通市井，晚烹香忆落云潭。邻峰道者应弹指，藓剥藤缠旧石龛。

³⁰灵松歌

唐 / 齐己

灵松灵松，是何根株。盘擗枝干，与群木殊。
世眼争知苍翠容，薜萝遮体深朦胧。先秋瑟瑟生谷风，
青阴倒卓寒潭中。八月天威行肃杀，万木凋零向霜雪。
唯有此松高下枝，一枝枝在无摧折。痴冻顽冰如铁坚，
重重锁到槎牙颠。老鳞枯节相把捉，踉跄立在青崖前。
有时深洞兴雷雹，飞电绕身光闪烁。乍似苍龙惊起时，
攫雾穿云欲腾跃。夜深山月照高枝，疏影细落莓苔矶。
千年朽栎魍魉出，一株寒韵锵琉璃。安得良工妙图腾，
写将偃蹇悬烟阁。飞瀑声中战岁寒，红霞影里擎萧索。

³¹赠裴将军

唐 / 颜真卿

大君制六合，猛将清九垓。战马若龙虎，腾凌何壮哉。
将军临八荒，烜赫耀英材。剑舞若游电，随风萦且回。
登高望天山，白云正崔巍。入阵破骄虏，威名雄震雷。
一射百马倒，再射万夫开。匈奴不敢敌，相呼归去来。

功成报天子，可以画麟台。

32 寄禅师
唐／韩偓

从无入有云峰聚，已有还无电火销。　销聚本来皆是幻，世间闲口漫嚣嚣。

33 夏夜
唐／韩偓

猛风飘电黑云生，霎霎高林簇雨声。　夜久雨休风又定，断云流月却斜明。

34 燕歌行
唐／贾至

国之重镇惟幽都，东威九夷北制胡。　五军精卒三十万，百战百胜擒单于。
前临滹沱后易水，崇山沃野亘千里。　昔时燕山重贤士，黄金筑台从隗始。
倏忽兴王定蓟丘，汉家又以封王侯。　萧条魏晋为横流，鲜卑窃据朝五州。
我唐区夏馀十纪，军容武备赫万祀。　彤弓黄钺授元帅，垦耕大漠为内地。
季秋胶折边草腓，治兵羽猎因出师。　千营万队连旌旗，望之如火忽电驰。
匈奴慑窜穷发北，大荒万里无尘飞。　君不见隋家昔为天下宰，穷兵黩武征
辽海。
南风不竞多死声，鼓卧旗折黄云横。　六军将士皆死尽，战马空鞍归故营。
时移道革天下平，白环入贡沧海清。　自有农夫已高枕，无劳校尉重横行。

35 仙乐侑席
唐／吕岩

曾经天上三千劫，又在人间五百年。　腰下剑锋横紫电，炉中丹焰起苍烟。
才骑白鹿过苍海，复跨青牛入洞天。　小技等闲聊戏尔，无人知我是真仙。

36 驾幸新丰温泉宫献诗三首
唐／上官昭容

三冬季月景龙年，万乘观风出灞川。　遥看电跃龙为马，回瞩霜原玉作田。

鸾旗掣曳拂空回，羽骑骖骊蹑景来。隐隐骊山云外耸，迢迢御帐日边开。
翠幕珠帏敞月营，金罍玉斝泛兰英。岁岁年年常扈跸，长长久久乐升平。

³⁷送草书献上人归庐山

唐／孟郊

狂僧不为酒，狂笔自通天。将书云霞片，直至清明巅。
手中飞黑电，象外泻玄泉。万物随指顾，三光为回旋。
聚书云霾口，洗砚山晴鲜。忽怒画蛇虺，喷然生风烟。
江人愿停笔，惊浪恐倾船。

³⁸庐山

唐／李咸用

非岳不言岳，此山通岳言。高人居乱世，几处满前轩。
秀作神仙宅，灵为风雨根。馀阴铺楚甸，一柱表吴门。
静得八公侣，雄临九子尊。对犹青熨眼，到必冷凝魂。
势受重湖让，形难七泽吞。黑岩藏昼电，紫雾泛朝暾。
莲堕宁唯华，玉焚堪小昆。倒松微发翰，飞瀑远成痕。
叠见云容衬，棱收雪气昏。裁诗曾困谢，作赋偶无孙。
流碍星光撒，惊冲雁阵翻。峰奇寒倚剑，泉曲旋如盆。
草短分雏雉，林明露掷猿。秋枫红叶散，春石谷雷奔。
月好虎溪路，烟深栗里源。醉吟长易醒，梦去亦销烦。
有觉南方重，无疑厚地掀。轻扬闻旧俗，端用镇元元。

³⁹和集贤相公西溪侍宴观竞渡

唐／吴融

片水耸层桥，祥烟霭庆霄。昼花铺广宴，晴电闪飞桡。
浪叠摇仙仗，风微定彩标。都人同盛观，不觉在行朝。

⁴⁰ 雨

唐／张蠙

半夜西亭雨，离人独启关。桑麻荒旧国，雷电照前山。
细滴高槐底，繁声叠漏间。唯应孤镜里，明月长愁颜。

⁴¹ 上吏部崔相公

唐／薛逢

龙门曾共战惊澜，雷电浮云出浚湍。紫府有名同羽化，碧霄无路却泥蟠。
公车未结王生袜，客路虚弹贡禹冠。今日垆锤任真宰，暂回风水不应难。

⁴² 宿大通和尚塔，敬赠如上人，兼呈常、孙二山人

唐／崔曙

支公已寂灭，影塔山上古。更有真僧来，道场救诸苦。
一承微妙法，寓宿清净土。身心能自观，色相了无取。
森森松映月，漠漠云近户。岭外飞电明，夜来前山雨。
然灯见栖鸽，作礼闻信鼓。晓霁南轩开，秋华净天宇。
愿言出世尘，谢尔申及甫。

⁴³ 赠池州张太守

唐／殷文圭

神珠无颣玉无瑕，七叶簪貂汉相家。阵面奔星破犀象，笔头飞电跃龙蛇。
绛帏夜坐穷三史，红旆春行到九华。只怕池人留不住，别迁征镇拥高牙。

⁴⁴ 奉使宜春夜渡新淦江陆路至黄檗馆路上遇风雨作

唐／权德舆

草草理夜装，涉江又登陆。望路殊未穷，指期今已促。
传呼戒徒御，振辔转林麓。阴云拥岩端，澍雨当山腹。
震雷如在耳，飞电来照目。兽迹不敢窥，马蹄唯务速。

虔心若斋礼，濡体如沐浴。万窍相怒号，百泉暗奔瀑。
危梁虑足跌，峻坂忧车覆。问我何以然，前日受微禄。
转知人代事，缨组乃徽束。向若家居时，安枕春梦熟。
遵途稍已近，候吏来相续。晓霁心始安，林端见初旭。

⁴⁵ 自紫阳观至华阳洞，宿侯尊师草堂简同游

唐 / 李延陵

石林媚烟景，句曲盘江甸。南向佳气浓，峰峰遥隐见。
渐临华阳口，微路入葱蒨．七曜悬洞宫，五云抱山殿。
银函意谁发，金液徒堪荐。千载桃花春，秦人深不见。
东溪喜相遇，贞白如会面。青鸟来去闲，红霞朝夕变。
一从化真骨，万里乘飞电。萝月延步虚，松花醉闲宴。
幽人即长往，茂宰应交战。明发归琴堂，知君懒为县。

⁴⁶ 奉和幸安乐公主山庄应制

唐 / 岑羲

银榜重楼出雾开，金舆步辇向天来。泉声迥入吹箫曲，山势遥临献寿杯。
帝女含笑流飞电，乾文动色象昭回。诚愿北极拱尧日，微臣抃舞咏康哉。

⁴⁷ 夜光篇

唐 / 王泠然

游人夜到汝阳间，夜色冥濛不解颜。谁家暗起寒山烧，因此明中得见山。
山头山下须臾满，历险缘深无暂断。焦声散著群树鸣，炎气傍林一川暖。
是时西北多海风，吹上连天光更雄。浊烟熏月黑，高艳爇云红。
初谓炼丹仙灶里，还疑铸剑神谿中。划为飞电来照物，乍作流星并上空。
西山无草光已灭，东顶荧荧犹未绝。
沸汤空谷数道水，融盖阴崖几年雪。两京贫病若为居，四壁皆成凿照馀。
未得贵游同秉烛，唯将半影借披书。

⁴⁸寿春节进大蜀皇帝五首选一

唐 / 贯休

异香滴露降纷纷，紫电环枢照禁门。先冠百王临亿兆， 后称十号震乾坤。

羲轩之道方为道，草木沾恩始是恩。 今以謏才歌睿德，犹如饮海妙难论。

⁴⁹踏莎行

宋 / 晏殊

绿树归莺，雕梁别燕。春光一去如流电。当歌对酒莫沈吟，人生有限情无限。

弱袂萦春，修蛾写怨。秦筝宝柱频移雁。尊中绿醑意中人，花朝月夜长相见。

⁵⁰永遇乐二之一 · 歇指调

宋 / 柳永

薰风解愠，昼景清和，新霁时候。火德流光，萝图荐祉，累庆金枝秀。

璿枢绕电，华渚流虹，是日挺生元后。缵唐虞垂拱，千载应期，万灵敷祐。

殊方异域，争贡琛赆，架巘航波奔凑。三殿称觞，九仪就列，韶護锵金奏。

藩侯瞻望彤庭，亲携僚吏，竞歌元首。祝尧龄、北极齐尊，南山共久。

⁵¹韵子 · 般涉调

宋 / 张先

鸣鞘电过晓闱静。敛龙旂风定。凤楼远出霏烟，闻笑语、中天迥。

清光近。欢声竟。鸳鸯集、仙花斗影。更闻席曲瑶山，升瑞日、春宫永。

⁵²水调歌头 · 隐静山观雨

宋 / 张孝祥

青嶂度云气，幽壑舞回风。山神助我奇观，唤起碧霄龙。

电掣金蛇千丈，雷震灵龟万叠，汹汹欲崩空。尽泻银潢水，倾入宝莲宫。

坐中客，凌积翠，看奔洪。人间应失匕筋，此地独从容。

洗了从来尘垢，润及无边焦槁，造物不言功。天宇忽开霁，日在五云东。

53 塞鸿秋 · 浔阳即景

元 / 周德清

长江万里白如练，淮山数点青如淀。江帆几片疾如箭，山泉千尺飞如电。
晚云都变露，新月初学扇。塞鸿一字来如线。

54 望江南

宋 / 陈朴

珠自右，飞电入丹城。内养婴儿盈尺象，时逢九数采阳精。火向水中生。
烧鬼岳，紫殿势峥嵘。随意出游寰海内，寐如砂碛卧长鲸。时序与偕行。

55 望江南

宋 / 陈楠

玄珠降，丹窟在中宫。九候息调重九数，赤波或进太阳东。心肾遂交通。
逢六变，重六息阴功。火自海门朝帝坐，水从莲蕚佐丁公。紫电透玲珑。

56 喜迁莺 · 端午泛湖

宋 / 黄裳

梅霖初歇。乍绛蕊海榴，争开时节。角黍包金，香蒲切玉，是处玳筵罗列。
斗巧尽输年少，玉腕彩丝双结。舣彩舫，看龙舟两两，波心齐发。
奇绝。难画处，激起浪花，飞作湖间雪。画鼓雷雷，红旗闪电，夺罢锦标方彻。
望中水天日暮，犹见朱帘高揭。归棹晚，载荷花十里，一钩新月。

57 送毛伯温

明 / 朱厚熜

大将南征胆气豪，腰横秋水雁翎刀。风吹鼍鼓山河动，电闪旌旗日月高。
天上麒麟原有种，穴中蝼蚁岂能逃。太平待诏归来日，朕与先生解战袍。

58 东风齐着力 · 电急流光

清 / 纳兰性德

电急流光，天生薄命，有泪如潮。勉为欢谑，到底总无聊。

欲谱频年离恨，言已尽、恨未曾消。凭谁把，一天愁绪，按出琼箫。

往事水迢迢，窗前月、几番空照魂销。旧欢新梦，雁齿小红桥。

最是烧灯时候，宜春髻、酒暖蒲萄。凄凉煞，五枝青玉，风雨飘飘。

59 粤王台怀古

清 / 廖燕

粤峤犹存拜汉台，东南半壁望中开。命归亭长占王业，人起炎方见霸才。

日月行空从地转，蛟龙入海卷潮回。山川自古雄图在，槛外时闻绕电雷！

60 到石梁观瀑布

清 / 袁枚

天风肃肃衣裳飘，人声渐小滩声骄。知是天台古石桥。

一龙独跨山之凹，高耸脊背横伸腰，其下嵌空走怒涛。

涛水来从华顶遥，分为左右瀑两条，到此收束群流交。

五叠六叠势益高，一落千丈声怒号。如旗如布如狂蛟，非雷非电非笙匏。

银河飞落青松梢，素车白马云中跑。势急欲下石阻挠，回澜怒立猛欲跳。

逢逢布鼓雷门敲，水犀军向皋兰鏖，三千组练挥银刀，四川崖壁齐动摇。

伟哉铜殿造前朝，五百罗汉如相招。我本钱塘儿弄潮，到此使人意也消，

心花怒开神理超。

高枕龙背持其尻，上视下视行周遭；其奈冷冷雨溅袍，天风吹人立不牢。

北宫虽勇目已逃，恍如子在齐闻韶。不图为乐如斯妙，得坐一刻胜千朝。

安得将身化巨鳌，看他万古长滔滔！

⁶¹仙城寒食歌·绍武陵

清／成鹫

亢龙宾天群龙战，潜龙跃出飞龙现。白衣苍狗等浮云，处处从龙作宫殿。

东南半壁燕处堂，正统未亡垂一线。百日朝廷沸似汤，十郡山河去如电。

高帝子孙隆准公，身殉社稷无牵恋。粤秀峰头望帝魂，直与煤山相后先。

当时藁葬汉台东，三尺荒陵枕郊甸。四坟角立不知名，云是诸王殉国彦。

左瞻右顾冢垒垒，万古一丘无贵贱。年年风雨暗清明，陌上行人泪如溅。

寻思往事问重泉，笑折山花当九献。怅望钟山春草深，谁人更与除坛墠！

肆·云霞水露

云霞水露之云字

六十一首

[1] 独坐敬亭山

唐 / 李白

众鸟高飞尽，孤云独去闲。相看两不厌，只有敬亭山。

[2] 登敬亭山南望怀古赠窦主簿

唐 / 李白

敬亭一回首，目尽天南端。仙者五六人，常闻此游盘。
溪流琴高水，石耸麻姑坛。白龙降陵阳，黄鹤呼子安。
羽化骑日月，云行翼鸳鸾。下视宇宙间，四溟皆波澜。
汰绝目下事，从之复何难？百岁落半途，前期浩漫漫。
强食不成味，清晨起长叹。愿随子明去，炼火烧金丹。

[3] 清平调 · 其一

唐 / 李白

云想衣裳花想容，春风拂槛露华浓。若非群玉山头见，会向瑶台月下逢。

[4] 早发白帝城

唐 / 李白

朝辞白帝彩云间，千里江陵一日还。两岸猿声啼不住，轻舟已过万重山。

5 西施
唐／李白

西施越溪女，出自苎萝山。秀色掩今古，荷花羞玉颜。
浣纱弄碧水，自与清波闲。皓齿信难开，沉吟碧云间。
勾践徵绝艳，扬蛾入吴关。提携馆娃宫，杳渺讵可攀。
一破夫差国，千秋竟不还。

6 白云歌送刘十六归山
唐／李白

楚山秦山皆白云，白云处处长随君。长随君，君入楚山里，云亦随君渡湘水。
湘水上，女萝衣，白云堪卧君早归。

7 塞下曲六首选二
唐／李白

白马黄金塞，云砂绕梦思。那堪愁苦节，远忆边城儿。
萤飞秋窗满，月度霜闺迟。摧残梧桐叶，萧飒沙棠枝。
无时独不见，流泪空自知。
烽火动沙漠，连照甘泉云。汉皇按剑起，还召李将军。
兵气天上合，鼓声陇底闻。横行负勇气，一战净妖氛。

8 春夜喜雨
唐／杜甫

好雨知时节，当春乃发生。随风潜入夜，润物细无声。
野径云俱黑，江船火独明。晓看红湿处，花重锦官城。

9 归梦
唐／杜甫

道路时通塞，江山日寂寥。偷生唯一老，伐叛已三朝。
雨急青枫暮，云深黑水遥。梦归归未得，不用楚辞招。

10 雨

万木云深隐，连山雨未开。风扉掩不定，水鸟过仍回。

鲛馆如鸣杼，樵舟岂伐枚。清凉破炎毒，衰意欲登台。

11 山中五绝句·岭上云

唐 / 白居易

岭上白云朝未散，田中青麦旱将枯。自生自灭成何事，能逐东风作雨无。

12 白云泉

唐 / 白居易

天平山上白云泉，云自无心水自闲。何必奔冲山下去，更添波浪向人间。

13 新亭渚别范零陵云

南北朝 / 谢朓

洞庭张乐地，潇湘帝子游。云去苍梧野，水还江汉流。停骖我怅望，

辍棹子夷犹。广平听方籍，茂陵将见求。心事俱已矣，江上徒离忧。

14 登二妃庙

南北朝 / 吴均

朝云乱人目，帝女湘川宿。折菡巫山下，采荇洞庭腹。

故以轻薄好，千里命舻舳。何事非相思，江上葳蕤竹。

15 赋得白云抱幽石

唐 / 骆宾王

重岩抱危石，幽涧曳轻云。绕镇仙衣动，飘蓬羽盖分。

锦色连花静，苔光带叶熏。讵知吴会影，长抱穀城文。

16 赋得春云处处生

唐 / 骆宾王

千里年光静，四望春云生。榐日祥光举，疏云瑞叶轻。

盖阴笼迥树，阵影抱危城。非将吴会远，飘荡帝乡情。

17 题祁山烽树赠乔十二侍御
唐／陈子昂

汉庭荣巧宦，云阁薄边功。可怜骢马使，白首为谁雄。

18 芙蓉楼送辛渐二首
唐／王昌龄

寒雨连江夜入吴，平明送客楚山孤。洛阳亲友如相问，一片冰心在玉壶。
丹阳城南秋海阴，丹阳城北楚云深。高楼送客不能醉，寂寂寒江明月心。

19 从军行七首·其四
唐／王昌龄

青海长云暗雪山，孤城遥望玉门关。黄沙百战穿金甲，不破楼兰终不还。

20 出塞作
唐／王维

居延城外猎天骄，白草连天野火烧。暮云空碛时驱马，秋日平原好射雕。
护羌校尉朝乘障，破虏将军夜渡辽。玉靶角弓珠勒马，汉家将赐霍嫖姚。

21 白云先生王迥见访
唐／孟浩然

闲归日无事，云卧昼不起。有客款柴扉，自云巢居子。
居闲好芝朮，采药来城市。家在鹿门山，常游涧泽水。
手持白羽扇，脚步青芒履。闻道鹤书征，临流还洗耳。

22 登白云亭
唐／元结

出门见南山，喜逐松径行。穷高欲极远，始到白云亭。
长山绕井邑，登望宜新晴。州渚曲湘水，萦回随郡城。
九疑千万峰，嵺嵺天外青。烟云无远近，皆傍林岭生。
俯视松竹间，石水何幽清。涵映满轩户，娟娟如镜明。

何人病愔浓，积醉且未醒。与我一登临，为君安性情。

23 寻隐者不遇
唐／贾岛

松下问童子，言师采药去。只在此山中，云深不知处。

24 山行
唐／杜牧

远上寒山石径斜，白云深处有人家。停车坐爱枫林晚，霜叶红于二月花。

25 相和歌辞·上云乐
唐／李贺

飞香走红满天春，花龙盘盘上紫云。三千宫女列金屋，五十弦瑟海上闻。
大江碎碎银沙路，嬴女机中断烟素。断烟素，缝舞衣，八月一日君前舞。

26 白云夫旧居
唐／李商隐

平生误识白云夫，再到仙檐忆酒垆。墙外万株人绝迹，夕阳惟照欲栖乌。

27 嫦娥
唐／李商隐

云母屏风烛影深，长河渐落晓星沉。嫦娥应悔偷灵药，碧海青天夜夜心。

28 秋词二首
唐／刘禹锡

自古逢秋悲寂寥，我言秋日胜春朝。晴空一鹤排云上，便引诗情到碧霄。
山明水净夜来霜，数树深红出浅黄。试上高楼清入骨，岂如春色嗾人狂。

29 火山云歌送别
唐／岑参

火山突兀赤亭口，火山五月火云厚。火云满山凝未开，飞鸟千里不敢来。

平明乍逐胡风断，薄暮浑随塞雨回。缭绕斜吞铁关树，氛氲半掩交河戍。
迢迢征路火山东，山上孤云随马去。

30 寄高员外
唐 / 贯休

冷冽苍黄风似劈，雪骨冰筋满瑶席。庭松流污相抵吃，霜絮重裘火无力。
孤峰地炉烧白栎，庞眉道者应相忆。倏忽维阳岁云暮，寂寥不觉成章句。
惟应将寄蕊珠宫，禅刹云深一来否。

31 问李二司直所居云山
唐 / 皇甫冉

门外水流何处？天边树绕谁家？山色东西多少？朝朝几度云遮。

32 赠妓云英
唐 / 罗隐

钟陵醉别十余春，重见云英掌上身。我未成名卿未嫁，可能俱是不如人。

33 谪仙怨·晴川落日初低
唐 / 刘长卿

晴川落日初低，惆怅孤舟解携。鸟向平芜远近，人随流水东西。
白云千里万里，明月前溪后溪。独恨长沙谪去，江潭春草萋萋。

34 送方外上人 / 送上人
唐 / 刘长卿

孤云将野鹤，岂向人间住。莫买沃洲山，时人已知处。

35 题凌云寺
唐 / 司空曙

春山古寺绕沧波，石磴盘空鸟道过。百丈金身开翠壁，万龛灯焰隔烟萝。
云生客到侵衣湿，花落僧禅覆地多。不与方袍同结社，下归尘世竟如何。

³⁶大云寺茶诗

唐 / 吕岩

玉蕊一枪称绝品，僧家造法极功夫。兔毛瓯浅香云白， 虾眼汤翻细浪俱。
断送睡魔离几席，增添清气入肌肤。 幽丛自落溪岩外，不肯移根入上都。

³⁷题云师山房

唐 / 杨巨源

云公兰若深山里，月明松殿微风起。 试问空门清净心，莲花不著秋潭水。

³⁸白云寺

唐 / 许宏

踏破苔痕一径斑，白云飞处见青山。 不知浮世尘中客，几个能知物外闲。

³⁹鹊踏枝 · 几日行云何处去

五代 / 冯延巳

几日行云何处去？忘却归来，不道春将暮。
百草千花寒食路，香车系在谁家树？
泪眼倚楼频独语。双燕来时,陌上相逢否？撩乱春愁如柳絮,依依梦里无寻处。

⁴⁰南乡子 · 云带雨

五代 / 李珣

云带雨，浪迎风，钓翁回棹碧湾中。春酒香熟鲈鱼美，谁同醉？缆却扁舟篷
底睡。

⁴¹登飞来峰

宋 / 王安石

飞来山上千寻塔，闻说鸡鸣见日升。不畏浮云遮望眼，自缘身在最高层。

⁴²浣溪沙 · 风压轻云贴水飞

宋 / 苏轼

风压轻云贴水飞，乍晴池馆燕争泥。沈郎多病不胜衣。

沙上不闻鸿雁信，竹间时听鹧鸪啼。此情惟有落花知！

43 奉同张敬夫城南二十咏选二
宋／朱熹

船斋

考盘虽在陆，滉漾水云深。正尔沧洲趣，难忘魏阙心。

卷云亭

西山云气深，徙倚一舒　　。浩荡忽搴开，为君展遐眺。

44 春日偶成
宋／程颢

云淡风轻近午天，傍花随柳过前川。时人不识余心乐，将谓偷闲学少年。

45 玉楼春 · 戏赋云山
宋／辛弃疾

何人半夜推山去？四面浮云猜是汝。常时相对两三峰，走遍溪头无觅处。
西风瞥起云横度，忽见东南天一柱。老僧拍手笑相夸，且喜青山依旧住。

46 玉楼春 · 无心云自来还去
宋／辛弃疾

无心云自来还去。元共青山相尔汝。霎时迎雨障崔嵬，雨过却寻归路处。
侵天翠竹何曾度。遥见屹然星砥柱。今朝不管乱云深，来伴仙翁山下住。

47 鹊桥仙 · 纤云弄巧
宋／秦观

纤云弄巧，飞星传恨，银汉迢迢暗度。金风玉露一相逢，便胜却人间无数。
柔情似水，佳期如梦，忍顾鹊桥归路。两情若是久长时，又岂在朝朝暮暮。

48 满庭芳 · 晓色云开
宋／秦观

晓色云开，春随人意，骤雨才过还晴。古台芳榭，飞燕蹴红英。

舞困榆钱自落，秋千外、绿水桥平。东风里，朱门映柳，低按小秦筝。

多情，行乐处，珠钿翠盖，玉辔红缨。渐酒空金榷，花困蓬瀛。

豆蔻梢头旧恨，十年梦、屈指堪惊。凭阑久，疏烟淡日，寂寞下芜城。

⁴⁹玉蝴蝶 · 望处雨收云断

宋 / 柳永

望处雨收云断，凭阑悄悄，目送秋光。晚景萧疏，堪动宋玉悲凉。

水风轻，蘋花渐老，月露冷、梧叶飘黄。遣情伤。故人何在，烟水茫茫。

难忘，文期酒会，几孤风月，屡变星霜。海阔山遥，未知何处是潇湘。

念双燕、难凭远信，指暮天、空识归航。黯相望。断鸿声里，立尽斜阳。

⁵⁰醉花阴 · 薄雾浓云愁永昼

宋 / 李清照

薄雾浓云愁永昼，瑞脑消金兽。佳节又重阳，玉枕纱橱，半夜凉初透。

东篱把酒黄昏后，有暗香盈袖。莫道不消魂，帘卷西风，人比黄花瘦。

⁵¹渔家傲 · 天接云涛连晓雾

宋 / 李清照

天接云涛连晓雾，星河欲转千帆舞。仿佛梦魂归帝所。闻天语，殷勤问我归何处。

我报路长嗟日暮，学诗谩有惊人句。九万里风鹏正举。风休住，蓬舟吹取三山去！

⁵²菩萨蛮 · 归鸿声断残云碧

宋 / 李清照

归鸿声断残云碧。背窗雪落炉烟直。烛底凤钗明。钗头人胜轻。

角声催晓漏。曙色回牛斗。春意看花难。西风留旧寒。

⁵³一剪梅 · 红藕香残玉簟秋

宋 / 李清照

红藕香残玉簟秋。轻解罗裳，独上兰舟。云中谁寄锦书来，雁字回时，月满西楼。

花自飘零水自流。一种相思，两处闲愁。此情无计可消除，才下眉头，却上心头。

54 生查子 · 年年玉镜台
宋／朱淑真

年年玉镜台，梅蕊宫妆困。今岁未还家，怕见江南信。

酒从别后疏，泪向愁中尽。遥想楚云深，人远天涯近。

55 清平乐 · 纤云扫迹
宋／刘克庄

纤云扫迹，万顷玻璃色。醉跨玉龙游八极，历历天青海碧。

水晶宫殿飘香，群仙方按霓裳。消得几多风露，变教人世清凉。

56 少年游 · 朝云漠漠散轻丝
宋／周邦彦

朝云漠漠散轻丝。楼阁淡春姿。柳泣花啼，九街泥重，门外燕飞迟。

而今丽日明金屋，春色在桃枝。不似当时，小桥冲雨，幽恨两人知。

57 关河令 · 秋阴时晴渐向暝
宋／周邦彦

秋阴时晴渐向暝，变一庭凄冷。伫听寒声，云深无雁影。

更深人去寂静，但照壁孤灯相映。酒已都醒，如何消夜永！

58 秦楼月 · 浮云集
宋／范成大

浮云集。轻雷隐隐初惊蛰。初惊蛰。鹁鸠鸣怒，绿杨风急。

玉炉烟重香罗浥。拂墙浓杏燕支湿。燕支湿。花梢缺处，画楼人立。

59 虞美人 · 和刘制几舟中送临簿韵
宋／吴潜

东风催客呼前渡，宿鸟投林暮。欲归人送得归人。万叠青山罗列、是愁城。

谁家台榭当年筑，芳草垂杨绿。云深雾暗不须悲。只缘盈虚消息、少人知。

⁶⁰岳忠武王祠

明／于谦

匹马南来渡浙河，汴城宫阙远嵯峨。中兴诸将谁降敌，负国奸臣主议和。
黄叶古祠寒雨积，清山荒冢白云多。如何一别朱仙镇，不见将军奏凯歌。

⁶¹相见欢·微云一抹遥峰

清／纳兰性德

微云一抹遥峰，冷溶溶，恰与个人清晓画眉同。
红蜡泪，青绫被，水沉浓，却与黄茅野店听西风。

云霞水露之霞字
五十二首

¹落日忆山中
唐／李白

雨后烟景绿，晴天散馀霞。东风随春归，发我枝上花。
花落时欲暮，见此令人嗟。愿游名山去，学道飞丹砂。

²飞龙引二首·其一
唐／李白

黄帝铸鼎于荆山，炼丹砂。丹砂成黄金，骑龙飞上太清家，
云愁海思令人嗟。
宫中彩女颜如花，飘然挥手凌紫霞，从风纵体登鸾车。
登鸾车，侍轩辕，遨游青天中，其乐不可言。

³登峨眉山
唐／李白

蜀国多仙山，峨眉邈难匹。周流试登览，绝怪安可悉？
青冥倚天开，彩错疑画出。泠然紫霞赏，果得锦囊术。
云间吟琼箫，石上弄宝瑟。平生有微尚，欢笑自此毕。
烟容如在颜，尘累忽相失。倘逢骑羊子，携手凌白日。

[4]酬裴侍御对雨感时见赠

唐／李白

雨色秋来寒，风严清江爽。孤高绣衣人，潇洒青霞赏。

平生多感激，忠义非外奖。祸连积怨生，事及徂川往。

楚邦有壮士，鄢郢翻扫荡。申包哭秦庭，泣血将安仰。

鞭尸辱已及，堂上罗宿莽。颇似今之人，蟊贼陷忠谠。

渺然一水隔，何由税归鞅。日夕听猿怨，怀贤盈梦想。

[5]寄王屋山人孟大融

唐／李白

我昔东海上，劳山餐紫霞。亲见安期公，食枣大如瓜。

中年谒汉主，不惬还归家。朱颜谢春辉，白发见生涯。

所期就金液，飞步登云车。愿随夫子天坛上，闲与仙人扫落花。

[6]杨叛儿

唐／李白

君歌杨叛儿，妾劝新丰酒。何许最关人，乌啼白门柳。

乌啼隐杨花，君醉留妾家。博山炉中沉香火，双烟一气凌紫霞。

[7]古风五十九首选三

唐／李白

三季分战国。七雄成乱麻。王风何怨怒。世道终纷拏。至人洞玄象。

高举凌紫霞。仲尼欲浮海。吾祖之流沙。圣贤共沦没。临歧胡咄嗟。

朝弄紫泥海。夕披丹霞裳。挥手折若木。拂此西日光。云卧游八极。

玉颜已千霜。飘飘入无倪。稽首祈上皇。呼我游太素。玉杯赐琼浆。

一餐历万岁。何用还故乡。永随长风去。天外恣飘扬。

齐瑟弹东吟。秦弦弄西音。慷慨动颜魄。使人成荒淫。

彼美佞邪子。婉娈来相寻。一笑双白璧。再歌千黄金。

珍色不贵道。讵惜飞光沈。安识紫霞客。瑶台鸣素琴。

8 早望海霞边

唐／李白

四明三千里，朝起赤城霞。日出红光散，分辉照雪崖。
一餐咽琼液，五内发金沙。举手何所待，青龙白虎车。

9 大云寺赞公房四首选一

唐／杜甫

童儿汲井华，惯捷瓶上手。沾洒不濡地，扫除似无帚。
明霞烂复阁，霁雾塞高牖。侧塞被径花，飘飖委墀柳。
艰难世事迫，隐遁佳期后。晤语契深心，那能总箝口。
奉辞还杖策，暂别终回首。泱泱泥污人，听听国多狗。
既未免羁绊，时来憩奔走。近公如白雪，执热烦何有。

10 冬深

唐／杜甫

花叶随天意，江溪共石根。早霞随类影，寒水各依痕。
易下杨朱泪，难招楚客魂。风涛暮不稳，舍棹宿谁门。

11 官亭夕坐戏简颜十少府

唐／杜甫

南国调寒杵，西江浸日车。客愁连蟋蟀，亭古带蒹葭。
不返青丝鞚，虚烧夜烛花。老翁须地主，细细酌流霞。

12 空囊

唐／杜甫

翠柏苦犹食，晨霞高可餐。世人共卤莽，吾道属艰难。
不爨井晨冻，无衣床夜寒。囊空恐羞涩，留得一钱看。

¹³宗武生日

唐 / 杜甫

小子何时见，高秋此日生。自从都邑语，已伴老夫名。

诗是吾家事，人传世上情。熟精文选理，休觅彩衣轻。

凋瘵筵初秩，欹斜坐不成。流霞分片片，涓滴就徐倾。

¹⁴宇文晁尚书之甥崔彧司业之孙尚书之子重泛郑监前湖

唐 / 杜甫

郊扉俗远长幽寂，野水春来更接连。锦席淹留还出浦，葛巾欹侧未回船。

尊当霞绮轻初散，棹拂荷珠碎却圆。不但习池归酩酊，君看郑谷去夤缘。

¹⁵行官张望补稻畦水归

唐 / 杜甫

东屯大江北，百顷平若案。六月青稻多，千畦碧泉乱。

插秧适云已，引溜加溉灌。更仆往方塘，决渠当断岸。

公私各地著，浸润无天旱。主守问家臣，分明见溪伴。

芊芊炯翠羽，剡剡生银汉。鸥鸟镜里来，关山云边看。

秋菰成黑米，精凿传白粲。玉粒足晨炊，红鲜任霞散。

终然添旅食，作苦期壮观。遗穗及众多，我仓戒滋蔓。

¹⁶种莴苣

唐 / 杜甫

阴阳一错乱，骄蹇不复理。枯旱于其中，炎方惨如毁。

植物半蹉跎，嘉生将已矣。云雷欻奔命，师伯集所使。

指麾赤白日，澒洞青光起。雨声先已风，散足尽西靡。

山泉落沧江，霹雳犹在耳。终朝纡飒沓，信宿罢潇洒。

堂下可以畦，呼童对经始。苣兮蔬之常，随事艺其子。

破块数席间，荷锄功易止。两旬不甲坼，空惜埋泥滓。

野苋迷汝来，宗生实于此。此辈岂无秋，亦蒙寒露委。
翻然出地速，滋蔓户庭毁。因知邪干正，掩抑至没齿。
贤良虽得禄，守道不封己。拥塞败芝兰，众多盛荆杞。
中园陷萧艾，老圃永为耻。登于白玉盘，藉以如霞绮。
苋也无所施，胡颜入筐篚。

17 忆昔行
唐／杜甫

忆昔北寻小有洞，洪河怒涛过轻舸。辛勤不见华盖君，艮岑青辉惨么麽。
千崖无人万壑静，三步回头五步坐。秋山眼冷魂未归，仙赏心违泪交堕。
弟子谁依白茅室，卢老独启青铜锁。巾拂香馀捣药尘，阶除灰死烧丹火。
悬圃沧洲莽空阔，金节羽衣飘婀娜。落日初霞闪馀映，倏忽东西无不可。
松风涧水声合时，青兕黄熊啼向我。徒然咨嗟抚遗迹，至今梦想仍犹佐。
秘诀隐文须内教，晚岁何功使愿果。更讨衡阳董炼师，南浮早鼓潇湘柂。

18 柴门
唐／杜甫

孤舟登瀼西，回首望两崖。东城干旱天，其气如焚柴。
长影没窈窕，馀光散唅呀。大江蟠嵌根，归海成一家。
下冲割坤轴，竦壁攒镆铘。萧飒洒秋色，氛昏霾日车。
峡门自此始，最窄容浮查。禹功翊造化，疏凿就欹斜。
巨渠决太古，众水为长蛇。风烟渺吴蜀，舟楫通盐麻。
我今远游子，飘转混泥沙。万物附本性，约身不愿奢。
茅栋盖一床，清池有馀花。浊醪与脱粟，在眼无咨嗟。
山荒人民少，地僻日夕佳。贫病固其常，富贵任生涯。
老于干戈际，宅幸蓬荜遮。石乱上云气，杉清延月华。
赏妍又分外，理惬夫何夸。足了垂白年，敢居高士差。
书此豁平昔，回首犹暮霞。

¹⁹西枝村寻置草堂地，夜宿赞公土室二首

唐／杜甫

出郭眄细岑，披榛得微路。溪行一流水，曲折方屡渡。
赞公汤休徒，好静心迹素。昨枉霞上作，盛论岩中趣。
怡然共携手，恣意同远步。扪萝涩先登，陟巘眩反顾。
要求阳冈暖，苦陟阴岭沍。惆怅老大藤，沈吟屈蟠树。
卜居意未展，杖策回且暮。层巅馀落日，早蔓已多露。
天寒鸟已归，月出人更静。土室延白光，松门耿疏影。
跻攀倦日短，语乐寄夜永。明燃林中薪，暗汲石底井。
大师京国旧，德业天机秉。从来支许游，兴趣江湖迥。
数奇谪关塞，道广存箕颍。何知戎马间，复接尘事屏。
幽寻岂一路，远色有诸岭。晨光稍矇曨，更越西南顶。

²⁰过紫霞兰若

唐／白居易

我爱此山头，及此三登历。紫霞旧精舍，寥落空泉石。
朝市日喧隘，云林长悄寂。犹存住寺僧，肯有归山客？

²¹和晨霞　此后在上都作。

唐／白居易

君歌仙氏真，我歌慈氏真。慈氏发真念，念此阎浮人。
左命大迦叶，右召桓提因。千万化菩萨，百亿诸鬼神。
上自非相顶，下及风水轮。胎卵湿化类，蠢蠢难具陈。
弘愿在救拔，大悲忘辛勤。无论善不善，岂间冤与亲。
抉开生盲眼，摆去烦恼尘。烛以智慧日，洒之甘露津。
千界一时度，万法无与邻。借问晨霞子，何如朝玉宸？

²² 庾顺之以紫霞绮远赠，以诗答之

唐／白居易

千里故人心郑重，一端香绮紫氛氲。开缄日映晚霞色，满幅风生秋水纹。
为褥欲裁怜叶破，制裘将翦惜花分。 不如缝作合欢被，寤寐相思如对君。

²³ 杭州春望

唐／白居易

望海楼明照曙霞，护江堤白踏晴沙。涛声夜入伍员庙，柳色春藏苏小家。
红袖织绫夸柿蒂，青旗沽酒趁梨花。谁开湖寺西南路，草绿裙腰一道斜。

²⁴ 寒食

唐／卢纶

孤客飘飘岁载华，况逢寒食倍思家。莺啼远墅多从柳， 人哭荒坟亦有花。
浊水秦渠通渭急，黄埃京洛上原斜。 驱车西近长安好，宫观参差半隐霞。

²⁵ 感春五首选一

唐／韩愈

辛夷花房忽全开，将衰正盛须频来。清晨辉辉烛霞日，薄暮耿耿和烟埃。
朝明夕暗已足叹，况乃满地成摧颓。迎繁送谢别有意，谁肯留恋少环回。

²⁶ 春江花月夜词

唐／温庭筠

玉树歌阑海云黑，花庭忽作青芜国。秦淮有水水无情，还向金陵漾春色。
杨家二世安九重，不御华芝嫌六龙。百幅锦帆风力满，连天展尽金芙蓉。
珠翠丁星复明灭，龙头劈浪哀笳发。千里涵空澄水魂，万枝破鼻飘香雪。
漏转霞高沧海西，颇黎枕上闻天鸡。鸾弦代雁曲如语，一醉昏昏天下迷。
四方倾动烟尘起，犹在浓香梦魂裹。后主荒宫有晓莺，飞来只隔西江水。

²⁷秋夜山居二首

唐／施肩吾

幽居正想餐霞客，夜久月寒珠露滴。千年独鹤两三声，飞下岩前一枝柏。

去雁声遥人语绝，谁家素机织新雪。秋山野客醉醒时，百尺老松衔半月。

²⁸少年行四首·其三

唐／令狐楚

弓背霞明剑照霜，秋风走马出咸阳。未收天子河湟地，不拟回头望故乡。

²⁹晚春江晴寄友人·晚春别

唐／韩琮

晚日低霞绮，晴山远画眉。春青河畔草，不是望乡时。

³⁰宋·谢澹云霞友

唐／孙元晏

仗气凌人岂可亲，只将范泰是知闻。缘何唤作云霞友，却恐云霞未似君。

³¹酬乐天咏老见示

唐／刘禹锡

人谁不顾老，老去有谁怜。身瘦带频减，发稀冠自偏。

废书缘惜眼，多灸为随年。经事还谙事，阅人如阅川。

细思皆幸矣，下此便翛然。莫道桑榆晚，为霞尚满天。

³²八月十五夜桃源玩月

唐／刘禹锡

尘中见月心亦闲，况是清秋仙府间。凝光悠悠寒露坠，此时立在最高山。

碧虚无云风不起，山上长松山下水。群动悠然一顾中，天高地平千万里。

少君引我升玉坛，礼空遥请真仙官。云拼欲下星斗动，天乐一声肌骨寒。

金霞昕昕渐东上，轮欹影促犹频望。绝景良时难再并，他年此日应惆怅。

³³天上谣

唐／李贺

天河夜转漂回星，银浦流云学水声。玉宫桂树花未落，仙妾采香垂佩缨。
秦妃卷帘北窗晓，窗前植桐青凤小。王子吹笙鹅管长，呼龙耕烟种瑶草。
粉霞红绶藕丝裙，青洲步拾兰苕春。东指羲和能走马，海尘新生石山下。

³⁴度大庾岭

唐／宋之问

度岭方辞国，停轺一望家。魂随南翥鸟，泪尽北枝花。
山雨初含霁，江云欲变霞。但令归有日，不敢恨长沙。

³⁵七言选八首

唐／吕岩

其一

灵芝无种亦无根，解饮能餐自返魂。但得烟霞供岁月，任他乌兔走乾坤。
婴儿只恋阳中母，姹女须朝顶上尊。一得不回千古内，更无冢墓示儿孙。

其二

世上何人会此言，休将名利挂心田。等闲倒尽十分酒，遇兴高吟一百篇。
物外烟霞为伴侣，壶中日月任婵娟。他时功满归何处，直驾云车入洞天。

其三

遥指高峰笑一声，红霞紫雾面前生。每于廛市无人识，长到山中有鹤行。
时弄玉蟾驱鬼魅，夜煎金鼎煮琼英。他时若赴蓬莱洞，知我仙家有姓名。

其四

堪笑时人问我家，杖担云物惹烟霞。眉藏火电非他说，手种金莲不自夸。
三尺焦桐为活计，一壶美酒是生涯。骑龙远出游三岛，夜久无人玩月华。

其五

曾邀相访到仙家，忽上昆仑宴月华。玉女控拢苍獬豸，山童提挈白虾蟆。

时斟海内千年酒，惯摘壶中四序花。　今在人寰人不识，看看挥袖入烟霞。
其六
春尽闲闲过落花，一回舞剑一吁嗟。常忧白日光阴促，　每恨青天道路赊。
本志不求名与利，元心只慕水兼霞。　世间万种浮沉事，达理谁能似我家。
其七
闲来掉臂入天门，拂袂徐徐撮彩云。无语下窥黄谷子，　破颜平揖紫霞君。
拟登瑶殿参金母，回访瀛洲看日轮。　恰值嫦娥排宴会，瑶浆新熟味氤氲。
其八
九鼎烹煎一味砂，自然火候放童花。星辰照出青莲颗，　日月能藏白马牙。
七返返成生碧雾，九还还就吐红霞。　有人夺得玄珠饵，三岛途中路不赊。

³⁶杂诗

唐 / 无名氏

劝君莫惜金缕衣，劝君须惜少年时。有花堪折直须折，莫待无花空折枝。
满目笙歌一段空，万般离恨总随风。多情为谢残阳意，与展晴霞片片红。

³⁷江城子 · 晚日金陵岸草平

五代 / 欧阳炯

晚日金陵岸草平，落霞明，水无情。六代繁华，暗逐逝波声。
空有姑苏台上月，如西子镜照江城。

³⁸女冠子 · 星冠霞帔

五代 / 牛峤

星冠霞帔，住在蕊珠宫里，佩玎珰。明翠摇蝉翼，纤珪理宿妆。
醮坛春草绿，药院杏花香。青鸟传心事，寄刘郎。

³⁹山家

宋 / 刘因

马蹄踏水乱明霞，醉袖迎风受落花。怪见溪童出门望，雀声先我到山家。

⁴⁰采桑子 · 残霞夕照西湖好
宋／欧阳修

残霞夕照西湖好，花坞蘋汀，十顷波平，野岸无人舟自横。
西南月上浮云散，轩槛凉生。莲芰香清。水面风来酒面醒。

⁴¹临江仙 · 记得金銮同唱第
宋／欧阳修

记得金銮同唱第，春风上国繁华。如今薄宦老天涯。十年岐路，空负曲江花。
闻说阆山通阆苑，楼高不见君家。孤城寒日等闲斜。离愁难尽，红树远连霞。

⁴²早梅芳 · 海霞红
宋／柳永

海霞红，山烟翠。故都风景繁华地。谯门画戟，下临万井，金碧楼台相倚。
芰荷浦溆，杨柳汀洲，映虹桥倒影，兰舟飞棹，游人聚散，一片湖光里。
汉元侯，自从破虏征蛮，峻陟枢庭贵。筹帷厌久，盛年昼锦，归来吾乡我里。
铃斋少讼，宴馆多欢，未周星，便恐皇家，图任勋贤，又作登庸计。

⁴³小重山 · 碧幕霞绡一缕红
宋／陈亮

碧幕霞绡一缕红。槐枝啼宿鸟，冷烟浓。小楼愁倚画阑东。黄昏月，一笛碧云风。
往事已成空。梦魂飞不到，楚王宫。翠绡和泪暗偷封。江南阔，无处觅征鸿。

⁴⁴唐多令 · 雨过水明霞
宋／邓剡

雨过水明霞。潮回岸带沙。叶声寒、飞透窗纱。堪恨西风吹世换，更吹我、落天涯。
寂寞古豪华。乌衣日又斜。说兴亡、燕入谁家。惟有南来无数雁，和明月、宿芦花。

⁴⁵减字浣溪沙 · 楼角初销一缕霞

宋／贺铸

楼角初销一缕霞。淡黄杨柳暗栖鸦。玉人和月摘梅花。

笑捻粉香归洞户，更垂帘幕护窗纱。东风寒似夜来些。

⁴⁶婆罗门引 · 暮霞照水

宋／赵昂

暮霞照水，水边无数木芙蓉。晓来露湿轻红。十里锦丝步障，日转影重重。
向楚天空迥，人立西风。

夕阳道中。叹秋色、与愁浓。寂寞三千粉黛，临鉴妆慵。施朱太赤，空惆怅、
教妾若为容。花易老、烟水无穷。

⁴⁷浣溪沙 · 玉碗冰寒滴露华

宋／晏殊

玉碗冰寒滴露华，粉融香雪透轻纱。晚来妆面胜荷花。

鬓嚲欲迎眉际月，酒红初上脸边霞。一场春梦日西斜。

⁴⁸减字木兰花 · 卖花担上

宋／李清照

卖花担上。买得一枝春欲放。泪染轻匀。犹带彤霞晓露痕。

怕郎猜道。奴面不如花面好。云鬓斜簪。徒要教郎比并看。

⁴⁹南柯子 · 十里青山远

宋／仲殊

十里青山远，潮平路带沙。数声啼鸟怨年华。又是凄凉时候，在天涯。
白露收残月，清风散晓霞。绿杨堤畔问荷花：记得年时沽酒，那人家？

⁵⁰声声慢 · 咏桂花

宋 / 吴文英

蓝云笼晓，玉树悬秋，交加金钏霞枝。人起昭阳，禁寒粉粟生肌。
浓香最无著处，渐冷香、风露成霏。绣茵展，怕空阶惊坠，化作萤飞。
三十六宫愁重，问谁持金锸，和月都移。掣锁西厢，清尊素手重携。
秋来鬓华多少，任乌纱、醉压花低。正摇落，叹淹留、客又未归。

⁵¹天净沙 · 秋

元 / 白朴

孤村落日残霞，轻烟老树寒鸦，一点飞鸿影下。青山绿水，白草红叶黄花。

⁵²咏红梅花得"红"字

清 / 曹雪芹

桃未芳菲杏未红，冲寒先喜笑东风。魂飞庾岭春难辨，霞隔罗浮梦未通。
绿萼添妆融宝炬，缟仙扶醉跨残虹。看来岂是寻常色，浓淡由他冰雪中。

云霞水露之水字

七十二首

1 将进酒 · 君不见黄河之水天上来

唐 / 李白

君不见黄河之水天上来，奔流到海不复回。

君不见高堂明镜悲白发，朝如青丝暮成雪。

人生得意须尽欢，莫使金樽空对月。天生我材必有用，千金散尽还复来。

烹羊宰牛且为乐，会须一饮三百杯。岑夫子，丹丘生，将进酒，杯莫停。

与君歌一曲，请君为我侧耳听。钟鼓馔玉不足贵，但愿长醉不复醒。

古来圣贤皆寂寞，惟有饮者留其名。陈王昔时宴平乐，斗酒十千恣欢谑。

主人何为言少钱，径须沽取对君酌。

五花马，千金裘，呼儿将出换美酒，与尔同销万古愁。

2 行路难 · 有耳莫洗颍川水

唐 / 李白

有耳莫洗颍川水，有口莫食首阳蕨。含光混世贵无名，何用孤高比云月？

吾观自古贤达人，功成不退皆殒身。子胥既弃吴江上，屈原终投湘水滨。

陆机雄才岂自保？李斯税驾苦不早。华亭鹤唳讵可闻？上蔡苍鹰何足道？

君不见吴中张翰称达生，秋风忽忆江东行。

且乐生前一杯酒，何须身后千载名？

3 送崔氏昆季之金陵

唐 / 李白

放歌倚东楼，行子期晓发。秋风渡江来，吹落山上月。

211

主人出美酒，灭烛延清光。二崔向金陵，安得不尽觞。
水客弄归棹，云帆卷轻霜。扁舟敬亭下，五两先飘扬。
峡石入水花，碧流日更长。思君无岁月，西笑阻河梁。

⁴过崔八丈水亭
唐／李白

高阁横秀气，清幽并在君。檐飞宛溪水，窗落敬亭云。
猿啸风中断，渔歌月里闻。闲随白鸥去，沙上自为群。

⁵望庐山瀑布水·其一
唐／李白

西登香炉峰，南见瀑布水。挂流三百丈，喷壑数十里。
欻如飞电来，隐若白虹起。初惊河汉落，半洒云天里。
仰观势转雄，壮哉造化功。海风吹不断，江月照还空。
空中乱潈射，左右洗青壁。飞珠散轻霞，流沫沸穹石。
而我乐名山，对之心益闲。无论漱琼液，还得洗尘颜。
且谐宿所好，永愿辞人间。

⁶渌水曲
唐／李白

渌水明秋月，南湖采白蘋。荷花娇欲语，愁杀荡舟人。

⁷江上值水如海势聊短述
唐／杜甫

为人性僻耽佳句，语不惊人死不休。老去诗篇浑漫与，春来花鸟莫深愁。
新添水槛供垂钓，故着浮槎替入舟。焉得思如陶谢手，令渠述作与同游。

⁸水会渡
唐／杜甫

山行有常程，中夜尚未安。微月没已久，崖倾路何难。
大江动我前，汹若溟渤宽。篙师暗理楫，歌笑轻波澜。

霜浓木石滑，风急手足寒。入舟已千忧，陟巘仍万盘。
迥眺积水外，始知众星乾。远游令人瘦，衰疾惭加餐。

9 过南邻朱山人水亭

唐／杜甫

相近竹参差，相过人不知。幽花欹满树，小水细通池。
归客村非远，残樽席更移。看君多道气，从此数追随。

10 章梓州水亭

唐／杜甫

城晚通云雾，亭深到芰荷。吏人桥外少，秋水席边多。
近属淮王至，高门蓟子过。荆州爱山简，吾醉亦长歌。

11 怀锦水居止二首

唐／杜甫

军旅西征僻，风尘战伐多。犹闻蜀父老，不忘舜讴歌。
天险终难立，柴门岂重过。朝朝巫峡水，远逗锦江波。
万里桥南宅，百花潭北庄。层轩皆面水，老树饱经霜。
雪岭界天白，锦城曛日黄。惜哉形胜地，回首一茫茫。

12 问淮水

唐／白居易

自嗟名利客，扰扰在人间。何事长淮水，东流亦不闲？

13 过敷水

唐／白居易

垂鞭欲渡罗敷水，处分鸣驺且缓驱。秦氏双蛾久冥漠，苏台五马尚踟蹰。
村童店女仰头笑，今日使君真是愚。

14 听弹《古渌水》（琴曲名）

唐／白居易

闻君古渌水，使我心和平。欲识慢流意，为听疏泛声。

西窗竹阴下，竟日有馀清。

¹⁵答尉迟少监水阁重宴

唐／白居易

人情依旧岁华新，今日重招往日宾。鸡黍重回千里驾，林园闇换四年春。
水轩平写琉璃镜，草岸斜铺翡翠茵。闻道经营费心力，忍教成后属他人。

¹⁶湖亭晚望残水

唐／白居易

湖上秋沉寥，湖边晚萧瑟。登亭望湖水，水缩湖底出。
清淳得早霜，明灭浮残日。流注随地势，洼坳无定质。
泓澄白龙卧，宛转青蛇屈。破镜折剑头，光芒又非一。
久为山水客，见尽幽奇物。及来湖亭望，此状难谈悉。
乃知天地间，胜事殊未毕。

¹⁷浪淘沙·借问江潮与海水

唐／白居易

借问江潮与海水，何似君情与妾心？相恨不如潮有信，相思始觉海非深。

¹⁸竹枝词·瞿塘峡口水烟低

唐／白居易

瞿塘峡口冷烟低，白帝城头月向西。唱到竹枝声咽处，寒猿晴鸟一时啼。
竹枝苦怨怨何人，夜静山空歇又闻。蛮儿巴女齐声唱，愁杀江楼病使君。
巴东船舫上巴西，波面风生雨脚齐。水蓼冷花红蔟蔟，江蓠湿叶碧萋萋。
江畔谁人唱竹枝，前声断咽后声迟。怪来调苦缘词苦，多是通州司马诗。

¹⁹巴水

唐／白居易

城下巴江水，春来似麹尘。软沙如渭曲，斜岸忆天津。
影蘸新黄柳，香浮小白苹。临流搔首坐，惆怅为何人。

20 于易水送人

唐 / 骆宾王

此地别燕丹，壮士发冲冠。昔时人已没，今日水犹寒。

21 夏日浮舟过陈大水亭

唐 / 孟浩然

水亭凉气多，闲棹晚来过。涧影见松竹，潭香闻芰荷。
野童扶醉舞，山鸟助酣歌。幽赏未云遍，烟光奈夕何。

22 湖口望庐山瀑布泉

唐 / 张九龄

万丈红泉落，迢迢半紫氛。奔流下杂树，洒落出重云。
日照虹霓似，天清风雨闻。灵山多秀色，空水共氤氲。

23 青溪

唐 / 王维

言入黄花川，每逐清溪水。随山将万转，趣途无百里。
声喧乱石中，色静深松里。漾漾泛菱荇，澄澄映葭苇。
我心素已闲，清川澹如此。请留磐石上，垂钓将已矣。

24 题宣州开元寺水阁阁下宛溪夹溪居人

唐 / 杜牧

六朝文物草连空，天淡云闲今古同。鸟去鸟来山色里，人歌人哭水声中。
深秋帘幕千家雨，落日楼台一笛风。惆怅无日见范蠡，参差烟树五湖东。

25 听嘉陵江水声寄深上人

唐 / 韦应物

凿崖泄奔湍，古称神禹迹。夜喧山门店，独宿不安席。水性自云静，石中本
无声；
如何两相激，雷转空山惊？贻之道门归，了此物我情。

26 水

唐／徐夤

火性何如水性柔，西来东出几时休。莫言通海能通汉，虽解浮舟也覆舟。
湘浦暮沈尧女怨，汾河秋泛汉皇愁。洪波激湍归何处，二月桃花满眼流。

27 海水

唐／韩愈

海水非不广，邓林岂无枝。风波一荡薄，鱼鸟不可依。
海水饶大波，邓林多惊风。岂无鱼与鸟，巨细各不同。
海有吞舟鲸，邓有垂天鹏。苟非鳞羽大，荡薄不可能。
我鳞不盈寸，我羽不盈尺。一木有馀阴，一泉有馀泽。
我将辞海水，濯鳞清冷池。我将辞邓林，刷羽蒙笼枝。
海水非爱广，邓林非爱枝。风波亦常事，鳞鱼自不宜。
我鳞日已大，我羽日已修。风波无所苦，还作鲸鹏游。

28 同水部张员外籍曲江春游寄白二十二舍人

唐／韩愈

漠漠轻阴晚自开，青天白日映楼台。曲江水满花千树，有底忙时不肯来。

29 青青水中蒲二首

唐／韩愈

青青水中蒲，下有一双鱼。君今上陇去，我在与谁居？
青青水中蒲，长在水中居。寄语浮萍草，相随我不如。

30 水夫谣

唐／王建

苦哉生长当驿边，官家使我牵驿船。辛苦日多乐日少，水宿沙行如海鸟。
逆风上水万斛重，前驿迢迢后渺渺。半夜缘堤雪和雨，受他驱遣还复去。
夜寒衣湿披短蓑，臆穿足裂忍痛何！到明辛苦无处说，齐声腾踏牵船歌。
一间茅屋何所值，父母之乡去不得。我愿此水作平田，长使水夫不怨天。

³¹湘口馆潇湘二水所会

唐／柳宗元

九疑浚倾奔，临源委萦回。会合属空旷，泓澄停风雷。高馆轩霞表，危楼临山隈。

兹辰始澄霁，纤云尽褰开。天秋日正中，水碧无尘埃。杳杳渔父吟，叫叫羁鸿哀。

境胜岂不豫，虑分固难裁。升高欲自舒，弥使远念来。归流驶且广，泛舟绝沿洄。

³²水宿闻雁

唐／李益

早雁忽为双，惊秋风水窗。夜长人自起，星月满空江。

³³登楼望水

唐／顾况

鸟啼花发柳含烟，掷却风光忆少年。更上高楼望江水，故乡何处一归船。

³⁴途经敷水

唐／许浑

修蛾颦翠倚柔桑，遥谢春风白面郎。五夜有情随暮雨，百年无节待秋霜。

重寻绣带朱藤合，更认罗裙碧草长。何处野花何处水，下峰流出一渠香。

³⁵光州王建使君水亭作

唐／贾岛

楚水临轩积，澄鲜一亩馀。柳根连岸尽，荷叶出萍初。

极浦清相似，幽禽到不虚。夕阳庭际眺，槐雨滴疏疏。

³⁶易水怀古

唐／贾岛

荆卿重虚死，节烈书前史。我叹方寸心，谁论一时事。

至今易水桥，寒风兮萧萧。易水流得尽，荆卿名不消。

³⁷水仙谣

唐／温庭筠

水客夜骑红鲤鱼，赤鸾双鹤蓬瀛书。轻尘不起雨新霁，万里孤光含碧虚。
露魄冠轻见云发，寒丝七炷香泉咽。夜深天碧乱山姿，光碎平波满船月。

³⁸过分水岭

唐／温庭筠

溪水无情似有情，入山三日得同行。岭头便是分头处，惜别潺湲一夜声。

³⁹送春 · 水浅鱼争跃

唐／高骈

水浅鱼争跃，花深鸟竞啼。春光看欲尽，判却醉如泥。

⁴⁰水宿闻雁

唐／李益

早雁忽为双，惊秋风水窗。夜长人自起，星月满空江。

⁴¹潇湘神 · 湘水流

唐／刘禹锡

湘水流，湘水流，九疑云物至今秋。若问二妃何处所，零陵芳草露中愁。

⁴²叹水别白二十二（一韵至七韵）

唐／刘禹锡

水。至清，尽美。从一勺，至千里。利人利物，
时行时止。道性净皆然，交情淡如此。君游金谷堤上，
我在石渠署里。两心相忆似流波，潺湲日夜无穷已。

⁴³所思 · 空塘水碧春

唐／张泌

空塘水碧春雨微，东风散漫杨柳飞。依依南浦梦犹在，脉脉高唐云不归。
江头日暮多芳草，极目伤心烟悄悄。隔江红杏一枝明，似玉佳人俯清沼。

休向春台更回望，销魂自古因惆怅。银河碧海共无情，两处悠悠起风浪。

⁴⁴长干行·家临九江水
唐／崔颢

家临九江水，来去九江侧。同是长干人，生小不相识。

⁴⁵虞美人·春花秋月何时了
五代／李煜

春花秋月何时了？往事知多少。小楼昨夜又东风，故国不堪回首月明中。
雕栏玉砌应犹在，只是朱颜改。问君能有几多愁？恰似一江春水向东流。

⁴⁶酒泉子·水碧风清
五代／顾夐

水碧风清，入槛细香红藕腻。谢娘敛翠，恨无涯，小屏斜。
堪憎荡子不还家，谩留罗带结。帐深枕腻炷沉烟，负当年。

⁴⁷更漏子·三十六宫秋夜水
五代／欧阳炯

三十六宫秋夜水，露华点滴高梧。丁丁玉漏咽铜壶，明月上金铺。
红线毯，博山炉，香风暗触流苏。羊车一去长青芜，镜尘鸾影孤。

⁴⁸观书有感二首·其一
宋／朱熹

半亩方塘一鉴开，天光云影共徘徊。问渠那得清如许？为有源头活水来。

⁴⁹活水亭观书有感二首·其二
宋／朱熹

昨夜江边春水生，艨艟巨舰一毛轻。向来枉费推移力，此日中流自在行。

⁵⁰水调歌头·隐括杜牧之齐山诗
宋／朱熹

江水侵云影，鸿雁欲南飞。携壶结客，何处空翠渺烟霏。

尘世难逢一笑，况有紫萸黄菊，堪插满头归。风景今朝是，身世昔人非。

酬佳节，须酩酊，莫相违。人生如寄，何事辛苦怨斜晖。

无尽今来古往，多少春花秋月，那更有危机。与问牛山客，何必独沾衣。

51 菩萨蛮 · 数间茅屋闲临水

宋／王安石

数间茅屋闲临水，窄衫短帽垂杨里。花是去年红，吹开一夜风。

梢梢新月偃，午醉醒来晚。何物最关情，黄鹂三两声。

52 浣溪沙 · 风压轻云贴水飞

宋／苏轼

风压轻云贴水飞，乍晴池馆燕争泥。沈郎多病不胜衣。

沙上不闻鸿雁信，竹间时听鹧鸪啼。此情惟有落花知！

53 水调歌头 · 黄州快哉亭赠张偓佺

宋／苏轼

落日绣帘卷，亭下水连空。知君为我新作，窗户湿青红。

长记平山堂上，欹枕江南烟雨，杳杳没孤鸿。认得醉翁语，山色有无中。

一千顷，都镜净，倒碧峰。忽然浪起，掀舞一叶白头翁。

堪笑兰台公子，未解庄生天籁，刚道有雌雄。一点浩然气，千里快哉风。

54 倾杯乐 · 散水调

宋／柳永

楼锁轻烟，水横斜照，遥山半隐愁碧。片帆岸远，行客路杳，簇一天寒色。

楚梅映雪数枝艳，报青春消息。年华梦促，音信断、声远飞鸿南北。

算伊别来无绪，翠消红减，双带长抛掷。但泪眼沈迷，看朱成碧。惹闲愁堆积。

雨意云情，酒心花态，孤负高阳客。梦难极。和梦也、多时间隔。

55 满江红 · 汉水东流

宋／辛弃疾

汉水东流，都洗尽、髭胡膏血。人尽说、君家飞将，旧时英烈。

破敌金城雷过耳，谈兵玉帐冰生颊。想王郎、结发赋从戎，传遗业。
腰间剑，聊弹铗。尊中酒，堪为别。况故人新拥，汉坛旄节。
马革里尸当自誓，蛾眉伐性休重说。但从今、记取楚楼风，裴台月。

56 蝶恋花 · 梦入江南烟水路
宋 / 晏几道

梦入江南烟水路，行尽江南，不与离人遇。睡里消魂无说处，觉来惆怅消魂误。
欲尽此情书尺素，浮雁沉鱼，终了无凭据。却倚缓弦歌别绪，断肠移破秦筝柱。

57 虞美人 · 曲阑干外天如水
宋 / 晏几道

曲阑干外天如水。昨夜还曾倚。初将明月比佳期。长向月圆时候、望人归。
罗衣著破前香在。旧意谁教改。一春离恨懒调弦。犹有两行闲泪、宝筝前。

58 临江仙 · 淡水三年欢意
宋 / 晏几道

淡水三年欢意，危弦几夜离情。晓霜红叶舞归程。客情今古道，秋梦短长亭。
渌酒尊前清泪，阳关叠里离声。少陵诗思旧才名。云鸿相约处，烟雾九重城。

59 满庭芳 · 碧水惊秋
宋 / 秦观

碧水惊秋，黄云凝暮，败叶零乱空阶。洞房人静，斜月照徘徊。
又是重阳近也，几处处、砧杵声催。西窗下，风摇翠竹，疑是故人来。
伤怀。增怅望，新欢易失，往事难猜。问篱边黄菊，知为谁开。
谩道愁须殢酒，酒未醒、愁已先回。凭阑久，金波渐转，白露点苍苔。

60 画堂春 · 落红铺径水平池
宋 / 秦观

落红铺径水平池，弄晴小雨霏霏。杏园憔悴杜鹃啼，无奈春归。
柳外画楼独上，凭栏手捻花枝，放花无语对斜晖，此恨谁知？

⁶¹渔家傲 · 近日门前溪水涨
宋／欧阳修

近日门前溪水涨。郎船几度偷相访。船小难开红斗帐。
无计向。合欢影里空惆怅。
愿妾身为红菡萏。年年生在秋江上。重愿郎为花底浪。
无隔障。随风逐雨长来往。

⁶²采桑子 · 天容水色西湖好
宋／欧阳修

天容水色西湖好，云物俱鲜。鸥鹭闲眠，应惯寻常听管弦。
风清月白偏宜夜，一片琼田。谁羡骖鸾，人在舟中便是仙。

⁶³蝶恋花 · 越女采莲秋水畔
宋／欧阳修

越女采莲秋水畔。窄袖轻罗，暗露双金钏。
照影摘花花似面。芳心只共丝争乱。
鸂鶒滩头风浪晚。雾重烟轻，不见来时伴。
隐隐歌声归棹远。离愁引著江南岸。

⁶⁴浣溪沙 · 水满池塘花满枝
宋／赵令

水满池塘花满枝。乱香深里语黄鹂。东风轻软弄帘帏。
日正长时春梦短，燕交飞处柳烟低。玉窗红子斗棋时。

⁶⁵王充道送水仙花五十支
宋／黄庭坚

凌波仙子生尘袜，水上轻盈步微月。是谁招此断肠魂，种作寒花寄愁绝。
含香体素欲倾城，山矾是弟梅是兄。坐对真成被花恼，出门一笑大江横。

⁶⁶木兰花 · 池塘水绿风微暖

宋／晏殊

池塘水绿风微暖。记得玉真初见面。重头歌韵响铮琮，入破舞腰红乱旋。

玉钩阑下香阶畔。醉后不知斜日晚。当时共我赏花人，点检如今无一半。

⁶⁷菩萨蛮 · 山亭水榭秋方半

宋／朱淑真

山亭水榭秋方半，凤帏寂寞无人伴。愁闷一番新，双蛾只旧颦。

起来临绣户，时有疏萤度。多谢月相怜，今宵不忍圆。

⁶⁸浣溪沙 · 水涨鱼天拍柳桥

宋／周邦彦

水涨鱼天拍柳桥。云鸠拖雨过江皋。一番春信入东郊。

闲碾凤团消短梦，静看燕子垒新巢。又移日影上花梢。

⁶⁹鱼游春水 · 芳洲生苹芷

宋／张元干

芳洲生苹芷，宿雨收晴浮暖翠。烟光如洗，几片花飞点泪。

清镜空余白发添，新恨谁传红绫寄。溪涨岸痕，浪吞沙尾。

老去情怀易醉。十二阑干慵遍倚。双凫人惯风流，功名万里。

梦想浓妆碧云边，目断孤帆夕阳里。何时送客，更临春水。

⁷⁰临江仙 · 滚滚长江东逝水

明／杨慎

滚滚长江东逝水，浪花淘尽英雄。是非成败转头空。

青山依旧在，几度夕阳红。

白发渔樵江渚上，惯看秋月春风。一壶浊酒喜相逢。

古今多少事，都付笑谈中。

71 菱荇鹅儿水

清／曹雪芹

杏帘招客饮，在望有山庄。菱荇鹅儿水，桑榆燕子梁。
一畦春韭绿，十里稻花香。盛世无饥馁，何须耕织忙。

72 泜水

清／郑板桥

泜水清且浅，沙砾明可数。漾漾浮轻波，悠悠汇远浦。
千山倒空青，乱石兀崖堵。我来恣游泳，浩歌怀往古。
逼侧井陉道，卒列不成伍。背水造奇谋，赤帜立赵土。
韩信购左车，张耳陋肺腑。何不赦陈馀，与之归汉主？

云霞水露之露字

六十一首

¹夏日山中

唐 / 李白

懒摇白羽扇，裸袒青林中。脱巾挂石壁，露顶洒松风。

²清平调·其一

唐 / 李白

云想衣裳花想容，春风拂槛露华浓。 若非群玉山头见，会向瑶台月下逢。

³白露

唐 / 杜甫

白露团甘子，清晨散马蹄。圃开连石树，船渡入江溪。

凭几看鱼乐，回鞭急鸟栖。渐知秋实美，幽径恐多蹊。

⁴月夜忆舍弟

唐 / 杜甫

戍鼓断人行，边秋一雁声。露从今夜白，月是故乡明。

有弟皆分散，无家问死生。寄书长不达，况乃未休兵。

⁵秋兴八首选二

唐 / 杜甫

玉露凋伤枫树林，巫山巫峡气萧森。江间波浪兼天涌，塞上风云接地阴。

丛菊两开他日泪，孤舟一系故园心。寒衣处处催刀尺，白帝城高急暮砧。

蓬莱宫阙对南山，承露金茎霄汉间。西望瑶池降王母，东来紫气满函关。

云移雉尾开宫扇，日绕龙鳞识圣颜。一卧沧江惊岁晚，几回青琐点朝班。

⁶蒹葭
唐／杜甫

摧折不自守，秋风吹若何。暂时花戴雪，几处叶沉波。

体弱春风早，丛长夜露多。江湖后摇落，亦恐岁蹉跎。

⁷古柏行
唐／杜甫

孔明庙前有老柏，柯如青铜根如石。霜皮溜雨四十围，黛色参天二千尺。

君臣已与时际会，树木犹为人爱惜。云来气接巫峡长，月出寒通雪山白。

忆昨路绕锦亭东，先主武侯同閟宫。崔嵬枝干郊原古，窈窕丹青户牖空。

落落盘踞虽得地，冥冥孤高多烈风。扶持自是神明力，正直原因造化功。

大厦如倾要梁栋，万牛回首丘山重。不露文章世已惊，未辞翦伐谁能送。

苦心岂免容蝼蚁，香叶终经宿鸾凤。志士幽人莫怨嗟，古来材大难为用。

⁸饮中八仙歌 · 张旭
唐／杜甫

张旭三杯草圣传，脱帽露顶王公前，挥毫落纸如云烟。

⁹暮江吟
唐／白居易

一道残阳铺水中，半江瑟瑟半江红。可怜九月初三夜，露似真珠月似弓。

¹⁰咏蝉 / 在狱咏蝉
唐／骆宾王

西陆蝉声唱，南冠客思深。不堪玄鬓影，来对白头吟。

露重飞难进，风多响易沉。无人信高洁，谁为表予心？

¹¹积雨辋川庄作
唐／王维

积雨空林烟火迟，蒸藜炊黍饷东菑。漠漠水田飞白鹭，阴阴夏木啭黄鹂。

山中习静观朝槿，松下清斋折露葵。野老与人争席罢，海鸥何事更相疑。

12 望月怀远
唐 / 张九龄

海上生明月，天涯共此时。情人怨遥夜，竟夕起相思。
灭烛怜光满，披衣觉露滋。不堪盈手赠，还寝梦佳期。

13 西江夜行
唐 / 张九龄

遥夜人何在，澄潭月里行。悠悠天宇旷，切切故乡情。
外物寂无扰，中流澹自清。念归林叶换，愁坐露华生。
犹有汀洲鹤，宵分乍一鸣。

14 秋宵月下有怀
唐 / 孟浩然

秋空明月悬，光彩露沾湿。惊鹊栖未定，飞萤卷帘入。
庭槐寒影疏，邻杵夜声急。佳期旷何许，望望空伫立。

15 夏日南亭怀辛大
唐 / 孟浩然

山光忽西落，池月渐东上。散发乘夕凉，开轩卧闲敞。
荷风送香气，竹露滴清响。欲取鸣琴弹，恨无知音赏。
感此怀故人，中宵劳梦想。

16 天竺寺八月十五日夜桂子
唐 / 皮日休

玉颗珊珊下月轮，殿前拾得露华新。至今不会天中事，应是嫦娥掷与人。

17 无题·重帏深下莫愁堂
唐 / 李商隐

重帏深下莫愁堂，卧后清宵细细长。神女生涯原是梦，小姑居处本无郎。
风波不信菱枝弱，月露谁教桂叶香。直道相思了无益，未妨惆怅是清狂。

¹⁸ 菊花

唐／李商隐

暗暗淡淡紫，融融冶冶黄。陶令篱边色，罗含宅里香。
几时禁重露，实是怯残阳。愿泛金鹦鹉，升君白玉堂。

¹⁹ 紫薇花

唐／杜牧

晓迎秋露一枝新，不占园中最上春。桃李无言又何在，向风偏笑艳阳人。

²⁰ 李凭箜篌引

唐／李贺

吴丝蜀桐张高秋，空山凝云颓不流。江娥啼竹素女愁，李凭中国弹箜篌。
昆山玉碎凤凰叫，芙蓉泣露香兰笑。十二门前融冷光，二十三丝动紫皇。
女娲炼石补天处，石破天惊逗秋雨。梦入神山教神妪，老鱼跳波瘦蛟舞。
吴质不眠倚桂树，露脚斜飞湿寒兔。

²¹ 荷叶杯·一点露珠凝冷

唐／温庭筠

一点露珠凝冷，波影。满池塘，绿茎红艳两相乱。肠断，水风凉。

²² 菩萨蛮·杏花含露团香雪

唐／温庭筠

杏花含露团香雪，绿杨陌上多离别。灯在月胧明，觉来闻晓莺。
玉钩褰翠幕，妆浅旧眉薄。春梦正关情，镜中蝉鬓轻。

²³ 蝉

唐／虞世南

垂緌饮清露，流响出疏桐。居高声自远，非是藉秋风。

²⁴ 十五夜望月寄杜郎中

唐／王建

中庭地白树栖鸦，冷露无声湿桂花。今夜月明人尽望，不知秋思落谁家。

25 咏露珠

唐 / 韦应物

秋荷一滴露，清夜坠玄天。将来玉盘上，不定始知圆。

26 白露

唐 / 鲍溶

清蝉暂休响，丰露还移色。金飙爽晨华，玉壶增夜刻。
已低疏萤焰，稍减哀蝉力。迎社促燕心，助风劳雁翼。
一悲纨扇情，再想清浅忆。高高拜月归，轧轧挑灯织。
盈盈玉盘泪，何处无消息。

27 白露为霜

唐 / 颜粲

悲秋将岁晚，繁露已成霜。遍渚芦先白，沾篱菊自黄。
应钟鸣远寺，拥雁度三湘。气逼襦衣薄，寒侵宵梦长。
满庭添月色，拂水敛荷香。独念蓬门下，穷年在一方。

28 宿烟含白露

唐 / 孙颀

析析有新意，微微曙色幽。露含疏月净，光与晓烟浮。
迥野遥凝素，空林望已秋。著霜寒未结，凝叶滴还流。
比玉偏清洁，如珠讵可收。裴回阡陌上，瞻想但淹留。

29 月夜梧桐叶上见寒露

唐 / 戴察

萧疏桐叶上，月白露初团。滴沥清光满，荧煌素彩寒。
风摇愁玉坠，枝动惜珠干。气冷疑秋晚，声微觉夜阑。
凝空流欲遍，润物净宜看。莫厌窥临倦，将晞聚更难。

30 白露为霜

唐 / 徐敞

早寒青女至，零露结为霜。入夜飞清景，凌晨积素光。

驷星初晰晰，葰荍复苍苍。色冒沙滩白，威加木叶黄。
鲜辉袭纨扇，杀气掩干将。葛屦那堪履，徒令君子伤。

31 和钱侍郎甘露

唐／孟郊

玄天何以言，瑞露青松繁。忽见垂书迹，还惊涌澧源。
春枝晨袅袅，香味晓翻翻。子礼忽来献，臣心固易敦。
清风惜不动，薄雾肯蒙昏。嘉昼色更晶，仁慈久乃存。
一方难独占，天下恐争论。侧听飞中使，重荣华德门。
从公乐万寿，馀庆及儿孙。

32 即席赋露中菊

唐／刘湾

众芳春竞发，寒菊露偏滋。受气何曾异，开花独自迟。
晚成犹有分，欲采未过时。勿弃东篱下，看随秋草衰。

33 春草凝露

唐／张友正

苍苍芳草色，含露对青春。已赖阳和长，仍惭润泽频。
日临残未滴，风度欲成津。蕙叶垂偏重，兰丛洗转新。
将行愁褰径，欲采畏濡身。独爱池塘畔，清华远袭人。

34 赋得胥台露

唐／庾抱

胥台既落构，荆棘稍侵扉。栋拆连云影，梁摧照日晖。
翔鹍逐不及，巢燕反无归。唯有团阶露，承晓共沾衣。

35 观荷叶露珠

唐／齐己

霏微晓露成珠颗，宛转田田未有风。任器方圆性终在，不妨翻覆落池中。

36 题润州甘露寺

唐 / 张祜

千重构横险,高步出尘埃。日月光先见,江山势尽来。

冷云归水石,清露滴楼台。况是东溟上,平生意一开。

37 秋露

唐 / 雍陶

白露暖秋色,月明清漏中。痕沾珠箔重,点落玉盘空。

竹动时惊鸟,莎寒暗滴虫。满园生永夜,渐欲与霜同。

38 登甘露台

唐 / 刘言史

偶至无尘空翠间,雨花甘露境闲闲。 身心未寂终为累,非想天中独退还。

39 女冠子 · 露花烟草

唐 / 张泌

露花烟草,寂寞五云三岛,正春深。貌减潜消玉,香残尚惹襟。

竹疏虚槛静,松密醮坛阴。何事刘郎去?信沉沉。

40 春光好 · 花滴露

五代 / 欧阳炯

花滴露,柳摇烟,艳阳天。雨霁山樱红欲烂,谷莺迁。

饮处交飞玉斝,游时倒把金鞭。风飐九衢榆叶动,簇青钱。

41 浣溪沙 · 露白蟾明又到秋

五代 / 顾夐

露白蟾明又到秋,佳期幽会两悠悠,梦牵情役几时休?

记得泥人微敛黛,无言斜倚小书楼,暗思前事不胜愁!

42 念奴娇 · 中秋

宋 / 苏轼

凭高眺远,见长空万里,云无留迹。桂魄飞来,光射处,冷浸一天秋碧。

玉宇琼楼，乘鸾来去，人在清凉国。江山如画，望中烟树历历。
我醉拍手狂歌，举杯邀月，对影成三客。起舞徘徊风露下，今夕不知何夕？
便欲乘风，翻然归去，何用骑鹏翼。水晶宫里，一声吹断横笛。

43 永遇乐·长忆别时
宋／苏轼

长忆别时，景疏楼上，明月如水。美酒清歌，留连不住，月随人千里。
别来三度，孤光又满，冷落共谁同醉。卷珠帘，凄然顾影，共伊到明无寐。
今朝有客，来从淮上，能道使君深意。凭仗清淮，分明到海，中有相思泪。
而今何在，西垣清禁，夜永露华侵被。此时看，回廊晓月，也应暗记。

44 宫词
宋／陆游

秋露萧萧洗秋月，梦断陈宫白银阙。临春结绮底处所？回首已成狐兔穴。

45 秋思
宋／陆游

烈日炎天欲不禁，喜逢秋色到园林。云阴映日初萧瑟，露气侵帘已峭深。
衰发凋零随槁叶，苦吟凄断杂疏碪。鴈来不得中原信，抚剑何人识壮心！

46 秋思
宋／陆游

露浓压架葡萄熟，日嫩登场罢亚香。商略人生如意事，及身强健得还乡。

47 秋思
宋／陆游

残暑偏能著此翁，吹襟剩喜得西风。露滋小径兰苕冷，月射高梁燕户空。
衰病呻吟真一洗，醉歌跌宕与谁同？从今日日增幽兴，水际先丹数叶枫。

48 秋思
宋／陆游

药畦蔬垄夕阳中，带落冠欹一病翁。步蹇每妨行乐兴，眼昏几废读书功。

露浓乍警云巢鹤，风劲先凋玉井桐。欲赋悲秋却休去，鬓丝已是满青铜。

⁴⁹ 遣兴

宋 / 陆游

图书鸡犬共扁舟，又续人间汗漫游。醉眼本轻千古事，钓竿新赐一滩秋。
惯看浮世成陵谷，莫露神光上斗牛。老病岂堪常作客，梦寻归路傍西畴。

⁵⁰ 小池

宋 / 杨万里

泉眼无声惜细流，树阴照水爱晴柔。小荷才露尖尖角，早有蜻蜓立上头。

⁵¹ 正气歌

宋 / 文天祥

天地有正气，杂然赋流形。下则为河岳，上则为日星。
于人曰浩然，沛乎塞苍冥。皇路当清夷，含和吐明庭。
时穷节乃见，一一垂丹青。在齐太史简，在晋董狐笔。
在秦张良椎，在汉苏武节。为严将军头，为嵇侍中血。
为张睢阳齿，为颜常山舌。或为辽东帽，清操厉冰雪。
或为出师表，鬼神泣壮烈。或为渡江楫，慷慨吞胡羯。
或为击贼笏，逆竖头破裂。是气所磅礴，凛烈万古存。
当其贯日月，生死安足论。地维赖以立，天柱赖以尊。
三纲实系命，道义为之根。嗟予遘阳九，隶也实不力。
楚囚缨其冠，传车送穷北。鼎镬甘如饴，求之不可得。
阴房阗鬼火，春院閟天黑。牛骥同一皂，鸡栖凤凰食。
一朝蒙雾露，分作沟中瘠。如此再寒暑，百沴自辟易。
嗟哉沮洳场，为我安乐国。岂有他缪巧，阴阳不能贼。
顾此耿耿在，仰视浮云白。悠悠我心悲，苍天曷有极。
哲人日已远，典刑在夙昔。风檐展书读，古道照颜色。

52 破阵乐 · 露花倒影

宋 / 柳永

露花倒影，烟芜蘸碧，灵沼波暖。金柳摇风树树，系彩舫龙舟遥岸。

千步虹桥，参差雁齿，直趋水殿。绕金堤、曼衍鱼龙戏，簇娇春罗绮，喧天丝管。

霁色荣光，望中似睹，蓬莱清浅。

时见。凤辇宸游，鸾觞禊饮，临翠水、开镐宴。两两轻舠飞画楫，竞夺锦标霞烂。

馨欢娱，歌鱼藻，徘徊宛转。别有盈盈游女，各委明珠，争收翠羽，相将归远。渐觉云海沈沈，洞天日晚。

53 玉蝴蝶 · 望处雨收云断

宋 / 柳永

望处雨收云断，凭阑悄悄，目送秋光。晚景萧疏，堪动宋玉悲凉。

水风轻，蘋花渐老，月露冷、梧叶飘黄。遣情伤。故人何在，烟水茫茫。

难忘，文期酒会，几孤风月，屡变星霜。海阔山遥，未知何处是潇湘。

念双燕、难凭远信，指暮天、空识归航。黯相望。断鸿声里，立尽斜阳。

54 蝶恋花 · 槛菊愁烟兰泣露

宋 / 晏殊

槛菊愁烟兰泣露，罗幕轻寒，燕子双飞去。明月不谙离恨苦，斜光到晓穿朱户。

昨夜西风凋碧树，独上高楼，望尽天涯路。欲寄彩笺兼尺素，山长水阔知何处?

55 浣溪沙 · 玉碗冰寒滴露华

宋 / 晏殊

玉碗冰寒滴露华，粉融香雪透轻纱。晚来妆面胜荷花。

鬓嚲欲迎眉际月，酒红初上脸边霞。一场春梦日西斜。

56 采桑子 · 金风玉露初凉夜

宋 / 晏几道

金风玉露初凉夜，秋草窗前。浅醉闲眠。一枕江风梦不圆。

长情短恨难凭寄，枉费红笺。试拂么弦。却恐琴心可暗传。

57 虞美人 · 碧桃天上栽和露

宋 / 秦观

碧桃天上栽和露。不是凡花数。乱山深处水潆回。可惜一枝如画、为谁开。

轻寒细雨情何限。不道春难管。为君沉醉又何妨。只怕酒醒时候、断人肠。

58 鹊桥仙 · 纤云弄巧

宋 / 秦观

纤云弄巧，飞星传恨，银汉迢迢暗度。金风玉露一相逢，便胜却人间无数。

柔情似水，佳期如梦，忍顾鹊桥归路。两情若是久长时，又岂在朝朝暮暮

59 新荷叶 · 薄露初零

宋 / 李清照

薄露初零，长宵共、永书分停。绕水楼台，高耸万丈蓬瀛。

芝兰为寿，相辉映、簪笏盈庭。花柔玉净，捧觞别有娉婷。

鹤瘦松青，精神与、秋月争明。德行文章，素驰日下声名。

东山高蹈，虽卿相、不足为荣。安石须起，要苏天下苍生。

60 菩萨蛮 · 秋声乍起梧桐落

宋 / 朱淑真

秋声乍起梧桐落，蛩吟唧唧添萧索。欹枕背灯眠，月和残梦圆。

起来钩翠箔，何处寒砧作。独倚小阑干，逼人风露寒。

61 绮怀

清 / 黄景仁

几回花下坐吹箫，银汉红墙入望遥。似此星辰非昨夜，为谁风露立中宵。

缠绵思尽抽残茧，宛转心伤剥后蕉。三五年时三五月，可怜杯酒不曾消。

伍·江河湖海

江河湖海之江字

六十七首

¹早发白帝城

唐/李白

朝辞白帝彩云间，千里江陵一日还。两岸猿声啼不住，轻舟已过万重山。

²金陵望汉江

唐/李白

汉江回万里，派作九龙盘。横溃豁中国，崔嵬飞迅湍。

六帝沦亡后，三吴不足观。我君混区宇，垂拱众流安。

今日任公子，沧浪罢钓竿。

³横江词其一

唐/李白

人道横江好，侬道横江恶。

一风三日吹倒山，白浪高于瓦官阁。

⁴月夜江行寄崔员外宗之

唐/李白

飘飘江风起，萧飒海树秋。登舻美清夜，挂席移轻舟。

月随碧山转，水合青天流。杳如星河上，但觉云林幽。

归路方浩浩，徂川去悠悠。徒悲蕙草歇，复听菱歌愁。

岸曲迷后浦，沙明瞰前洲。怀君不可见，望远增离忧。

⁵楚江黄龙矶南宴杨执戟治楼

唐／李白

五月入五洲，碧山对青楼。故人杨执戟，春赏楚江流。
一见醉漂月，三杯歌棹讴。桂枝攀不尽，他日更相求。

⁶江上望皖公山

唐／李白

奇峰出奇云，秀木含秀气。清宴皖公山，巉绝称人意。
独游沧江上，终日淡无味。但爱兹岭高，何由讨灵异。
默然遥相许，欲往心莫遂。待吾还丹成，投迹归此地。

⁷江行寄远

唐／李白

刳木出吴楚，危槎百馀尺。疾风吹片帆，日暮千里隔。
别时酒犹在，已为异乡客。思君不可得，愁见江水碧。

⁸题江夏修静寺

唐／李白

我家北海宅，作寺南江滨。空庭无玉树，高殿坐幽人。
书带留青草，琴堂幂素尘。平生种桃李，寂灭不成春。

⁹曲江二首

唐／杜甫

一片花飞减却春，风飘万点正愁人。且看欲尽花经眼，莫厌伤多酒入唇。
江上小堂巢翡翠，苑边高冢卧麒麟。细推物理须行乐，何用浮荣绊此身。
朝回日日典春衣，每日江头尽醉归。酒债寻常行处有，人生七十古来稀。
穿花蛱蝶深深见，点水蜻蜓款款飞。传语风光共流转，暂时相赏莫相违。

¹⁰江畔独步寻花七绝句选三

唐／杜甫

江上被花恼不彻，无处告诉只颠狂。走觅南邻爱酒伴，经旬出饮独空床。

江深竹静两三家，多事红花映白花。报答春光知有处，应须美酒送生涯。
黄师塔前江水东，春光懒困倚微风。桃花一簇开无主，可爱深红爱浅红？

11 江村
唐／杜甫

清江一曲抱村流，长夏江村事事幽。自去自来堂上燕，相亲相近水中鸥。
老妻画纸为棋局，稚子敲针作钓钩。但有故人供禄米，微躯此外更何求？

12 江亭
唐／杜甫

坦腹江亭暖，长吟野望时。水流心不竞，云在意俱迟。
寂寂春将晚，欣欣物自私。故林归未得，排闷强裁诗（一作：江东犹苦战，回首一颦眉。）。

13 江月
唐／杜甫

江月光于水，高楼思杀人。天边长作客，老去一沾巾。
玉露团清影，银河没半轮。谁家挑锦字，灭烛翠眉颦。

14 江上
唐／杜甫

江上日多雨，萧萧荆楚秋。高风下木叶，永夜揽貂裘。
勋业频看镜，行藏独倚楼。时危思报主，衰谢不能休。

15 江梅
唐／杜甫

梅蕊腊前破，梅花年后多。绝知春意好，最奈客愁何。
雪树元同色，江风亦自波。故园不可见，巫岫郁嵯峨。

16 泛江
唐／杜甫

方舟不用楫，极目总无波。长日容杯酒，深江净绮罗。

乱离还奏乐，飘泊且听歌。故国流清渭，如今花正多。

17 渡江
唐／杜甫

春江不可渡，二月已风涛。舟楫欹斜疾，鱼龙偃卧高。
渚花兼素锦，汀草乱青袍。戏问垂纶客，悠悠见汝曹。

18 泛江送客
唐／杜甫

二月频送客，东津江欲平。烟花山际重，舟楫浪前轻。
泪逐劝杯下，愁连吹笛生。离筵不隔日，那得易为情。

19 江涨
唐／杜甫

江涨柴门外，儿童报急流。下床高数尺，倚杖没中洲。
细动迎风燕，轻摇逐浪鸥。渔人萦小楫，容易拨船头。

20 春日江村五首选一
唐／杜甫

迢递来三蜀，蹉跎有六年。客身逢故旧，发兴自林泉。
过懒从衣结，频游任履穿。藩篱无限景，恣意买江天。

21 江夜舟行
唐／白居易

烟淡月濛濛，舟行夜色中。江铺满槽水，帆展半樯风。
叫曙嗷嗷雁，啼秋唧唧虫。只应催北客，早作白须翁。

22 暮江吟
唐／白居易

一道残阳铺水中，半江瑟瑟半江红。可怜九月初三夜，露似真珠月似弓。

²³忆江南·江南好
唐 / 白居易

江南好，风景旧曾谙；日出江花红胜火，春来江水绿如蓝。能不忆江南？

²⁴浪淘沙·借问江潮与海水
唐 / 白居易

借问江潮与海水，何似君情与妾心？相恨不如潮有信，相思始觉海非深。

²⁵江楼闻砧　江州作
唐 / 白居易

江人授衣晚，十月始闻砧。一夕高楼月，万里故园心。

²⁶江上送客
唐 / 白居易

江花已萎绝，江草已销歇。远客何处归？孤舟今日发。
杜鹃声似哭，湘竹斑如血。共是多感人，仍为此中别！

²⁷望江楼上作
唐 / 白居易

江畔百尺楼，楼前千里道。凭高望平远，亦足舒怀抱。
驿路使憧憧，关防兵草草。及兹多事日，尤觉闲人好。
我年过不惑，休退诚非早。从此拂尘衣，归山未为老。

²⁸江楼月
唐 / 白居易

嘉陵江曲曲江池，明月虽同人别离。一宵光景潜相忆，两地阴晴远不知。
谁料江边怀我夜，正当池畔望君时。今朝共语方同悔，不解多情先寄诗。

²⁹江上笛
唐 / 白居易

江上何人夜吹笛，声声似忆故园春。此时闻者堪头白，况是多愁少睡人。

30 江亭夕望
唐／白居易

凭高望远思悠哉，晚上江亭夜未回。日欲没时红浪沸，月初生处白烟开。
辞枝雪蕊将春去，满镊霜毛送老来。争敢三年作归计，心知不及贾生才。

31 忆江柳
唐／白居易

曾栽杨柳江南岸，一别江南两度春。遥忆青青江岸上，不知攀折是何人。

32 汉江临眺
唐／王维

楚塞三湘接，荆门九派通。江流天地外，山色有无中。
郡邑浮前浦，波澜动远空。襄阳好风日，留醉与山翁。

33 送沈子归江东
唐／王维

杨柳渡头行客稀，罟师荡桨向临圻。 唯有相思似春色，江南江北送君归。

34 宿桐庐江寄广陵旧游
唐／孟浩然

山暝闻猿愁，沧江急夜流。风鸣两岸叶，月照一孤舟。
建德非吾土，维扬忆旧游。还将两行泪，遥寄海西头。

35 送杜十四之江南
唐／孟浩然

荆吴相接水为乡，君去春江正淼茫。日暮征帆何处泊，天涯一望断人肠。

36 早寒江上有怀
唐／孟浩然

木落雁南度，北风江上寒。我家襄水曲，遥隔楚云端。
乡泪客中尽，孤帆天际看。迷津欲有问，平海夕漫漫。

37 宿建德江

唐 / 孟浩然

移舟泊烟渚，日暮客愁新。野旷天低树，江清月近人。

38 江雪

唐 / 柳宗元

千山鸟飞绝，万径人踪灭。孤舟蓑笠翁，独钓寒江雪。

39 枫桥夜泊

唐 / 张继

月落乌啼霜满天，江枫渔火对愁眠。姑苏城外寒山寺，夜半钟声到客船。

40 江村即事

唐 / 司空曙

钓罢归来不系船，江村月落正堪眠。纵然一夜风吹去，只在芦花浅水边。

41 题乌江亭

唐 / 杜牧

胜败兵家事不期，包羞忍耻是男儿。江东子弟多才俊，卷土重来未可知。

42 江外思乡

唐 / 韦庄

年年春日异乡悲，杜曲黄莺可得知。更被夕阳江岸上，断肠烟柳一丝丝。

43 江楼感旧

唐 / 赵嘏

独上江楼思渺然，月光如水水如天。同来望月人何处？风景依稀似去年。

44 乌江

唐 / 汪遵

兵散弓残挫虎威，单枪匹马突重围。英雄去尽羞容在，看却江东不得归。

⁴⁵望江南 · 梳洗罢
唐／温庭筠

梳洗罢，独倚望江楼。过尽千帆皆不是，斜晖脉脉水悠悠。肠断白蘋洲。

⁴⁶暮秋独游曲江
唐／李商隐

荷叶生时春恨生，荷叶枯时秋恨成。深知身在情长在，怅望江头江水声。

⁴⁷菩萨蛮 · 人人尽说江南好
唐／韦庄

人人尽说江南好，游人只合江南老。春水碧于天，画船听雨眠。
垆边人似月，皓腕凝霜雪。未老莫还乡，还乡须断肠。

⁴⁸江陵愁望寄子安
唐／鱼玄机

枫叶千枝复万枝，江桥掩映暮帆迟。忆君心似西江水，日夜东流无歇时。

⁴⁹望江南 · 闲梦远
五代／李煜

闲梦远，南国正芳春。船上管弦江面渌，满城飞絮辊轻尘。忙杀看花人！
闲梦远，南国正清秋。千里江山寒色远，芦花深处泊孤舟，笛在月明楼。

⁵⁰江上
宋／王安石

江水漾西风，江花脱晚红。离情被横笛，吹过乱山东。

⁵¹临江仙 · 夜饮东坡醒复醉
宋／苏轼

夜饮东坡醒复醉，归来仿佛三更。家童鼻息已雷鸣。敲门都不应，倚杖听江声。
长恨此身非我有，何时忘却营营。夜阑风静縠纹平。小舟从此逝，江海寄余生。

52 惠崇春江晚景二首

宋 / 苏轼

竹外桃花三两枝，春江水暖鸭先知。蒌蒿满地芦芽短，正是河豚欲上时。

两两归鸿欲破群，依依还似北归人。遥知朔漠多风雪，更待江南半月春。

53 八声甘州·对潇潇暮雨洒江天

宋 / 柳永

对潇潇暮雨洒江天，一番洗清秋。渐霜风凄紧，关河冷落，残照当楼。
是处红衰翠减，苒苒物华休。唯有长江水，无语东流。
不忍登高临远，望故乡渺邈，归思难收。叹年来踪迹，何事苦淹留？
想佳人，妆楼颙望，误几回、天际识归舟。争知我，倚栏杆处，正恁凝愁！

54 江南春·波渺渺

宋 / 寇准

波渺渺，柳依依。孤村芳草远，斜日杏花飞。
江南春尽离肠断，蘋满汀洲人未归。

55 江上渔者

宋 / 范仲淹

江上往来人，但爱鲈鱼美。君看一叶舟，出没风波里。

56 江村晚眺

宋 / 戴复古

江头落日照平沙，潮退渔船阁岸斜。白鸟一双临水立，见人惊起入芦花。

57 蝶恋花·梦入江南烟水路

宋 / 晏几道

梦入江南烟水路，行尽江南，不与离人遇。睡里消魂无说处，觉来惆怅消魂误。
欲尽此情书尺素，浮雁沉鱼，终了无凭据。却倚缓弦歌别绪，断肠移破秦筝柱。

⁵⁸一剪梅 · 舟过吴江

宋 / 蒋捷

一片春愁待酒浇。江上舟摇，楼上帘招。秋娘渡与泰娘桥，风又飘飘，雨又萧萧。

何日归家洗客袍？银字笙调，心字香烧。流光容易把人抛，红了樱桃，绿了芭蕉。

⁵⁹扬子江

宋 / 文天祥

几日随风北海游，回从扬子大江头。臣心一片磁针石，不指南方不肯休。

⁶⁰酹江月 · 和友驿中言别

宋 / 文天祥

乾坤能大，算蛟龙元不是池中物。风雨牢愁无著处，那更寒蛩四壁。横槊题诗，登楼作赋，万事空中雪。江流如此，方来还有英杰。

堪笑一叶漂零，重来淮水，正凉风新发。镜里朱颜都变尽，只有丹心难灭。去去龙沙，江山回首，一线青如发。故人应念，杜鹃枝上残月。（"蛩"一作：虫）

⁶¹卜算子 · 我住长江头

宋 / 李之仪

我住长江头，君住长江尾。日日思君不见君，共饮长江水。

此水几时休，此恨何时已。只愿君心似我心，定不负相思意。

⁶²采桑子 · 恨君不似江楼月

宋 / 吕本中

恨君不似江楼月，南北东西，南北东西，只有相随无别离。

恨君却似江楼月，暂满还亏，暂满还亏，待得团圆是几时？

⁶³菩萨蛮 · 书江西造口壁

宋 / 辛弃疾

郁孤台下清江水，中间多少行人泪？西北望长安，可怜无数山。

青山遮不住，毕竟东流去。江晚正愁余，山深闻鹧鸪。

64 水仙子·咏江南

元 / 张养浩

一江烟水照晴岚，两岸人家接画檐，芰荷丛一段秋光淡。

看沙鸥舞再三，卷香风十里珠帘。画船儿天边至，酒旗儿风外飐。爱杀江南！

65 寿阳曲·江天暮雪

元 / 马致远

天将暮，雪乱舞，半梅花半飘柳絮。江上晚来堪画处，钓鱼人一蓑归去。

66 临江仙·滚滚长江东逝水

明 / 杨慎

滚滚长江东逝水，浪花淘尽英雄。是非成败转头空。青山依旧在，几度夕阳红。

白发渔樵江渚上，惯看秋月春风。一壶浊酒喜相逢。古今多少事，都付笑谈中。

67 江上

清 / 王士祯

吴头楚尾路如何？烟雨秋深暗自波。晚趁寒潮渡江去，满林黄叶雁声多。

江河湖海之河字

六十四首

¹公无渡河

唐 / 李白

黄河西来决昆仑，咆哮万里触龙门。波滔天，尧咨嗟。

大禹理百川，儿啼不窥家。杀湍湮洪水，九州始蚕麻。

其害乃去，茫然风沙。被发之叟狂而痴，清晨临流欲奚为。

旁人不惜妻止之，公无渡河苦渡之。虎可搏，河难凭，公果溺死流海湄。

有长鲸白齿若雪山，公乎公乎挂罥于其间。箜篌所悲竟不还。

²西岳云台歌送丹丘子

唐 / 李白

西岳峥嵘何壮哉！黄河如丝天际来。黄河万里触山动，盘涡毂转秦地雷。

荣光休气纷五彩，千年一清圣人在。巨灵咆哮擘两山，洪波喷箭射东海。

三峰却立如欲摧，翠崖丹谷高掌开。白帝金精运元气，石作莲花云作台。

云台阁道连窈冥，中有不死丹丘生。明星玉女备洒扫，麻姑搔背指爪轻。

我皇手把天地户，丹丘谈天与天语。九重出入生光辉，东来蓬莱复西归。

玉浆倘惠故人饮，骑二茅龙上天飞。

³行路难·其一

唐 / 李白

金樽清酒斗十千，玉盘珍羞直万钱。停杯投箸不能食，拔剑四顾心茫然。

欲渡黄河冰塞川，将登太行雪满山。闲来垂钓碧溪上，忽复乘舟梦日边。

行路难！行路难！多歧路，今安在？长风破浪会有时，直挂云帆济沧海。

⁴将进酒

唐／李白

君不见，黄河之水天上来，奔流到海不复回。

君不见，高堂明镜悲白发，朝如青丝暮成雪。

人生得意须尽欢，莫使金樽空对月。天生我材必有用，千金散尽还复来。

烹羊宰牛且为乐，会须一饮三百杯。岑夫子，丹丘生，将进酒，杯莫停。

与君歌一曲，请君为我倾耳听。钟鼓馔玉不足贵，但愿长醉不复醒。

古来圣贤皆寂寞，惟有饮者留其名。陈王昔时宴平乐，斗酒十千恣欢谑。

主人何为言少钱，径须沽取对君酌。五花马，千金裘，呼儿将出换美酒，与尔同销万古愁。

⁵悲歌行

唐／李白

悲来乎，悲来乎。主人有酒且莫斟，听我一曲悲来吟。

悲来不吟还不笑，天下无人知我心。君有数斗酒，

我有三尺琴。琴鸣酒乐两相得，一杯不啻千钧金。

悲来乎，悲来乎。天虽长，地虽久，金玉满堂应不守。

富贵百年能几何，死生一度人皆有。孤猿坐啼坟上月，

且须一尽杯中酒。悲来乎，悲来乎。凤凰不至河无图，

微子去之箕子奴。汉帝不忆李将军，楚王放却屈大夫。

悲来乎，悲来乎。秦家李斯早追悔，虚名拨向身之外。

范子何曾爱五湖，功成名遂身自退。剑是一夫用，

书能知姓名。惠施不肯干万乘，卜式未必穷一经。

还须黑头取方伯，莫谩白首为儒生。

⁶月

唐／杜甫

天上秋期近，人间月影清。入河蟾不没，捣药兔长生。
只益丹心苦，能添白发明。干戈知满地，休照国西营。

⁷前出塞九首选二

唐／杜甫

戚戚去故里，悠悠赴交河。公家有程期，亡命婴祸罗。
君已富土境，开边一何多。弃绝父母恩，吞声行负戈。
迢迢万里余，领我赴三军。军中异苦乐，主将宁尽闻。
隔河见胡骑，倏忽数百群。我始为奴仆，几时树功勋。

⁸后出塞五首选二

唐／杜甫

朝进东门营，暮上河阳桥。落日照大旗，马鸣风萧萧。
平沙列万幕，部伍各见招。中天悬明月，令严夜寂寥。
悲笳数声动，壮士惨不骄。借问大将谁？恐是霍嫖姚。
我本良家子，出师亦多门。将骄益愁思，身贵不足论。
跃马二十年，恐辜明主恩。坐见幽州骑，长驱河洛昏。
中夜间道归，故里但空村。恶名幸脱免，穷老无儿孙。

⁹黄河二首

唐／杜甫

黄河北岸海西军，椎鼓鸣钟天下闻。铁马长鸣不知数，胡人高鼻动成群。
黄河西岸是吾蜀，欲须供给家无粟。愿驱众庶戴君王，混一车书弃金玉。

¹⁰兵车行

唐／杜甫

车辚辚，马萧萧，行人弓箭各在腰。耶娘妻子走相送，尘埃不见咸阳桥。
牵衣顿足阑道哭，哭声直上干云霄。道傍过者问行人，行人但云点行频。
或从十五北防河，便至四十西营田。去时里正与裹头，归来头白还戍边。
边亭流血成海水，武皇开边意未已。君不闻汉家山东二百州，千村万落生荆杞。
纵有健妇把锄犁，禾生陇亩无东西。况复秦兵耐苦战，被驱不异犬与鸡。

长者虽有问，役夫敢申恨。且如今年冬，未休关西卒。

县官急索租，租税从何出。信知生男恶，反是生女好。

生女犹是嫁比邻，生男埋没随百草。君不见青海头，古来白骨无人收。

新鬼烦冤旧鬼哭，天阴雨湿声啾啾。

11 新婚别

唐 / 杜甫

兔丝附蓬麻，引蔓故不长。嫁女与征夫，不如弃路旁。

结发为君妻，席不暖君床。暮婚晨告别，无乃太匆忙。

君行虽不远，守边赴河阳。妾身未分明，何以拜姑嫜？

父母养我时，日夜令我藏。生女有所归，鸡狗亦得将。

君今往死地，沉痛迫中肠。誓欲随君去，形势反苍黄。

勿为新婚念，努力事戎行。妇人在军中，兵气恐不扬。

自嗟贫家女，久致罗襦裳。罗襦不复施，对君洗红妆。

仰视百鸟飞，大小必双翔。人事多错迕，与君永相望。

12 河阴夜泊忆微之

唐 / 白居易

忆君我正泊行舟，望我君应上郡楼。万里月明同此夜，黄河东面海西头。

13 续古诗十首选一

唐 / 白居易

凉风飘嘉树，日夜减芳华。下有感秋妇，攀条苦悲嗟。

我本幽闲女，结发事豪家。豪家多婢仆，门内颇骄奢。

良人近封侯，出入鸣玉珂。自从富贵来，恩薄谗言多。

冢妇独守礼，群妾互奇衺。但信言有玷，不察心无瑕。

容光未销歇，欢爱忽磋跎。何意掌上玉，化为眼中砂。

盈盈一尺水，浩浩千丈河。勿言小大异，随分有风波。

闺房犹复尔，邦国当如何？

¹⁴凉州词二首 · 其一

唐／王之涣

黄河远上白云间，一片孤城万仞山。羌笛何须怨杨柳，春风不度玉门关。

¹⁵登鹳雀楼

唐／王之涣

白日依山尽，黄河入海流。欲穷千里目，更上一层楼。

¹⁶塞下曲 · 秋风夜渡河

唐／王昌龄

秋风夜渡河，吹却雁门桑。遥见胡地猎，鞴马宿严霜。
五道分兵去，孤军百战场。功多翻下狱，士卒但心伤。

¹⁷自巩洛舟行入黄河即事，寄府县僚友

唐／韦应物

夹水苍山路向东，东南山豁大河通。寒树依微远天外，夕阳明灭乱流中。
孤村几岁临伊岸，一雁初晴下朔风。为报洛桥游宦侣，扁舟不系与心同。

¹⁸夜到洛口入黄河

唐／储光羲

河洲多青草，朝暮增客愁。客愁惜朝暮，枉渚暂停舟。
中宵大川静，解缆逐归流。浦溆既清旷，沿洄非阻修。
登舻望落月，击汰悲新秋。倘遇乘槎客，永言星汉游。

¹⁹浪淘沙九首选一

唐／刘禹锡

九曲黄河万里沙，浪淘风簸自天涯。如今直上银河去，同到牵牛织女家。

²⁰汴河阻冻

唐／杜牧

千里长河初冻时，玉珂瑶珮响参差。浮生却似冰底水，日夜东流人不知。

21 早雁

唐／杜牧

金河秋半虏弦开，云外惊飞四散哀。仙掌月明孤影过，长门灯暗数声来。
须知胡骑纷纷在，岂逐春风一一回。莫厌潇湘少人处，水多菰米岸莓苔。

22 拂舞词 / 公无渡河

唐／温庭筠

黄河怒浪连天来，大响忿忿如殷雷。龙伯驱风不敢上，百川喷雪高崔嵬。
二十三弦何太哀，请公勿渡立徘徊。下有狂蛟锯为尾，裂帆截棹磨霜齿。
神椎凿石塞神潭，白马参覃赤尘起。公乎跃马扬玉鞭，灭没高蹄日千里。

23 银河吹笙

唐／李商隐

怅望银河吹玉笙，楼寒院冷接平明。重衾幽梦他年断，别树羁雌昨夜惊。
月榭故香因雨发，风帘残烛隔霜清。不须浪作缑山意，湘瑟秦箫自有情。

24 凉州馆中与诸判官夜集

唐／岑参

弯弯月出挂城头，城头月出照凉州。凉州七里十万家，胡人半解弹琵琶。
琵琶一曲肠堪断，风萧萧兮夜漫漫。河西幕中多故人，故人别来三五春。
花门楼前见秋草，岂能贫贱相看老。一生大笑能几回，斗酒相逢须醉倒。

25 宿石邑山中

唐／韩翃

浮云不共此山齐，山霭苍苍望转迷。晓月暂飞高树里，秋河隔在数峰西。

26 征人怨

唐／柳中庸

岁岁金河复玉关，朝朝马策与刀环。三春白雪归青冢，万里黄河绕黑山。

27 凉州词

唐／薛逢

昨夜蕃兵报国仇，沙州都护破凉州。黄河九曲今归汉，塞外纵横战血流。

28 塞下曲·其一

唐／李益

蕃州部落能结束，朝暮驰猎黄河曲。燕歌未断塞鸿飞，牧马群嘶边草绿。

29 河流

唐／徐夤

洪流盘砥柱，淮济不同波。莫讶清时少，都缘曲处多。
远能通玉塞，高复接银河。大禹成门崄，为龙始得过。

30 相思河

唐／令狐楚

谁把相思号此河，塞垣车马往来多。只应自古征人泪，洒向空洲作碧波。

31 汴河怀古二首

唐／皮日休

万艘龙舸绿丝间，载到扬州尽不还。应是天教开汴水，一千余里地无山。
尽道隋亡为此河，至今千里赖通波。若无水殿龙舟事，共禹论功不较多。

32 泛黄河

唐／孟郊

谁开昆仑源，流出混沌河。积雨飞作风，惊龙喷为波。
湘瑟飔飀弦，越宾呜咽歌。有恨不可洗，虚此来经过。

33 咏史诗·黄河

唐／胡曾

博望沉埋不复旋，黄河依旧水茫然。沿流欲共牛郎语，只得灵槎送上天。

34 鹊踏枝·谁道闲情抛掷久

五代 / 冯延巳

谁道闲情抛掷久？每到春来，惆怅还依旧。日日花前常病酒，不辞镜里朱颜瘦。
河畔青芜堤上柳，为问新愁，何事年年有？独立小桥风满袖，平林新月人归后。

35 拟寒山拾得二十首选一

宋 / 王安石

利瞪汝刀山，浊爱汝灰河。汝痴分别心，即汝琰魔罗。
圆成但一性，一切法依他。遍了一切法，不如且头陀。

36 古意

宋 / 王安石

采芝天门山，寒露净毛骨。帝青九万里，空洞无一物。
倾河略西南，昌射河鼓没。蓬莱眼中见，人世叹超忽。
当时弃桃核，闻已撑月窟。且当呼阿环，乘兴弄溟渤。

37 南歌子·别润守许仲涂

宋 / 苏轼

欲执河梁手，还升月旦堂。酒阑人散月侵廊。北客明朝归去、雁南翔。
窈窕高明玉，风流郑季庄。一时分散水云乡。惟有落花芳草、断人肠。

38 蝶恋花·暮春别李公择

宋 / 苏轼

簌簌无风花自堕。寂寞园林，柳老樱桃过。落日有情还照坐，山青一点横云破。
路尽河回人转舵。系缆渔村，月暗孤灯火。凭仗飞魂招楚些，我思君处君思我。

39 初入淮河四绝句选二

宋 / 杨万里

船离洪泽岸头沙，人到淮河意不佳。何必桑乾方是远，中流以北即天涯！
两岸舟船各背驰，波痕交涉亦难为。只余鸥鹭无拘管，北去南来自在飞。

⁴⁰南歌子 · 天上星河转

宋 / 李清照

天上星河转，人间帘幕垂。凉生枕簟泪痕滋。起解罗衣聊问、夜何其。
翠贴莲蓬小，金销藕叶稀。旧时天气旧时衣。只有情怀不似、旧家时。

⁴¹满江红 · 登黄鹤楼有感

宋 / 岳飞

遥望中原，荒烟外、许多城郭。想当年、花遮柳护，凤楼龙阁。
万岁山前珠翠绕，蓬壶殿里笙歌作。到而今、铁骑满郊畿，风尘恶。
兵安在？膏锋锷。民安在？填沟壑。叹江山如故，千村寥落。何日请缨提锐旅，
一鞭直渡清河洛。却归来、再续汉阳游，骑黄鹤。

⁴²八声甘州 · 对潇潇暮雨洒江天

宋 / 柳永

对潇潇暮雨洒江天，一番洗清秋。渐霜风凄紧，关河冷落，残照当楼。
是处红衰翠减，苒苒物华休。唯有长江水，无语东流。
不忍登高临远，望故乡渺邈，归思难收。叹年来踪迹，何事苦淹留？
想佳人，妆楼颙望，误几回、天际识归舟。争知我，倚栏杆处，正恁凝愁！

⁴³诉衷情 · 当年万里觅封侯

宋 / 陆游

当年万里觅封侯，匹马戍梁州。关河梦断何处？尘暗旧貂裘。
胡未灭，鬓先秋，泪空流。此生谁料，心在天山，身老沧州。

⁴⁴秋怀

宋 / 陆游

星斗阑干河汉流，建州风物更禁秋。年来多病题诗嬾，付与鸣蛩替说愁。

⁴⁵秋怀

宋 / 陆游

少年万里度关河，老遇秋风感慨多。草圣诗情元未减，若无明镜奈君何！

46 秋怀

宋／陆游

迢迢枕上望明河，帐薄帘疏奈冷何！不惜衣篝重换火，却缘微润得香多。

47 秋夜

宋／陆游

老病睡眠少，如斯秋夜何！长庚未配月，织女已斜河。
莎径虫吟苦，柴门叶落多。谁知穷甯戚，不作饭牛歌？

48 秋晚

宋／陆游

木落寺楼出，江平沙渚生。牛羊下残照，鼓角动高城。
寒至衣犹质，忧多梦自惊。群胡方斗穴，河渭几时清？

49 有感

宋／陆游

温洛荣河拱旧京，从来人物富豪英。报仇虽有楚三户，守节得无齐二城？
胡寇宁能断地脉，王师行复畅天声。风麟久伏应争奋，勉为明时颂太平。

50 有感

宋／陆游

书生事业绝堪悲，横得虚名毁亦随。怖惧几成床下伏，艰难何啻剑头炊！
贷监河粟元知误，乞尉迟钱更觉痴。已卜一庵鹅鼻谷，可无芝术疗朝饥？

51 感怀

宋／陆游

老抱遗书隐故山，镜中衰鬓似霜菅。规模肯堕管萧亚，梦想每驰河渭间。
竹帛竟孤千载事，江湖敢恨一生闲。残功赖有吾儿续，把卷灯前为破颜。

52 感旧

宋／陆游

凛凛隆中相，临戎遂不还。尘埃出师表，草棘定军山。

壮气河潼外，雄名管乐间。登堂拜遗像，千载媿吾颜。

53 夏夜
宋／陆游

六尺筇枝膝上横，中庭岸帻听蛮更。露零金掌汉宫晓，月度银河秦塞明。
菡萏晚花香未减，梧桐病叶堕无声。关河又见新秋近，屈指流年一叹惊。

54 雨夜
宋／陆游

急雨如河泻瓦沟，空堂卧对一灯幽。老鸡多事强知晓，落叶无情先报秋。
身未盖棺谁可料？尊常有酒莫闲愁。功名老大从来事，且复长歌起饭牛。

55 雨夜
宋／陆游

岁晚苶茨劣自容，齿摇将脱发将童。心游万里关河外，身卧一窗风雨中。
医不可招惟忍病，书犹能读足忘穷。夜阑睡觉蛩声里，时见灯花落碎红。

56 水调歌头·细数十年事
宋／范成大

细数十年事，十处过中秋。今年新梦，忽到黄鹤旧山头。
老子个中不浅，此会天教重见，今古一南楼。星汉淡无色，玉镜独空浮。
敛秦烟，收楚雾，熨江流。关河离合，南北依旧照清愁。
想见姮娥冷眼，应笑归来霜鬓，空敝黑貂裘。酾酒问蟾兔，肯去伴沧州？

57 沁园春·弄溪赋
宋／辛弃疾

有酒忘杯，有笔忘诗，弄溪奈何。
看纵横斗转，龙蛇起陆，崩腾决去，雪练倾河，
袅袅东风，悠悠倒景，摇动云山水又波。还知否，欠菖蒲攒港，绿竹缘坡。
长松谁剪嵯峨。笑野老来耘山上禾。
算只因鱼鸟，天然自乐，非关风月，闲处偏多。

芳草春深，佳人日暮，濯发沧浪独浩歌。徘徊久，问人间谁似，老子婆娑。

58 漫兴其二
元 / 王冕

燕赵官输急，江淮羽檄忙。山崩云惨惨，河决水茫茫。

野客愁无奈，山翁老更狂。途传军士盛，即日下襄阳。

59 浪淘沙 · 芳树翠烟重
元 / 元好问

芳树翠烟重。残角疏钟。落花飞絮一帘风。可惜河阳桃李月，弹指春空。

翡翠合欢笼。相望西东。锁窗幽梦几回同。料得朱门歌舞罢，满袖啼红。

60 渡黄河
明 / 宋琬

倒泻银河事有无，掀天浊浪只须臾。人间更有风涛险，翻说黄河是畏途。

61 黄河夜泊
明 / 李流芳

明月黄河夜，寒沙似战场。奔流聒地响，平野到天荒。

吴会书难达，燕台路正长。男儿少为客，不辨是他乡。

62 秋望
明 / 李梦阳

黄河水绕汉宫墙，河上秋风雁几行。客子过壕追野马，将军韬箭射天狼。

黄尘古渡迷飞挽，白月横空冷战场。闻道朔方多勇略，只今谁是郭汾阳。

63 杂诗
清 / 龚自珍

只筹一缆十夫多，细算千艘渡此河。我也曾糜太仓粟，夜间邪许泪滂沱。

64 杂诗
清 / 龚自珍

不论盐铁不筹河，独倚东南涕泪多。国赋三升民一斗，屠牛那不胜栽禾。

江河湖海之湖字
六十三首

¹陪从祖济南太守泛鹊山湖三首
唐／李白

初谓鹊山近，宁知湖水遥？此行殊访戴，自可缓归桡。

湖阔数千里，湖光摇碧山。湖西正有月，独送李膺还。

水入北湖去，舟从南浦回。遥看鹊山转，却似送人来。

²送友人游梅湖
唐／李白

送君游梅湖，应见梅花发。有使寄我来，无令红芳歇。

暂行新林浦，定醉金陵月。莫惜一雁书，音尘坐胡越。

³游洞庭湖五首·其二
唐／李白

南湖秋水夜无烟，耐可乘流直上天。且就洞庭赊月色，将船买酒白云边。

⁴送贺宾客归越
唐／李白

镜湖流水漾清波，狂客归舟逸兴多。山阴道士如相见，应写黄庭换白鹅。

⁵赠宣州灵源寺仲浚公
唐／李白

敬亭白云气，秀色连苍梧。下映双溪水，如天落镜湖。

此中积龙象，独许浚公殊。风韵逸江左，文章动海隅。

观心同水月，解领得明珠。今日逢支遁，高谈出有无。

6 子夜四时歌·夏歌

唐／李白

镜湖三百里，菡萏发荷花。 五月西施采，人看隘若耶。

回舟不待月，归去越王家。

7 悲歌行

唐／李白

悲来乎，悲来乎。主人有酒且莫斟，听我一曲悲来吟。

悲来不吟还不笑，天下无人知我心。君有数斗酒，我有三尺琴。

琴鸣酒乐两相得，一杯不啻千钧金。悲来乎，悲来乎。

天虽长，地虽久，金玉满堂应不守。富贵百年能几何，死生一度人皆有。

孤猿坐啼坟上月，且须一尽杯中酒。悲来乎，悲来乎。

凤凰不至河无图，微子去之箕子奴。汉帝不忆李将军，楚王放却屈大夫。

悲来乎，悲来乎。秦家李斯早追悔，虚名拨向身之外。

范子何曾爱五湖，功成名遂身自退。剑是一夫用，书能知姓名。

惠施不肯干万乘，卜式未必穷一经。还须黑头取方伯，莫谩白首为儒生。

8 过南岳入洞庭湖

唐／杜甫

洪波忽争道，岸转异江湖。鄂渚分云树，衡山引触舻。

翠牙穿裛浆，碧节上寒蒲。病渴身何去，春生力更无。

壤童犁雨雪，渔屋架泥涂。敧侧风帆满，微冥水驿孤。

悠悠回赤壁，浩浩略苍梧。帝子留遗恨，曹公屈壮图。

圣朝光御极，残孽驻艰虞。才淑随厮养，名贤隐锻炉。

邵平元入汉，张翰后归吴。莫怪啼痕数，危樯逐夜乌。

9 陪裴使君登岳阳楼

唐／杜甫

湖阔兼云雾，楼孤属晚晴。礼加徐孺子，诗接谢宣城。
雪岸丛梅发，春泥百草生。敢违渔父问，从此更南征。

10 重题

唐／杜甫

涕泗不能收，哭君余白头。儿童相识尽，宇宙此生浮。
江雨铭旌湿，湖风井径秋。还瞻魏太子，宾客减应刘。

11 草堂

唐／杜甫

昔我去草堂，蛮夷塞成都。今我归草堂，成都适无虞。
请陈初乱时，反复乃须臾。大将赴朝廷，群小起异图。
中宵斩白马，盟歃气已粗。西取邛南兵，北断剑阁隅。
布衣数十人，亦拥专城居。其势不两大，始闻蕃汉殊。
西卒却倒戈，贼臣互相诛。焉知肘腋祸，自及枭獍徒。
义士皆痛愤，纪纲乱相逾。一国实三公，万人欲为鱼。
唱和作威福，孰肯辨无辜。眼前列鉏械，背后吹笙竽。
谈笑行杀戮，溅血满长衢。到今用钺地，风雨闻号呼。
鬼妾与鬼马，色悲充尔娱。国家法令在，此又足惊吁。
贱子且奔走，三年望东吴。弧矢暗江海，难为游五湖。
不忍竟舍此，复来薙榛芜。入门四松在，步屧万竹疏。
旧犬喜我归，低徊入衣裾。邻舍喜我归，酤酒携胡芦。
大官喜我来，遣骑问所须。城郭喜我来，宾客隘村墟。
天下尚未宁，健儿胜腐儒。飘摇风尘际，何地置老夫。
于时见疣赘，骨髓幸未枯。饮啄愧残生，食薇不敢馀。

¹²春题湖上

唐 / 白居易

湖上春来似画图，乱峰围绕水平铺。松排山面千重翠，月点波心一颗珠。
碧毯线头抽早稻，青罗裙带展新蒲。未能抛得杭州去，一半勾留是此湖。

¹³南湖早春

唐 / 白居易

风回云断雨初晴，返照湖边暖复明。乱点碎红山杏发，平铺新绿水蘋生。
翅低白雁飞仍重，舌涩黄鹂语未成。不道江南春不好，年年衰病减心情。

¹⁴西湖晚归回望孤山寺赠诸客

唐 / 白居易

柳湖松岛莲花寺，晚动归桡出道场。卢橘子低山雨重，栟榈叶战水风凉。
烟波澹荡摇空碧，楼殿参差倚夕阳。到岸请君回首望，蓬莱宫在海中央。

¹⁵浪淘沙·青草湖中万里程

唐 / 白居易

青草湖中万里程，黄梅雨里一人行。愁见滩头夜泊处，风翻暗浪打船声。

¹⁶杭州春望

唐 / 白居易

望海楼明照曙霞，护江堤白踏晴沙。涛声夜入伍员庙，柳色春藏苏小家。
红袖织绫夸柿蒂，青旗沽酒趁梨花。谁开湖寺西南路，草绿裙腰一道斜。

¹⁷题岳阳楼

唐 / 白居易

岳阳城下水漫漫，独上危楼倚曲栏。春岸绿时连梦泽，夕波红处近长安。
猿攀树立啼何苦，雁点湖飞渡亦难。此地唯堪画图障，华堂张与贵人看。

¹⁸望洞庭湖赠张丞相

唐 / 孟浩然

八月湖水平，涵虚混太清。气蒸云梦泽，波撼岳阳城。

欲济无舟楫，端居耻圣明。坐观垂钓者，徒有羡鱼情。

19 辋川集 · 欹湖

唐 / 王维

吹箫凌极浦，日暮送夫君。湖上一回首，青山卷白云。

20 同崔傅答贤弟

唐 / 王维

洛阳才子姑苏客，桂苑殊非故乡陌。九江枫树几回青，一片扬州五湖白。
扬州时有下江兵，兰陵镇前吹笛声。夜火人归富春郭，秋风鹤唳石头城。
周郎陆弟为俦侣，对舞前溪歌白纻。曲几书留小史家，草堂棋赌山阴野。
衣冠若话外台臣，先数夫君席上珍。更闻台阁求三语，遥想风流第一人。

21 赠僧

唐 / 贾岛

乱山秋木穴，里有灵蛇藏。铁锡挂临海，石楼闻异香。
出尘头未白，入定衲凝霜。莫话五湖事，令人心欲狂。

22 南湖

唐 / 温庭筠

湖上微风入槛凉，翻翻菱荇满回塘。野船著岸偎春草，水鸟带波飞夕阳。
芦叶有声疑雾雨，浪花无际似潇湘。飘然篷艇东归客，尽日相看忆楚乡。

23 河传 · 湖上

唐 / 温庭筠

湖上。闲望。雨萧萧。烟浦花桥路遥。谢娘翠蛾愁不销。终朝。梦魂迷晚潮。
荡子天涯归棹远。春已晚。莺语空肠断。若耶溪，溪水西。柳堤。不闻郎马嘶。

24 利州南渡

唐 / 温庭筠

澹然空水对斜晖，曲岛苍茫接翠微。波上马嘶看棹去，柳边人歇待船归。

数丛沙草群鸥散，万顷江田一鹭飞。谁解乘舟寻范蠡，五湖烟水独忘机。

²⁵柳枝五首选一

唐／李商隐

画屏绣步障，物物自成双。如何湖上望，只是见鸳鸯。

²⁶和西川李尚书汉州微月游房太尉西湖

唐／刘禹锡

木落汉川夜，西湖悬玉钩。旌旗环水次，舟楫泛中流。
目极想前事，神交如共游。瑶琴久已绝，松韵自悲秋。

²⁷三月五日陪裴大夫泛长沙东湖

唐／崔护

上巳馀风景，芳辰集远坰。彩舟浮泛荡，绣毂下娉婷。
林树回葱蒨，笙歌入杳冥。湖光迷翡翠，草色醉蜻蜓。
鸟弄桐花日，鱼翻谷雨萍。从今留胜会，谁看画兰亭。

²⁸秋日湖上

唐／薛莹

落日五湖游，烟波处处愁。沈浮千古事，谁与问东流。

²⁹石鱼湖上醉歌

唐／元结

石鱼湖，似洞庭，夏水欲满君山青。山为樽，水为沼，酒徒历历坐洲岛。
长风连日作大浪，不能废人运酒舫。我持长瓢坐巴丘，酌饮四坐以散愁。

³⁰示长安君

宋／王安石

少年离别意非轻，老去相逢亦怆情。草草杯盘供笑语，昏昏灯火话平生。
自怜湖海三年隔，又作尘沙万里行。欲问後期何日是，寄书尘见雁南征。

31 送裴如晦即席分题三首

宋 / 王安石

飘然五湖长，昨日国子师。绿发约略白，青衫欲成缁。

牵舟推河冰，去与山水期。春风垂虹亭，一杯湖上持。

傲兀何宾客，两忘我与而。能复记此饮，诗成酒淋漓。

32 饮湖上初晴后雨二首

宋 / 苏轼

朝曦迎客艳重冈，晚雨留人入醉乡。此意自佳君不会，一杯当属水仙王。

水光潋滟晴方好，山色空蒙雨亦奇。欲把西湖比西子，淡妆浓抹总相宜。

33 木兰花令 · 次欧公西湖韵

宋 / 苏轼

霜余已失长淮阔。空听潺潺清颍咽。佳人犹唱醉翁词，四十三年如电抹。

草头秋露流珠滑。三五盈盈还二八。与余同是识翁人，惟有西湖波底月。

34 菩萨蛮 · 西湖

宋 / 苏轼

秋风湖上萧萧雨。使君欲去还留住。今日漫留君。明朝愁杀人。

佳人千点泪。洒向长河水。不用敛双蛾。路人啼更多。

35 好事近 · 湖上雨晴时

宋 / 苏轼

湖上雨晴时，秋水半篙初没。朱槛俯窥寒鉴，照衰颜华发。

醉中吹坠白纶巾，溪风漾流月。独棹小舟归去，任烟波飘兀。

36 减字木兰花 · 凭谁妙笔

宋 / 苏轼

凭谁妙笔。横扫素缣三百尺。天下应无。此是钱塘湖上图。

一般奇绝。云淡天高秋夜月。费尽丹青。只这些儿画不成。

³⁷生查子

宋／苏轼

三度别君来，此别真迟暮。白尽老髭须，明日淮南去。

酒罢月随人，泪湿花如雾。後月逐君还，梦绕湖边路。

³⁸虞美人 · 有美堂赠述古

宋／苏轼

湖山信是东南美，一望弥千里。使君能得几回来？便使樽前醉倒更徘徊。

沙河塘里灯初上，水调谁家唱？夜阑风静欲归时，惟有一江明月碧琉璃。

³⁹望海潮 · 东南形胜

宋／柳永

东南形胜，三吴都会，钱塘自古繁华。

烟柳画桥，风帘翠幕，参差十万人家。

云树绕堤沙，怒涛卷霜雪，天堑无涯。市列珠玑，户盈罗绮竞豪奢。

重湖叠巘清嘉，有三秋桂子，十里荷花。

羌管弄晴，菱歌泛夜，嬉嬉钓叟莲娃。

千骑拥高牙，乘醉听箫鼓吟赏烟霞。异日图将好景，归去凤池夸。

⁴⁰采桑子 · 群芳过后西湖好

宋／欧阳修

群芳过后西湖好，狼籍残红。飞絮濛濛。垂柳阑干尽日风。

笙歌散尽游人去，始觉春空。垂下帘栊。双燕归来细雨中。

⁴¹采桑子 · 荷花开后西湖好

宋／欧阳修

荷花开后西湖好，载酒来时。不用旌旗。前后红幢绿盖随。

画船撑入花深处，香泛金卮。烟雨微微。一片笙歌醉里归。

⁴²采桑子 · 何人解赏西湖好

宋／欧阳修

何人解赏西湖好，佳景无时。飞盖相追。贪向花间醉玉卮。

谁知闲凭阑干处，芳草斜晖。水远烟微。一点沧洲白鹭飞。

43 采桑子 · 轻舟短棹西湖好
宋 / 欧阳修

轻舟短棹西湖好，绿水逶迤，芳草长堤，隐隐笙歌处处随。
无风水面琉璃滑，不觉船移，微动涟漪，惊起沙禽掠岸飞。

44 采桑子 · 天容水色西湖好
宋 / 欧阳修

天容水色西湖好，云物俱鲜。鸥鹭闲眠。应惯寻常听管弦。
风清月白偏宜夜，一片琼田。谁羡骖鸾。人在舟中便是仙。

45 采桑子 · 残霞夕照西湖好
宋 / 欧阳修

残霞夕照西湖好，花坞苹汀，十顷波平，野岸无人舟自横。
西南月上浮云散，轩槛凉生。莲芰香清。水面风来酒面醒。

46 采桑子 · 平生为爱西湖好
宋 / 欧阳修

平生为爱西湖好，来拥朱轮。富贵浮云，俯仰流年二十春。
归来恰似辽东鹤，城郭人民，触目皆新，谁识当年旧主人？

47 怨王孙 · 湖上风来波浩渺
宋 / 李清照

湖上风来波浩渺。秋已暮、红稀香少。水光山色与人亲，说不尽、无穷好。
莲子已成荷叶老。青露洗、萍花汀草。眠沙鸥鹭不回头，似也恨、人归早。

48 清平乐 · 夏日游湖
宋 / 朱淑真

恼烟撩露。留我须臾住。携手藕花湖上路。一霎黄梅细雨。
娇痴不怕人猜。随群暂遣愁怀。最是分携时候，归来懒傍妆台。

49 临江仙·与客湖上饮归

宋／叶梦得

不见跳鱼翻曲港，湖边特地经过。萧萧疏雨乱风荷。微云吹散，凉月堕平波。

白酒一杯还径醉，归来散发婆娑。无人能唱采莲歌。小轩欹枕，檐影挂星河。

50 好事近·西湖

宋／辛弃疾

日日过西湖，冷浸一天寒玉。山色虽言如画，想画时难邈。

前弦后管夹歌钟，才断又重续。相次藕花开也，几兰舟飞逐。

51 夏日

宋／陆游

飕飕风露发根凉，月落菱歌尽意长。分得镜湖才一曲，吃亏堪笑贺知章。

52 春雨

宋／陆游

湖上新春柳，摇摇欲唤人。多情今夜雨，先洗马蹄尘。

53 秋思

宋／陆游

人生四十叹头颅，久矣心知负壮图。未死皆为闲日月，无求尽有醉工夫。

风凋木叶流年晚，秋入窗扉病骨苏。信步出门湖万顷，季鹰不用忆莼鲈。

54 即事

宋／陆游

我爱湖山清绝地，抱琴携鹤住茆堂。药苗自采盘蔬美，菰米新舂钵饭香。

南浦风烟无限好，北轩雷雨不胜凉。旧交散落无消息，借问黄尘有底忙？

55 游山

宋／陆游

南出平桥十里余，湖山处处可成图。水边更觉梅花瘦，云外谁怜雁影孤。

时唤行僧同煮茗，亦逢樵叟问迷途。破裘不怕春寒峭，小市疏灯有酒垆。

56 念奴娇 · 西湖和人韵
宋 / 辛弃疾

晚风吹雨，战新荷、声乱明珠苍璧。谁把香奁收宝镜，云锦红涵湖碧。
飞鸟翻空，游鱼吹浪，惯趁笙歌席。坐中豪气，看公一饮千石。
遥想处士风流，鹤随人去，老作飞仙伯。茅舍疏篱今在否，松竹已非畴昔。
欲说当年，望湖楼下，水与云宽窄。醉中休问，断肠桃叶消息。

57 西江月 · 阻风山峰下
宋 / 张孝祥

满载一船秋色，平铺十里湖光。波神留我看斜阳，放起鳞鳞细浪。
明日风回更好，今宵露宿何妨？水晶宫里奏霓裳；准拟岳阳楼上。

58 西江月 · 物外神仙风骨
元 / 元好问

物外神仙风骨，人间富贵功名。眉长新有秀毫生。荡座酒光花影。
清暑玉壶书永，少年金印身轻。他年旌节看归荣。笑傲五湖烟景。

59 题龙阳县青草湖
元 / 唐珙

西风吹老洞庭波，一夜湘君白发多。醉后不知天在水，满船清梦压星河。

60 西湖杂咏 · 春
元 / 薛昂夫

山光如淀，湖光如练，一步一个生绡面。叩逋仙，访坡仙，
拣西湖好处都游遍，管甚月明归路远。船，休放转；杯，休放浅。

61 西湖杂咏 · 夏
元 / 薛昂夫

晴云轻漾，熏风无浪，开樽避暑争相向。映湖光，逞新妆。

笙歌鼎沸南湖荡，今夜且休回画舫。风，满座凉；莲，入梦香。

⁶²西湖杂感六首选一

清 / 钱谦益

潋艳西湖水一方，吴根越角两茫茫。孤山鹤云花如雪，葛岭鹃啼月似霜。
油壁轻车来北里，梨园小部奏西厢。而今纵会空王法，知是前尘也断肠。

⁶³已亥杂诗

清 / 龚自珍

天将何福予蛾眉？生死湖山全盛时。冰雪无痕灵气杳，女仙不赋降坛诗。

江河湖海之海字

五十二首

1把酒问月 · 故人贾淳令予问之

唐／李白

青天有月来几时，我今停杯一问之：人攀明月不可得，月行却与人相随？
皎如飞镜临丹阙，绿烟灭尽清辉发。但见宵从海上来，宁知晓向云间没？
白兔捣药秋复春，嫦娥孤栖与谁邻？今人不见古时月，今月曾经照古人。
古人今人若流水，共看明月皆如此。唯愿当歌对酒时，月光长照金樽里。

2永王东巡歌十一首选一

唐／李白

王出三山按五湖，楼船跨海次陪都。战舰森森罗虎士，征帆一一引龙驹。

3塞下曲六首选一

唐／李白

骏马似风飙，鸣鞭出渭桥。弯弓辞汉月，插羽破天骄。
阵解星芒尽，营空海雾消。功成画麟阁，独有霍嫖姚。

4鲁郡东石门送杜二甫

唐／李白

醉别复几日，登临遍池台。何时石门路，重有金樽开。
秋波落泗水，海色明徂徕。飞蓬各自远，且尽手中杯。

⁵春怨
唐／李白

白马金羁辽海东，罗帷绣被卧春风。落月低轩窥烛尽，飞花入户笑床空。

⁶杂诗
唐／李白

白日与明月，昼夜尚不闲。况尔悠悠人，安得久世间。
传闻海水上，乃有蓬莱山。玉树生绿叶，灵仙每登攀。
一食驻玄发，再食留红颜。吾欲从此去，去之无时还。

⁷秋夕书怀
唐／李白

北风吹海雁，南渡落寒声。感此潇湘客，凄其流浪情。
海怀结沧洲，霞想游赤城。始探蓬壶事，旋觉天地轻。
澹然吟高秋，闲卧瞻太清。萝月掩空幕，松霜结前楹。
灭见息群动，猎微穷至精。桃花有源水，可以保吾生。

⁸将进酒·君不见黄河之水天上来
唐／李白

君不见黄河之水天上来，奔流到海不复回。
君不见高堂明镜悲白发，朝如青丝暮成雪。
人生得意须尽欢，莫使金樽空对月。天生我材必有用，千金散尽还复来。
烹羊宰牛且为乐，会须一饮三百杯。岑夫子，丹丘生，将进酒，杯莫停。
与君歌一曲，请君为我侧耳听。钟鼓馔玉不足贵，但愿长醉不复醒。
古来圣贤皆寂寞，惟有饮者留其名。陈王昔时宴平乐，斗酒十千恣欢谑。
主人何为言少钱，径须沽取对君酌。
五花马，千金裘，呼儿将出换美酒，与尔同销万古愁。

⁹郢门秋怀
唐／李白

郢门一为客，巴月三成弦。朔风正摇落，行子愁归旋。

杳杳山外日，茫茫江上天。人迷洞庭水，雁度潇湘烟。
清旷谐宿好，缁磷及此年。百龄何荡漾，万化相推迁。
空谒苍梧帝，徒寻溟海仙。已闻蓬海浅，岂见三桃圆。
倚剑增浩叹，扪襟还自怜。终当游五湖，濯足沧浪泉。

¹⁰早望海霞边

唐／李白

四明三千里，朝起赤城霞。日出红光散，分辉照雪崖。
一餐咽琼液，五内发金沙。举手何所待，青龙白虎车。

¹¹咏邻女东窗海石榴

唐／李白

鲁女东窗下，海榴世所稀。珊瑚映绿水，未足比光辉。
清香随风发，落日好鸟归。愿为东南枝，低举拂罗衣。
无由一攀折，引领望金扉。

¹²陪李北海宴历下亭

唐／杜甫

东藩驻皂盖，北渚凌青荷。海内此亭古，济南名士多。
云山已发兴，玉佩仍当歌。修竹不受暑，交流空涌波。
蕴真惬所遇，落日将如何。贵贱俱物役，从公难重过。

¹³海棕行

唐／杜甫

左绵公馆清江濆，海棕一株高入云。龙鳞犀甲相错落，苍棱白皮十抱文。
自是众木乱纷纷，海棕焉知身出群。移栽北辰不可得，时有西域胡僧识。

¹⁴承闻河北诸节度入朝欢喜口号绝句十二首选一

唐／杜甫

澶漫山东一百州，削成如桉抱青丘。苞茅重入归关内，王祭还供尽海头。

¹⁵ 登兖州城楼

唐／杜甫

东郡趋庭日，南楼纵目初。浮云连海岱，平野人青徐。
孤嶂秦碑在，荒城鲁殿馀。从来多古意，临眺独踌躇。

¹⁶ 后出塞五首选一

唐／杜甫

献凯日继踵，两蕃静无虞。渔阳豪侠地，击鼓吹笙竽。
云帆转辽海，粳稻来东吴。越罗与楚练，照耀舆台躯。
主将位益崇，气骄凌上都：边人不敢议，议者死路衢。

¹⁷ 归雁

唐／杜甫

闻道今春雁，南归自广州。见花辞涨海，避雪到罗浮。
是物关兵气，何时免客愁。年年霜露隔，不过五湖秋。

¹⁸ 杭州春望

唐／白居易

望海楼明照曙霞，护江堤白踏晴沙。涛声夜入伍员庙，柳色春藏苏小家。
红袖织绫夸柿蒂，青旗沽酒趁梨花。谁开湖寺西南路，草绿裙腰一道斜。

¹⁹ 西湖晚归回望孤山寺赠诸客

唐／白居易

柳湖松岛莲花寺，晚动归桡出道场。卢橘子低山雨重，栟榈叶战水风凉。
烟波澹荡摇空碧，楼殿参差倚夕阳。到岸请君回首望，蓬莱宫在海中央。

²⁰ 浪淘沙·海底飞尘终有日

唐／白居易

海底飞尘终有日，山头化石岂无时。谁道小郎抛小妇，船头一去没回期。

²¹浪淘沙 · 白浪茫茫与海连

唐／白居易

白浪茫茫与海连，平沙浩浩四无边。暮去朝来淘不住，遂令东海变桑田。

²²浪淘沙 · 借问江潮与海水

唐／白居易

借问江潮与海水，何似君情与妾心？相恨不如潮有信，相思始觉海非深。

²³观沧海／碣石篇

两汉／曹操

东临碣石，以观沧海。水何澹澹，山岛竦峙。
树木丛生，百草丰茂。秋风萧瑟，洪波涌起。
日月之行，若出其中。星汉灿烂，若出其里。
幸甚至哉，歌以咏志。

²⁴望月怀远／望月怀古

唐／张九龄

海上生明月，天涯共此时。情人怨遥夜，竟夕起相思。
灭烛怜光满，披衣觉露滋。不堪盈手赠，还寝梦佳期。

²⁵感遇十二首 · 其四

唐／张九龄

孤鸿海上来，池潢不敢顾。侧见双翠鸟，巢在三珠树。
矫矫珍木巅，得无金丸惧？美服患人指，高明逼神恶。
今我游冥冥，弋者何所慕！

²⁶宿桐庐江寄广陵旧游

唐／孟浩然

山暝听猿愁，沧江急夜流。风鸣两岸叶，月照一孤舟。
建德非吾土，维扬忆旧游。还将两行泪，遥寄海西头。

²⁷早寒有怀

唐／孟浩然

木落雁南渡，北风江上寒。我家襄水曲，遥隔楚云端。
乡泪客中尽，孤帆天际看。迷津欲有问，平海夕漫漫。

²⁸岁暮海上作

唐／孟浩然

仲尼既云殁，余亦浮于海。昏见斗柄回，方知岁星改。
虚舟任所适，垂钓非有待。为问乘槎人，沧洲复谁在。

²⁹自洛之越

唐／孟浩然

皇皇三十载，书剑两无成。山水寻吴越，风尘厌洛京。
扁舟泛湖海，长揖谢公卿。且乐杯中物，谁论世上名。

³⁰忆江上吴处士

唐／贾岛

闽国扬帆后，蟾蜍亏复圆。秋风吹渭水，落叶满长安。
此地聚会夕，当时雷雨寒。兰桡殊未返，消息海云端。

³¹海水

唐／韩愈

海水非不广，邓林岂无枝。风波一荡薄，鱼鸟不可依。
海水饶大波，邓林多惊风。岂无鱼与鸟，巨细各不同。
海有吞舟鲸，邓有垂天鹏。苟非鳞羽大，荡薄不可能。
我鳞不盈寸，我羽不盈尺。一木有馀阴，一泉有馀泽。
我将辞海水，濯鳞清冷池。我将辞邓林，刷羽蒙笼枝。
海水非爱广，邓林非爱枝。风波亦常事，鳞鱼自不宜。
我鳞日已大，我羽日已修。风波无所苦，还作鲸鹏游。

³² 登柳州城楼寄漳汀封连四州

唐／柳宗元

城上高楼接大荒，海天愁思正茫茫。惊风乱飐芙蓉水，密雨斜侵薜荔墙。
岭树重遮千里目，江流曲似九回肠。共来百越文身地，犹自音书滞一乡。

³³ 与浩初上人同看山寄京华亲故

唐／柳宗元

海畔尖山似剑芒，秋来处处割愁肠。若为化作身千亿，散向峰头望故乡。

³⁴ 从军北征

唐／李益

天山雪后海风寒，横笛偏吹行路难。碛里征人三十万，一时回向月明看。

³⁵ 海

唐／李峤

习坎疏丹壑，朝宗合紫微。三山巨鳌涌，万里大鹏飞。
楼写春云色，珠含明月辉。会因添雾露，方逐众川归。

³⁶ 送人之渤海

唐／贯休

国之东北角，有国每朝天。海力浸不尽，夷风常宛然。
山藏罗刹宅，水杂巨鳌涎。好去吴乡子，归来莫隔年。

³⁷ 咏东海

唐／汪遵

漾舟雪浪映花颜，徐福携将竟不还。同作危时避秦客，此行何似武陵滩。

³⁸ 海人谣

唐／王建

海人无家海里住，采珠役象为岁赋。恶波横天山塞路，未央宫中常满库。

³⁹秋日赴阙题潼关驿楼

唐 / 许浑

红叶晚萧萧，长亭酒一瓢。残云归太华，疏雨过中条。
树色随山迥，河声入海遥。帝乡明日到，犹自梦渔樵。

⁴⁰六月二十日夜渡海

宋 / 苏轼

参横斗转欲三更，苦雨终风也解晴。云散月明谁点缀？天容海色本澄清。
空余鲁叟乘桴意，粗识轩辕奏乐声。九死南荒吾不恨，兹游奇绝冠平生。

⁴¹望海楼晚景 · 横风吹雨入楼斜

宋 / 苏轼

横风吹雨入楼斜，壮观应须好句夸。雨过潮平江海碧，电光时掣紫金蛇。

⁴²蝶恋花 · 海燕双来归画栋

宋 / 欧阳修

海燕双来归画栋。帘影无风，花影频移动。半醉腾腾春睡重。绿鬟堆枕香云拥。
翠被双盘金缕凤。忆得前春，有个人人共。花里黄莺时一弄。日斜惊起相思梦。

⁴³早梅芳 · 海霞红

宋 / 柳永

海霞红，山烟翠。故都风景繁华地。谯门画戟，下临万井，金碧楼台相倚。
芰荷浦溆，杨柳汀洲，映虹桥倒影，兰舟飞棹，游人聚散，一片湖光里。
汉元侯，自从破虏征蛮，峻陟枢庭贵。筹帷厌久，盛年昼锦，归来吾乡我里。
铃斋少讼，宴馆多欢，未周星，便恐皇家，图任勋贤，又作登庸计。

⁴⁴秋夜将晓,出篱门迎凉有感二首选一

宋 / 陆游

三万里河东入海，万千仞岳上摩天。遗民泪尽胡尘里，南望王师又一年。

⁴⁵杂感

宋／陆游

壮游回首海茫茫，默数方惊岁月长。旧事莫论齐柏寝，残躯方似鲁灵光。

⁴⁶夜赋

宋／陆游

老人不食觉魂清，况若身游白玉京。夜静月惊林鹊起，水凉风飔露荷倾。
昏灯一点窥孤梦，画角三终转五更。欲醉海山还嬾去，且携羽扇憩青城。

⁴⁷踏莎行·碧海无波

宋／晏殊

碧海无波，瑶台有路。思量便合双飞去。当时轻别意中人，山长水远知何处。
绮席凝尘，香闺掩雾。红笺小字凭谁附。高楼目尽欲黄昏，梧桐叶上萧萧雨。

⁴⁸春晴怀故园海棠二首选一

宋／杨万里

故园今日海棠开，梦入江西锦绣堆。万物皆春人独老，一年过社燕方回。
似青似白天浓淡，欲堕还飞絮往来。无那风光餐不得，遣诗招入翠琼杯。

⁴⁹鹧鸪天·一日春光一日深

元／元好问

一日春光一日深。眼看芳树绿成阴。娉婷卢女娇无奈，流落秋娘瘦不禁。
霜塞阔，海烟沈。燕鸿何地更相寻。早教会得琴心了，醉尽长门买赋。

⁵⁰海客行

元／杨维桢

海客朱雀航，下有五凤房。三月发长干，六月下淮扬。
青丝牵白日，罗幕西风凉。大姬劝金露，小姬弹空桑。
中姬执药馔，调冰浣肝肠。海客睡不起，明宴寒神羊。

51 黄海舟中日人索句并见日俄战争地图

清／秋瑾

万里乘云去复来，只身东海挟春雷。忍看图画移颜色，肯使江山付劫灰。
浊酒不销忧国泪，救时应仗出群才。拼将十万头颅血，须把乾坤力挽回。

52 海上四首选一

清／顾炎武

南营乍浦北南沙，终古提封属汉家。万里风烟通日本，一军旗鼓向天涯。
楼船已奉征蛮敕，博望空乘泛海槎。愁绝王师看不到，寒涛东起日西斜。

陆·溪流瀑池

溪泉瀑池之溪字

五十八首

¹赠宣州灵源寺仲濬公

唐／李白

敬亭白云气，秀色连苍梧。下映双溪水，如天落镜湖。

此中积龙象，独许濬公殊。风韵逸江左，文章动海隅。

观心同水月，解领得明珠。今日逢支遁，高谈出有无。

²崔八丈水亭

唐／李白

高阁横秀气，清幽并在君。檐飞宛溪水，窗落敬亭云。

猿啸风中断，渔歌月里闻。闲随白鸥去，沙上自为群。

³姑孰溪十咏选一

唐／李白

爱此溪水闲，乘流兴无极。漾楫怕鸥惊，垂竿待鱼食。

波翻晓霞影，岸叠春山色。何处浣纱人？红颜未相识。

⁴闻王昌龄左迁龙标，遥有此寄

唐／李白

杨花落尽子规啼，闻道龙标过五溪。我寄愁心与明月，随君直到夜郎西。

⁵访戴天山道士不遇

唐／李白

犬吠水声中，桃花带雨浓。树深时见鹿，溪午不闻钟。

野竹分青霭，飞泉挂碧峰。无人知所去，愁倚两三松。

⁶送杨山人归嵩山
唐／李白

我有万古宅，嵩阳玉女峰。长留一片月，挂在东溪松。
尔去掇仙草，菖蒲花紫茸。岁晚或相访，青天骑白龙。

⁷行路难·其一
唐／李白

金樽清酒斗十千，玉盘珍羞直万钱。停杯投箸不能食，拔剑四顾心茫然。
欲渡黄河冰塞川，将登太行雪满山。闲来垂钓碧溪上，忽复乘舟梦日边。
行路难，行路难，多歧路，今安在。长风破浪会有时，直挂云帆济沧海。

⁸绝句
唐／杜甫

欲作鱼梁云复湍，因惊四月雨声寒。青溪先有蛟龙窟，竹石如山不敢安。

⁹解闷十二首选一
唐／杜甫

草阁柴扉星散居，浪翻江黑雨飞初。山禽引子哺红果，溪友得钱留白鱼。

¹⁰野望
唐／杜甫

金华山北涪水西，仲冬风日始凄凄。山连越巂蟠三蜀，水散巴渝下五溪。
独鹤不知何事舞，饥乌似欲向人啼。射洪春酒寒仍绿，目极伤神谁为携。

¹¹咏怀古迹五首选一
唐／杜甫

支离东北风尘际，漂泊西南天地间。三峡楼台淹日月，五溪衣服共云山。
羯胡事主终无赖，词客哀时且未还。庾信平生最萧瑟，暮年诗赋动江关。

12 乾元代中寓居同谷县作歌七首选一

唐／杜甫

南有龙兮在山湫，古木巃嵸枝相樛。木叶黄落龙正蛰，蝮蛇东来水上游。

我行怪此安敢出，拔剑欲斩且复休。呜呼六歌兮歌思迟，溪壑为我回春姿。

13 遗爱寺

唐／白居易

弄日临溪坐，寻花绕寺行。时时闻鸟语，处处是泉声。

14 岁暮

唐／白居易

已任时命去，亦从岁月除。中心一调伏，外累尽空虚。

名宦意已矣，林泉计何如。拟近东林寺，溪边结一庐。

15 宴词

唐／王之涣

长堤春水绿悠悠，畎入漳河一道流。莫听声声催去棹，桃溪浅处不胜舟。

16 青溪

唐／王维

言入黄花川，每逐清溪水。随山将万转，趣途无百里。

声喧乱石中，色静深松里。漾漾泛菱荇，澄澄映葭苇。

我心素已闲，清代川澹如此。请留盘石上，垂钓将已矣。

17 送万巨

唐／卢纶

把酒留君听琴，难堪岁暮离心。霜叶无风自落，秋云不雨空阴。

人愁荒村路细，马怯寒溪水深。望断青山独立，更知何处相寻。

¹⁸卢溪主人

唐／王昌龄

武陵溪口驻扁舟，溪水随君向北流。行到荆门上三峡，莫将孤月对猿愁。

¹⁹山中

唐／王维

荆溪白石出，天寒红叶稀。山路元代无雨，空翠湿人衣。

²⁰西施咏

唐／王维

艳色天下重，西施宁久微。朝为越溪女，暮作吴宫妃。
贱日岂殊众，贵来方悟稀。邀人傅香粉，不自著罗衣。
君宠益娇态，君怜无是非。当时浣纱伴，莫得同车归。
持谢邻家子，效颦安可希。

²¹早梅

唐／张谓

一树寒梅白玉条，迥临林村傍溪桥。不知近水花先发，疑是经春雪未销。

²²春宫怨

唐／杜荀鹤

早被婵娟误，欲妆临镜慵。承恩不在貌，教妾若为容。
风暖鸟声碎，日高花影重。年年越溪女，相忆采芙蓉。

²³游越溪

唐／郑绍

溪水碧悠悠，猿声断客愁。渔潭逢钓楫，月浦值孤舟。
访泊随烟火，迷途视斗牛。今宵越乡意，还取醉忘忧。

²⁴江湖秋思

唐 / 李嘉祐

趋陪禁掖雁行随，迁向江潭鹤发垂。素浪遥疑八溪水，清枫忽似万年枝。
嵩南春遍伤魂梦，壶口云深隔路歧。共望汉朝多霈泽，苍蝇早晚得先知。

²⁵梅

唐 / 杜牧

轻盈照溪水，掩敛下瑶台。妒雪聊相比，欺春不逐来。
偶同佳客见，似为冻醪开。若在秦楼畔，堪为弄玉媒。

²⁶贻迁客

唐 / 杜牧

无机还得罪，直道不伤情。微雨昏山色，疏笼闭鹤声。
闲居多野客，高枕见江城。门外长溪水，怜君又濯缨。

²⁷题水西寺

唐 / 杜牧

三日去还住，一生焉再游。含情碧溪水，重上粲公楼。

²⁸寄远

唐 / 杜牧

前山极远碧云合，清代夜一声《白雪》微。
欲寄相思千里月，溪边残照雨霏霏。

²⁹秋浦途中

唐 / 杜牧

萧萧山路穷秋雨，淅淅溪风一岸蒲。为问寒沙新到雁，来时还下杜陵无？

³⁰有感

唐 / 杜牧

宛溪垂柳最长枝，曾被春风尽日吹。不堪攀折犹堪看，陌上少年来自迟。

31 醉中看花因思去岁之任

唐 / 薛逢

去岁乘轺出上京，军机且暮促前程。狂花野草途中恨，春月秋风剑外情。
愁见瘴烟遮路色，厌闻溪水下滩声。 不辞醉伴诸年少，羞对红妆白发生。

32 广陵别郑处士

唐 / 高适

落日知分手，春风莫断肠。兴来无不惬，才在亦何伤。
溪水堪垂钓，江田耐插秧。人生只为此，亦足傲羲皇。

33 沙溪馆

唐 / 赵嘏

翠湿衣襟山满楼，竹间溪水绕床流。行人莫羡邮亭吏，生向此中今白头。

34 雨

唐 / 戴叔伦

历历愁心乱，迢迢独夜长。春帆江上雨，晓镜鬓边霜。
啼鸟云山静，落花溪水香。家人亦念我，与汝黯相忘。

35 三日寻李九庄

唐 / 常建

雨歇杨林东渡头，永和三日荡轻舟。故人家在桃花岸，直到门前溪水流。

36 伤愚溪三首

唐 / 刘禹锡

溪水悠悠春自来，草堂无主燕飞回。隔帘惟见中庭草，一树山榴依旧开。
草圣数行留坏壁，木奴千树属邻家。唯见里门通德榜，残阳寂寞出樵车。
柳门竹巷依依在，野草青苔日日多。纵有邻人解吹笛，山阳旧侣更谁过。

37 中书相公谿亭闲宴依韵（李建勋）

唐 / 徐铉

雨霁秋光晚，亭虚野兴回。沙鸥掠岸去，溪水上阶来。

客傲风欹帻，筵香菊在杯。东山长许醉，何事忆天台。

38 送客游蜀
唐／张籍

行尽青山到益州，锦城楼下二江流。杜家曾向此中住，为到浣花溪水头。

39 送马尊师
唐／李端

南入商山松路深，石床溪水昼阴阴。云中采药随青节，洞里耕田映绿林。
直上烟霞空举手，回经丘垄自伤心。武陵花木应长在，愿与渔人更一寻。

40 再宿武关
唐／李涉

远别秦城万里游，乱山高下出商州。关门不锁寒溪水，一夜潺湲送客愁。

41 过分水岭
唐／孟郊

山壮马力短，马行石齿中。十步九举辔，回环失西东。
溪水变为雨，悬崖阴濛濛。客衣飘飘秋，葛花零落风。
白日舍我没，征途忽然穷。

42 辋川集二十首·木兰柴
唐／裴迪

苍苍落日时，鸟声乱溪水。缘溪路转深，幽兴何时已。

43 长溪秋望
唐／唐彦谦

柳短莎长溪水流，雨微烟暝立溪头。寒鸦闪闪前山去，杜曲黄昏独自愁。

44 忍公小轩二首
唐／郑谷

松溪水色绿于松，每到松溪到暮钟。闲得心源只如此，问禅何必向双峰。

旧游前事半埃尘，多向林中结净因。一念一炉香火里，后身唯愿似师身。

⁴⁵ 河传 · 湖上

唐/温庭筠

湖上。闲望。雨萧萧。烟浦花桥路遥。谢娘翠蛾愁不销。终朝。梦魂迷晚潮。
荡子天涯归棹远。春已晚。莺语空肠断。若耶溪，溪水西。柳堤。不闻郎马嘶。

⁴⁶ 过分水岭

唐/温庭筠

溪水无情似有情，入山三日得同行。岭头便是分头处，惜别潺湲一夜声。

⁴⁷ 离思

唐/李商隐

气尽前溪舞，心酸子夜歌。峡云寻不得，沟水欲如何。
朔雁传书绝，湘篁染泪多。无由见颜色，还自托微波。

⁴⁸ 谒金门 · 春雨足

唐/韦庄

春雨足，染就一溪新绿。柳外飞来双羽玉，弄晴相对浴。
楼外翠帘高轴，倚遍阑干几曲。云淡水平烟树族，寸心千里目。

⁴⁹ 溪夜

唐/崔道融

积雪消来溪水宽，满楼明代月碎琅玕．渔人抛得钓筒尽，却放轻舟下急滩。

⁵⁰ 梅

唐/崔道融

溪上寒梅初满枝，夜来霜月透芳菲。清代光寂寞思无尽，应待琴尊与解围。

⁵¹ 浣溪沙 · 游蕲水清代泉寺

宋/苏轼

游蕲水清代泉寺，寺临兰溪，溪水西流。

山下兰芽短浸溪，松间沙路净无泥，潇潇暮雨子规啼。

谁道人生无再少？门前流水尚能西！休将白发唱黄鸡。

⁵²渔家傲 · 近日门前溪水涨

宋 / 欧阳修

近日门前溪水涨。郎船几度偷相访。船小难开红斗帐。无计向。合欢影里空惆怅。

愿妾身为红菡萏。年年生在秋江上。重愿郎为花底浪。无隔障。随风逐雨长来往。

⁵³观村童戏溪上

宋 / 陆游

雨余溪水掠堤平，闲看村童谢晚晴。竹马踉跄冲淖去，纸鸢跋扈挟风鸣。

三冬暂就儒生学，千耦还从父老耕。识字粗堪供赋役，不须辛苦慕公卿。

⁵⁴三江小渡

宋 / 杨万里

溪水将桥不复回，小舟犹倚短篙开。交情得似山溪渡，不管风波去又来。

⁵⁵采桑子

宋 / 谢逸

冰霜林里争先发，独压群花。风送清代笳。更引轻烟淡淡遮。

抱墙溪水弯环碧，月色清代华。疏影横斜。恰似林逋处士家。

⁵⁶相思令 · 苹满溪

宋 / 张先

苹满溪。柳绕堤。相送行人溪水西。回时陇月低。

烟霏霏。风凄凄。重倚朱门听马嘶。寒鸥相对飞。

⁵⁷雨余小步

清 / 王夫之

莲花莲叶柳塘西，疏雨疏风斜照低。竹箨冠轻容雪鬓，桃枝杖滑困春泥。

垂虹疑饮双溪水，砌草新添一寸黄。不拟孤山闲放鹤，鹁鸠恰恰向人啼。

58 浣溪沙 · 败叶填溪水已冰

清／纳兰性德

败叶填溪水已冰，夕阳犹照短长亭。何年废寺失题名。

驻马客临碑上字，斗鸡人拨佛前灯，劳劳尘世几时醒。

溪泉瀑池之泉字

五十三首

¹幽涧泉

唐／李白

拂彼白石，弹吾素琴。幽涧愀兮流泉深，善手明徽高张清。

心寂历似千古，松飕飗兮万寻。中见愁猿吊影而危处兮，叫秋木而长吟。

客有哀时失职而听者，泪淋浪以沾襟。乃缉商缀羽，潺湲成音。

吾但写声发情于妙指，殊不知此曲之古今。幽涧泉，鸣深林。

²答族侄僧中孚赠玉泉仙人掌茶

唐／李白

常闻玉泉山，山洞多乳窟。仙鼠如白鸦，倒悬清溪月。

茗生此中石，玉泉流不歇。根柯洒芳津，采服润肌骨。

丛老卷绿叶，枝枝相接连。曝成仙人掌，似拍洪崖肩。

举世未见之，其名定谁传。宗英乃禅伯，投赠有佳篇。

清镜烛无盐，顾惭西子妍。朝坐有馀兴，长吟播诸天。

³长相思·其二

唐／李白

日色欲尽花含烟，月明欲素愁不眠。赵瑟初停凤凰柱，蜀琴欲奏鸳鸯弦。

此曲有意无人传，愿随春风寄燕然。忆君迢迢隔青天，昔日横波目，今作流

泪泉。不信妾断肠，归来看取明镜前。

⁴郢门秋怀

唐／李白

郢门一为客，巴月三成弦。朔风正摇落，行子愁归旋。
杳杳山外日，茫茫江上天。人迷洞庭水，雁度潇湘烟。
清旷谐宿好，缁磷及此年。百龄何荡漾，万化相推迁。
空谒苍梧帝，徒寻溟海仙。已闻蓬海浅，岂见三桃圆。
倚剑增浩叹，扪襟还自怜。终当游五湖，濯足沧浪泉。

⁵送友人寻越中山水

唐／李白

闻道稽山去，偏宜谢客才。千岩泉洒落，万壑树萦回。
东海横秦望，西陵绕越台。湖清霜镜晓，涛白雪山来。
八月枚乘笔，三吴张翰杯。此中多逸兴，早晚向天台。

⁶日暮

唐／杜甫

牛羊下来久，各已闭柴门。风月自清夜，江山非故园。
石泉流暗壁，草露滴秋根。头白灯明里，何须花烬繁。

⁷重游何氏五首选一

唐／杜甫

到此应常宿，相留可判年。蹉跎暮容色，怅望好林泉。
何日沾微禄，归山买薄田？斯游恐不遂，把酒意茫然。

⁸龙门镇

唐／杜甫

细泉兼轻冰，沮洳栈道湿。不辞辛苦行，迫此短景急。
石门雪云隘，古镇峰峦集。旌竿暮惨澹，风水白刃涩。
胡马屯成皋，防虞此何及。嗟尔远戍人，山寒夜中泣。

⁹陪郑广文游何将军山林十首选一

唐／杜甫

风磴吹阴雪，云门吼瀑泉。酒醒思卧簟，衣冷欲装绵。
野老来看客，河鱼不取钱。只疑淳朴处，自有一山川。

¹⁰凤凰台

唐／杜甫

亭亭凤凰台，北对西康州。西伯今寂寞，凤声亦悠悠。
山峻路绝踪，石林气高浮。安得万丈梯，为君上上头。
恐有无母雏，饥寒日啾啾。我能剖心出，饮啄慰孤愁。
心以当竹实，炯然无外求。血以当醴泉，岂徒比清流。
所贵王者瑞，敢辞微命休。坐看彩翮长，举意八极周。
自天衔瑞图，飞下十二楼。图以奉至尊，凤以垂鸿猷。
再光中兴业，一洗苍生忧。深衷正为此，群盗何淹留。

¹¹闲游

唐／白居易

外事因慵废，中怀与静期。寻泉上山远，看笋出林迟。
白石磨樵斧，青竿理钓丝。澄青深浅好，最爱夕阳时。

¹²岁暮

唐／白居易

已任时命去，亦从岁月除。中心一调伏，外累尽空虚。
名宦意已矣，林泉计何如。拟近东林寺，溪边结一庐。

¹³白云泉

唐／白居易

天平山上白云泉，云自无心水自闲。何必奔冲山下去，更添波浪向人间。

¹⁴题韦家泉池

唐／白居易

泉落青山出白云，萦村绕郭几家分。自从引作池中水，深浅方圆一任君。

15 狐泉店前作

唐 / 白居易

野狐泉上柳花飞，逐水东流便不归。 花水悠悠两无意，因风吹落偶相依。

16 夜题玉泉

唐 / 白居易

遇客多言爱山水，逢僧尽道厌嚣尘。 玉泉潭畔松间宿，要且经年无一人。

17 寒食野望吟

唐 / 白居易

乌啼鹊噪昏乔木，清明寒食谁家哭。风吹旷野纸钱飞，古墓垒垒春草绿。
棠梨花映白杨树，尽是死生别离处。冥冥重泉哭不闻，萧萧暮雨人归去。

18 送梓州李使君

唐 / 王维

万壑树参天，千山响杜鹃。山中一夜雨，树杪百重泉。
汉女输橦布，巴人讼芋田。文翁翻教授，不敢倚先贤。

19 春中田园作

唐 / 王维

屋上春鸠鸣，村边杏花白。持斧伐远扬，荷锄觇泉脉。
归燕识故巢，旧人看新历。临觞忽不御，惆怅远行客。

20 行路难 · 双丝作绠系银瓶

唐 / 王昌龄

双丝作绠系银瓶，百尺寒泉辘轳上。悬丝一绝不可望，似妾倾心在君掌。
人生意气好弃捐，只重狂花不重贤。宴罢调筝奏离鹤，回娇转盼泣君前。
君不见，眼前事，岂保须臾心勿异。西山日下雨足稀，侧有浮云无所寄。
但愿莫忘前者言，挫骨黄尘亦无愧。行路难，劝君酒，莫辞烦。
美酒千钟犹可尽，心中片愧何可论。一闻汉主思故剑，使妾长嗟万古魂。

21 宿业师山房待丁大不至

唐 / 孟浩然

夕阳度西岭，群壑倏已暝。松月生夜凉，风泉满清听。
樵人归欲尽，烟鸟栖初定。之子期宿来，孤琴候萝迳。

22 湖口望庐山瀑布泉

唐 / 张九龄

万丈红泉落，迢迢半紫氛。奔流下杂树，洒落出重云。
日照虹霓似，天清风雨闻。灵山多秀色，空水共氤氲。

23 酬晖上人夏日林泉

唐代 / 陈子昂

闻道白云居，窈窕青莲宇。岩泉万丈流，树石千年古。
林卧对轩窗，山阴满庭户。方释尘事劳，从君袭兰杜。

24 谢山泉

唐 / 陆龟蒙

决决春泉出洞霞，石坛封寄野人家。草堂尽日留僧坐，自向前溪摘茗芽。

25 送僧赴黄山沐汤泉兼参禅宗长老

唐 / 杜荀鹤

闻有汤泉独去寻，一瓶一钵一无金。不愁乱世兵相害，却喜寒山路入深。
野老祷神鸦噪庙，猎人冲雪鹿惊林。患身是幻逢禅主，水洗皮肤语洗心。

26 过喷玉泉

唐 / 赵嘏

平生半为山淹留，马上欲去还回头。两京尘路一双鬓，不见玉泉千万秋。

27 盐州过胡儿饮马泉

唐 / 李益

绿杨著水草如烟，旧是胡儿饮马泉。几处吹笳明代月夜，何人倚剑白云天。

从来冻合关山路，今日分流汉使前。 莫遣行人照容鬓，恐惊憔悴入新年。

²⁸古意
唐／温庭筠

莫莫复莫莫，丝萝缘涧壑。散木无斧斤，纤茎得依托。
枝低浴鸟歇，根静悬泉落。不虑见春迟，空伤致身错。

²⁹隋宫
唐／李商隐

紫泉宫殿锁烟霞，欲取芜城作帝家。玉玺不缘归日角，锦帆应是到天涯。
于今腐草无萤火，终古垂杨有暮鸦。地下若逢陈后主，岂宜重问后庭花。

³⁰老夫采玉歌
唐／李贺

采玉采玉须水碧，琢作步摇徒好色。老夫饥寒龙为愁，蓝溪水气无清白。
夜雨冈头食蒌子，杜鹃口血老夫泪。蓝溪之水厌生人，身死千年恨溪水。
斜杉柏风雨如啸，泉脚挂绳青袅袅。村寒白屋念娇婴，古台石磴悬肠草。

³¹奉和幸三会寺应制
唐／宋之问

六飞回玉辇，双树谒金仙。瑞鸟呈书字，神龙吐浴泉。
净心遥证果，睿想独超禅。塔涌香花地，山围日月天。
梵音迎漏彻，空乐倚云悬。今日登仁寿，长看法镜圆。

³²从萧叔子听弹琴，赋得三峡流泉歌
唐／李冶

妾家本住巫山云，巫山流泉常自闻。玉琴弹出转寥夐，直是当时梦里听。
三峡迢迢几千里，一时流入幽闺里。巨石崩崖指下生，飞泉走浪弦中起。
初疑愤怒含雷风，又似呜咽流不通。回湍曲濑势将尽，时复滴沥平沙中。
忆昔阮公为此曲，能令仲容听不足。一弹既罢复一弹，愿作流泉镇相续。

³³酬从叔听夜泉见寄

唐 / 项斯

梦罢更开户，寒泉声隔云。共谁寻最远，独自坐偏闻。
岩际和风滴，溪中泛月分。岂知当此夜，流念到江濆。

³⁴西县道中有短亭，岩穴飞泉隔江洒至，因成二首

唐 / 薛能

风凉津湿共微微，隔岸泉冲石窍飞。争得巨灵从野性，旧乡无此擘将归。
一瀑三峰赤日天，路人才见便翛然。谁能夜向山根宿，凉月初生的有仙。

³⁵遥赋义兴潜泉

唐 / 李中

见说灵泉好，潺湲兴莫穷。谁当秋霁后，独听月明中。
溅石苔花润，随流木叶红。何当化霖雨，济物显殊功。

³⁶和陈洗马山庄新泉

唐 / 徐铉

已开山馆待抽簪，更要岩泉欲洗心。常被松声迷细韵，忽流花片落高岑。
便疏浅濑穿莎径，始有清光映竹林。何日煎茶酝香酒，沙边同听暝猿吟。

³⁷惠泉

唐 / 李德裕

兹泉由太洁，终不畜纤鳞。到底清何益，含虚势自贫。
明玑难秘彩，美玉讵潜珍。未及黄陂量，滔滔岂有津。

³⁸七泉寺上方

唐 / 王建

长年好名山，本性今得从。回看尘迹遥，稍见麋鹿踪。
老僧云中居，石门青重重。阴泉养成龟，古壁飞却龙。
扫石礼新经，悬幡上高峰。日夕猿鸟合，觅食听山钟。

将火寻远泉，煮茶傍寒松。晚随收药人，便宿南涧中。
晨起冲露行，湿花枝茸茸。归依向禅师，愿作香火翁。

39 泉

唐／张南史

泉，泉。色净，苔鲜。石上激，云中悬。
津流竹树，脉乱山川。扣玉千声应，含风百道连。
太液并归池上，云阳旧出宫边。
北陵井深凿不到，我欲添泪作潺湲。

40 寄双泉大师师兄

唐／齐己

清泉流眼底，白道倚岩棱。后夜禅初入，前溪树折冰。
南凉来的的，北魏去腾腾。敢把吾师意，密传门外僧。

41 和夜题玉泉寺

唐／徐凝

岁岁云山玉泉寺，年年车马洛阳尘。风清月冷水边宿，诗好官高能几人。

42 题昭应温泉

唐／孙叔向

一道温泉绕御楼，先皇曾向此中游。虽然水是无情物，也到宫前咽不流。

43 山寺引泉

唐／曹松

劈碎琅玕意有馀，细泉高引入香厨。山僧未肯言根本，莫是银河漏泄无。

44 春游凉泉寺

唐／贯休

一到凉泉未拟归，迸珠喷玉落阶墀。几多僧只因泉在，无限松如泼墨为。
云堑含香啼鸟细，茗瓯擎乳落花迟。青山看著不可上，多病多慵争奈伊。

⁴⁵宜丰新泉

唐 / 灵一

泉源新涌出，洞澈映纤云。稍落芙蓉沼，初淹苔藓文。

素将空意合，净与众流分。每到清宵月，泠泠梦里闻。

⁴⁶一公新泉（一作题灵一上人院新泉）

唐 / 严维

山下新泉出，泠泠北去源。落池才有响，喷石未成痕。

独映孤松色，殊分众鸟喧。唯当清夜月，观此启禅门。

⁴⁷江神子

宋 / 苏轼

梦中了了醉中醒。只渊明代。是前生。走遍人间，依旧却躬耕。

昨夜东坡春雨足，乌鹊喜，报新晴。

雪堂西畔暗泉鸣。北山倾。小溪横。南望亭丘，孤秀耸曾城。

都是斜川当日境，吾老矣，寄余龄。

⁴⁸水龙吟 · 题瓢泉

宋 / 辛弃疾

稼轩何必长贫，放泉檐外琼珠泻。乐天知命，古来谁会，行藏用舍。

人不堪忧，一瓢自乐，贤哉回也。料当年曾问，饭蔬饮水，何为是、栖栖者。

且对浮云山上，莫匆匆、去流山下。苍颜照影，故应流落，轻裘肥马。

绕齿冰霜，满怀芳乳，先生饮罢。笑挂瓢风树，一鸣渠碎，问何如哑。

⁴⁹鹧鸪天 · 鹅湖寺道中

宋 / 辛弃疾

一榻清风殿影凉。涓涓流水响回廊。千章云木钩辀叫，十里溪风穲稏香。

冲急雨，趁斜阳。山园细路转微茫。倦途却被行人笑，只为林泉有底忙。

⁵⁰秋思

宋／陆游

疏泉洗石夸身健，试墨烧香破日长。若得三山安乐法，不须更觅玉函方。

⁵¹杂感

宋／陆游

肉食养老人，古虽有是说，修身以待终，何至陷饕餮。

晨烹山蔬美，午漱石泉洁，岂役七尺躯，事此肤寸舌。

⁵²书意

宋／陆游

养得山林气麤全，此怀无处不超然。日长琴弈茆檐下，岁晚江湖箬帽前。

天上本令星主酒，俗间妄谓世无仙。今年茶比常年早，笑试西峰一掬泉。

⁵³山水图

明／唐寅

空山绝人迹，阒寂如隔世。泉头自趺坐，鹃声出枫树。

溪泉瀑池之瀑字

五十五首

¹望庐山瀑布水二首

唐／李白

西登香炉峰，南见瀑布水。挂流三百丈，喷壑数十里。
欻如飞电来，隐若白虹起。初惊河汉落，半洒云天里。
仰观势转雄，壮哉造化功。海风吹不断，江月照还空。
空中乱潈射，左右洗青壁。飞珠散轻霞，流沫沸穹石。
而我乐名山，对之心益闲。无论漱琼液，还得洗尘颜。
且谐宿所好，永愿辞人间。
日照香炉生紫烟，遥看瀑布挂前川。飞流直下三千尺，疑是银河落九天。

²题舒州司空山瀑布

唐／李白

断崖如削瓜，岚光破崖绿。天河从中来，白云涨川谷。
玉案赤文字，世眼不可读。摄身凌青霄，松风拂我足。

³求崔山人百丈崖瀑布图

唐／李白

百丈素崖裂，四山丹壁开。龙潭中喷射，昼夜生风雷。
但见瀑泉落，如潈云汉来。闻君写真图，岛屿备萦回。
石黛刷幽草，曾青泽古苔。幽缄倘相传，何必向天台。

⁴陪郑广文游何将军山林十首选一

唐／杜甫

风磴吹阴雪，云门吼瀑泉。酒醒思卧簟，衣冷欲装绵。
野老来看客，河鱼不取钱。只疑淳朴处，自有一山川。

⁵湖口望庐山瀑布水

唐／张九龄

万丈红泉落，迢迢半紫氛。奔流下杂树，洒落出重云。
日照虹霓似，天清风雨闻。灵山多秀色，空水共氤氲。

⁶入庐山仰望瀑布水

唐／张九龄

绝顶有悬泉，喧喧出烟杪。不知几时岁，但见无昏晓。
闪闪青崖落，鲜鲜白日皎。洒流湿行云，溅沫惊飞鸟。
雷吼何喷薄，箭驰入窈窕。昔闻山下蒙，今乃林峦表。
物情有诡激，坤元曷纷矫。默然置此去，变化谁能了。

⁷冬月长安雨中见终南雪

唐／贾岛

秋节新已尽，雨疏露山雪。西峰稍觉明，残滴犹未绝。
气侵瀑布水，冻著白云穴。今朝灞浐雁，何夕潇湘月。
想彼石房人，对雪扉不闭。

⁸送鸿举游江西

唐／刘禹锡

禅客学禅兼学文，出山初似无心云。从风卷舒来何处，缭绕巴山不得去。
山州古寺好闲居，读尽龙王宫里书。使君滩头拣石砚，白帝城边寻野蔬。
忽然登高心瞥起，又欲浮杯信流水。烟波浩淼鱼鸟情，东去三千三百里。
荆门峡断无盘涡，湘平汉阔清光多。庐山雾开见瀑布，江西月净闻渔歌。
钟陵八郡多名守，半是西方社中友。与师相见便谈空，想得高斋狮子吼。

⁹咏小瀑布

唐 / 皎然

瀑布小更奇，潺湲二三尺。细脉穿乱沙，丛声咽危石。
初因智者赏，果会幽人迹。不向定中闻，那知我心寂。

¹⁰寄天台秀师

唐 / 司空曙

天台瀑布寺，传有白头师。幻迹示羸病，空门无住持。
雪晴看鹤去，海夜与龙期。永愿亲瓶屦，呈功得问疑。

¹¹苦热

唐 / 齐己

云势崭于峰，金流断竹风。万方应望雨，片景欲焚空。
毒害芙蓉死，烦蒸瀑布红。恩多是团扇，出入画屏中。

¹²题终南山隐者室

唐 / 齐己

终南山北面，直下是长安。自扫青苔室，闲敧白石看。
风吹窗树老，日晒窦云干。时向圭峰宿，僧房瀑布寒。

¹³湖送刘秀才南游

唐 / 齐己

南去谒诸侯，名山亦得游。便应寻瀑布，乘兴上岣嵝。
高鸟随云起，寒星向地流。相思应北望，天晚石桥头。

¹⁴寄楚萍上人

唐 / 齐己

北面香炉秀，南边瀑布寒。自来还独去，夏满又秋残。
日影松杉乱，云容洞壑宽。何峰是邻侧，片石许相安。

¹⁵寄华山司空图

唐 / 齐己

天下艰难际，全家入华山。几劳丹诏问，空见使臣还。

瀑布寒吹梦，莲峰翠湿关。兵戈阻相访，身老瘴云间。

16 和段校书冬夕寄题庐山
唐／刘得仁

名高身未到，此恨蓄多时。是夕吟因话，他年必去随。
尝闻庐岳顶，半入楚江湄。几处悬崖上，千寻瀑布垂。
炉峰松淅沥，溢浦柳参差。日色连湖白，钟声拂浪迟。
烟梯缘薜荔，岳寺步敧危。地本饶灵草，林曾出祖师。
石楼霞耀壁，猿树鹤分枝。细径萦岩末，高窗见海涯。
嵌空寒更极，寂寞夜尤思。阴谷冰埋术，仙田雪覆芝。
乱泉禅客濑，异迹逸人知。薜室新开灶，桎潭未了棋。
如何遂闲放，长得在希夷。空务渔樵事，方无道路悲。
谢公台尚在，陶令柳潜衰。尘外难相许，人间贵迹遗。
虽怀丹桂影，不忘白云期。仁者终携手，今朝预赋诗。

17 送人赴举
唐／郑巢

篇章动玉京，坠叶满前程。旧国与僧别，秋江罢钓行。
马过隋代寺，樯出楚山城。应近嵩阳宿，潜闻瀑布声。

18 题仙游寺
唐／朱庆馀

石抱龙堂藓石干，山遮白日寺门寒。长松瀑布饶奇状，曾有仙人驻鹤看。

19 送元处士游天台
唐／朱庆馀

青冥路口绝人行，独与僧期上赤城。树列烟岚春更好，溪藏冰雪夜偏明。
空山雉雏禾苗短，野馆风来竹气清。若过石桥看瀑布，不妨高处便题名。

20 赠道者
唐／朱庆馀

独住神仙境，门当瀑布开。地多临水石，行不惹尘埃。

风起松花散，琴鸣鹤翅回。还归九天上，时有故人来。

²¹送右司薛员外赴处州

唐／姚合

怀中天子书，腰下使君鱼。瀑布和云落，仙都与世疏。
远程兼水陆，半岁在舟车。相送难相别，南风入夏初。

²²关门望华山

唐／刘长卿

客路瞻太华，三峰高际天。夏云亘百里，合沓遥相连。
雷雨飞半腹，太阳在其巅。翠微关上近，瀑布林梢悬。
爱此众容秀，能令西望偏。徘徊忘暝色，泱漭成阴烟。
曾是朝百灵，亦闻会群仙。琼浆岂易挹，毛女非空传。
仿佛仍伫想，幽期如眼前。金天有青庙，松柏隐苍然。

²³天台瀑布

唐／曹松

万仞得名云瀑布，远看如织挂天台。休疑宝尺难量度，直恐金刀易剪裁。
喷向林梢成夏雪，倾来石上作春雷。欲知便是银河水，堕落人间合却回。

²⁴瀑布联句

唐／李忱

千岩万壑不辞劳，远看方知出处高。——黄檗
溪涧岂能留得住，终归大海作波涛。——李忱

²⁵庐山瀑布

唐／徐凝

虚空落泉千仞直，雷奔入江不暂息。今古长如白练飞，一条界破青山色。

²⁶庐山瀑布

唐／孙鲂

有山来便有，万丈落云端。雾喷千岩湿，雷倾九夏寒。

图中僧写去，湖上客回看。却羡为猿鹤，飞鸣近碧湍。

27 庐山瀑布

唐／张碧

谁将织女机头练，贴出青山碧云面。造化工夫不等闲，剪破澄江凝一片。
怪来洞口流呜咽，怕见三冬昼飞雪。石镜无光相对愁，漫漫顶上沉秋月。
争得阳乌照山北，放出青天豁胸臆。黛花新染插天风，暮吐中心烂银色。
五月六月暑云飞，阁门远看澄心机。参差碎碧落岩畔，梅花乱摆当风散。

28 庐山瀑布

唐／裴说

静景凭高望，光分翠嶂开。嵥飞千尺雪，寒扑一声雷。
过去云冲断，旁来烧隔回。何当住峰下，终岁绝尘埃。

29 秋霁望庐山瀑布

唐／夏侯楚

常思瀑布幽，晴眺喜逢秋。一带连青嶂，千寻倒碧流。
湿云应误鹤，翻浪定惊鸥。星浦虹初下，炉峰烟未收。
岩高时裹裹，天净起悠悠。傥见朝宗日，还须济巨舟。

30 游天竺寺

唐／崔颢

晨登天竺山，山殿朝阳晓。厓泉争喷薄，江岫相萦绕。
直上孤顶高，平看众峰小。南州十二月，地暖冰雪少。
青翠满寒山，藤萝覆冬沼。花龛瀑布侧，青壁石林杪。
鸣钟集人天，施饭聚猿鸟。洗意归清净，澄心悟空了。
始知世上人，万物一何扰。

31 寻简寂观瀑布

唐／韦应物

蹑石敧危过急涧，攀崖迢递弄悬泉。犹将虎竹为身累，欲付归人绝世缘。

32 简寂观西涧瀑布下作

唐 / 韦应物

淙流绝壁散，虚烟翠涧深。丛际松风起，飘来洒尘襟。
窥萝玩猿鸟，解组傲云林。茶果邀真侣，觞酌洽同心。
旷岁怀兹赏，行春始重寻。聊将横吹笛，一写山水音。

33 瀑布泉

唐 / 冷朝阳

潺湲半空里，霖落石房边。风激珠光碎，山欹练影偏。
急流难起浪，进沫只如烟。自古惟今日，凄凉一片泉。

34 瀑布

唐 / 褚载

泻雾倾烟撼撼雷，满山风雨助喧豗。争知不是青天阙，扑下银河一半来。

35 瀑布

唐 / 章孝标

秋河溢长空，天洒万丈布。深雷隐云壑，孤电挂岩树。
沧溟晓喷寒，碧落晴荡素。非趋下流急，热使不得住。

36 和尚书咏泉山瀑布十二韵

唐 / 徐黄

名齐火浣溢山椒，谁把惊虹挂一条。天外倚来秋水刃，海心飞上白龙绡。
民田凿断云根引，僧圃穿通竹影浇。喷石似烟轻漠漠，溅崖如雨冷潇潇。
水中蚕绪缠苍壁，日里虹精挂绛霄。寒漱绿阴仙桂老，碎流红艳野桃夭。
千寻练写长年在，六出花开夏日消。急恐划分青嶂骨，久应绷裂翠微腰。
濯缨便可讥渔父，洗耳还宜傲帝尧。林际猿猱偏得饭，岸边乌鹊拟为桥。
赤城未到诗先寄，庐阜曾游梦已遥。数夜积霖声更远，郡楼欹枕听良宵。

37 奉使过石门瀑布

唐 / 丘丹

溪上望悬泉，耿耿云中见。披榛上岩巘，绝壁正东面。

千仞泻联珠，一潭喷飞霰。嵯濛满山响，坐觉炎氛变。
照日类虹蜺，从风似绡练。灵奇既天造，惜处穷海甸。
吾祖昔登临，谢公亦游衍。王程惧淹泊，下磴空延眷。
千里雷尚闻，峦回树葱蒨，奔波恭贱役，探讨愧前彦。
永欲洗尘缨，终当惬兹愿。

38 石门瀑布
唐／方干

奔倾漱石亦喷苔，此是便随元化来。长片挂岩轻似练，远声离洞咽于雷。
气含松桂千枝润，势画云霞一道开。直是银河分派落，兼闻碎滴溅天台。

39 题仙岩瀑布呈陈明府
唐／方干

方知激蘯与喷飞，直恐古今同一时。远壑流来多石脉，寒空扑碎作凌澌。
谢公岩上冲云去，织女星边落地迟。聚向山前更谁测，深沉见底是澄漪。

40 赠处州段郎中
唐／方干

幸见仙才领郡初，郡城孤峭似仙居。杉萝色里游亭榭，瀑布声中阅簿书。
德重自将天子合，情高元与世人疏。寒潭是处清连底，宾席何心望食鱼。

41 送台州唐兴陈明府
唐／李频

见说海西隅，山川与俗殊。宦游如不到，仙分即应无。
瀑布当公署，天台是县图。遥知为吏去，有术字惸孤。

42 寄大愿和尚
唐／贯休

道朗居太山，达磨住熊耳。手擎清凉月，灵光溢天地。
尽骑金师子，去世久已矣。吾师隐庐岳，外念全刽削。
掷孔圣之日月，相空王之橐籥。曾升麟德殿，谭无著，赐衣三铢让不著。唯思红泉白石阁，因随裴楷离京索。
迩来便止于匡霍，瀑布千寻喷冷烟，旃檀一枝翘瘦鹤。
岘首故人清信在，千书万书取不诺。微人昔为门下人，
扣玄佩惠无边垠。自怜亦是师子子，未逾三载能嚬呻。
一从散席归宁后，溪寺更有谁相亲。青山古木入白浪，
赤松道士为东邻。焚香西望情何极，不及昙诜泪空滴。
桐江太守社中人，还送郄超米千石。宝书遽掩修章句，
万里空函亦何益。终须一替辟蛇人，未解融神出空寂。

⁴³怀南岳隐士二首

唐 / 贯休

千峰映碧湘，真隐此中藏。饼不煮石吃，眉应似发长。
风榠支酒瓮，鹤虱落琴床。虽敩忘机者，斯人尚未忘。
见说祝融峰，擎天势似腾。藏千寻瀑布，出十八高僧。
古路无人迹，新霞出石棱。终期将尔曳，一一月中登。

44题兰江言上人院二首

唐 / 贯休

一生只著一麻衣，道业还欺习彦威。手把新诗说山梦，石桥天柱雪霏霏。
只是危吟坐翠层，门前岐路自崩腾。青云名士时相访，茶煮西峰瀑布冰。

45酬柏侍御闻与韦处士同游灵台寺见寄

唐 / 王建

西域传中说，灵台属雍州。有泉皆圣迹，有石皆佛头。
所出蓍卜香，外国俗来求。毒蛇护其下，樵者不可偷。
古碑在云巅，备载置寺由。魏家移下来，后人始增修。
近与韦处士，爱此山之幽。各自具所须，竹笼盛茶瓯。
牵马过危栈，褰衣涉奔流。草开平路尽，林下大石稠。
过郭转经峰，忽见东西楼。瀑布当寺门，迸落衣裳秋。
石苔铺紫花，溪叶裁碧油。松根载殿高，飘飖仙山浮。
县中贤大夫，一月前此游。赛神贺得雨，岂暇多停留。

二十韵新诗，远寄寻山俦。清泠玉涧泣，冷切石磬愁。
君名高难闲，余身愚终休。相将长无因，从今生离忧。

46 送人归台州
唐 / 施肩吾

莫驱归骑且徘徊，更遣离情四五杯。醉后不忧迷客路，遥看瀑布识天台。

47 赠别离
唐 / 陈陶

碧玉飞天星坠地，玉剑分风交合水。杨柳听歌莫向隅，鸡鸣一石留髡醉。
蹄轮送客沟水东，月娥挥手崦嵫峰。 蛮天列嶂俨相待，风官扫道迎游龙。
天姥剪霞铺晓空，漭漭大帝开明宫。文鲸掉尾四海通，分明瀑布收灵桐。
山妖水魅骑旋风，魔梦啮魂黄瘅中。借君朗鉴入嵖岵，灵光草照闲花红。

48 和陶归园田居六首选一
宋 / 苏轼

新浴觉身轻，新沐感发稀。风乎悬瀑下，却行咏而归。
仰观江摇山，俯见月在衣。步从父老语，有约吾敢违。

49 游庐山
宋 / 范仲淹

五老闲游倚舳舻，碧梯云径好和途。云开瀑影千门挂，雨过松簧十里铺。
客爱往来何所得，僧言荣辱此间无。从今愈识逍遥旨，一听升沉造化炉。

50 庐山瀑布
宋 / 范仲淹

灵源何太高，北斗想可挹。凌日五光直，逗云千仞急。
白虹下涧饮，寒剑倚天立。阖电不得瞬，长雷无敢蛰。
万丈岩崖坼，一道林峦瀑。险逼飞鸟坠，冷束山鬼润。
须当截海去，独流不相入。

51 七月十七晚行湖塘雷雨大作

宋 / 陆游

电火雷车下九关，我行暮出郊原间。鬅鬙暗树类奇鬼，突兀黑云如壤山。
江潮默应鳗岫溢，铁锁自脱梅梁还。今夕虚檐泻悬瀑，预知高枕听淙潺。

52 疏影 · 庐山瀑布

宋 / 彭履道

银云缥缈。正石梁倒挂，飞下晴昊。早挽悬河，高泻鲸宫，洪声百步低小。
分明仙仗崆峒过，又化作、归帆杳杳。倚参差、翠影红霞，远落明湖残照。
曾共呼龙夭矫。几回过月下，先种瑶草。九叠屏风，青鸟冥冥，更约谪仙重到。
昨梦骑黄鹄，飞不去、和天也笑。等恁时、秋夜携琴，已落洞天霜晓。

53 江城子 · 瀑布

宋 / 李纲

琉璃滑处玉花飞。溅珠玑。喷霏微。谁遣银河，一派九天垂。
昨夜白虹来涧饮，留不去，许多时。
幽人独坐石崚嶒。赏清奇。濯涟漪。不怕深沈，潭底有蛟螭。
溮洞但闻金石奏，猿鸟乐，共忘归。

54 咏瀑布

清 / 冯云山

穿天透地不辞劳，到底方知出处高。溪涧焉能留得住，终须大海作波涛。

55 到石梁观瀑布

清 / 袁枚

天风肃肃衣裳飘，人声渐小滩声骄。知是天台古石桥。
一龙独跨山之凹，高耸脊背横伸腰，其下嵌空走怒涛。
涛水来从华顶遥，分为左右瀑两条，到此收束群流交。
五叠六叠势益高，一落千丈声怒号。如旗如布如狂蛟，非雷非电非笙匏。
银河飞落青松梢，素车白马云中跑。势急欲下石阻挠，回澜怒立猛欲跳。

逢逢布鼓雷门𪮁，水犀军向皋兰麾，三千组练挥银刀，四川崖壁齐动摇。

伟哉铜殿造前朝，五百罗汉如相招。我本钱塘儿弄潮，到此使人意也消，

心花怒开神理超。

高枕龙背持其尻，上视下视行周遭；其奈泠泠雨溅袍，天风吹人立不牢。

北宫虽勇目已逃，恍如子在齐闻韶。不图为乐如斯妙，得坐一刻胜千朝。

安得将身化巨鳌，看他万古长滔滔！

溪泉瀑池之池字

五十二首

[1]题随州紫阳先生壁

唐／李白

神农好长生，风俗久已成。复闻紫阳客，早署丹台名。

喘息餐妙气，步虚吟真声。道与古仙合，心将元化并。

楼疑出蓬海，鹤似飞玉京。松雪窗外晓，池水阶下明。

忽耽笙歌乐，颇失轩冕情。终愿惠金液，提携凌太清。

[2]秋兴八首选一

唐／杜甫

昆明池水汉时功，武帝旌旗在眼中。织女机丝虚月夜，石鲸鳞甲动秋风。

波漂菰米沈云黑，露冷莲房坠粉红。关塞极天唯鸟道，江湖满地一渔翁。

[3]题新津北桥楼得郊字

唐／杜甫

望极春城上，开筵近鸟巢。白花檐外朵，青柳槛前梢。

池水观为政，厨烟觉远庖。西川供客眼，唯有此江郊。

[4]池上早秋

唐／白居易

荷芰绿参差，新秋水满池。早凉生北槛，残照下东篱。

露饱蝉声懒，风干柳意衰。过潘二十岁，何必更愁悲。

⁵秋池

唐 / 白居易

洗浪清风透水霜，水边闲坐一绳床。眼尘心垢见皆尽，不是秋池是道场。

⁶官舍内新凿小池

唐 / 白居易

帘下开小池，盈盈水方积。中底铺白沙，四隅甃青石。
勿言不深广，但取幽人适。泛滟微雨朝，泓澄明月夕。
岂无大江水，波浪连天白。未如床席间，方丈深盈尺。
清浅可狎弄，昏烦聊漱涤。最爱晓暝时，一片秋天碧。

⁷小池二首

唐 / 白居易

昼倦前斋热，晚爱小池清。映林馀景没，近水微凉生。坐把蒲葵扇，闲吟三
两声。

有意不在大，湛湛方丈馀。荷侧泻清露，萍开见游鱼。每一临此坐，忆归青
溪居。

⁸池上竹下作

唐 / 白居易

穿篱绕舍碧逶迤，十亩闲居半是池。食饱窗间新睡后，脚轻林下独行时。
水能性淡为吾友，竹解心虚即我师。何必悠悠人世上，劳心费目觅亲知。

⁹池上夜境

唐 / 白居易

晴空星月落池塘，澄鲜净绿表里光。露簟清莹迎夜滑，风襟潇洒先秋凉。
无人惊处野禽下，新睡觉时幽草香。但问尘埃能去否，濯缨何必向沧浪。

¹⁰池上絮

唐 / 韩愈

池上无风有落晖，杨花晴后自飞飞。为将纤质凌清镜，湿却无穷不得归。

¹¹瑶池

唐 / 李商隐

瑶池阿母绮窗开，黄竹歌声动地哀。八骏日行三万里，穆王何事不重来。

¹²龙池

唐 / 李商隐

龙池赐酒敞云屏，羯鼓声高众乐停。夜半宴归宫漏永，薛王沉醉寿王醒。

¹³齐安郡后池绝句

唐 / 杜牧

菱透浮萍绿锦池，夏莺千啭弄蔷薇。尽日无人看微雨，鸳鸯相对浴红衣。

¹⁴野池

唐 / 王建

野池水满连秋堤，菱花结实蒲叶齐。川口雨晴风复止，蜻蜓上下鱼东西。

¹⁵雨后晓行独至愚溪北池

唐 / 柳宗元

宿云散洲渚，晓日明村坞。高树临清池，风惊夜来雨。予心适无事，偶此成宾主。

¹⁶池上宿

唐 / 刘得仁

事事不求奢，长吟省叹嗟。无才堪世弃，有句向谁夸。
老树呈秋色，空池浸月华。凉风白露夕，此境属诗家。

¹⁷十离诗 · 鱼离池

唐 / 薛涛

跳跃深池四五秋，常摇朱尾弄纶钩。无端摆断芙蓉朵，不得清波更一游。

¹⁸池上双鸟

唐 / 薛涛

双栖绿池上，朝暮共飞还。更忆将雏日，同心莲叶间。

¹⁹咏史诗·瑶池

唐 / 胡曾

阿母瑶池宴穆王，九天仙乐送琼浆。漫矜八骏行如电，归到人间国已亡。

²⁰南池

唐 / 李郢

小男供饵妇搓丝，溢榼香醪倒接䍦。日出两竿鱼正食，一家欢笑在南池。

²¹池上

唐 / 韦应物

郡中卧病久，池上一来赊。榆柳飘枯叶，风雨倒横查。

²²慈恩精舍南池作

唐 / 韦应物

清境岂云远，炎氛忽如遗。重门布绿阴，菡萏满广池。
石发散清浅，林光动涟漪。缘崖摘紫房，扣槛集灵龟。
浥浥馀露气，馥馥幽襟披。积喧忻物旷，耽玩觉景驰。
明晨复趋府，幽赏当反思。

²³池上

唐 / 郑谷

池榭惬幽独，狂吟学解嘲。露荷香自在，风竹冷相敲。
丧志嫌孤宦，忘机爱澹交。仙山如有分，必拟访三茅。

²⁴池上

唐 / 赵嘏

正怜佳月夜深坐，池上暖回燕雁声。犹有渔舟系江岸，故人归尽独何情。

²⁵渑池

唐 / 汪遵

西秦北赵各称高，池上张筵列我曹。何事君王亲击缶，相如有剑可吹毛。

26 高阳池送朱二

唐 / 孟浩然

当昔襄阳雄盛时，山公常醉习家池。池边钓女日相随，妆成照影竟来窥。

澄波澹澹芙蓉发，绿岸参参杨柳垂。一朝物变人亦非，四面荒凉人住稀。

意气豪华何处在，空余草露湿罗衣。此地朝来饯行者，翻向此中牧征马。

征马分飞日渐斜，见此空为人所嗟。殷勤为访桃源路，予亦归来松子家。

27 曲池荷

唐 / 卢照邻

浮香绕曲岸，圆影覆华池。常恐秋风早，飘零君不知。

28 赋得池塘生春草

唐 / 陈陶

谢公遗咏处，池水夹通津。古往人何在，年来草自春。

色宜波际绿，香异雨中新。今日青青意，空悲行路人。

29 临江仙 · 一番荷芰生池沼

五代 / 尹鹗

一番荷芰生池沼，槛前风送馨香。昔年于此伴萧娘。相偎伫立，牵惹叙衷肠。

时逞笑容无限态，还如菡萏争芳。别来虚遣思悠飏。慵窥往事，金锁小兰房。

30 浣溪沙

五代 / 李煜

转烛飘蓬一梦归，欲寻陈迹怅人非，天教心愿与身违。

待月池台空逝水，荫花楼阁谩斜晖，登临不惜更沾衣。

31 双池

宋 / 苏轼

汧流入城郭，壹壹渡千家。不见双池水，长漂十里花。

32 壶中九华山并引

宋／苏轼

清溪电转失云峰，梦里犹惊翠扫空。五岭莫愁千嶂外，九华今在一壶中。
天池水落层层见，玉女窗虚处处通。念我仇池太孤绝，百金归买碧玲珑。

33 题陈公园

宋／苏轼

春池水暖鱼自乐，翠岭竹静鸟知还。莫言叠石小风景，卷帘看尽铜官山。

34 浣溪沙

宋／苏轼

风压轻云贴水飞。乍晴池馆燕争泥。沈郎多病不胜衣。
沙上不闻鸿雁信，竹间时听鹧鸪啼。此情惟有落花知。

35 和文与可洋川园池三十首·冰池

宋／苏轼

不嫌冰雪绕池看，谁似诗人巧耐寒。记取羲之洗砚处，碧琉璃下黑蛟蟠。

36 水龙吟次韵章质夫杨花词

宋／苏轼

似花还似非花，也无人惜从教坠。抛家傍路，思量却是，无情有思。
萦损柔肠，困酣娇眼，欲开还闭。梦随风万里，寻郎去处，又还被莺呼起。
不恨此花飞尽，恨西园，落红难缀。晓来雨过，遗踪何在？一池萍碎。
春色三分，二分尘土，一分流水。细看来，不是杨花，点点是离人泪。

37 玉楼春

宋／欧阳修

阴阴树色笼晴昼。清淡园林春过后。杏腮轻粉日催红，池面绿罗风卷皱。
佳人向晚新妆就。圆腻歌喉珠欲溜。当筵莫放酒杯迟，乐事良辰难入手。

38 渔家傲 · 正月新阳生翠琯

宋 / 欧阳修

正月新阳生翠琯。花苞柳线春犹浅。帘幕千重方半卷。池冰泮。东风吹水琉璃软。

渐好凭阑醒醉眼。陇梅暗落芳英断。初日已知长一线。清宵短。梦魂怎奈珠宫远。

39 浪淘沙 · 今日北池游

宋 / 欧阳修

今日北池游。漾漾轻舟。波光潋滟柳条柔。如此春来春又去，白了人头。

好妓好歌喉。不醉难休。劝君满满酌金瓯。纵使花时常病酒，也是风流。

40 临江仙 · 柳外轻雷池上雨

宋 / 欧阳修

柳外轻雷池上雨，雨声滴碎荷声。小楼西角断虹明。阑干倚处，待得月华生。

燕子飞来窥画栋，玉钩垂下帘旌。凉波不动簟纹平。水精双枕，傍有堕钗横。

41 蝶恋花 · 小小华年才月半

宋 / 辛弃疾

小小华年才月半。罗幕春风，幸自无人见。刚道羞郎低粉面。傍人瞥见回娇盼。

昨夜西池陪女伴。柳困花慵，见说归来晚。劝客持觞浑未惯。未歌先觉花枝颤。

42 画堂春 · 落红铺径水平池

宋 / 秦观

落红铺径水平池，弄晴小雨霏霏。杏园憔悴杜鹃啼，无奈春归。

柳外画楼独上，凭栏手捻花枝，放花无语对斜晖，此恨谁知？

43 如梦令 · 池上春归何处

宋 / 秦观

池上春归何处？满目落花飞絮。孤馆悄无人，梦断月堤归路。

无绪，无绪。帘外五更风雨。

⁴⁴池水二首选一
宋／杨万里

池底枯荷瘦不胜，池水新琢玉壶凝。如何留到炎蒸日，上有荷花下有水。

⁴⁵木兰花·池塘水绿风微暖
宋／晏殊

池塘水绿风微暖。记得玉真初见面。重头歌韵响铮琮，入破舞腰红乱旋。

玉钩阑下香阶畔。醉后不知斜日晚。当时共我赏花人，点检如今无一半。

⁴⁶南柯子·池水凝新碧
宋／吴潜

池水凝新碧，阑花驻老红。有人独立画桥东。手把一枝杨柳、系春风。

鹊绊游丝坠，蜂拈落蕊空。秋千庭院小帘栊。多少闲情闲绪、雨声中。

⁴⁷南歌子·疏雨池塘见
宋／贺铸

疏雨池塘见，微风襟袖知。阴阴夏木啭黄鹂。何处飞来白鹭、立移时。

易醉扶头酒，难逢敌手棋。日长偏与睡相宜，睡起芭蕉叶上、自题诗。

⁴⁸浣溪沙·水满池塘花满枝
宋／赵令

水满池塘花满枝。乱香深里语黄鹂。东风轻软弄帘帏。

日正长时春梦短，燕交飞处柳烟低。玉窗红子斗棋时。

⁴⁹临江仙·忆昔西池池上饮
宋／晁冲之

忆昔西池池上饮，年年多少欢娱。别来不寄一行书。

寻常相见了，犹道不如初。

安稳锦屏今夜梦，月明好渡江湖。相思休问定何如。

情知春去后，管得落花无。

⁵⁰雨后池上

宋 / 刘攽

一雨池塘水面平，淡磨明镜照檐楹。东风忽起垂杨舞，更作荷心万点声。

⁵¹转调满庭芳 · 芳草池塘

宋 / 李清照

芳草池塘，绿阴庭院，晚晴寒透窗纱。玉钩金锁，管是客来唦。
寂寞尊前席上，唯愁海角天涯。能留否？酴醾落尽，犹赖有梨花。
当年曾胜赏，生香熏袖，活火分茶。极目犹龙骄马，流水轻车。
不怕风狂雨骤，恰才称，煮酒笺花。如今也，不成怀抱，得似旧时那？

⁵²小阑干 · 去年人在凤凰池

元 / 萨都剌

去年人在凤凰池，银烛夜弹丝。沉水香消，梨云梦暖，深院绣帘垂。
今年冷落江南夜，心事有谁知。杨柳风柔，海棠月淡，独自倚阑时。

柒 · 亭阁楼榭

亭阁楼榭之亭字

五十四首

[1] 独坐敬亭山

唐／李白

众鸟高飞尽，孤云独去闲。相看两不厌，只有敬亭山。

[2] 登敬亭山南望怀古赠窦主簿

唐／李白

敬亭一回首，目尽天南端。仙者五六人，常闻此游盘。
溪流琴高水，石耸麻姑坛。白龙降陵阳，黄鹤呼子安。
羽化骑日月，云行翼鸳鸾。下视宇宙间，四溟皆波澜。
汰绝目下事，从之复何难？百岁落半途，前期浩漫漫。
强食不成味，清晨起长叹。愿随子明去，炼火烧金丹。

[3] 过崔八丈水亭

唐／李白

高阁横秀气，清幽并在君。檐飞宛溪水，窗落敬亭云。
猿啸风中断，渔歌月里闻。闲随白鸥去，沙上自为群。

[4] 劳劳亭

唐／李白

天下伤心处，劳劳送客亭。春风知别苦，不遣柳条青。

⁵金陵新亭

唐／李白

金陵风景好，豪士集新亭。举目山河异，偏伤周顗情。
四坐楚囚悲，不忧社稷倾。王公何慷慨，千载仰雄名。

⁶赠韦侍御黄裳二首选一

唐／李白

太华生长松，亭亭凌霜雪。天与百尺高，岂为微飙折？
桃李卖阳艳，路人行且迷。春光扫地尽，碧叶成黄泥。
愿君学长松，慎勿作桃李。受屈不改心，然后知君子。

⁷寄从弟宣州长史昭

唐／李白

尔佐宣州郡，守官清且闲。常夸云月好，邀我敬亭山。
五落洞庭叶，三江游未还。相思不可见，叹息损朱颜。

⁸谢公亭·盖谢脁范云之所游

唐／李白

谢亭离别处，风景每生愁。客散青天月，山空碧水流。
池花春映日，窗竹夜鸣秋。今古一相接，长歌怀旧游。

⁹夜下征虏亭

唐／李白

船下广陵去，月明征虏亭。山花如绣颊，江火似流萤。

¹⁰绝句四首选一

唐／杜甫

药条药甲润青青，色过棕亭入草亭。苗满空山惭取誉，根居隙地怯成形。

¹¹秦州杂诗二十首选一

唐／杜甫

今日明人眼，临池好驿亭。丛篁低地碧，高柳半天青。

稠叠多幽事，喧呼阅使星。老夫如有此，不异在郊坰。

12 漫兴九首选一
唐／杜甫

眼见客愁愁不醒，无赖春色到江亭。即遣花开深造次，便觉莺语太丁宁。

13 曲江对雨
唐／杜甫

城上春云覆苑墙，江亭晚色静年芳。林花著雨燕脂落，水荇牵风翠带长。
龙武新军深驻辇，芙蓉别殿谩焚香。何时诏此金钱会，暂醉佳人锦瑟旁。

14 晚望
唐／白居易

江城寒角动，沙洲夕鸟还。独在高亭上，西南望远山。

15 和春深二十首选一
唐／白居易

何处春深好，春深上巳家。兰亭席上酒，曲洛岸边花。
弄水游童棹，湔裾小妇车。齐桡争渡处，一匹锦标斜。

16 北亭
唐／白居易

庐宫山下州，湓浦沙边宅。宅北倚高冈，迢迢数千尺。
上有青青竹，竹间多白石。茅亭居上头，豁达门四辟。
前楹卷帘箔，北牖施床席。江风万里来，吹我凉淅淅。
日高公府归，巾笏随手掷。脱衣恣搔首，坐卧任所适。
时倾一杯酒，旷望湖天夕。口咏独酌谣，目送归飞翮。
惭无出尘操，未免折腰役。偶获此闲居，谬似高人迹。

17 南亭对酒送春
唐／白居易

含桃实已落，红薇花尚熏。冉冉三月尽，晚莺城上闻。

独持一杯酒，南亭送残春。半酣忽长歌，歌中何所云？
云我五十余，未是苦老人。刺史二千石，亦不为贱贫。
天下三品官，多老于我身。同年登第者，零落无一分。
亲故半为鬼，僮朴多见孙。念此聊自解，逢酒且欢欣。

18 和答诗十首·和松树

唐／白居易

亭亭山上松，一一生朝阳。森耸上参天，柯条百尺长。
漠漠尘中槐，两两夹康庄。婆娑低覆地，枝干亦寻常。
八月白露降，槐叶次第黄。岁暮满山雪，松色郁青苍。
彼如君子心，秉操贯冰霜。此如小人面，变态随炎凉。
共知松胜槐，诚欲栽道傍。粪土种瑶草，瑶草终不芳。
尚可以斧斤，伐之为栋梁。杀身获其所，为君构明堂。
不然终天年，老死在南冈。不愿亚枝叶，低随槐树行。

19 山阁晚秋

唐／李世民

山亭秋色满，岩牖凉风度。疏兰尚染烟，残菊犹承露。
古石衣新苔，新巢封古树。历览情无极，咫尺轮光暮。

20 新秦郡松树歌

唐／王维

青青山上松，数里不见今更逢。不见君，心相忆，
此心向君君应识。为君颜色高且闲，亭亭迥出浮云间。

21 登河北城楼作

唐／王维

井邑傅岩上，客亭云雾间。高城眺落日，极浦映苍山。
岸火孤舟宿，渔家夕鸟还。寂寥天地暮，心与广川闲。

²²秋登张明府海亭

唐 / 孟浩然

海亭秋日望，委曲见江山。染翰聊题壁，倾壶一解颜。
歌逢彭泽令，归赏故园间。予亦将琴史，栖迟共取闲。

²³夏日浮舟过陈大水亭

唐 / 孟浩然

水亭凉气多，闲棹晚来过。涧影见松竹，潭香闻芰荷。
野童扶醉舞，山鸟助酣歌。幽赏未云遍，烟光奈夕何。

²⁴和张仆射塞下曲六首选一

唐 / 卢纶

亭亭七叶贵，荡荡一隅清。他日题麟阁，唯应独不名。

²⁵送僧归敬亭山寺

唐 / 许浑

十年剑中路，传尽本师经。晓月下黔峡，秋风归敬亭。
开门新树绿，登阁旧山青。遥想论禅处，松阴水一瓶。

²⁶苏溪亭

唐 / 戴叔伦

苏溪亭上草漫漫，谁倚东风十二阑。燕子不归春事晚，一汀烟雨杏花寒。

²⁷陕州题河上亭

唐 / 李频

岸拥洪流急，亭开清兴长。当轩河草晚，入坐水风凉。
独鸟惊来客，孤云触去樯。秋声和远雨，暮色带微阳。
浪静澄窗影，沙明发簟光。逍遥每尽日，谁识爱沧浪。

28 六月三十日水亭送华阴王少府还县（得潭字）

唐／岑参

亭晚人将别，池凉酒未酣。关门劳夕梦，仙掌引归骖。
荷叶藏鱼艇，藤花胃客簪。残云收夏暑，新雨带秋岚。
失路情无适，离怀思不堪。赖兹庭户里，别有小江潭。

29 自宣州赴官入京，路逢裴坦判官归宣州，因题赠

唐／杜牧

敬亭山下百顷竹，中有诗人小谢城。城高跨楼满金碧，下听一溪寒水声。
梅花落径香缭绕，雪白玉珰花下行。萦风酒旆挂朱阁，半醉游人闻弄笙。
我初到此未三十，头脑钤利筋骨轻。画堂檀板秋拍碎，一引有时联十觥。
老闲腰下丈二组，尘土高悬千载名。重游鬓白事皆改，唯见东流春水平。
对酒不敢起，逢君还眼明。云罍看人捧，波脸任他横。
一醉六十日，古来闻阮生。是非离别际，始见醉中情。
今日送君话前事，高歌引剑还一倾。江湖酒伴如相问，终老烟波不计程。

30 宣城北楼，昔从顺阳公会于此

唐／鲍溶

诗楼郡城北，窗牖敬亭山。几步尘埃隔，终朝世界闲。
凭师看粉壁，名姓在其间。

31 贺李观察祷河神降雨

唐／耿湋

质明斋祭北风微，驱驭千群拥庙扉。玉帛才敷云淡淡，笙镛未撤雨霏霏。
路边五稼添膏长，河上双旌带湿归。若出敬亭山下作，何人敢和谢玄晖。

32 十一月中旬至扶风界见梅花

唐／李商隐

匝路亭亭艳，非时裛裛香。素娥惟与月，青女不饶霜。
赠远虚盈手，伤离适断肠。为谁成早秀，不待作年芳。

³³杏花

唐 / 李商隐

上国昔相值，亭亭如欲言。异乡今暂赏，眽眽岂无恩。
援少风多力，墙高月有痕。为含无限意，遂对不胜繁。
仙子玉京路，主人金谷园。几时辞碧落，谁伴过黄昏。
镜拂铅华腻，炉藏桂烬温。终应催竹叶，先拟咏桃根。
莫学啼成血，从教梦寄魂。吴王采香径，失路入烟村。

³⁴槿花二首选一

唐 / 李商隐

珠馆薰燃久，玉房梳扫馀。烧兰才作烛，襞锦不成书。
本以亭亭远，翻嫌眽眽疏。回头问残照，残照更空虚。

³⁵短歌行

唐 / 冯著

寂寞草中兰，亭亭山上松。贞芳日有分，生长耐相容。
结根各得地，幸沾雨露功。参辰无停泊，且顾一西东。
君但开怀抱，猜恨莫匆匆。

³⁶望远行 · 碧砌花光照眼明

五代 / 李璟

玉砌花光锦绣明，朱扉长日镇长扃。夜寒不去寝难成，炉香烟冷自亭亭。
残月秣陵砧，不传消息但传情。黄金窗下忽然惊，征人归日二毛生。

³⁷水调歌头 · 黄州快哉亭赠张偓佺

宋 / 苏轼

落日绣帘卷，亭下水连空。知君为我新作，窗户湿青红。
长记平山堂上，欹枕江南烟雨，杳杳没孤鸿。认得醉翁语，山色有无中。
一千顷，都镜净，倒碧峰。忽然浪起，掀舞一叶白头翁。
堪笑兰台公子，未解庄生天籁，刚道有雌雄。一点浩然气，千里快哉风。

38 孙莘老求墨妙亭诗

宋／苏轼

兰亭茧纸入昭陵，世间遗迹犹龙腾。颜公变法出新意，细筋入骨如秋鹰。
徐家父子亦秀绝，字外出力中藏棱。峄山传刻典刑在，千载笔法留阳冰。
杜陵评书贵瘦硬，此论未公吾不凭。短长肥瘦各有态，玉环飞燕谁敢憎。
吴兴太守真好古，购买断缺挥缣缯。龟趺入座螭隐壁，空斋昼静闻登登。
奇踪散出走吴越，胜事传说夸友朋。书来乞诗要自写，为把栗尾书溪藤。
后来视今犹视昔，过眼百年如风灯。他年刘郎忆贺监，还道同时须服膺。

39 书河上亭壁

宋／寇准

暮天寥落冻云垂，一望危亭欲下迟。临水数村谁画得，浅山寒雪未销时。

40 丰乐亭游春·其三

宋／欧阳修

红树青山日欲斜，长郊草色绿无涯。游人不管春将老，来往亭前踏落花。

41 遣兴

宋／陆游

老向人间怯路岐，感今怀昔不胜悲。诗无杰思知才尽，酒有残杯觉气衰。
县郭灯疏寻店夜，津亭雨细待船时。筋骸尚给春耕在，便买乌犍亦未迟。

42 蝶恋花·禹庙兰亭今古路

宋／陆游

禹庙兰亭今古路。一夜清霜，染尽湖边树。鹦鹉杯深君莫诉。他时相遇知何处。
冉冉年华留不住。镜里朱颜，毕竟消磨去。一句丁宁君记取。神仙须是闲人做。

43 浪淘沙·丹阳浮玉亭席上作

宋／陆游

绿树暗长亭，几把离尊。阳关常恨不堪闻。何况今朝秋色里，身是行人。

清泪浥罗巾，各自消魂。一江离恨恰平分。安得千寻横铁锁，截断烟津？

44 八六子·倚危亭
宋／秦观

倚危亭。恨如芳草，萋萋刬尽还生。念柳外青骢别后，水边红袂分时，怆然暗惊。

无端天与娉婷。夜月一帘幽梦，春风十里柔情。怎奈向、欢娱渐随流水，素弦声断，翠绡香减，那堪片片飞花弄晚，蒙蒙残雨笼晴。正销凝。黄鹂又啼数声。

45 贺新郎·赋琵琶
宋／辛弃疾

凤尾龙香拨。自开元霓裳曲罢，几番风月？最苦浔阳江头客，画舸亭亭待发。记出塞、黄云堆雪。马上离愁三万里，望昭阳宫殿孤鸿没。弦解语，恨难说。

辽阳驿使音尘绝。琐窗寒、轻拢慢捻，泪珠盈睫。推手含情还却手，一抹《梁州哀彻》。千古事，云飞烟灭。贺老定场无消息，想沉香亭北繁华歇，弹到此，为呜咽。

46 相见欢
宋／向子諲

亭亭秋水芙蓉。翠围中。又是一年风露、笑相逢。

天机畔。云锦乱。思无穷。路隔银河犹解、嫁西风。

47 柳枝词
宋／郑文宝

亭亭画舸系春潭，直到行人酒半酣。不管烟波与风雨，载将离恨过江南。

48 疏影·咏荷叶
宋／张炎

碧圆自洁。向浅洲远渚，亭亭清绝。犹有遗簪，不展秋心，能卷几多炎热。鸳鸯密语同倾盖，且莫与、浣纱人说。恐怨歌、忽断花风，碎却翠云千叠。

回首当年汉舞，怕飞去、谩皱留仙裙折。恋恋青衫，犹染枯香，还叹鬓丝飘雪。

盘心清露如铅水，又一夜、西风吹折。喜静看、匹练秋光，倒泻半湖明月。

⁴⁹如梦令 · 常记溪亭日暮

宋 / 李清照

常记溪亭日暮，沉醉不知归路。兴尽晚回舟，误入藕花深处。

争渡，争渡，惊起一滩鸥鹭。

⁵⁰点绛唇 · 绍兴乙卯登绝顶小亭

宋 / 叶梦得

缥缈危亭，笑谈独在千峰上。与谁同赏。万里横烟浪。

老去情怀，犹作天涯想。空惆怅。少年豪放。莫学衰翁样。

⁵¹菩萨蛮 · 山亭水榭秋方半

宋 / 朱淑真

山亭水榭秋方半，凤帏寂寞无人伴。愁闷一番新，双蛾只旧颦。

起来临绣户，时有疏萤度。多谢月相怜，今宵不忍圆。

⁵²颍亭留别

元 / 元好问

故人重分携，临流驻归驾。乾坤展清眺，万景若相借。

北风三日雪，太素秉元化。九山郁峥嵘，了不受陵跨。

寒波淡淡起，白鸟悠悠下。怀归人自急，物态本闲暇。

壶觞负吟啸，尘土足悲咤。回首亭中人，平林淡如画。

⁵³秋莲

元 / 刘因

瘦影亭亭不自容，淡香杳杳欲谁通？不堪翠减红销际，更在江清月冷中。

拟欲青房全晚节，岂知白露已秋风。盛衰老眼依然在，莫放扁舟酒易空。

⁵⁴秋心三首选一

清／龚自珍

秋心如海复如潮，但有秋魂不可招。漠漠郁金香在臂，亭亭古玉佩当腰。
气寒西北何人剑，声满东南几处箫。斗大明星烂无数，长天一月坠林梢。

亭阁楼榭之阁字

五十一首

1 上皇西巡南京歌十首选一

唐／李白

剑阁重关蜀北门，上皇归马若云屯。少帝长安开紫极，双悬日月照乾坤。

2 塞下曲六首选一

唐／李白

骏马似风飙，鸣鞭出渭桥。弯弓辞汉月，插羽破天骄。

阵解星芒尽，营空海雾消。功成画麟阁，独有霍嫖姚。

3 登瓦官阁

唐／李白

晨登瓦官阁，极眺金陵城。钟山对北户，淮水入南荣。

漫漫雨花落，嘈嘈天乐鸣。两廊振法鼓，四角吟风筝。

杳出霄汉上，仰攀日月行。山空霸气灭，地古寒阴生。

寥廓云海晚，苍茫宫观平。门馀阊阖字，楼识凤凰名。

雷作百山动，神扶万栱倾。灵光何足贵？长此镇吴京。

4 菩萨蛮·举头忽见衡阳雁

唐／李白

举头忽见衡阳雁。千声万字情何限。叵而薄情夫。一行书也无。

泣归香阁恨。和泪掩红粉。待雁却回时。也无书寄伊。

5 暮春

唐／杜甫

卧病拥塞在峡中，潇湘洞庭虚映空。楚天不断四时雨，巫峡常吹千里风。
沙上草阁柳新暗，城边野池莲欲红。暮春鸳鹭立洲渚，挟子翻飞还一丛。

6 秋兴八首选一

唐／杜甫

昆吾御宿自逶迤，紫阁峰阴入渼陂。香稻啄馀鹦鹉粒，碧梧栖老凤凰枝。
佳人拾翠春相问，仙侣同舟晚更移。彩笔昔游干气象，白头吟望苦低垂。

7 解闷十二首选一

唐／杜甫

草阁柴扉星散居，浪翻江黑雨飞初。山禽引子哺红果，溪友得钱留白鱼。

8 赴成都草堂途中有作，先寄严郑公五首选一

唐／杜甫

常苦沙崩损药栏，也从江槛落风湍。新松恨不高千尺，恶竹应须斩万竿。
生理只凭黄阁老，衰颜欲付紫金丹。三年奔走空皮骨，信有人间行路难。

9 哀江头

唐／杜甫

少陵野老吞声哭，春日潜行曲江曲。江头宫殿锁千门，细柳新蒲为谁绿。
忆昔霓旌下南苑，苑中万物生颜色。昭阳殿里第一人，同辇随君侍君侧。
辇前才人带弓箭，白马嚼啮黄金勒。翻身向天仰射云，一箭正坠双飞翼。
明眸皓齿今何在，血污游魂归不得。清渭东流剑阁深，去住彼此无消息。
人生有情泪沾臆，江水江花岂终极。黄昏胡骑尘满城，欲往城南忘南北。

10 宿竹阁

唐／白居易

晚坐松檐下，宵眠竹阁间。清虚当服药，幽独抵归山。
巧未能胜拙，忙应不及闲。无劳别修道，即此是玄关。

¹¹ 月夜登阁避暑

唐／白居易

旱久炎气盛，中人若燔烧。清风隐何处，草树不动摇。
何以避暑气，无如出尘嚣。行行都门外，佛阁正岧峣。
清凉近高生，烦热委静销。开襟当轩坐，意泰神飘飘。
回看归路傍，禾黍尽枯焦。独善诚有计，将何救旱苗。

¹² 钟陵饯送

唐／白居易

翠幕红筵高在云，歌钟一曲万家闻。路人指点滕王阁，看送忠州白使君。

¹³ 滕王阁诗

唐／王勃

滕王高阁临江渚，佩玉鸣鸾罢歌舞。画栋朝飞南浦云，珠帘暮卷西山雨。
闲云潭影日悠悠，物换星移几度秋。阁中帝子今何在？槛外长江空自流。

¹⁴ 洛阳女儿行

唐／王维

洛阳女儿对门居，才可容颜十五余。良人玉勒乘骢马，侍女金盘脍鲤鱼。
画阁朱楼尽相望，红桃绿柳垂檐向。罗帏送上七香车，宝扇迎归九华帐。
狂夫富贵在青春，意气骄奢剧季伦。自怜碧玉亲教舞，不惜珊瑚持与人。
春窗曙灭九微火，九微片片飞花琐。戏罢曾无理曲时，妆成只是熏香坐。
城中相识尽繁华，日夜经过赵李家。谁怜越女颜如玉，贫贱江头自浣纱。

¹⁵ 酬郭给事

唐／王维

洞门高阁霭余辉，桃李阴阴柳絮飞。禁里疏钟官舍晚，省中啼鸟吏人稀。
晨摇玉佩趋金殿，夕奉天书拜琐闱。强欲从君无那老，将因卧病解朝衣。

¹⁶ 和张仆射塞下曲六首选一

唐／卢纶

亭亭七叶贵，荡荡一隅清。他日题麟阁，唯应独不名。

¹⁷题集贤阁

唐／刘禹锡

凤池西畔图书府，玉树玲珑景气闲。长听馀风送天乐，时登高阁望人寰。
青山云绕栏干外，紫殿香来步武间。曾是先贤翔集地，每看壁记一惭颜。

¹⁸相和歌辞·三阁词四首

唐／刘禹锡

贵人三阁上，日晏未梳头。不应有恨事，娇甚却成愁。
珠箔曲琼钩，子细见扬州。北兵那得度，浪语判悠悠。
沉香帖阁柱，金缕画门楣。回首降幡下，已见黍离离。
三人出眢井，一身登槛车。朱门漫临水，不可见鲈鱼。

¹⁹落花

唐／李商隐

高阁客竟去，小园花乱飞。参差连曲陌，迢递送斜晖。
肠断未忍扫，眼穿仍欲归。芳心向春尽，所得是沾衣。

²⁰宿云门寺阁

唐／孙逖

香阁东山下，烟花象外幽。悬灯千嶂夕，卷幔五湖秋。
画壁馀鸿雁，纱窗宿斗牛。更疑天路近，梦与白云游。

²¹留题座主和凝旧阁

唐／李瀚

座主登庸归凤阙，门生批诏立鳌头。玉堂旧阁多珍玩，可作西斋润笔不。

²²登总持阁

唐／岑参

高阁逼诸天，登临近日边。晴开万井树，愁看五陵烟。
槛外低秦岭，窗中小渭川。早知清净理，常愿奉金仙。

23 登玄都阁

唐／朱庆馀

野色晴宜上阁看，树阴遥映御沟寒。豪家旧宅无人住，空见朱门锁牡丹。

24 滕王阁

唐／张乔

昔人登览处，遗阁大江隅。叠浪有时有，闲云无日无。
早凉先燕去，返照后帆孤。未得营归计，菱歌满旧湖。

25 重登滕王阁

唐／李涉

滕王阁上唱伊州，二十年前向此游。半是半非君莫问，好山长在水长流。

26 题大云寺西阁

唐／薛能

阁临偏险寺当山，独坐西城笑满颜。四野有歌行路乐，五营无战射堂闲。
鼕和调角秋空外，砧办征衣落照间。方拟杀身酬圣主，敢于高处恋乡关。

27 题开元寺阁

唐／薛能

一阁见一郡，乱流仍乱山。未能终日住，尤爱暂时闲。
唱棹吴门去，啼林杜宇还。高僧不可羡，西景掩禅关。

28 善福阁对雨，寄李儋幼遐

唐／韦应物

飞阁凌太虚，晨跻郁峥嵘。惊飙触悬槛，白云冒层甍。
太阴布其地，密雨垂八纮。仰观固不测，俯视但冥冥。
感此穷秋气，沈郁命友生。及时未高步，羁旅游帝京。
圣朝无隐才，品物俱昭形。国士秉绳墨，何以表坚贞。
寸心东北驰，思与一会并。我车夙已驾，将逐晨风征。
郊途住成淹，默默阻中情。

²⁹晚登郡阁

唐 / 韦应物

怅然高阁望，已掩东城关。春风偏送柳，夜景欲沉山。

³⁰中丞业深韬略，志在功名，再奉长句一篇兼有谘劝

唐 / 杜牧

樯似邓林江拍天，越香巴锦万千千。滕王阁上柘枝鼓，徐孺亭西铁轴船。
八部元侯非不贵，万人师长岂无权。要君严重疏欢乐，犹有河湟可下鞭。

³¹江西郑常侍赴镇之日有寄，因酬和

唐 / 许浑

来暮亦何愁，金貂在鹢舟。旆随寒浪动，帆带夕阳收。
布令滕王阁，裁诗郢客楼。即应归凤沼，中外赞天休。

³²留别赵端公

唐 / 许浑

海门征棹赴龙泷，暂寄华筵倒玉缸。箫鼓散时逢夜雨，绮罗分处下秋江。
孤帆已过滕王阁，高榻留眠谢守窗。却愿烟波阻风雪，待君同拜碧油幢。

³³金陵阻风登延祚阁

唐 / 许浑

极目皆陈迹，披图问远公。戈鋋三国后，冠盖六朝中。
葛蔓交残垒，芒花没后宫。水流箫鼓绝，山在绮罗空。
极浦千艘聚，高台一径通。云移吴岫雨，潮转楚江风。
登阁渐漂梗，停舟忆断蓬。归期与归路，杉桂海门东。

³⁴送僧归敬亭山寺

唐 / 许浑

十年剑中路，传尽本师经。晓月下黔峡，秋风归敬亭。
开门新树绿，登阁旧山青。遥想论禅处，松阴水一瓶。

35 滕王阁春日晚眺

唐／曹松

凌春帝子阁，偶眺日移西。浪势平花坞，帆阴上柳堤。

凝岚藏宿翼，叠鼓碎归蹄。只此长吟咏，因高思不迷。

36 浣溪沙·春情

宋／苏轼

道字娇讹苦未成。未应春阁梦多情。朝来何事绿鬟倾。

彩索身轻长趁燕，红窗睡重不闻莺。困人天气近清明。

37 水调歌头·明月几时有

宋／苏轼

明月几时有，把酒问青天。不知天上宫阙，今夕是何年。

我欲乘风归去，又恐琼楼玉宇，高处不胜寒。起舞弄清影，何似在人间？

转朱阁，低绮户，照无眠。不应有恨，何事长向别时圆？

人有悲欢离合，月有阴晴圆缺，此事古难全。但愿人长久，千里共婵娟。

38 满江红·豫章滕王阁

宋／吴潜

万里西风，吹我上、滕王高阁。正槛外、楚山云涨，楚江涛作。

何处征帆木末去，有时野鸟沙边落。近帘钩、暮雨掩空来，今犹昨。

秋渐紧，添离索。天正远，伤飘泊。叹十年心事，休休莫莫。

岁月无多人易老，乾坤虽大愁难著。向黄昏、断送客魂消，城头角。

39 新荷叶·再题傅岩叟悠然阁

宋／辛弃疾

种豆南山，零落一顷为萁。几晚渊明，也吟草盛苗稀。

风流划地，向尊前、采菊题诗。悠然忽见，此山正绕东篱。

千载襟期。高情想像当时。小阁横空，朝来翠扑人衣。是中真趣，问骋怀、
游目谁知。

无心出岫，白云一片孤飞。

⁴⁰浣溪沙·小阁重帘有燕过
宋／晏殊

小阁重帘有燕过。晚花红片落庭莎。曲阑干影入凉波。

一霎好风生翠幕，几回疏雨滴圆荷。酒醒人散得愁多。

⁴¹感皇恩·小阁倚秋空
宋／陆游

小阁倚秋空，下临江渚。漠漠孤云未成雨。

数声新雁，回首杜陵何处。壮心空万里，人谁许！

黄阁紫枢，筑坛开府。莫怕功名欠人做。

如今熟计，只有故乡归路。石帆山脚下，菱三亩。

⁴²登快阁
宋／黄庭坚

痴儿了却公家事，快阁东西倚晚晴。落木千山天远大，澄江一道月分明。

朱弦已为佳人绝，青眼聊因美酒横。万里归船弄长笛，此心吾与白鸥盟。

⁴³临江仙·夜登小阁忆洛中旧游
宋／陈与义

忆昔午桥桥上饮，坐中多是豪英。长沟流月去无声。

杏花疏影里，吹笛到天明。

二十余年如一梦，此身虽在堪惊。闲登小阁看新晴。

古今多少事，渔唱起三更。

⁴⁴满庭芳·小阁藏春
宋／李清照

小阁藏春，闲窗锁昼，画堂无限深幽。篆香烧尽，日影下帘钩。

手种江梅更好，又何必、临水登楼。无人到，寂寥浑似，何逊在扬州。

从来，知韵胜，难堪雨藉，不耐风揉。更谁家横笛，吹动浓愁。

莫恨香消雪减，须信道、扫迹情留。难言处，良宵淡月，疏影尚风流。

⁴⁵ 木兰花 · 玉楼朱阁横金锁

宋／晏殊

玉楼朱阁横金锁，寒食清明春欲破。窗间斜月两眉愁，帘外落花双泪堕。
朝云聚散真无那，百岁相看能几个。别来将为不牵情，万转千回思想过。

⁴⁶ 满江红 · 豫章滕王阁

宋／吴潜

万里西风，吹我上、滕王高阁。正槛外、楚山云涨，楚江涛作。
何处征帆木末去，有时野鸟沙边落。近帘钩、暮雨掩空来，今犹昨。
秋渐紧，添离索。天正远，伤飘泊。叹十年心事，休休莫莫。
岁月无多人易老，乾坤虽大愁难著。向黄昏、断送客魂消，城头角。

⁴⁷ 满江红（赴长沙幕府，别钱，送客）

宋／吕胜己

拍碎红牙，一声上、梁尘暗落。纨扇掩、雏莺叶下，巧呈绰约。
字字只愁郎幸浅，声声似怨年华薄。坐中人、相顾感幽怀，添萧索。
歌暂阕，杯交错。人又去，情怀沪。那堪听风雨，渭城吹角。
去去已离闽岭路，行行渐近滕王阁。便无情、山海曾相逢，坚心著。

⁴⁸ 水龙吟（寿李尚书）

宋／程必

道家弱水蓬莱，鲸波万里谁知得。人间自有，南昌居士，仙风道骨。
诗似白星，貌如聃老，风尘挺出。向谪仙家里，滕王阁畔，飘玉佩、下丹阙。
黄发四朝元老，又谁知、重生绿发。手提一笔，活人多少，三千功积。
已冠文昌，人人瞻望，玉枢躔逼。对新凉、酒颊微红，宛是一星南极。

⁴⁹ 水调歌头（呈辛隆兴）

宋／杨炎正

杖履觅春色，行遍大江西。访花问柳，都自无语欲成蹊。

不道七州三垒，今岁五风十雨，全是太平时。征辔晚乘月，渔钓夜垂丝。
诗书帅，坐围玉，尘挥犀。兴方不浅，领袖风月过花期。
只恐梅梢青子，已露调羹消息，金鼎侍公归。回首滕王阁，空对落霞飞。

50 最高楼（寿黄宰七月十六日）

宋 / 方岳

朝元了，万鹤放班回。携月下天来。初平家看青羊石，滕王阁醉绿螺杯。
试鸣琴，花荡漾，玉崔嵬。
前十日、鹊桥飞宝革空。后一月、兔食开玉镜。秋色净，夜徘徊。
申从五岳三光出，亥将二首六身排。问何其，餐沆瀣，燕蓬莱。

51 高山流水 · 次夫子清风阁落成韵

清 / 顾太清

群山万壑引长风，透林皋、晓日玲珑。楼外绿阴深，凭栏指点偏东。
浑河水、一线如虹。清凉极，满谷幽禽啼啸，冷雾溟濛。
任海天寥阔，飞跃此身中。云容。
看白云苍狗，无心者、变化虚空。细草络危岩，岩花秀媚日承红。
清风阁，高凌霄汉，列岫如童。待何年归去，谈笑各争雄。

亭阁楼榭之楼字

五十首

¹黄鹤楼送孟浩然之广陵

唐／李白

故人西辞黄鹤楼，烟花三月下扬州。孤帆远影碧空尽，唯见长江天际流。

²陪侍御叔华登楼歌

唐／李白

弃我去者，昨日之日不可留；乱我心者，今日之日多烦忧。
长风万里送秋雁，对此可以酣高楼。蓬莱文章建安骨，中间小谢又清发。
俱怀逸兴壮思飞，欲上青天览明月。抽刀断水水更流，举杯销愁愁更愁。
人生在世不称意，明朝散发弄扁舟。

³黄鹤楼闻笛

唐／李白

一为迁客去长沙，西望长安不见家。黄鹤楼中吹玉笛，江城五月落梅花。

⁴秋登宣城谢脁北楼

唐／李白

江城如画里，山晚望晴空。两水夹明镜，双桥落彩虹。
人烟寒橘柚，秋色老梧桐。谁念北楼上，临风怀谢公。

⁵与夏十二登岳阳楼

唐／李白

楼观岳阳尽，川迥洞庭开。雁引愁心去，山衔好月来。

云间连下榻，天上接行杯。醉后凉风起，吹人舞袖回。

6 渡荆门送别
唐／李白

渡远荆门外，来从楚国游。山随平野尽，江入大荒流。
月下飞天境，云生结海楼。仍怜故乡水，万里送行舟。

7 忆秦娥·箫声咽
唐／李白

箫声咽，秦娥梦断秦楼月。楼月，年年柳色，陵伤别。
乐游原上清秋节，咸阳古道音尘绝。音尘绝，西风残照，汉家陵阙。

8 解闷十二首选一
唐／杜甫

商胡离别下扬州，忆上西陵故驿楼。为问淮南米贵贱，老夫乘兴欲东流。

9 江上
唐／杜甫

江上日多雨，萧萧荆楚秋。高风下木叶，永夜揽貂裘。
勋业频看镜，行藏独倚楼。时危思报主，衰谢不能休。

10 病起
唐／白居易

病不出门无限时，今朝强出与谁期。经年不上江楼醉，劳动春风飐酒旗。

11 杨柳枝
唐／白居易

两枝杨柳小楼中，袅娜多年伴醉翁。
明日放归归去后，世间就不要春风。

12 春词
唐／白居易

低花树映小妆楼，春入眉心两点愁。斜倚栏干背鹦鹉，思量何事不回头。

¹³长相思·汴水流

唐／白居易

汴水流，泗水流，流到瓜洲古渡头，吴山点点愁。
思悠悠，恨悠悠，恨到归时方始休，月明人倚楼。

¹⁴题岳阳楼

唐／白居易

岳阳城下水漫漫，独上危楼凭曲阑。春岸绿时连梦泽，夕波红处近长安。
猿攀树立啼何苦，雁点湖飞渡亦难。此地唯堪画图障，华堂张与贵人看。

¹⁵登鹳雀楼

唐／王之涣

白日依山尽，黄河入海流。欲穷千里目，更上一层楼。

¹⁶登柳州城楼寄漳汀封连四州

唐／柳宗元

城上高楼接大荒，海天愁思正茫茫。惊风乱飐芙蓉水，密雨斜侵薜荔墙。
岭树重遮千里目，江流曲似九回肠。共来百越文身地，犹自音书滞一乡。

¹⁷安定城楼

唐／李商隐

迢递高城百尺楼，绿杨枝外尽汀洲。贾生年少虚垂泪，王粲春来更远游。
永忆江湖归白发，欲回天地入扁舟。不知腐鼠成滋味，猜意鹓雏竟未休。

¹⁸夕阳楼

唐／李商隐

花明柳暗绕天愁，上尽重城更上楼。欲问孤鸿向何处，不知身世自悠悠。

¹⁹芙蓉楼送辛渐二首

唐／王昌龄

寒雨连江夜入吴，平明送客楚山孤。洛阳亲友如相问，一片冰心在玉壶。
丹阳城南秋海阴，丹阳城北楚云深。高楼送客不能醉，寂寂寒江明月心。

²⁰登黄鹤楼

唐 / 崔颢

昔人已乘黄鹤去，此地空余黄鹤楼。黄鹤一去不复返，白云千载空悠悠。

晴川历历汉阳树，芳草萋萋鹦鹉洲。日暮乡关何处是？烟波江上使人愁。

²¹咸阳岳阳楼

唐 / 元稹

岳阳楼上日衔窗，影到深潭赤玉幢。怅望残春万般意，满棂湖水入西江。

²²城东楼 / 咸阳城西楼晚眺

唐 / 许浑

一上高城万里愁，蒹葭杨柳似汀洲。溪云初起日沉阁，山雨欲来风满楼。

鸟下绿芜秦苑夕，蝉鸣黄叶汉宫秋。行人莫问当年事，故国东来渭水流。

²³菩萨蛮 · 红楼别夜堪惆怅

唐 / 韦庄

红楼别夜堪惆怅，香灯半卷流苏帐。残月出门时，美人和泪辞。

琵琶金翠羽，弦上黄莺语。劝我早还家，绿窗人似花。

²⁴相见欢 · 无言独上西楼

五代 / 李煜

无言独上西楼，月如钩。寂寞梧桐深院锁清秋。

剪不断，理还乱，是离愁。别是一般滋味在心头。

²⁵临江仙 · 庭空客散人归后

五代 / 李煜

庭空客散人归后，画堂半掩珠帘。

林风淅淅夜厌厌，小楼新月，回首自纤纤。

春光镇在人空老，新愁往恨何穷。

金刀力困起还慵，一声羌笛，惊起醉怡容。

²⁶破阵子 · 四十年来家国

五代／李煜

四十年来家国，三千里地山河。

凤阁龙楼连霄汉，玉树琼枝作烟萝，几曾识干戈？

一旦归为臣虏，沈腰潘鬓消磨。

最是仓皇辞庙日，教坊犹奏别离歌，垂泪对宫娥。

²⁷春宵

宋／苏轼

春宵一刻值千金，花有清香月有阴。歌管楼台声细细，秋千院落夜沉沉。

²⁸望海楼晚景 · 横风吹雨入楼斜

宋／苏轼

横风吹雨入楼斜，壮观应须好句夸。雨过潮平江海碧，电光时掣紫金蛇。

²⁹六月二十七日望湖楼醉书

宋／苏轼

黑云翻墨未遮山，白雨跳珠乱入船。卷地风来忽吹散，望湖楼下水如天。

³⁰永遇乐 · 彭城夜宿燕子楼

宋／苏轼

彭城夜宿燕子楼，梦盼盼，因作此词。

明月如霜，好风如水，清景无限。曲港跳鱼，圆荷泻露，寂寞无人见。

紞如三鼓，铿然一叶，黯黯梦云惊断。夜茫茫，重寻无处，觉来小园行遍。

天涯倦客，山中归路，望断故园心眼。燕子楼空，佳人何在，空锁楼中燕。

古今如梦，何曾梦觉，但有旧欢新怨。异时对，黄楼夜景，为余浩叹。

³¹浣溪沙 · 漠漠轻寒上小楼

宋／秦观

漠漠轻寒上小楼。晓阴无赖似穷秋。淡烟流水画屏幽。

自在飞花轻似梦，无边丝雨细如愁。宝帘闲挂小银钩。

32 水龙吟 · 小楼连苑横空

宋 / 秦观

小楼连苑横空，下窥绣毂雕鞍骤。朱帘半卷，单衣初试，清明时候。
破暖轻风，弄晴微雨，欲无还有。卖花声过尽，斜阳院落；红成阵，飞鸳甃。

玉佩丁东别后。怅佳期、参差难又。名缰利锁，天还知道，和天也瘦。
花下重门，柳边深巷，不堪回首。念多情、但有当时皓月，向人依旧。

33 岳阳楼望君山

宋 / 黄庭坚

投荒万死鬓毛斑，生出瞿塘滟滪关。未到江南先一笑，岳阳楼上对君山。
满川风雨独凭栏，绾结湘娥十二鬟。可惜不当湖水面，银山堆里看青山。

34 登岳阳楼二首

宋 / 陈与义

洞庭之东江水西，帘旌不动夕阳迟。登临吴蜀横分地，徙倚湖山欲暮时。
万里来游还望远，三年多难更凭危。白头吊古风霜里，老木沧波无限悲。

天入平湖晴不风，夕帆和雁正浮空。楼头客子杪秋后，日落君山元气中。
北望可堪回白首，南游聊得看丹枫。翰林物色分留少，诗到巴陵还未工。

35 卜算子 · 独自上层楼

宋 / 程垓

独自上层楼，楼外青山远。望以斜阳欲尽时，不见西飞雁。
独自下层楼，楼下蛩声怨。待到黄昏月上时，依旧柔肠断。

36 临江仙 · 梦后楼台高锁

宋 / 晏几道

梦后楼台高锁，酒醒帘幕低垂。
去年春恨却来时。落花人独立，微雨燕双飞。
记得小苹初见，两重心字罗衣。
琵琶弦上说相思。当时明月在，曾照彩云归。

37 蝶恋花 · 醉别西楼醒不记

宋／晏几道

醉别西楼醒不记。春梦秋云，聚散真容易。斜月半窗还少睡。画屏闲展吴山翠。

衣上酒痕诗里字。点点行行，总是凄凉意。红烛自怜无好计。夜寒空替人垂泪。

38 鹧鸪天 · 十里楼台倚翠微

宋／晏几道

十里楼台倚翠微。百花深处杜鹃啼。殷勤自与行人语，不似流莺取次飞。

惊梦觉，弄晴时。声声只道不如归。天涯岂是无归意，争奈归期未可期。

39 水龙吟 · 过南剑双溪楼

宋／辛弃疾

举头西北浮云，倚天万里须长剑。人言此地，夜深长见，斗牛光焰。

我觉山高，潭空水冷，月明星淡。待燃犀下看，凭栏却怕，风雷怒，鱼龙惨。

峡束苍江对起，过危楼、欲飞还敛。元龙老矣！不妨高卧，冰壶凉簟。

千古兴亡，百年悲笑，一时登览。问何人又卸，片帆沙岸，系斜阳缆？

40 念奴娇 · 登多景楼

宋／陈亮

危楼还望，叹此意、今古几人曾会？鬼设神施，浑认作、天限南疆北界。

一水横陈，连岗三面，做出争雄势。六朝何事，只成门户私计？

因笑王谢诸人，登高怀远，也学英雄涕。凭却长江，管不到、河洛腥膻无际。

正好长驱，不须反顾，寻取中流誓。小儿破贼，势成宁问强对！

41 蝶恋花 · 伫倚危楼风细细

宋／柳永

伫倚危楼风细细。望极春愁，黯黯生天际。草色烟光残照里。无言谁会凭阑意。

拟把疏狂图一醉。对酒当歌，强乐还无味。衣带渐宽终不悔。为伊消得人憔悴。

42 满江红 · 登黄鹤楼有感

宋／岳飞

遥望中原，荒烟外、许多城郭。想当年、花遮柳护，凤楼龙阁。

万岁山前珠翠绕，蓬壶殿里笙歌作。到而今、铁骑满郊畿，风尘恶。兵安在？
膏锋锷。民安在？填沟壑。叹江山如故，千村寥落。

何日请缨提锐旅，一鞭直渡清河洛。却归来、再续汉阳游，骑黄鹤。

43 登海州城楼

宋／张耒

城外沧溟日夜流，城南山直对城楼，溪田雨足禾先熟，海树风高叶易秋。

疏傅里闾询故老，秦皇车甲想东游。客心不待伤千里，槛外风烟尽是愁。

44 相见欢 · 金陵城上西楼

宋／朱敦儒

金陵城上西楼。倚清秋。万里夕阳垂地、大江流。

中原乱。簪缨散。几时收。试倩悲风吹泪、过扬州。

45 沁园春 · 咏西湖酒楼

宋／陈人杰

南北战争，惟有西湖，长如太平。

看高楼倚郭，云边矗栋，小亭连苑，波上飞甍。

太守风流，游人欢畅，气象迩来都斩新。

秋千外，剩钗驸玉燕，酒列金鲸。

人生。乐事良辰。况莺燕声中长是晴。

正风嘶宝马，软红不动，烟分采鹢，澄碧无声。

倚柳分题，藉花传令，满眼繁华无限情。

谁知道，有种梅处士，贫里看春。

46 蝶恋花 · 海岱楼玩月作

宋／米芾

千古涟漪清绝地。海岱楼高，下瞰秦淮尾。水浸碧天天似水。广寒宫阙人间世。

霭霭春和一海市。鳌戴三山，顷刻随轮至。宝月圆时多异气。夜光一颗千金贵。

⁴⁷望海楼

宋／米芾

云间铁瓮近青天，缥缈飞楼百尺连。三峡江声流笔底，六朝帆影落樽前。
几番画角催红日，无事沧州起白烟。忽忆赏心何处是？春风秋月两茫然。

⁴⁸江城子 · 画楼帘暮卷新晴

宋／卢祖皋

画楼帘幕卷新晴。掩银屏。晓寒轻。坠粉飘香，日日唤愁生。
暗数十年湖上路，能几度，著娉婷。
年华空自感飘零。拥春酲。对谁醒。天阔云间，无处觅箫声。
载酒买花年少事，浑不似，旧心情。

⁴⁹木兰花慢

宋／张孝祥

送归云去雁，淡寒采、满溪楼。正佩解湘腰，钗孤楚鬓，鸾鉴分收。
凝情望行处路，但疏烟远树织离忧。只有楼前溪水，伴人清泪长流。
霜华夜永逼衾裯。唤谁护衣篝。念粉馆重来，芳尘未扫，争见嬉游。
情知闷来殢酒，奈回肠、不醉只添愁。脉脉无言竟日，断魂双鹜南州。

⁵⁰蝶恋花 · 百尺朱楼临大道

清／王国维

百尺朱楼临大道。楼外轻雷，不间昏和晓。独倚阑干人窈窕。闲中数尽行人小。
一霎车尘生树杪。陌上楼头，都向尘中老。薄晚西风吹雨到。明朝又是伤流潦。

亭阁楼榭之榭字

四十六首

¹江上吟

唐／李白

木兰之枻沙棠舟，玉箫金管坐两头。美酒樽中置千斛，载妓随波任去留。
仙人有待乘黄鹤，海客无心随白鸥。屈平辞赋悬日月，楚王台榭空山丘。
兴酣落笔摇五岳，诗成笑傲凌沧洲。功名富贵若长在，汉水亦应西北流。

²将别巫峡，赠南卿兄瀼西果园四十亩

唐／杜甫

苔竹素所好，萍蓬无定居。远游长儿子，几地别林庐。
杂蕊红相对，他时锦不如。具舟将出峡，巡圃念携锄。
正月喧莺末，兹辰放鹢初。雪篱梅可折，风榭柳微舒。
托赠卿家有，因歌野兴疏。残生逗江汉，何处狎樵渔。

³春夜峡州田侍御长史津亭留宴（得筵字）

唐／杜甫

北斗三更席，西江万里船。杖藜登水榭，挥翰宿春天。
白发烦多酒，明星惜此筵。始知云雨峡，忽尽下牢边。

⁴题洛中第宅

唐／白居易

水木谁家宅，门高占地宽。悬鱼挂青甃，行马护朱栏。

春榭笼烟暖，秋庭锁月寒。松胶粘琥珀，筠粉扑琅玕。

试问池台主，多为将相官。终身不曾到，唯展宅图看。

⁵仲夏斋居，偶题八韵，寄微之及崔湖州

唐／白居易

腥血与荤蔬，停来一月馀。肌肤虽瘦损，方寸任清虚。

体适通宵坐，头慵隔日梳。眼前无俗物，身外即僧居。

水榭风来远，松廊雨过初。褰帘放巢燕，投食施池鱼。

久别闲游伴，频劳问疾书。不知湖与越，吏隐兴何如。

⁶铜雀妓二首

唐／王勃

金凤邻铜雀，漳河望邺城。君王无处所，台榭若平生。

舞席纷何就，歌梁俨未倾。西陵松槚冷，谁见绮罗情。

妾本深宫妓，层城闭九重。君王欢爱尽，歌舞为谁容。

锦衾不复襞，罗衣谁再缝。高台西北望，流涕向青松。

⁷春日登金华观

唐／陈子昂

白玉仙台古，丹丘别望遥。山川乱云日，楼榭入烟霄。

鹤舞千年树，虹飞百尺桥。还疑赤松子，天路坐相邀。

⁸杨柳枝词九首选一

唐／刘禹锡

轻盈袅娜占年华，舞榭妆楼处处遮。春尽絮飞留不得，随风好去落谁家？

⁹游太平公主山庄

公主当年欲占春，故将台榭押城闉。　欲知前面花多少，直到南山不属人。

¹⁰登高望洛城作

唐 / 韦应物

高台造云端，遐瞰周四垠。雄都定鼎地，势据万国尊。

河岳出云雨，土圭酌乾坤。舟通南越贡，城背北邙原。

帝宅夹清洛，丹霞捧朝暾。葱茏瑶台榭，窈窕双阙门。

十载构屯难，兵戈若云屯。膏腴满榛芜，比屋空毁垣。

圣主乃东眷，俾贤拯元元。熙熙居守化，泛泛太府恩。

至损当受益，苦寒必生温。平明四城开，稍见市井喧。

坐感理乱迹，永怀经济言。吾生自不达，空鸟何翩翻。

天高水流远，日晏城郭昏。裴回讫旦夕，聊用写忧烦。

¹¹银河吹笙

唐 / 李商隐

怅望银河吹玉笙，楼寒院冷接平明。重衾幽梦他年断，别树羁雌昨夜惊。

月榭故香因雨发，风帘残烛隔霜清。不须浪作缑山意，湘瑟秦箫自有情。

¹²春雪

唐 / 李建勋

随风竟日势漫漫，特地繁于故岁看。幽榭冻黏花屋重，短檐斜湿燕巢寒。

闲听不寐诗魂爽，净吃无厌酒肺干。莫道便为桑麦药，亦胜焦涸到春残。

¹³春雨二首

唐 / 李建勋

春霖未免妨游赏，唯到诗家自有情。花径不通新草合，兰舟初动曲池平。

净缘高树莓苔色，饥集虚廊燕雀声。闲忆昔年为客处，闷留山馆阻行行。
萧萧春雨密还疏，景象三时固不如，寒入远林莺翅重，暖抽新麦土膏虚。
细蒙台榭微兼日，潜涨涟漪欲动鱼。唯称乖慵多睡者，掩门中酒览闲书。

14 题友人池亭
唐／温庭筠

月榭风亭绕曲池，粉垣回互瓦参差。侵帘片白摇翻影，落镜愁红写倒枝。
鸂鶒刷毛花荡漾，鹭鸶拳足雪离披。山翁醉后如相忆，羽扇清樽我自知。

15 三月五日陪裴大夫泛长沙东湖
唐／李群玉

上巳馀风景，芳辰集远坰。彩舟浮滉荡，绣毂下娉婷。
林榭回葱蒨，笙歌转杳冥。湖光迷翡翠，草色醉蜻蜓。
鸟弄桐花日，鱼翻谷雨萍。从今留胜会，谁肯画兰亭。

16 池上
唐／郑谷

池榭惬幽独，狂吟学解嘲。露荷香自在，风竹冷相敲。
丧志嫌孤宦，忘机爱澹交。仙山如有分，必拟访三茅。

17 奉和鲁望四明山九题·樊榭
唐／皮日休

主人成列仙，故榭独依然。石洞哄人笑，松声惊鹿眠。
井香为大药，鹤语是灵篇。欲买重栖隐，云峰不售钱。

18 四明山诗·樊榭
唐／陆龟蒙

樊榭何年筑，人应白日飞。至今山客说，时驾玉麟归。

乳蒂缘松嫩，芝台出石微。凭栏虚目断，不见羽华衣。

¹⁹题金州西园九首·江榭

唐／姚合

亭亭白云榭，下有清江流。见江不得亲，不如波上鸥。有榭江可见，无榭无双眸。

²⁰姑苏台

唐／罗隐

让高泰伯开基日，贤见延陵复命时。未会子孙因底事，解崇台榭为西施。

²¹和袭美馆娃宫怀古五绝

唐／陆龟蒙

三千虽衣水犀珠，半夜夫差国暗屠。　犹有八人皆二八，独教西子占亡吴。

一宫花渚漾涟漪，伭堕鸦鬉出茧眉。　可料座中歌舞袖，便将残节拂降旗。

几多云榭倚青冥，越焰烧来一片平。　此地最应沾恨血，至今春草不匀生。

江色分明练绕台，战帆遥隔绮疏开。　波神自厌荒淫主，勾践楼船稳帖来。

宝袜香綦碎晓尘，乱兵谁惜似花人。　伯劳应是精灵使，犹向残阳泣暮春。

²²谢新恩·冉冉秋光留不住

五代／李煜

冉冉秋光留不住，满阶红叶暮。又是过重阳，台榭登临处，茱萸香坠。

紫菊气，飘庭户，晚烟笼细雨。雍雍新雁咽寒声，愁恨年年长相似。

²³浣溪沙·花榭香红烟景迷

五代／毛熙震

花榭香红烟景迷，满庭芳草绿萋萋，金铺闲掩绣帘低。

紫燕一双娇语碎，翠屏十二晚峰齐，梦魂消散醉空闺。

²⁴芙蓉榭

唐／顾况

风摆莲衣干，月背鸟巢寒。文鱼翻乱叶，翠羽上危栏。

²⁵题睦州郡中千峰榭

唐／方干

岂知平地似天台，朱户深沈别径开。曳响露蝉穿树去，斜行沙鸟向池来。
窗中早月当琴榻，墙上秋山入酒杯。何事此中如世外，应缘羊祜是仙才。

²⁶正月二十一日病后述古邀往城外寻春

宋／苏轼

屋上山禽苦唤人，槛前冰沼忽生鳞。老来厌逐红裙醉，病起空惊白发新。
卧听使君鸣鼓角，试呼稚子整冠巾。曲栏幽榭终寒窘，一看郊原浩荡春。

²⁷虞美人

宋／苏轼

深深庭院清明过。桃李初红破。柳丝搭在玉阑干。帘外潇潇微雨、做轻寒。
晚晴台榭增明媚。已拚花前醉。更阑人静月侵廊。独自行来行去、好思量。

²⁸南歌子·湖州作

宋／苏轼

山雨潇潇过，溪桥浏浏清。小园幽榭枕苹汀。门外月华如水、彩舟横。
苕岸霜花尽，江湖雪阵平。两山遥指海门青。回首水云何处、觅孤城。

²⁹春晴怀故园海棠二首

宋／杨万里

故园今日海棠开，梦入江西锦绣堆。万物皆春人独老，一年过社燕方回。
似青似白天浓淡，欲堕还飞絮往来。无那风光餐不得，遣诗招入翠琼杯。

竹边台榭水边亭，不要人随只独行。乍暖柳条无气力，淡晴花影不分明。
一番过雨来幽径，无数新禽有喜声。只欠翠纱红映肉，两年寒食负先生。

30 水调歌头 · 和苏子美
宋 / 尹洙

万顷太湖上，朝暮浸寒光。吴王去后，台榭千古锁悲凉。
谁信蓬山仙子，天与经纶才器，等闲厌名僵。敛翼下霄汉，雅意在沧浪。
晚秋里，烟寂静，雨微凉。危亭好景，佳树修竹绕回塘。
不用移舟酌酒，自有青山绿水，掩映似潇湘。莫问平生意，别有好思量。

31 绛都春
宋 / 蒋捷

春愁怎画。正莺背带雪，酴醾花谢。细雨院深，淡月廊斜重帘挂。
归时记约烧灯夜。早拆尽、秋千红架。纵然归近，风光又是，翠阴初夏。
娅姹。嘲青泫白，恨玉佩罢舞，芳尘凝榭。几拟倩人，付与兰香秋罗帕。
知他堕策斜拢马。在底处、垂杨楼下。无言暗拥娇鬟，凤钗溜也。

32 双声子 · 晚天萧索
宋 / 柳永

晚天萧索，断蓬踪迹，乘兴兰棹东游。三吴风景，姑苏台榭，牢落暮霭初收。
夫差旧国，香径没、徒有荒丘。繁华处，悄无睹，惟闻麋鹿呦呦。
想当年、空运筹决战，图王取霸无休。江山如画，云涛烟浪，翻输范蠡扁舟。
验前经旧史，嗟漫载、当日风流。斜阳暮草茫茫，尽成万古遗愁。

33 安公子 · 远岸收残雨
宋 / 柳永

远岸收残雨。雨残稍觉江天暮。拾翠汀洲人寂静，立双双鸥鹭。

望几点、渔灯隐映蒹葭浦。停画桡、两两舟人语。道去程今夜，遥指前村烟树。

游宦成羁旅。短樯吟倚闲凝伫。万水千山迷远近，想乡关何处。

自别后、风亭月榭孤欢聚。刚断肠、惹得离情苦。听杜宇声声，劝人不如归去。

³⁴贺新郎

宋／辛弃疾

觅句如东野。想钱塘、风流处士，水仙祠下。更隐小孤烟浪里，望断彭郎欲嫁。

是一色、空濛难画。谁解胸中吞云梦，试呼来、草赋看司马。须更把，上林写。

鸡豚旧日渔樵社。问先生、带湖春涨，几时归也。为爱琉璃三万顷。正卧水亭烟榭。

对玉塔、微澜深夜。雁鹜如云休报事，被诗逢敌手皆勍者。春草梦，也宜夏。

³⁵满庭芳·晓色云开

宋／秦观

晓色云开，春随人意，骤雨才过还晴。古台芳榭，飞燕蹴红英。

舞困榆钱自落，秋千外、绿水桥平。东风里，朱门映柳，低按小秦筝。

多情，行乐处，珠钿翠盖，玉辔红缨。渐酒空金榼，花困蓬瀛。

豆蔻梢头旧恨，十年梦、屈指堪惊。凭阑久，疏烟淡日，寂寞下芜城。

³⁶生查子·落梅庭榭香

宋／晏几道

落梅庭榭香，芳草池塘绿。春恨最关情，日过阑干曲。

几时花里闲，看得花枝足。醉后莫思家，借取师师宿。

³⁷菩萨蛮·山亭水榭秋方半

宋／朱淑真

山亭水榭秋方半，凤帏寂寞无人伴。愁闷一番新，双蛾只旧颦。

起来临绣户，时有疏萤度。多谢月相怜，今宵不忍圆。

³⁸南歌子

宋／程垓

荷盖倾新绿，榴巾蹙旧红。水亭烟树晚凉中。又是一钩新月、静方栊。

丝藕清如雪，橱纱薄似空。好维今夜与谁同。唤取玉人来共、一帘风。

³⁹昭君怨 · 梅花

宋／郑域

道是花来春未。道是雪来香异。竹外一枝斜。野人家。

冷落竹篱茅舍。富贵玉堂琼榭。两地不同栽。一般开。

⁴⁰水调歌头 · 癸卯中秋作

宋／刘克庄

老年有奇事，天放两中秋。使君飞榭千尺，缥渺见麟洲。

景物东徐城上，岁月北征诗里，圆缺几时休。俯仰慨今昔，惟酒可浇愁。

风露高，河汉澹，素光流。贾胡野老相庆，四海十分收。

竞看姮娥金镜，争信仙人玉斧，费了一番修。衰晚笔无力，谁伴赋黄楼。

⁴¹安公子

宋／陆游

风雨初经社。子规声里春光谢。最是无情，零落尽、蔷薇一架。

况我今年，憔悴幽窗下。人尽怪、诗酒消声价。向药炉经卷，忘却莺窗柳榭。

万事收心也。粉痕犹在香罗帕。恨月愁花，争信道、如今都罢。

空忆前身，便面章台马。因自来、禁得心肠怕。纵遇歌逢酒，但说京都旧话。

⁴²虞美人 · 东风荡飏轻云缕

宋 / 陈亮

东风荡飏轻云缕，时送潇潇雨。水边台榭燕新归，一点香泥，湿带落花飞。

海棠糁径铺香绣，依旧成春瘦。黄昏庭院柳啼鸦，记得那人，和月折梨花。

⁴³女冠鹤冲天 · 溧水长寿乡作

宋 / 周邦彦

梅雨霁，暑风和。高柳乱蝉多。小园台榭远池波。鱼戏动新荷。

薄纱厨，轻羽扇。枕冷簟凉深院。此时情绪此时天。无事小神仙。

⁴⁴天仙子

宋 / 赵令畤

宿雨洗空台榭莹。下尽珠帘寒未定。花开花落几番晴，春欲竟。愁未醒。池面杏花红透影。

一纸短书言不尽。明月清风还记省。玉楼香断又添香，闲展兴。临好景。心似乱萍何处整。

⁴⁵西湖杂咏 · 秋

元 / 薛昂夫

疏林红叶，芙蓉将谢，天然妆点秋屏列。断霞遮，夕阳斜，山腰闪出闲亭榭。分付画船且慢者。歌，休唱彻；诗，乘兴写。

⁴⁶摸鱼儿 · 午日雨眺

清 / 纳兰性德

涨痕添、半篙柔绿，蒲梢荇叶无数。

台榭空蒙烟柳暗，白鸟衔鱼欲舞。

红桥路，正一派、画船箫鼓中流住。

呕哑柔橹，又早拂新荷，沿堤忽转，冲破翠钱雨。

蒹葭渚，不减潇湘深处。

霏霏漠漠如雾，滴成一片鲛人泪，也似汨罗投赋。

愁难谱，只彩线、香菰脉脉成千古。

伤心莫语，记那日旗亭，水嬉散尽，中酒阻风去。

捌·路径道途

路径道途之路字

六十一首

¹长相思二首选一

唐／李白

长相思，在长安。络纬秋啼金井栏，微霜凄凄簟色寒。

孤灯不明思欲绝，卷帷望月空长叹，美人如花隔云端。上有青冥之长天，

下有渌水之波澜。天长路远魂飞苦，梦魂不到关山难。长相思，摧心肝。

²行路难三首选一

唐／李白

金樽清酒斗十千，玉盘珍羞直万钱。停杯投箸不能食，拔剑四顾心茫然。

欲渡黄河冰塞川，将登太行雪满山。闲来垂钓碧溪上，忽复乘舟梦日边。

行路难！行路难！多歧路，今安在？长风破浪会有时，直挂云帆济沧海。

³送长沙陈太守其二

唐／李白

七郡长沙国。南连湘水滨。定王垂舞袖。地窄不回身。

莫小二千石。当安远俗人。洞庭乡路远。遥羡锦衣春。

⁴桓公井

唐／李白

桓公名已古，废井曾未竭。石甃冷苍苔，寒泉湛孤月。

秋来桐暂落，春至桃还发。路远人罕窥，谁能见清澈。

5 梦李白二首·其一

唐／杜甫

死别已吞声，生别常恻恻。江南瘴疠地，逐客无消息。
故人入我梦，明我长相忆。恐非平生魂，路远不可测。
魂来枫叶青，魂返关塞黑。君今在罗网，何以有羽翼。
落月满屋梁，犹疑照颜色。水深波浪阔，无使蛟龙得。

6 望岳三首·其二

唐／杜甫

西岳崚嶒竦处尊，诸峰罗立如儿孙。安得仙人九节杖，挂到玉女洗头盆。
车箱入谷无归路，箭栝通天有一门。稍待西风凉冷后，高寻白帝问真源。

7 题郪县郭三十二明府茅屋壁

唐／杜甫

江头且系船，为尔独相怜。云散灌坛雨，春青彭泽田。
频惊适小国，一拟问高天。别后巴东路，逢人问几贤。

8 槐叶冷淘

唐／杜甫

青青高槐叶，采掇付中厨。新面来近市，汁滓宛相俱。
入鼎资过熟，加餐愁欲无。碧鲜俱照箸，香饭兼苞芦。
经齿冷于雪，劝人投此珠。愿随金騕褭，走置锦屠苏。
路远思恐泥，兴深终不渝。献芹则小小，荐藻明区区。
万里露寒殿，开冰清玉壶。君王纳凉晚，此味亦时须。

9 初入太行路

唐／白居易

天冷日不光，太行峰苍莽。尝闻此中险，今我方独往。
马蹄冻且滑，羊肠不可上。若比世路难，犹自平于掌。

¹⁰板桥路

唐 / 白居易

梁苑城西二十里，一渠春水柳千条。若为此路今重过，
十五年前旧板桥。曾共玉颜桥上别，不知消息到今朝。

¹¹邓州路中作

唐 / 白居易

萧萧谁家村，秋梨叶半坼。漠漠谁家园，秋韭花初白。
路逢故里物，使我嗟行役。不归渭北村，又作江南客。
去乡徒自苦，济世终无益。自问波上萍，何如涧中石。

¹²饯中书侍郎来济

唐 / 李世民

暖暖去尘昏灞岸，飞飞轻盖指河梁。云峰衣结千重叶，雪岫花开几树妆。
深悲黄鹤孤舟远，独叹青山别路长。聊将分袂沾巾泪，还用持添离席觞。

¹³临江二首

唐 / 王勃

泛泛东流水，飞飞北上尘。归骖将别棹，俱是倦游人。
去骖嘶别路，归棹隐寒洲。江皋木叶下，应想故城秋。

¹⁴秋日送尹大赴京

唐 / 骆宾王

挂瓢余隐舜，负鼎尔干汤。竹叶离樽满，桃花别路长。
低河耿秋色，落月抱寒光。素书如可嗣，幽谷仁宾行。

¹⁵在兖州饯宋五之问

唐 / 骆宾王

淮沂泗水地，梁甫汶阳东。别路青骊远，离尊绿蚁空。
柳寒凋密翠，棠晚落疏红。别后相思曲，凄断入琴风。

¹⁶送严秀才还蜀

唐 / 王维

宁亲为令子，似舅即贤甥。别路经花县，还乡入锦城。
山临青塞断，江向白云平。献赋何时至，明君忆长卿。

¹⁷送杨府李功曹

唐 / 张九龄

平生属良友，结绶望光辉。何知人事拙，相与宦情非。
别路穿林尽，征帆际海归。居然已多意，况复两乡违。

¹⁸送临津房少府

唐 / 杨炯

岐路三秋别，江津万里长。烟霞驻征盖，弦奏促飞觞。
阶树含斜日，池风泛早凉。赠言未终竟，流涕忽沾裳。

¹⁹送梓州高参军还京

唐 / 卢照邻

京洛风尘远，褒斜烟露深。北游君似智，南飞我异禽。
别路琴声断，秋山猿鸟吟。一乖青岩酌，空伫白云心。

²⁰行路难 · 君不见高山万仞连苍旻

唐 / 孟云卿

君不见高山万仞连苍旻，天长地久成埃尘。
君不见长松百尺多劲节，狂风暴雨终摧折。
古今何世无圣贤，吾爱伯阳真乃天。金堂玉阙朝群仙，
拍手东海成桑田。海中之水慎勿枯，乌鸢啄蚌伤明珠。行路难，艰险莫踟蹰。

²¹行路难 · 君不见孤雁关外发

唐 / 释宝月

君不见孤雁关外发，酸嘶度扬越。空城客子心肠断，幽闺思妇气欲绝。
凝霜夜下拂罗衣，浮云中断开明月。夜夜遥遥徒相思，年年望望情不歇。

寄我匣中青铜镜，倩人为君除白发。

行路难，行路难，夜闻南城汉使度，使我流泪忆长安！

22 行路难
唐／王昌龄

双丝作绠系银瓶，百尺寒泉辘轳上。悬丝一绝不可望，似妾倾心在君掌。

人生意气好迁捐，只重狂花不重贤。宴罢调筝奏离鹤，回娇转盼泣君前。

君不见，眼前事，岂保须臾心勿异。西山日下雨足稀，侧有浮云无所寄。

但愿莫忘前者言，锉骨黄尘亦无愧。

行路难，劝君酒，莫辞烦，美酒千钟犹可尽，心中片愧何可论。

一闻汉主思故剑，使妾长嗟万古魂。

23 春夜别友人二首·其一
唐／陈子昂

银烛吐青烟，金樽对绮筵。离堂思琴瑟，别路绕山川。

明月隐高树，长河没晓天。悠悠洛阳道，此会在何年。

24 送杜审言
唐／宋之问

卧病人事绝，嗟君万里行。河桥不相送，江树远含情。

别路追孙楚，维舟吊屈平。可惜龙泉剑，流落在丰城。

25 送沙门泓景道俊玄奘还荆州应制
唐／宋之问

三乘归净域，万骑饯通庄。就日离亭近，弥天别路长。

荆南旋杖钵，渭北限津梁。何日纡真果，还来入帝乡。

26 逢入京使
唐／岑参

故园东望路漫漫，双袖龙钟泪不干。马上相逢无纸笔，凭君传语报平安。

27 客中作

唐／牟融

千里云山恋旧游，寒窗凉雨夜悠悠。浮亭花竹频劳梦，别路风烟半是愁。
芳草傍人空对酒，流年多病倦登楼。 一杯重向樽前醉，莫遣相思累白头。

28 送杨著作归东海

唐／钱起

杨柳出关色，东行千里期。酒酣暂轻别，路远始相思。
欲识离心尽，斜阳到海时。

29 题虎丘西寺

唐／张祜

嚣尘楚城外，一寺枕通波。松色入门远，冈形连院多。
花时长到处，别路半经过。惆怅旧禅客，空房深薜萝。

30 送僧入天台

唐／李频

一锡随缘赴，天台又去登。长亭旧别路，落日独行僧。
夜烧山何处，秋帆浪几层。他时授巾拂，莫为老无能。

31 行路难

唐／聂夷中

莫言行路难，夷狄如中国。谓言骨肉亲，中门如异域。
出处全在人，路亦无通塞。门前两条辙，何处去不得。

32 行路难

唐／翁绶

行路艰难不复歌，故人荣达我蹉跎。双轮晚上铜台雪， 一叶春浮瘴海波。
自古要津皆若此，方今失路欲如何。 君看西汉翟丞相，凤沼朝辞暮雀罗。

33 行路难

唐／武元衡

君不见道傍废井傍开花，原是昔年骄贵家。

几度美人来照影，濯纤笑引银瓶绠。风飘雨散今奈何，绣闼雕甍绿苔多。

笙歌鼎沸君莫矜，豪奢未必长多金。 休说编氓朴无耻，至竟终须合天理。

非故败他却成此， 苏张终作多言鬼。行路难，路难不在九折湾。

34 蜀路二首

唐／张说

云埃夜澄廓，山日晓晴鲜。叶落苍江岸，鸿飞白露天。

磷磷含水石，幂幂覆林烟。客心久无绪，秋风殊未然。

徭蜀时未改，别家乡念盈。忆昨出门日，春风发鲜荣。

及兹旋辕地，秋风满路生。昏晓思魏阙，梦寐还秦京。

秦京开朱第，魏阙垂紫缨。幽独玄虚阁，不闻人马声。

艺业为君重，名位为君轻。玉琴知调苦，宝镜对胆清。

鹰饥常啄腥，凤饥亦待琼。于君自有属，物外岂能轻。

35 酬乐天赴江州路上见寄三首

唐／元稹

昔在京城心，今在吴楚末。千山道路险，万里音尘阔。

天上参与商，地上胡与越。终天升沉异，满地网罗设。

心有无联环，肠有无绳结。有结解不开，有环寻不歇。

山岳移可尽，江海塞可绝。离恨若空虚，穷年思不彻。

生莫强相同，相同会相别。

襄阳大堤绕，我向堤前住。烛随花艳来，骑送朝云去。

万竿高庙竹，三月徐亭树。我昔忆君时，君今怀我处。

有身有离别，无地无岐路。风尘同古今，人世劳新故。

人亦有相爱，我尔殊众人。朝朝宁不食，日日愿见君。

一日不得见，愁肠坐氛氲。如何远相失，各作万里云。

云高风苦多，会合难遽因。天上犹有碍，何况地上身。

36 晚次修路僧

唐／崔涂

平尽不平处，尚嫌功未深。应难将世路，便得称师心。
高鸟下残照，白烟生远林。更闻清磬发，聊喜缓尘襟。

37 山路花

唐／徐铉

不共垂杨映绮寮，倚山临路自娇饶。游人过去知香远，谷鸟飞来见影摇。
半隔烟岚遥隐隐，可堪风雨暮萧萧。城中春色还如此，几处笙歌按舞腰。

38 赋得路傍一株柳送邢校书赴延州使府

唐／李益

路傍一株柳，此路向延州。延州在何处，此路起悠悠。

39 题授阳镇路

唐／崔涂

越鸟巢边溪路断，秦人耕处洞门开。小桃花发春风起，千里江山一梦回。

40 江宁夹口二首选一

宋／王安石

日西江口落征帆，却望城楼泪满衫。从此梦归无别路，破头山北北山南。

41 与北山道人

宋／王安石

蒔果蔬泉带浅山，柴门虽设要常关。别开小径连松路，祇与邻僧约往还。

42 点绛唇·红杏飘香

宋／苏轼

红杏飘香，柳含烟翠拖轻缕。水边朱户。尽卷黄昏雨。
烛影摇风，一枕伤春绪。归不去。凤楼何处。芳草迷归路。

⁴³水龙吟 · 次韵章质夫杨花词

宋／苏轼

似花还似非花，也无人惜从教坠。抛家傍路，思量却是，无情有思。
萦损柔肠，困酣娇眼，欲开还闭。梦随风万里，寻郎去处，又还被莺呼起。
不恨此花飞尽，恨西园，落红难缀。晓来雨过，遗踪何在？一池萍碎。
春色三分，二分尘土，一分流水。细看来，不是杨花，点点是离人泪。

⁴⁴鹧鸪天 · 吹破残烟入夜风

宋／柳永

吹破残烟入夜风。一轩明月上帘栊。因惊路远人还远，纵得心同寝未同。
情脉脉，意忡忡。碧云归去认无踪。只应会向前生里，爱把鸳鸯两处笼。

⁴⁵菩萨蛮 · 玉人又是匆匆去

宋／张先

玉人又是匆匆去。马蹄何处垂杨路。残日倚楼时。断魂郎未知。
阑干移倚遍。薄倖教人怨。明月却多情。随人处处行。

⁴⁶小重山 · 花院深疑无路通

宋／贺铸

花院深疑无路通。碧纱窗影下，玉芙蓉。当时偏恨五更钟。分携处，斜月小帘栊。
楚梦冷沈踪。一双金缕枕，半床空。画桥临水凤城东。楼前柳，憔悴几秋风。

⁴⁷虞美人 · 扁舟三日秋塘路

宋／陈与义

自琐闼以病得请奉祠。卜居青墩。立秋后三日行，舟之前后，
如朝霞相映，望之不断也。以长短句记之
扁舟三日秋塘路。平度荷花去。病夫因病得来游。更值满川微雨、洗新秋。
去年长恨拿舟晚。空见残荷满。今年何以报君恩。一路繁花相送、过青墩。

48 水调歌头 · 落日塞垣路
宋／黄庭坚

落日塞垣路，风劲戛貂裘。翩翩数骑闲猎，深入黑山头。
极目平沙千里，惟见雕弓白羽，铁面骏骅骝。隐隐望青冢，特地起闲愁。
汉天子，方鼎盛，四百州。玉颜皓齿，深锁三十六宫秋。
堂有经纶贤相，边有纵横谋将，不减翠蛾羞。戎虏和乐也，圣主永无忧。

49 齐天乐 · 烟波桃叶西陵路
宋／吴文英

烟波桃叶西陵路，十年断魂潮尾。古柳重攀，轻鸥聚别，陈迹危亭独倚。
凉飔乍起，渺烟碛飞帆，暮山横翠。但有江花，共临秋镜照憔悴。
华堂烛暗送客，眼波回盼处，芳艳流水。素骨凝冰，柔葱蘸雪，犹忆分瓜深意。
清尊未洗，梦不湿行云，漫沾残泪。可惜秋宵，乱蛩疏雨里。

50 青玉案 · 凌波不过横塘路
宋／贺铸

凌波不过横塘路，但目送、芳尘去。锦瑟华年谁与度？月桥花院，琐窗朱户，
只有春知处。
飞云冉冉蘅皋暮，彩笔新题断肠句。试问闲情都几许？一川烟草，满城风絮，
梅子黄时雨。

51 蝶恋花 · 梦入江南烟水路
宋／晏几道

梦入江南烟水路，行尽江南，不与离人遇。睡里消魂无说处，觉来惆怅消魂误。
欲尽此情书尺素，浮雁沉鱼，终了无凭据。却倚缓弦歌别绪，断肠移破秦筝柱。

52 生查子
宋／晏几道

红尘陌上游，碧柳堤边住。才趁彩云来，又逐飞花去。
深深美酒家，曲曲幽香路。风月有情时，总是相思处。

⁵³将进酒·城下路

宋 / 贺铸

城下路，凄风露，今人犁田古人墓。岸头沙，带蒹葭，漫漫昔时流水今人家。
黄埃赤日长安道，倦客无浆马无草。开函关，掩函关，千古如何不见一人闲？
六国扰，三秦扫，初谓商山遗四老。驰单车，致缄书，裂荷焚芰接武曳长裾。
高流端得酒中趣，深入醉乡安稳处。生忘形，死忘名，谁论二豪初不数刘伶？

⁵⁴青玉案·丝槐烟柳长亭路

宋 / 惠洪

丝槐烟柳长亭路，恨取次、分离去。日永如年愁难度。
高城回首，暮云遮尽，目断人何处？
解鞍旅舍天将暮，暗忆叮咛千万句。一寸柔肠情几许？
薄衾孤枕，梦回人静，彻晓潇潇雨。

⁵⁵好事近·客路苦思归

宋 / 陆游

客路苦思归，愁似茧丝千绪。梦里镜湖烟雨，看山无重数。
尊前消尽少年狂，慵著送春语。花落燕飞庭户，叹年光如许。

⁵⁶蝶恋花·禹庙兰亭今古路

宋 / 陆游

禹庙兰亭今古路。一夜清霜，染尽湖边树。鹦鹉杯深君莫诉。他时相遇知何处。
冉冉年华留不住。镜里朱颜，毕竟消磨去。一句丁宁君记取。神仙须是闲人做。

⁵⁷齐天乐·绿芜凋尽台城路

宋 / 周邦彦

绿芜凋尽台城路，殊乡又逢秋晚。暮雨生寒，鸣蛩劝织，深阁时闻裁剪。
云窗静掩。叹重拂罗裀，顿疏花簟。尚有綀囊，露萤清夜照书卷。
荆江留滞最久，故人相望处，离思何限。渭水西风，长安乱叶，
空忆诗情宛转，凭高眺远。正玉液新篘，蟹螯初荐。醉倒山翁，但愁斜照敛。

⁵⁸洞仙歌令 · 若耶溪路

宋／康与之

若耶溪路。别岸花无数。欲敛娇红向人语。与绿荷、相倚恨，回首西风，
波淼淼、三十六陂烟雨。新妆明照水，汀渚生香，不嫁东风被谁误。
遣踟蹰、骚客意，千里绵绵，仙浪远、何处凌波微步。
想南浦、潮生画桡归，正月晓风清，断肠凝伫。

⁵⁹偶见 · 深山曲路见

明／徐祯卿

深山曲路见桃花，马上匆匆日欲斜。可奈玉鞭留不住，又衔春恨到天涯。

⁶⁰虞美人 · 碧苔深锁长门路

清／王国维

碧苔深锁长门路。总为蛾眉误。自来积毁骨能销。何况真红一点臂砂娇。
妾身但使分明在。肯把朱颜悔。从今不复梦承恩。且自簪花坐赏镜中人。

⁶¹如梦令 · 黄叶青苔归路

清／纳兰性德

黄叶青苔归路，屧粉衣香何处。消息竟沉沉，今夜相思几许。
秋雨，秋雨，一半因风吹去。

路径道途之径字

五十五首

¹月下独酌四首选一

唐／李白

三月咸阳城，千花昼如锦。谁能春独愁，对此径须饮。
穷通与修短，造化夙所禀。一樽齐死生，万事固难审。
醉後失天地，兀然就孤枕。不知有吾身，此乐最为甚。

²冬日归旧山

唐／李白

未洗染尘缨，归来芳草平。一条藤径绿，万点雪峰晴。
地冷叶先尽，谷寒云不行。嫩篁侵舍密，古树倒江横。
白犬离村吠，苍苔壁上生。穿厨孤雉过，临屋旧猿鸣。
木落禽巢在，篱疏兽路成。拂床苍鼠走，倒箧素鱼惊。
洗砚修良策，敲松拟素贞。此时重一去，去合到三清。

³下终南山过斛斯山人宿置酒

唐／李白

暮从碧山下，山月随人归。却顾所来径，苍苍横翠微。
相携及田家，童稚开荆扉。绿竹入幽径，青萝拂行衣。
欢言得所憩，美酒聊共挥。长歌吟松风，曲尽河星稀。
我醉君复乐，陶然共忘机。

⁴将进酒·君不见黄河之水天上来

唐／李白

君不见黄河之水天上来，奔流到海不复回。

君不见高堂明镜悲白发，朝如青丝暮成雪。

人生得意须尽欢，莫使金樽空对月。天生我材必有用，千金散尽还复来。

烹羊宰牛且为乐，会须一饮三百杯。岑夫子，丹丘生，将进酒，杯莫停。

与君歌一曲，请君为我侧耳听。钟鼓馔玉不足贵，但愿长醉不复醒。

古来圣贤皆寂寞，惟有饮者留其名。陈王昔时宴平乐，斗酒十千恣欢谑。

主人何为言少钱，径须沽取对君酌。

五花马，千金裘，呼儿将出换美酒，与尔同销万古愁。

⁵春夜喜雨

唐／杜甫

好雨知时节，当春乃发生。随风潜入夜，润物细无声。

野径云俱黑，江船火独明。晓看红湿处，花重锦官城。

⁶客至

唐／杜甫

舍南舍北皆春水，但见群鸥日日来。花径不曾缘客扫，蓬门今始为君开。

盘飧市远无兼味，樽酒家贫只旧醅。肯与邻翁相对饮，隔篱呼取尽馀杯。

⁷前出塞九首选二

唐／杜甫

挽弓当挽强，用箭当用长。射人先射马，擒贼先擒王。

杀人亦有限，列国自有疆。苟能制侵陵，岂在多杀伤。

驱马天雨雪，军行入高山。径危抱寒石，指落层冰间。

已去汉月远，何时筑城还。浮云暮南征，可望不可攀。

8 绝句漫兴九首·其七

唐／杜甫

糁径杨花铺白毡，点溪荷叶叠青钱。笋根稚子无人见，沙上凫雏傍母眠。

9 复愁十二首选一

唐／杜甫

身觉省郎在，家须农事归。年深荒草径，老恐失柴扉。

10 夜宴左氏庄

唐／杜甫

风林纤月落，衣露净琴张。暗水流花径，春星带草堂。
检书烧烛短，看剑引杯长。诗罢闻吴咏，扁舟意不忘。

11 和春深二十首选一

唐／白居易

何处春深好，春深贫贱家。荒凉三径草，冷落四邻花。
奴困归佣力，妻愁出赁车。途穷平路险，举足剧褒斜。

12 奉和裴令公新成午桥庄绿野堂即事

唐／白居易

旧径开桃李，新池凿凤凰。只添丞相阁，不改午桥庄。
远处尘埃少，闲中日月长。青山为外屏，绿野是前堂。
引水多随势，栽松不趁行。年华玩风景，春事看农桑。
花妒谢家妓，兰偷荀令香。游丝飘酒席，瀑布溅琴床。
巢许终身稳，萧曹到老忙。千年落公便，进退处中央。

13 江南谪居十韵

唐／白居易

自哂沉冥客，曾为献纳臣。壮心徒许国，薄命不如人。
才展凌云翅，俄成失水鳞。葵枯犹向日，蓬断即辞春。

泽畔长愁地，天边欲老身。萧条残活计，冷落旧交亲。
草合门无径，烟消甑有尘。忧方知酒圣，贫始觉钱神。
虎尾难容足，羊肠易覆轮。行藏与通塞，一切任陶钧。

¹⁴过香积寺

唐／王维

不知香积寺，数里入云峰。古木无人径，深山何处钟。
泉声咽危石，日色冷青松。薄暮空潭曲，安禅制毒龙。

¹⁵春庄

唐／王勃

山中兰叶径，城外李桃园。岂知人事静，不觉鸟声喧。

¹⁶和答弟志和渔父歌

唐／张松龄

乐是风波钓是闲，草堂松径已胜攀。太湖水，洞庭山，狂风浪起且须还。

¹⁷夏日游山家同夏少府

唐／骆宾王

返照下层岑，物外狎招寻。兰径薰幽珮，槐庭落暗金。
谷静风声彻，山空月色深。一遣樊笼累，唯馀松桂心。

¹⁸清明日园林寄友人

唐／贾岛

今日清明节，园林胜事偏。晴风吹柳絮，新火起厨烟。
杜草开三径，文章忆二贤。几时能命驾，对酒落花前。

¹⁹江雪

唐／柳宗元

千山鸟飞绝，万径人踪灭。孤舟蓑笠翁，独钓寒江雪。

²⁰题李凝幽居

唐／贾岛

闲居少邻并，草径入荒园。鸟宿池边树，僧敲月下门。

过桥分野色，移石动云根。暂去还来此，幽期不负言。

²¹春中喜王九相寻／晚春

唐／孟浩然

二月湖水清，家家春鸟鸣。林花扫更落，径草踏还生。

酒伴来相命，开尊共解酲。当杯已入手，歌妓莫停声。

²²山行

唐／杜牧

远上寒山石径斜，白云深处有人家。停车坐爱枫林晚，霜叶红于二月花。

²³柏林寺南望

唐／郎士元

溪上遥闻精舍钟，泊舟微径度深松。青山霁后云犹在，画出东南四五峰。

²⁴题破山寺后禅院

唐／常建

清晨入古寺，初日照高林。竹径通幽处，禅房花木深。

山光悦鸟性，潭影空人心。万籁此都寂，但余钟磬音。

²⁵寻陆鸿渐不遇

唐／皎然

移家虽带郭，野径入桑麻。近种篱边菊，秋来未著花。

扣门无犬吠，欲去问西家。报道山中去，归时每日斜。

²⁶花径

唐／韦应物

山花夹径幽，古甃生苔涩。胡床理事馀，玉琴承露湿。

朝与诗人赏，夜携禅客入。自是尘外踪，无令吏趋急。

27 奉和鲁望樵人十咏·樵径

唐/皮日休

蒙茸中一径，绕在千峰里。歇处遇松根，危中值石齿。

花穿枲衣落，云拂芒鞋起。自古行此途，不闻颠与坠。

28 樵人十咏·樵径

唐/陆龟蒙

石脉青霭间，行行自幽绝。方愁山缭绕，更值云遮截。

争推好林浪，共约归时节。不似名利途，相期覆车辙。

29 过天威径

唐/高骈

豺狼坑尽却朝天，战马休嘶瘴岭烟。归路崎岖今坦荡，一条千里直如弦。

30 竹径偶然作

唐/权德舆

退朝此休沐，闭户无尘氛。杖策入幽径，清风随此君。

琴觞恣偃傲，兰蕙相氛氲。幽赏方自适，林西烟景曛。

31 隐者·松间开一径

唐/司马扎

松间开一径，秋草自相依。终日不冠带，空山无是非。

投纶溪鸟伴，曝药谷云飞。时向邻家去，狂歌夜醉归。

32 春暮思平泉杂咏二十首·竹径

唐/李德裕

野竹自成径，绕溪三里馀。檀栾被层阜，萧瑟荫清渠。

日落见林静，风行知谷虚。田家故人少，谁肯共焚鱼。

³³陕下厉玄侍御宅五题 · 竹里径

唐 / 姚合

微径婵娟里，唯闻静者知。迹深苔长处，步狭笋生时。
高是连幽树，穷应到曲池。纱巾灵寿杖，行乐复相宜。

³⁴题金州西园九首 · 蔓径

唐 / 姚合

药院径亦高，往来踏蔓影。方当繁暑日，草属微微冷。
爱此不能行，折薪坐煎茗。

³⁵南园十三首选第十三

唐 / 李贺

小树开朝径，长茸湿夜烟。柳花惊雪浦，麦雨涨溪田。
古刹疏钟度，遥岚破月悬。沙头敲石火，烧竹照渔船。

³⁶竹

唐 / 李贺

入水文光动，抽空绿影春。露华生笋径，苔色拂霜根。
织可承香汗，裁堪钓锦鳞。三梁曾入用，一节奉王孙。

³⁷风

唐 / 薛涛

猎蕙微风远，飘弦唳一声。林梢鸣淅沥，松径夜凄清。

³⁸写意二首

唐 / 牟融

寂寥荒馆闭闲门，苔径阴阴展少痕。白发颠狂尘梦断，青毡冷落客心存。
高山流水琴三弄，明月清风酒一樽。醉后曲肱林下卧，此生荣辱不须论。
萧萧华发满头生，深远蓬门倦送迎。独喜冥心无外慕，自怜知命不求荣。
闲情欲赋思陶令。卧病何人问马卿。林下贫居甘困守，尽教城市不知名。

³⁹行径

唐／薛能

盘径入依依，旋惊幽鸟飞。寻多苔色古，踏碎箨声微。

鞭节横妨户，枝梢动拂衣。前溪闻到处，应接钓鱼矶。

⁴⁰谒金门 · 风乍起

五代／冯延巳

风乍起，吹皱一池春水。闲引鸳鸯香径里，手接红杏蕊。

斗鸭阑干独倚，碧玉搔头斜坠。终日望君君不至，举头闻鹊喜。

⁴¹和子由记园中草木十一首

宋／苏轼

官舍有丛竹，结根问囚厅。下为人所径，土密不容钉。

殷勤戒吏卒，插棘护中庭。遶砌忽坟裂，走鞭瘦伶俜。

我常携枕簟，来此荫寒青。日暮不能去，卧听窗风泠。

⁴²再和

宋／苏轼

衰迟何幸得同朝，温劲如君合珥貂。谁惜异材蒙径寸，自惭枯枿借凌霄。

光风泛泛初浮水，红糁离离欲缀条。后日一樽何处共，奉常端冕作咸韶。

⁴³幽居初夏

宋／陆游

湖山胜处放翁家，槐柳阴中野径斜。水满有时观下鹭，草深无处不鸣蛙。

箨龙已过头番笋，木笔犹开第一花。叹息老来交旧尽，睡来谁共午瓯茶。

⁴⁴浣溪沙 · 一曲新词酒一杯

宋／晏殊

一曲新词酒一杯，去年天气旧亭台。夕阳西下几时回？

无可奈何花落去，似曾相识燕归来。小园香径独徘徊。

⁴⁵破阵子 · 春景

宋／晏殊

燕子来时新社，梨花落后清明。

池上碧苔三四点，叶底黄鹂一两声。日长飞絮轻。

巧笑东邻女伴，采桑径里逢迎。

疑怪昨宵春梦好，元是今朝斗草赢。笑从双脸生。

⁴⁶踏莎行 · 小径红稀

宋／晏殊

小径红稀，芳郊绿遍。高台树色阴阴见。春风不解禁杨花，蒙蒙乱扑行人面。

翠叶藏莺，朱帘隔燕。炉香静逐游丝转。一场愁梦酒醒时，斜阳却照深深院。

⁴⁷画堂春 · 落红铺径水平池

宋／秦观

落红铺径水平池，弄晴小雨霏霏。杏园憔悴杜鹃啼，无奈春归。

柳外画楼独上，凭栏手捻花枝，放花无语对斜晖，此恨谁知?

⁴⁸西江月 · 携手看花深径

宋／贺铸

携手看花深径，扶肩待月斜廊。临分少伫已伥伥。此段不堪回想。

欲寄书如天远，难销夜似年长。小窗风雨碎人肠。更在孤舟枕上。

⁴⁹浣沙溪 · 翠葆参差竹径成

宋／周邦彦

翠葆参差竹径成。新荷跳雨泪珠倾。曲阑斜转小池亭。

风约帘衣归燕急，水摇扇影戏鱼惊。柳梢残日弄微晴。

⁵⁰虞美人 · 疏篱曲径田家小

宋／周邦彦

疏篱曲径田家小。云树开清晓。天寒山色有无中。野外一声钟起、送孤蓬。

添衣策马寻亭堠。愁抱惟宜酒。菰蒲睡鸭占陂塘。纵被行人惊散、又成双。

51 天仙子 · 水调数声持酒听
宋 / 张先

水调数声持酒听。午醉醒来愁未醒。送春春去几时回。
临晚镜。伤流景。往事后期空记省。 沙上并禽池上暝。云破月来花弄影。
重重帘幕密遮灯，风不定。人初静。明日落红应满径。

52 眼儿媚 · 迟迟春日弄轻柔
宋 / 朱淑真

迟迟春日弄轻柔，花径暗香流。清明过了，不堪回首，云锁朱楼。
午窗睡起莺声巧，何处唤春愁？绿杨影里，海棠亭畔，红杏梢头。

53 双调 · 庆东原春思垂杨径
元 / 张可久

垂杨径，小院春，为多情减尽年时俊。风摇翠裙，香飘麝尘，花暗乌云。
千里意中人，一点眉尖恨。

54 菊花
明 / 唐寅

故园三径吐幽丛，一夜玄霜坠碧空。多少天涯未归客，尽借篱落看秋风。

55 清平乐 · 咏雨
清 / 王夫之

归禽响暝，隔断南枝径。不管垂杨珠泪迸，滴碎荷声千顷。
随波赚杀鱼儿，浮萍乍满清池。谁信碧云深处，夕阳仍在天涯？

路径道途之道字
四十七首

¹清平乐·禁庭春昼
唐 作者：李白

禁庭春昼，莺羽披新绣。百草巧求花下斗，只赌珠玑满斗。

日晚却理残妆，御前闲舞霓裳。谁道腰肢窈窕，折旋笑得君王。

²奔亡道中五首
唐／李白

苏武天山上，田横海岛边。万重关塞断，何日是归年。

亭伯去安在，李陵降未归。愁容变海色，短服改胡衣。

谈笑三军却，交游七贵疏。仍留一只箭，未射鲁连书。

函谷如玉关，几时可生还。洛阳为易水，嵩岳是燕山。

俗变羌胡语，人多沙塞颜。申包惟恸哭，七日鬓毛斑。

淼淼望湖水，青青芦叶齐。归心落何处，日没大江西。

歇马傍春草，欲行远道迷。谁忍子规鸟，连声向我啼。

³广陵赠别
唐／李白

玉瓶沽美酒，数里送君还。系马垂杨下，衔杯大道间。

天边看渌水，海上见青山。兴罢各分袂，何须醉别颜。

4 蜀道难

唐/李白

噫吁嚱，危乎高哉！蜀道之难，难于上青天！

蚕丛及鱼凫，开国何茫然！尔来四万八千岁，不与秦塞通人烟。

西当太白有鸟道，可以横绝峨眉巅。地崩山摧壮士死，然后天梯石栈相钩连。

上有六龙回日之高标，下有冲波逆折之回川。

黄鹤之飞尚不得过，猿猱欲度愁攀援。青泥何盘盘，百步九折萦岩峦。

扪参历井仰胁息，以手抚膺坐长叹。问君西游何时还？畏途巉岩不可攀。

但见悲鸟号古木，雄飞雌从绕林间。又闻子规啼夜月，愁空山。

蜀道之难，难于上青天，使人听此凋朱颜！

连峰去天不盈尺，枯松倒挂倚绝壁。飞湍瀑流争喧豗，砯崖转石万壑雷。

其险也如此，嗟尔远道之人胡为乎来哉！剑阁峥嵘而崔嵬，一夫当关，万夫莫开。

所守或匪亲，化为狼与豺。朝避猛虎，夕避长蛇；磨牙吮血，杀人如麻。

锦城虽云乐，不如早还家。蜀道之难，难于上青天，侧身西望长咨嗟！

5 行路难三首选一

唐/李白

大道如青天，我独不得出。羞逐长安社中儿，赤鸡白雉赌梨栗。

弹剑作歌奏苦声，曳裾王门不称情。淮阴市井笑韩信，汉朝公卿忌贾生。

君不见昔时燕家重郭隗，拥篲折节无嫌猜。

剧辛乐毅感恩分，输肝剖胆效英才。昭王白骨萦蔓草，谁人更扫黄金台？

行路难，归去来！

6 月下独酌四首选一

唐/李白

天若不爱酒，酒星不在天。地若不爱酒，地应无酒泉。

天地既爱酒，爱酒不愧天。已闻清比圣，复道浊如贤。

贤圣既已饮，何必求神仙。三杯通大道，一斗合自然。

但得酒中趣，勿为醒者传。

7 峨眉山月歌送蜀僧晏入中京

唐／李白

我在巴东三峡时，西看明月忆峨眉。月出峨眉照沧海，与人万里长相随。
黄鹤楼前月华白，此中忽见峨眉客。峨眉山月还送君，风吹西到长安陌。
长安大道横九天，峨眉山月照秦川。黄金狮子乘高座，白玉麈尾谈重玄。
我似浮云殢吴越，君逢圣主游丹阙。一振高名满帝都，归时还弄峨眉月。

8 送杨少府赴选

唐／李白

大国置衡镜，准平天地心。群贤无邪人，朗鉴穷情深。
吾君咏南风，衮冕弹鸣琴。时泰多美士，京国会缨簪。
山苗落涧底，幽松出高岑。夫子有盛才，主司得球琳。
流水非郑曲，前行遇知音。衣工剪绮绣，一误伤千金。
何惜刀尺馀，不裁寒女衾。我非弹冠者，感别但开襟。
空谷无白驹，贤人岂悲吟。大道安弃物，时来或招寻。
尔见山吏部，当应无陆沉。

9 送蔡山人

唐／李白

我本不弃世，世人自弃我。一乘无倪舟，八极纵远舵。
燕客期跃马，唐生安敢讥。采珠勿惊龙，大道可暗归。
故山有松月，迟尔玩清晖。

10 饮中八仙歌·贺知章

唐／杜甫

知章骑马似乘船，眼花落井水底眠。汝阳三斗始朝天，
道逢麴车口流涎，恨不移封向酒泉。

11 即事

唐／杜甫

闻道花门破，和亲事却非。人怜汉公主，生得渡河归。
秋思抛云髻，腰支胜宝衣。群凶犹索战，回首意多违。

12 清明

唐／杜甫

著处繁花务是日，长沙千人万人出。渡头翠柳艳明眉，争道朱蹄骄啮膝。
此都好游湘西寺，诸将亦自军中至。马援征行在眼前，葛强亲近同心事。
金镫下山红粉晚，牙樯捩舵青楼远。古时丧乱皆可知，人世悲欢暂相遣。
弟侄虽存不得书，干戈未息苦离居。逢迎少壮非吾道，况乃今朝更被除。

13 浣溪沙

唐／杜甫

旋抹红妆看使君。三三五五棘篱门。相挨踏破茜罗裙。
老幼扶摧收麦社。乌鸢翔舞赛神村。道逢醉叟卧黄昏。

14 秋兴八首选二

唐／杜甫

闻道长安似弈棋，百年世事不胜悲。王侯第宅皆新主，文武衣冠异昔时。
直北关山金鼓振，征西车马羽书迟。鱼龙寂寞秋江冷，故国平居有所思。
昆明池水汉时功，武帝旌旗在眼中。织女机丝虚月夜，石鲸鳞甲动秋风。
波漂菰米沈云黑，露冷莲房坠粉红。关塞极天唯鸟道，江湖满地一渔翁。

15 兵车行

唐／杜甫

车辚辚，马萧萧，行人弓箭各在腰。耶娘妻子走相送，尘埃不见咸阳桥。
牵衣顿足阑道哭，哭声直上干云霄。道傍过者问行人，行人但云点行频。
或从十五北防河，便至四十西营田。去时里正与裹头，归来头白还戍边。
边亭流血成海水，武皇开边意未已。

君不闻汉家山东二百州，千村万落生荆杞。

纵有健妇把锄犁，禾生陇亩无东西。况复秦兵耐苦战，被驱不异犬与鸡。

长者虽有问，役夫敢申恨。且如今年冬，未休关西卒。

县官急索租，租税从何出。信知生男恶，反是生女好。

生女犹是嫁比邻，生男埋没随百草。君不见青海头，古来白骨无人收。

新鬼烦冤旧鬼哭，天阴雨湿声啾啾。

¹⁶横吹曲辞 · 长安道

唐／白居易

花枝缺处青楼开，艳歌一曲酒一杯。美人劝我急行乐，

自古朱颜不再来，君不见外州客，长安道，一回来，一回老。

¹⁷伤大宅

唐／白居易

谁家起甲第，朱门大道边？丰屋中栉比，高墙外回环。

累累六七堂，栋宇相连延。一堂费百万，郁郁起青烟。

洞房温且清，寒暑不能干。高堂虚且迥，坐卧见南山。

绕廊紫藤架，夹砌红药栏。攀枝摘樱桃，带花移牡丹。

主人此中坐，十载为大官。厨有臭败肉，库有贯朽钱。

谁能将我语，问尔骨肉间：岂无穷贱者，忍不救饥寒？

如何奉一身，直欲保千年？不见马家宅，今作奉诚园。

¹⁸杂感

唐／白居易

君子防悔尤，贤人戒行藏。嫌疑远瓜李，言动慎毫芒。

立教固如此，抚事有非常。为君持所感，仰面问苍苍。

犬啮桃树根，李树反见伤。老龟烹不烂，延祸及枯桑。

城门自焚爇，池鱼罹其殃。阳货肆凶暴，仲尼畏于匡。

鲁酒薄如水，邯郸开战场。伯禽鞭见血，过失由成王。

都尉身降虏，宫刑加子长。吕安兄不道，都市杀嵇康。
斯人死已久，其事甚昭彰。是非不由己，祸患安可防。
使我千载后，涕泗满衣裳。

¹⁹效陶潜体诗十六首选一
唐／白居易

济水澄而洁，河水浑而黄。交流列四渎，清浊不相伤。
太公战牧野，伯夷饿首阳。同时号贤圣，进退不相妨。
谓天不爱民，胡为生稻粱。谓天果爱民，胡为生豺狼。
谓神福善人，孔圣竟栖遑。谓神祸淫人，暴秦终霸王。
颜回与黄宪，何辜早夭亡。蝮蛇与鸩鸟，何得寿延长。
物理不可测，神道亦难量。举头仰问天，天色但苍苍。
唯当多种黍，日醉手中觞。

²⁰春别诗四首·其三
南北朝／萧子显

江东大道日华春，垂杨挂柳扫清尘。淇水昨送泪沾巾，红妆宿昔已应新。

²¹奉和圣制幸玉真公主山庄因题石壁十韵之作应制
唐／王维

碧落风烟外，瑶台道路赊。如何连帝苑，别自有仙家。
此地回鸾驾，缘谿转翠华。洞中开日月，窗里发云霞。
庭养冲天鹤，溪流上汉查。种田生白玉，泥灶化丹砂。
谷静泉逾响，山深日易斜。御羹和石髓，香饭进胡麻。
大道今无外，长生讵有涯。还瞻九霄上，来往五云车。

²²终南别业
唐／王维

中岁颇好道，晚家南山陲。兴来每独往，胜事空自知。
行到水穷处，坐看云起时。偶然值林叟，谈笑无还期。

²³宋中十首选一

唐／高适

阏伯去已久，高丘临道傍。人皆有兄弟，尔独为参商。
终古犹如此。而今安可量。

²⁴沙堤行·呈裴相公

唐／张籍

长安大道沙为堤，早风无尘雨无泥。宫中玉漏下三刻，朱衣导骑丞相来。
路傍高楼息歌吹，千车不行行者避。街官闾吏相传呼，当前十里惟空衢。
白麻诏下移相印，新堤未成旧堤尽。

²⁵择友

唐／孟郊

兽中有人性，形异遭人隔。人中有兽心，几人能真识。
古人形似兽，皆有大圣德。今人表似人，兽心安可测。
虽笑未必和，虽哭未必戚。面结口头交，肚里生荆棘。
好人常直道，不顺世间逆。恶人巧谄多，非义苟且得。
若是效真人，坚心如铁石。不谄亦不欺，不奢复不溺。
面无吝色容，心无诈忧惕。君子大道人，朝夕恒的的。

²⁶贵公子

唐／韦庄

大道青楼御苑东，玉栏仙杏压枝红。金铃犬吠梧桐月，　朱鬣马嘶杨柳风。
流水带花穿巷陌，夕阳和树入帘栊。瑶池宴罢归来醉，笑说君王在月宫。

²⁷楼

唐／李峤

百尺重城际，千寻大道隈。汉宫井干起，吴国落星开。
笛怨绿珠去，箫随弄玉来。销忧聊暇日，谁识仲宣才。

²⁸横吹曲辞·折杨柳

唐／余延寿

大道连国门，东西种杨柳。葳蕤君不见，袅娜垂来久。
缘枝栖暝禽，雄去雌独吟。馀花怨春尽，微月起秋阴。
坐望窗中蝶，起攀枝上叶。好风吹长条，婀娜何如妾。
妾见柳园新，高楼四五春。莫吹胡塞曲，愁杀陇头人。

²⁹萋兮吟

唐／刘禹锡

天涯浮云生，争蔽日月光。穷巷秋风起，先摧兰蕙芳。
万货列旗亭，恣心注明珰。名高毁所集，言巧智难防。
勿谓行大道，斯须成太行。莫吟萋兮什，徒使君子伤。

³⁰赠别崔纯亮

唐／孟郊

食荠肠亦苦，强歌声无欢。出门即有碍，谁谓天地宽。
有碍非遐方，长安大道傍。小人智虑险，平地生太行。
镜破不改光，兰死不改香。始知君子心，交久道益彰。
君心与我怀，离别俱回遑。譬如浸蘖泉，流苦已日长。
忍泣目易衰，忍忧形易伤。项籍岂不壮，贾生岂不良。
当其失意时，涕泗各沾裳。古人劝加餐，此餐难自强。
一饭九祝噎，一嗟十断肠。况是儿女怨，怨气凌彼苍。
彼苍若有知，白日下清霜。今朝始惊叹，碧落空茫茫。

³¹武夫词

唐／刘禹锡

武夫何洸洸，衣紫袭绛裳。借问胡为尔，列校在鹰扬。
依倚将军势，交结少年场。探丸害公吏，抽刃妒名倡。
家产既不事，顾盼自生光。酣歌高楼上，袒裼大道傍。

昔为编户人，秉耒甘哺糠。今来从军乐，跃马饫膏粱。
犹思风尘起，无种取侯王。

³²长兴里夏日寄南邻避暑

唐／杜牧

侯家大道傍，蝉噪树苍苍。开锁洞门远，卷帘官舍凉。
栏围红药盛，架引绿萝长。永日一敧枕，故山云水乡。

³³诗品二十四则·悲慨

唐／司空图

大风卷水，林木为摧。意苦若死，招憩不来。
百岁如流，富贵冷灰。大道日往，若为雄才。
壮士拂剑，浩然弥哀。萧萧落叶，漏雨苍苔。

³⁴诗品二十四则·形容

唐／司空图

绝伫灵素，少回清真。如觅水影，如写阳春。
风云变态，花草精神。海之波澜，山之嶙峋。
俱似大道，妙契同尘。离形得似，庶几斯人。

³⁵长歌行

唐／刘复

淮南木落秋云飞，楚宫商歌今正悲。青春白日不与我，当垆举酒劝君持。
出门驱驰四方事，徒用辛勤不得意。三山海底无见期，百龄世间莫虚弃。
君不见金城帝业汉家有，东制诸侯欲长久。
奸雄窃命风尘昏，函谷重关不能守。龙蛇出没经两朝，胡虏凭陵大道销。
河水东流宫阙尽，五陵松柏自萧萧。

³⁶赠道者

唐／刘沧

窗中忽有鹤飞声，方士因知道欲成。来取图书安枕里，便驱鸡犬向山行。

花开深洞仙门小，路过悬桥羽节轻。送客自伤身易老，不知何处待先生。

37 减字木兰花 · 玉觞无味
宋 / 苏轼

玉觞无味。中有佳人千点泪。学道忘忧。一念还成不自由。

如今未见。归去东园花似霰。一语相开。匹似当初本不来。

38 水龙吟 · 古来云海茫茫
宋 / 苏轼

古来云海茫茫，道山绛阙知何处。人间自有，赤城居士，龙蟠凤举。

清净无为，坐忘遗照，八篇奇语。向玉霄东望，蓬莱暗霭，有云驾、骖风驭。

行尽九州四海，笑纷纷、落花飞絮。临江一见，谪仙风采，无言心许。

八表神游，浩然相对，酒酣箕踞。待垂天赋就，骑鲸路稳，约相将去。

39 西江月
宋 / 萧廷之

金液还丹大道，古人万劫一传。倾心剖腹露诸篇。接引直超道岸。

莫怪天机泄尽，此玄玄外无玄。留传后代与名贤。有目分明觑见。

40 减字木兰花
宋 / 沈瀛

渊明酒止。莫信渠言心妄喜。达士高风。只说三杯大道通。

不如饮酒。人世岂能金石寿。无奈渠何。赢得樽前笑语多。

41 朝中措 · 襄阳古道灞陵桥
宋 / 完颜璹

襄阳古道灞陵桥，诗兴与秋高。千古风流人物，一时多少雄豪。

霜清玉塞，云飞陇首，风落江皋。梦到凤凰台上，山围故国周遭。

42 沁园春 · 寒食郓州道中
宋 / 谢枋得

十五年来，逢寒食节，皆在天涯。叹雨濡露润，还思宰柏，风柔日媚，羞看飞花。

麦饭纸钱，只鸡斗酒，几误林间噪喜鸦。天笑道，此不由乎我，也不由他。

鼎中炼熟丹砂。把紫府清都作一家。想前人鹤驭，常游绛阙，浮生蝉蜕，岂恋黄沙。

帝命守坟，王令修墓，男子正当如是邪。又何必，待过家上冢，书锦荣华。

43 清明日狸渡道中
宋／范成大

洒洒沾巾雨，披披侧帽风。花燃山色里，柳卧水声中。

石马立当道，纸鸢鸣半空。墦间人散後，乌鸟正西东。

44 少年游 · 长安古道马迟迟
宋／柳永

长安古道马迟迟，高柳乱蝉嘶。夕阳鸟外，秋风原上，目断四天垂。

归云一去无踪迹，何处是前期？狎兴生疏，酒徒萧索，不似少年时。

45 丑奴儿 · 书博山道中壁
宋／辛弃疾

少年不识愁滋味，爱上层楼。爱上层楼。为赋新词强说愁。

而今识尽愁滋味，欲说还休。欲说还休。却道天凉好个秋。

46 蝶恋花 · 百尺朱楼临大道
清／王国维

百尺朱楼临大道。楼外轻雷，不间昏和晓。独倚阑干人窈窕。闲中数尽行人小。

一霎车尘生树杪。陌上楼头，都向尘中老。薄晚西风吹雨到。明朝又是伤流潦。

47 感旧四首选一
清／黄景仁

大道青楼望不遮，年时系马醉流霞。风前带是同心结，杯底人如解语花。

下杜城边南北路，上阑门外去来车。匆匆觉得扬州梦，检点闲愁在鬓华。

¹送当涂赵少府赴长芦

唐／李白

我来扬都市，送客回轻舸．因夸楚太子，便睹广陵涛。
仙尉赵家玉，英风凌四豪。维舟至长芦，目送烟云高。
摇扇对酒楼，持袂把蟹螯。前途倘相思，登岳一长谣。

²五月东鲁行，答汶上君

唐／李白

五月梅始黄，蚕凋桑柘空。鲁人重织作，机杼鸣帘栊。
顾余不及仕，学剑来山东。举鞭访前途，获笑汶上翁。
下愚忽壮士，未足论穷通。我以一箭书，能取聊城功。
终然不受赏，羞与时人同。西归去直道，落日昏阴虹。
此去尔勿言，甘心为转蓬。

³江汉

唐／杜甫

江汉思归客，乾坤一腐儒。片云天共远，永夜月同孤。
落日心犹壮，秋风病欲疏。古来存老马，不必取长途。

⁴送郑十八虔贬台州司户伤其临老陷贼之故阙为面别情见于诗

唐／杜甫

郑公樗散鬓成丝，酒后常称老画师。万里伤心严谴日，百年垂死中兴时。

苍惶已就长途往，邂逅无端出饯迟。便与先生应永诀，九重泉路尽交期。

⁵ 石壕吏
唐 / 杜甫

暮投石壕村，有吏夜捉人。老翁逾墙走，老妇出门看。
吏呼一何怒，妇啼一何苦。听妇前致词，三男邺城戍。
一男附书至，二男新战死。存者且偷生，死者长已矣。
室中更无人，惟有乳下孙。有孙母未去，出入无完裙。
老妪力虽衰，请从吏夜归。急应河阳役，犹得备晨炊。
夜久语声绝，如闻泣幽咽。天明登前途，独与老翁别。

⁶ 自秦望赴五松驿，马上偶睡，睡觉成吟
唐 / 白居易

长途发已久，前馆行未至。体倦目已昏，瞌然遂成睡。
右袂尚垂鞭，左手暂委辔。忽觉问仆夫，才行百步地。
形神分处所，迟速相乖异。马上几多时，梦中无限事。
诚哉达人语，百龄同一寐。

⁷ 咏怀
唐 / 白居易

高人乐丘园，中人慕官职。一事尚难成，两途安可得。
遑遑干世者，多苦时命塞。亦有爱闲人，又为穷饿逼。
我今幸双逐，禄仕兼游息。未尝羡荣华，不省劳心力。
妻孥与婢仆，亦免愁衣食。所以吾一家，面无忧喜色。

⁸ 自始兴溪夜上赴岭
唐 / 张九龄

尝蓄名山意，兹为世网牵。征途屡及此，初服已非然。
日落青岩际，溪行绿筱边。去舟乘月后，归鸟息人前。
数曲迷幽嶂，连圻触暗泉。深林风绪结，遥夜客情悬。

非梗胡为泛，无膏亦自煎。不知于役者，相乐在何年。

⁹送张舍人佐江州同薛璩十韵（走笔成）

唐／王维

束带趋承明，守官唯谒者。清晨听银蚪，薄暮辞金马。
受辞未尝易，当是方知寡。清范何风流，高文有风雅。
忽佐江上州，当自浔阳下。逆旅到三湘，长途应百舍。
香炉远峰出，石镜澄湖泻。董奉杏成林，陶潜菊盈把。
范蠡常好之，庐山我心也。送君思远道，欲以数行洒。

¹⁰酬乐天叹损伤见寄

唐／元稹

前途何在转茫茫，渐老那能不自伤。病为怕风多睡月，起因花药暂扶床。
函关气索迷真侣，峡水波翻碍故乡。 唯有秋来两行泪，对君新赠远诗章。

¹¹酬乐天雪中见寄

唐／元稹

知君夜听风萧索，晓望林亭雪半糊。撼落不教封柳眼，
扫来偏尽附梅株。敲扶密竹枝犹亚，煦暖寒禽气渐苏。
坐觉湖声迷远浪，回惊云路在长途。钱塘湖上蘋先合，
梳洗楼前粉暗铺。石立玉童披鹤氅，台施瑶席换龙须。
满空飞舞应为瑞，寡和高歌只自娱。莫遣拥帘伤思妇，
且将盈尺慰农夫。称觞彼此情何异，对景东西事有殊。
镜水绕山山尽白，琉璃云母世间无。

¹²送崔二长史日知赴潞州

唐／张说

东山怀卧理，南省怅悲翁。共见前途促，何知后会同。
莫轻一筵宴，明日半成空。况尔新离阙，思归迷梦中。

13 自遣

唐 / 李群玉

翻覆升沉百岁中，前途一半已成空。浮生暂寄梦中梦，世事如闻风里风。
修竹万竿资阒寂，古书千卷要穷通。 一壶浊酒暄和景，谁会陶然失马翁。

14 春日南游寄浙东许同年

唐 / 李频

孤帆处处宿，不问是谁家。南国平芜远，东风细雨斜。
旅怀多寄酒，寒意欲留花。更想前途去，茫茫沧海涯。

15 岳阳楼

唐 / 江为

倚楼高望极，展转念前途。晚叶红残楚，秋江碧入吴。
云中来雁急，天末去帆孤。明月谁同我，悠悠上帝都。

16 秋思呈尹植裴说

唐 / 司空曙

静向懒相偶，年将衰共催。前途欢不集，往事恨空来。
昼景委红叶，月华销绿苔。沉思竟何有，坐结玉琴哀。

17 早春夜望

唐 / 李端

旧雪逐泥沙，新雷发草芽。晓霜应傍鬓，夜雨莫催花。
行矣前途晚，归与故国赊。不劳报春尽，从此惜年华。

18 宛陵东峰亭与友人话别

唐 / 李频

坐举天涯目，停杯语日晡。修篁齐迥槛，列岫限平芜。
乱水通三楚，归帆挂五湖。不知从此去，何处是前途。

19 忆远曲

唐／张籍

水上山沉沉，征途复绕林。途荒人行少，马迹犹可寻。

雪中独立树，海口失侣禽。离忧如长线，千里萦我心。

20 赠李商隐

唐／喻凫

羽翼恣抟扶，山河使笔驱。月疏吟夜桂，龙失咏春珠。

草细盘金勒，花繁倒玉壶。徒嗟好章句，无力致前途。

21 寄江州白司马

唐／杨巨源

江州司马平安否，惠远东林住得无。湓浦曾闻似衣带，庐峰见说胜香炉。

题诗岁晏离鸿断，望阙天遥病鹤孤。莫谩拘牵雨花社，青云依旧是前途。

22 芙蓉溪送前资州裴使君归京宁拜户部裴侍郎

唐／薛逢

桑柘林枯荞麦干，欲分离袂百忧攒。临溪莫话前途远，举酒须歌后会难。

薄宦未甘霜发改，夹衣犹耐水风寒。遥知阮巷归宁日，几院儿童候马看。

23 陕西晚思

唐／罗隐

长途已自穷，此去更西东。树色荣衰里，人心往返中。

别情流水急，归梦故山空。莫忘交游分，从来事一同。

24 早发

唐／杜荀鹤

东窗未明尘梦苏，呼童结束登征途。落叶铺霜马蹄滑，寒猿啸月人心孤。

时逆帽檐风刮顶，旋呵鞭手冻粘须。青云快活一未见，争得安闲钓五湖。

25 送韦正字析贯赴制举

唐 / 张祜

可爱汉文年，鸿恩荡海壖。木鸡方备德，金马正求贤。
大战希游刃，长途在著鞭。伫看晁董策，便向史中传。

26 从幸秦川赋鸢兽诗

唐 / 李浩弼

岩下年年自寝讹，生灵餐尽意如何。爪牙众后民随减，溪壑深来骨已多。
天子纪纲犹被弄，客人穷独固难过。长途莫怪无人迹，尽被山王棱杀他。

27 人日新安道中见梅花（其年以徐寇停举）

唐 / 罗隐

长途酒醒腊春寒，嫩蕊香英扑马鞍。不上寿阳公主面，怜君开得却无端。

28 愁诗

唐 / 李廷璧

到来难遣去难留，著骨黏心万事休。潘岳愁丝生鬓里，婕妤悲色上眉头。
长途诗尽空骑马，远雁声初独倚楼。更有相思不相见，酒醒灯背月如钩。

29 和裴相国答张秘书赠马诗

唐 / 李绛

高才名价欲凌云，上驷光华远赠君。念旧露垂丞相简，感知星动客卿文。
纵横逸气宁称力，驰骋长途定出群。伏枥莫令空度岁，黄金结束取功勋。

30 芙蓉溪送前资州裴使君归京宁拜户部裴侍郎

唐 / 薛逢

桑柘林枯荞麦干，欲分离袂百忧攒。临溪莫话前途远，举酒须歌后会难。
薄宦未甘霜发改，夹衣犹耐水风寒。遥知阮巷归宁日，几院儿童候马看。

31 及第后夜中书事

唐 / 姚合

夜睡常惊起，春光属野夫。新衔添一字，旧友逊前途。

喜过还疑梦，狂来不似儒。爱花持烛看，忆酒犯街沽。
天上名应定，人间盛更无。报恩丞相阁，何啻杀微躯。

32 庐山寻灵纪不遇
唐 / 贯休

久别稀相见，深山道益孤。叶全离大朴，君尚在新吴。
钟嘎声飘驿，山顽气喷湖。留诗如和得，一望寄前途。

33 秋晚登古城
唐 / 李百药

日落征途远，怅然临古城。颓墉寒雀集，荒堞晚乌惊。
萧森灌木上，迢递孤烟生。霞景焕余照，露气澄晚清。
秋风转摇落，此志安可平！

34 思远人
唐 / 王建

妾思常悬悬，君行复绵绵。征途向何处，碧海与青天。
岁久自有念，谁令长在边。少年若不归，兰室如黄泉。

35 离家第二日却寄诸兄弟
唐 / 韩偓

睡起褰帘日出时，今辰初恨间容辉。千行泪激傍人感，一点心随健步归。
却望山川空黯黯，回看僮仆亦依依。定知兄弟高楼上，遥指征途羡鸟飞。

36 安州道中经浐水有怀
唐 / 刘长卿

征途逢浐水，忽似到秦川。借问朝天处，犹看落日边。
映沙晴漾漾，出涧夜溅溅。欲寄西归恨，微波不可传。

37 赠人
宋 / 苏轼

别后休论信息疏，仙凡自古亦殊途。蓬山路远人难到，霜柏威高道转孤。

414

旧赏未应亡楚国，新诗闻已满皇都。谁怜泽畔行吟者，目断长安貌欲枯。

³⁸寒食雨二首

宋／苏轼

自我来黄州，已过三寒食。年年欲惜春，春去不容惜。

今年又苦雨，两月秋萧瑟。卧闻海棠花，泥污燕脂雪。

暗中偷负去，夜半真有力。何殊病少年，病起头已白。

春江欲入户，雨势来不已。小屋如渔舟，濛濛水云里。

空庖煮寒菜，破灶烧湿苇。那知是寒食，但见乌衔纸。

君门深九重，坟墓在万里。也拟哭途穷，死灰吹不起。

³⁹怀渑池寄子瞻兄

宋／苏辙

相携话别郑原上，共道长途怕雪泥。归骑还寻大梁陌，行人已度古崤西。

曾为县吏民知否？旧宿僧房壁共题。遥想独游佳味少，无方骓马但鸣嘶。

⁴⁰满江红·仙吕调

宋／柳永

匹马驱驱，摇征辔、溪边谷畔。望斜日西照，渐沈山半。

两两栖禽归去急，对人相并声相唤。似笑我、独自向长途，离魂乱。

中心事，多伤感。人是宿，前村馆。想鸳衾今夜，共他谁暖。

惟有枕前相思泪，背灯弹了依前满。怎忘得、香阁共伊时，嫌更短。

⁴¹念奴娇

宋／秦观

满天风雪，向行人、做出征途模样。回首家山才咫尺，便有许多离况。

少岁交游，当时风景，喜得重相傍。一樽谈旧，骊驹门外休唱。

自笑二十年来，扁舟来往，惭愧湖头浪。献策彤庭身渐老，惟有丹心增壮。

玉洞花光，金城柳眼，何用生凄怆。为君起舞，惊看豪气千丈。

⁴²齐天乐 · 左绵道中

宋／陆游

角残钟晚关山路，行人乍依孤店。塞月征尘，鞭丝帽影，常把流年虚占。
藏鸦柳暗。叹轻负莺花，谩劳书剑。事往关情，悄然频动壮游念。

孤怀谁与强遣。市垆沽酒，酒薄怎当愁酽。倚瑟妍词，调铅妙笔，那写柔情
芳艳。征途自厌。况烟敛芜痕，雨稀萍点。最是眠时，枕寒门半掩。

⁴³千秋岁

宋／曹勋

洞房秀韵，结绮临春后。都压尽，名花柳。锦堂笼翡翠，璨枕同清昼。
谁似得，佳辰占断长欢偶。

我昔闻名久。欲见成消瘦。寻不遇，空回首。征途难驻马，坐想冰姿秀。
凭寄语，南归更趁酴醿酒。

⁴⁴念奴娇 · 送戴少望参选

宋／陈亮

西风带暑，又还是、长途利牵名役。我已无心，君因甚，更把青衫为客。
邂逅卑飞，几时高举不露真消息。大家行处，到头须管行得。

何处寻取狂徒，可能著意，更问渠侬骨。天上人间，最好是、闹里一般岑寂。
瀛海无波，玉堂有路，稳著青霄翼。归来何事，眼光依旧生碧。

⁴⁵玉楼春

宋／杨泽民

笔端点染相思泪。尽写别来无限意。祇知香阁有离愁，不信长途无好味。
行轩一动须千里。王事催人难但已。床头酒熟定归来，明月一庭花满地。

⁴⁶南乡子

宋／萧廷之

尽净露天机。只恐时人自执迷。颔下藏珠当猛取，休迟。道在身中更问谁。
尘纲忽抛离。百岁年华七十稀。莫待老来铅贡少，堪悲。业报前途难自欺。

后记

　　中央电视台的节目《中国诗词大会》做了一件好事。这档健康有益且振奋人心的节目可谓老少咸益，使人们津津乐道。大家见面时会不由地谈起中国的古诗词，尤其是飞花令。

　　飞花令是古代人们常玩的一种"行酒令"，属于雅令，是古代酒令之一。在《红楼梦》中就有很多关于酒令的描写。据考证，"飞花令"是自唐代诗人韩翃的《寒食》中"春城无处不飞花"一句而得名。我对于酒令尤其是飞花令只是一知半解，本没有多少研究，现在汇编《飞花令：趣编中国古诗词》则完全是机缘巧合。

　　2016年我编印了一个集子，叫《中国古诗词类编》。在这个集子里，我选取了古诗词中较常见出现的32个字，分成8组，如"春夏秋冬"等，然后再搜集选编包含这32个字的古诗词。这是自娱自乐的作品，只给一些亲友阅读。央视《中国诗词大会》节目播出之后，夫人建议我把这个集子加以修订，成为一本有关飞花令的工具书。这就是现在呈现在读者面前的这部书。

　　我从小就喜欢中国古诗词，并且把最喜欢的诗句摘录抄写到自己专门的日记本中，此习惯伴随我业已六十年之久了。我从十四岁就开始购买中国线装古籍，当时我是一名初中学生，把家里每月给我的午饭钱省下来买书。那时书很便宜，一部线装《随园诗话》和善本《石头记》才五元钱。这样到我上大学时藏书已经略有规模了。

我是毛泽东时代成长起来的外交干部。今年已过古稀，行开八秩，回顾一生走过的道路，古诗词一直伴随着我。在我困难的时候，它们给我信心和力量；在我犹豫的时候，它们使我坚定和果断；在我兴奋的时候，它们给我提醒和警示；在我郁闷的时候，它们使我心情开阔和明朗。诗言志，好诗在潜移默化地陶冶着人的性情和品格，不知不觉地净化着人的思想和灵魂。

中国古诗词是一座取之不尽用之不竭的珍贵的宝库，《飞花令：趣编中国古诗词》所包含的只是其中一个很小的部分。以中国古诗全盛时期的唐诗为例，清初曹寅、彭定求、沈三曾等多人奉敕编纂的汇集唐代诗歌的总集《全唐诗》，就有九百卷，收录诗歌四万九千四百零三首，句一千五百五十五条，作者共二千八百七十三人。所以，我作为编者希望通过这本书激发读者对于中国古诗词的兴趣，抛砖引玉，进一步推动学习中国古诗词的热潮。

这部书是我和夫人刘小立共同汇编的作品。我们都是中国古诗词的爱好者，一起观看《中国诗词大会》，并作为百人团之外的参赛者，回忆着自己与古诗词的不解之缘，测试着自己的水平。二十世纪九十年代我在俄罗斯任经济顾问，我们分居两国，一直有诗词唱和。这些诗收录在我的另一本集子《诗文集》中。可以说对于中国古诗词的共同爱好是使我们结合的一个重要因素。

此刻，我正在大海的边上，站在沙滩之上，望着茫茫的大海和海上的一轮明月，心中一股诗意油然而生。正是：海上生明月，天涯共此时。遥知出飞花，共赏古诗词。出版社嘱我为本书写一篇后记，是为记。

希望广大读者特别是青少年读者喜爱和使用我们汇编的这部工具书，汲取古诗词中的正能量，为弘扬祖国的传统文化、为中华民族的伟大复兴做出自己的贡献。

古诗词流传因版本不同，有极少数诗句或标题略有差异，本书选用了较公认的一种，其余因篇幅关系未全部列出，敬请读者注意，并希鉴原。

读者对于本书的意见和建议，可以发给编者的电子信箱：

m17301123615@163.com

编者 祝景成 识